KB107507

THE 해트메이커 HATMAKERS

글 | 탬진 머천트   그림 | 파올라 에스코바르   옮김 | 김래경

위니더북

1 모자 장인 저택   3 장갑 장인 저택

2 신발 장인 저택   4 망토 장인 저택

5 시계 장인 저택   **7** 길드 홀

6 왕궁   **8** 왕립 극장

CHAPTER 1

번개가 번쩍이고 바람이 휘몰아치는 밤, 모든 것이 바뀌는 그런 밤이었다.

갈퀴 같은 번개가 하늘을 찢어발기고 해일 같은 뇌성이 우르릉 말려들며 런던 안 지붕과 첨탑을 덮쳤다. 채찍처럼 휘갈기는 빗줄기와 위에서 내리누르는 먹구름, 도시 전체가 바닷속에 잠긴 것 같았다.

코델리아(*셰익스피어의 『리어 왕』에 등장하는 리어 왕의 막내딸) 해트메이커는 두렵지 않았다. 모자 장인 저택 맨 꼭대기 방에서 촛불을 밝히고 '유쾌한 보닛(*턱 밑에서 끈을 묶어 쓰는 여성용 모자)'호에 탄 흉내를 내며 놀기 바빴다. 코델리아가 윙윙 휘몰아치는 바람에 맞서 갑판(사실은 난로 앞 깔개)을 비틀비틀 가로지르는 순간, 집채만 한 파도가 배를 때렸다.

쾅!

"포테스큐, 해치 닫아! 나는 손가락을 타륜에 묶어야 할 판이다!"

코델리아가 외쳤다.

벽난로 선반에 놓인 장난감 병정이 텅 빈 눈빛으로 코델리아를 바라봤다.

"네, 알겠습니다, 선장님!"

코델리아가 목소리 높여 외쳤다.

쾅.

"적이 포를 쏜다!"

코델리아가 나무 의자 등판을 잡고 휘청거리며 고래고래 소리쳤다. 코델리아 손에 잡힌 의자는 거대한 선박의 타륜이 되었다.

쾅.

인정사정없이 몰아치는 돌풍에 창문이 벌컥 열렸다. 깜빡이던 촛불마저 꺼지자 코델리아가 어둠 속에 빠졌다.

쾅, 쾅, 쾅.

누군가 현관문 두드리는 소리가 해트메이커 저택 오층 꼭대기까지 메아리치며 올라왔다.

허겁지겁 침실 사다리를 타고 내려온 코델리아가 꼭대기 층 복도를 따라 내달렸다. 자두색 벨벳 실내 가운으로 몸을 감싼 아리아드네(*그리스, 로마 신화에 나오는 크레타섬 미노스 왕의 딸. 아테네 왕자 테세우스가 괴물 미노타우로스를 처치하러 미궁에 들어갈 때 실타래를 주어서 돕는다) 고모가 방에서 나왔다. 반백의 티베리우스(*로마 2대 황제) 삼촌도 모습을 드러냈다.

"아빠다! 아빠가 집에 왔어요!"

코델리아가 미끄럼을 타고 고모와 삼촌 앞을 지나며 외쳤다.

쾅, 쾅, 쾅.

코델리아는 모자 장인 저택 한복판을 꿰뚫은 나선형 계단을 질주해 내려와 페트로넬라(*중세 시대 스페인 아라곤 왕국 여왕) 대고모 앞을 쌩하니 지나쳤다. 대고모는 연보랏빛 불꽃이 일렁이는 '연금술실' 벽난로 앞에서 졸고 있었다. '모자 작업실' 기다란 문짝을 막 지난 코델리아는 타래송곳(*용수철이나 나선형으로 꼬인 송곳)처럼 생긴 계단 난간에서 미끄럼을 타고 내려가는 것이 제일 빠르겠다고 판단했다. 과연, 심장이 세 번 뛰는 사이에 맨 아래층에 도착했다.

코델리아가 타일이 깔린 복도에 맨발로 착지하자 짝 소리가 났다. 현기증이 일었다. 어지러움을 없애려고 머리를 털었는데도 여전히 어지러웠다. 코델리아는 넓은 홀을 직선으로 달리지 못하고 비틀거리며 문까지 내달렸다.

코델리아가 묵직한 열쇠를 열쇠 구멍에 꽂고 돌리는 순간 하늘에서 하얀빛이 번쩍였다. 빗줄기가 때리는 창문 밖으로 키가 큰 사람이 어렴풋이 보였다.

코델리아가 육중한 참나무 문을 잡아끌어서 열었다. 머리 위에서 쿠쿵, 우렛소리가 울렸다.

갈라지는 번갯불에 하늘이 두 쪽으로 쪼개졌다.

한 남자가 모자 장인 저택 현관문 계단에 서 있었다. 비에 흠뻑 젖어 기진맥진한 남자는 바람을 맞으며 숨을 몰아쉬고 있었다.

코델리아 아빠가 아니었다.

CHAPTER 2

　남자는 걷잡을 수 없이 몰아치는 바람과 빗줄기를 뒤에 달고 문 안으로 휘청휘청 들어왔다. 코델리아가 뒷걸음질 쳤다. 남자가 걸친 화려한 비단 망토에서 바다 물거품과 소금 냄새가 났다.

　"휘트루프 공작님! 맙소사, 어디에서 땅이라도 꺼졌나요?"

　등불을 들고 계단을 내려오던 아리아드네 고모가 놀라서 물었다.

　휘트루프 공작이 흘린 빗물이 현관 바닥에 고여서 물웅덩이가 생겼다.

　"오오, 해트메이커 부인, 땅은 꺼지지 않았습니다. 바다에서 사고가 터졌어요!"

　휘트루프 공작이 헐떡이며 말했다.

　코델리아는 목덜미를 따라 '시베리아 얼음 거미'가 스멀스멀 기어 다니는 기분이었다.

　"아, 공작님. 무슨 일인지 자세히 말씀해 주십시오."

　티베리우스 삼촌이 말했다.

　"유쾌한 보닛에 무슨 일이 생겼나요?"

알록달록한 헝겊으로 머리카락 곳곳을 묶은 요리사 쿡이 나무 숟가락을 손에 들고 부엌문에서 나오며 물었다.

"우리 아빠는, 해트메이커 선장님은 어디 계세요?"

코델리아 목소리가 두려움으로 가느다랗게 떨렸다.

휘트루프 공작이 머리에 쓴 검은색 삼각 모자를 벗자, 모자가 기울어지면서 챙에 고였던 빗물이 주르륵 쏟아졌다.

"유쾌한 보닛이 침몰했습니다. 리버마우스 초입을 지키는 험악한 암초를 들이받았어요."

휘트루프 공작이 말했다.

바람이 길게 울며 집 안으로 불어닥쳤다.

"우리 아빠는요? 아빠는 어디 있어요?"

코델리아가 물었다.

'얼음 거미'가 코델리아 배 속에서 차디찬 거미줄을 뽑아냈다.

휘트루프 공작이 부츠 끝으로 시선을 내렸다.

"내가 리버마우스에 있었다. 배가 해협을 무사히 통과하는지 보려고 등대 꼭대기에서 기다렸지."

휘트루프 공작은 손마디가 하얘지도록 모자를 힘주어 잡으며 나지막이 말을 이었다.

"네 아버지가 왕의 새 모자에 필요한 마지막 재료를 구해 돌아오기를 왕실 전체가 숨을 죽이고 기다리고 있었건만, 오늘 밤…."

휘트루프 공작이 공포에 휩싸인 눈빛으로 덜컥 말을 멈췄다.

"폭풍 속에서 돛이 보였다. 바람결에서 선원들 목소리가 들리고 타륜을 잡은 해트메이커 선장이 보일 만큼 가까운 거리였어. 배가 바위를 지나 안전한 리버마우스 항구로 들어오기 전에 시커먼 바다에서 무시무시한 파도가 일더니 그대로 유쾌한 보닛을 덮쳤다. 그 즉시 배가 성냥개비처럼 부러졌…"

공작 얼굴이 납빛이었다.

코델리아가 고개를 저었다. 온몸을 떨고 있다는 것을 그제야 깨달았다.

"배와 함께 모든 것이 가라앉았다. 아무도 살아남지 못했어."

휘트루프 공작 목소리는 낮았다.

"하지만… 아니에요. 우리 아빠만큼 수영 잘하는 사람도 없어요. 내가 알아요. 아빠는 폭풍 속에서도, 소용돌이 속에서도 수영할 수 있어요. 아빠가 물에 가라앉았을 리 없어요!"

코델리아가 말했다.

휘트루프 공작은 뱃멀미를 할 것처럼 보였다. 슬퍼 보이기도 했다.

"해트메이커 선장은 바다에서 실종되었다. 유감이구나."

휘트루프 공작이 말했다.

부들부들 떨리는 코델리아의 두 다리보다 코델리아가 느끼는 분노와 슬픔이 더 강했다. 코델리아는 그 힘으로 계단을 올라갔다. 뒤에서 들려오는 아리아드네 고모 목소리는 바람결에 찢어진 채 펄럭이는 깃발 같았다. 꼭대기 층 복도를 휘청휘청 걷는 코델리아 두 눈에 눈물이 차올랐다. 코델리아가 복도 끝 방 문손잡이를 비틀어 열자, 익숙한 아빠 냄새가 아프게 코델리아를 덮었다.

아빠가 모험에서 돌아오며 가져온 향신료 냄새, 장작 연기와 삼나무 냄새, 바다 냄새였다. 코델리아는 텅 빈 아빠 침대 위로 몸을 던지다시피 올라가서 거칠거칠한 모직 담요를 뒤집어썼다.

코델리아는 베개가 움푹 들어갈 만큼 얼굴을 파묻었다. 평생 들었던 노래 중에서 가장 슬픈 곡조가 안에서 터져나오려고 했다. 슬픈 곡조는 배 속에서, 그리고 가슴 속에서 길고 구슬프게 울려 퍼지며 심장을 휘감고 목구멍을 타고 올라와 급기야 절망으로 바뀌었다.

"코델리아?"

아리아드네 고모가 뒤꿈치를 들고 걸어 들어오며 속삭였다.

머리 위에서 천둥이 꽈드등 울렸다. 배들이 암초에 부딪혀 박살 나는 소리 같았다.

"불쌍한 우리 코델리아."

코델리아가 침대에 엎드린 채로 뻣뻣해졌다. 슬픈 노래를 입 밖으로 내보내지 않으리라 단단히 마음먹은 탓이었다. 따뜻한 손이 코델리아 등에 닿았고 결국 고모가 다시 입을 열었다.

"사랑하는 코델리아, 잠드는 데 이게 도움이 될 거다."

고모가 코델리아 머리를 옆으로 쓸어주었다. 코델리아는 조심스럽게 머리에 씌워지는 '달맞이꽃 수면 모자'의 벨벳 감촉을 느꼈다.

수면 모자가 진보라색 마법을 발휘하자, 한숨 한 번 내쉬는 사이에 코델리아가 잠들었다. 깊은 바다에서 너울거리는 촉수가 코델리아를 불렀고, 아빠를 찾는 코델리아 목소리를 파도가 삼켰다. 폭풍이 몰아치는 꿈속, '바다에서 실종되었다'는 말이 코델리아 귓가에서 밤새도록 맴돌았고, 알바트로스가 기이한 하늘에서 몸을 비틀며 통곡하듯 울어 젖혔다.

다음 날 아침, 잠에서 깬 코델리아는 문득 무언가를 깨달았다.

'잃어버린 것은 찾을 수 있다.'

CHAPTER 3

코델리아가 아빠 재킷을 입었다. 재킷에 달린 금 단추들이 희망을 약속하듯 반짝였다. 코델리아는 소매를 접어 올리고 방에서 가만가만 걸어 나갔다.

모자 장인 저택이 고요했다. 유리창에 맺힌 빗방울이 연노란색 햇살을 받아 영롱하게 빛났고, 창밖에는 맑고 푸른 하늘이 펼쳐졌다.

서재에서 밀랍과 터키 양탄자, 윤을 낸 나무 냄새가 났다. 책꽂이는 고대 마법서, 신(新)과학 안내서, 무시무시한 비밀로 가득한 학술서 등 수천 권 책으로 빼곡했다. 코델리아 팔보다 길고 가죽으로 단단히 기둥을 세운 책도 있고, 코델리아 손바닥보다 작지만 보석 박힌 비단으로 겉장을 감싼 책도 있었다. 책장만 펼치면 하나같이 코델리아에게 속삭여주는 책들이었다.

이른 아침이었다. 전령 비둘기들이 창가 옆 새장 안에서 머리를 날개에 묻고 여전히 꾸벅꾸벅 졸고 있었다.

"구구구구."

코델리아가 나직하게 비둘기 소리를 내며 모이통에 씨앗을 새로 채우고 물통에 깨끗한 물을 따랐다. 비둘기들이 까맣게 반들거리는 눈동자를 깜빡이며 코델리아를 바라봤다.

코델리아가 각별한 눈빛으로 보는 비둘기가 있었다.

"애거사, 아빠가 바다에서 실종되셨어. 아빠를 찾을 수 있는 건 너밖에 없어."

코델리아 말에 애거사가 날개를 푸드덕거리며 의미심장하게 구구 울었다.

애거사는 코델리아 아빠인 프로스페로(*셰익스피어의 희곡 『폭풍우』의 주인공 이름) 해트메이커 선장이 겨드랑이에 알을 따뜻하게 품어서 직접 부화시킨 비둘기였다. 어느 날, 조심스럽게 모아쥔 프로스페로 선장 손 안에서 알껍데기를 쪼고 밖으로 나온 애거사는 프로스페로 선장이 완벽한 엄마임을 알아봤다.

이런 식으로 부화한 전령 비둘기는 세계 어디에 있건 엄마에게 날아가 소식을 전한다. 코델리아가 책상 맨 위 서랍에서 작디작은 두루마리 종이를 꺼내어 아래와 같이 썼다.

아빠, 사람들이 아빠가 바다에서 실종되었대요.
실종되었을 뿐이라면 다시 찾을 수 있겠죠.
바다 어디쯤인지 최대한 빨리 알아내세요.

종이에 여백이 거의 없어서 글자를 촘촘히 써야 했다.

그리고 집으로 돌아오세요. 제발. 사랑하는 코델리아가.

코델리아는 잉크가 번지지 않도록 주의해서 종이에 입을 맞췄다. 종이를 허공에서 몇 번 흔들어 잉크를 말리고 두루마리로 꼭꼭 말아서 조그마한 유리병에 넣은 뒤, 코르크 마개로 막고 붉은색 밀랍으로 봉했다.

코델리아는 애거사를 새장에서 조심조심 꺼내어 가느다란 다리에 유리병을 묶었다. 애거사의 작은 심장이 평소보다 세 배는 빠르게 팔딱팔딱 뛰었다.

"프로스페로 선장님한테 가는 거야. 프로스페로 선장님을 찾아!"

코델리아가 주문 외우듯 속삭였다.

코델리아가 창문을 활짝 열자 애거사가 날아올랐다. 코델리아는 창밖으로 몸을 쭉 내밀고, 빗물에 말끔히 씻긴 런던 집들 위로 날아가는 애거사가 희미한 점으로 보일 때까지 지켜봤다.

"코델리아?"

티베리우스 삼촌이 서재 입구에 서서 졸린 얼굴을 비비고 있었다. 삼촌은 예정보다 일찍 겨울잠에서 깬 곰 같아 보였다.

"우리 코델리아 괜찮니?"

삼촌이 우렁우렁 울리는 목소리로 다정하게 물었다.

"네, 삼촌. 이제 막 아빠한테 편지 보냈어요."

코델리아가 대답했다.

티베리우스 삼촌 어깨가 축 늘어졌다.

"아, 코델리아, 착하기도 해라."

"삼촌, 그거 아세요? 아빠가 바다에서 실종되었다면, 찾을 수도 있다는 뜻이에요. 그래서 아빠를 찾으라고 애거사를 보냈어요."

"해트메이커 꼬마야, 전령 비둘기는 어미가…. 음, 어미가 죽으면, 불쌍하게도 혼란에 빠져서…. 그래서 비둘기는 그대로 날아가 버리고 다시는 돌아오지 않아."

무겁게 말하던 티베리우스 삼촌 눈가가 갑자기 촉촉해졌다. 삼촌이 초록색 비단 손수건에 코를 풀었다.

"삼촌, 울지 마세요. 애거사는 아빠를 찾을 거예요. 아빠는 죽지 않았어요. 실종된 것뿐이라고요. 그 둘은 아주 달라요."

코델리아가 의자를 딛고 올라서서, 눈물을 흘리며 들썩이는 삼촌 어깨를 토닥이며 말했다.

티베리우스 삼촌이 눈물을 훔쳤다.

"자, 우리 힘내요! 왕한테 바칠 '집중 모자'를 완성해야죠. 왕궁에서 우리를 기다려요!"

코델리아가 활짝 웃었다.

보통 왕궁으로 배달 가는 날이면 흥겨움과 무질서가 뒤섞인 소리로 모자 장인 저택이 떠들썩했다. 하지만 오늘 아침에는 코델리아만 빼고 모두가 벌게진 눈으로 검은색 옷을 입고 느릿느릿 움직였다. 쿡이 코델리아 죽에 벌꿀을 추가로 듬뿍 주더니 코델리아 정수리에 힘껏 입을 맞추었다.

해트메이커 집안 마부인 존스 아저씨는 찻잔을 손에 꽉 쥔 채 부엌 창문 안으로 몸을 숙이고 있었다. 푸른색 고급 제복을 입고 잉크처럼 새까만 삼각모를 쓴 아저씨는 침울해 보였다.

아리아드네 고모가 창백한 얼굴로 아침 식탁 윗자리에 앉아 바싹 구운 토스트 모서리를 깨물었다. 고모가 검은색 '애도 모자'에 꽂힌 고사리 잔가지를 바로잡으며 말했다.

"코델리아, 하필 오늘 왕궁에 가야 해서 유감이구나. 우리 용감한 조카, 왕실에 속한 모자 장인은 짊어져야 할 무게와 수행할 의무가 있는 법이란다."

"게다가 이 일에 있어서는 그 망할 놈의 신발 장인이나 장갑 장인한테 질 수 없어."

티베리우스 삼촌이 뚱한 얼굴로 죽을 휘저으며 심술 사납게 말했다.

"시계 장인과 망토 장인한테도 지면 안 돼요!"

코델리아가 덧붙였다.

"야비한 위선자들."

티베리우스 삼촌이 웅얼거렸다.

"어쨌건, 아빠도 우리가 왕궁에 가기를 바랄 거예요."

코델리아가 말을 맺었다.

아리아드네 고모 입술이 움찔거렸다.

"프로스페로가 갖고 오기로 한 마지막 특별 재료가 없지만, 최선을 다해서 모자를 끝내야만 해."

“무슨 재료였는데요?”

코델리아가 물었다.

“플라톤 숲에 사는 ‘아테네 부엉이’ 귀 깃털. 세상에서 가장 지혜로운 새지. ‘아테네 부엉이’는 인간을 피하기 위해서라면 아주 먼 거리라도 날아간단다. 부엉이 깃털은 왕이 일에 꾸준히 집중하게 해 줬을 거야.”

티베리우스 삼촌이 답했다.

“우리 코델리아, 가서 페트로넬라 대고모 불 좀 봐 드리렴.”

아리아드네 고모 목소리가 희한하게 떨렸다.

“코델리아, 바람을 일으켜라!”

페트로넬라 대고모가 쉰 목소리로 외쳤다.

코델리아가 풀무를 밟아 힘차게 바람을 불어넣자 연보라색으로 깜빡이던 불이 되살아나서, 검댕 가득한 굴뚝을 진보라색 불꽃 혀로 날름날름 핥았다. 놋쇠 기구들 위로 불빛이 너울거리자 보라색 그림자가 연금술실을 가득 채우며 춤췄다. 페트로넬라 대고모가 차가운 손으로 코델리아 두 뺨을 감쌌다.

“넌 강한 아이다.”

태곳적 노부인 목소리는 까마귀 같았지만 단호했다.

코델리아는 검은 옷을 몇 겹이나 껴입고 자기한테 용감하다, 강하다고 말하는 어른들이 다소 실없다고 생각했다.

"대고모님은 아빠가 바다에 빠져 죽었다고 생각하시죠? 저도 그랬어요. 어젯밤에는요. 그런데 오늘 아침에 일어났을 때 갑자기 깨달았어요. 아빠는 실종되었을 뿐이라고요. 그러면 얘기가 아주 달라져요. 아빠는 예전에도 물이 새는 뗏목을 타고서도 망망대해에서 십이 일이나 생존했잖아요. 아빠는 어떤 상황에서도 살아남을 수 있어요."

코델리아가 대고모에게 말했다.

아닌 게 아니라, 프로스페로 선장은 부서진 선체 파편을 타고 바다에서 십이 일이나 표류하며 살아남았다. 그건 코델리아도 마찬가지였다. 코델리아는 아빠가 자주 들려주던 그 이야기를 아주 좋아했다.

"우리 해트메이커 꼬마 아가씨, 넌 바다에서 태어났어. 네 엄마와 난 모자 재료를 구하느라 수시로 모험에 나섰지. 그러던 어느 날, 세 번째 해트메이커가 우리와 함께 여행하고 있다는 사실을 깨달았어. 바로 네가 온 거야! 별빛이 반짝이던 어느 밤, 모로코 해안에서 그다지 멀지 않은 곳에서 네가 세상에 태어났어. 선원 전체가 잔치를 벌였고 네 엄마와 나는 기뻐서 어쩔 줄 몰랐단다. 배에는 아기 침대가 따로 없었던 터라 엄마와 나는 모자 상자를 요람으로 삼았는데, 넌 그 안에서 쌔근쌔근 잘도 잤지. 너를 구한 것도 그 모자 상자였어.

몇 달 뒤, 하늘은 푸르기만 했는데 무시무시한 폭풍이 우리를 덮쳤단다. 번개가 돛대를 때렸고 우리 배는 불길에 휩싸였어. 아빠는 타륜을 붙잡고 어떻게든지 폭풍을 피해 보려고 기를 쓰고 있었는데, 네 엄마가 배 한복판을 가로질러 아래로 달려 내려가는 거야. 엄마는 모자 상자를 품에 안고 불길과 연기를 가르며 나타났어.

바로 그때였다. 소름 끼치게 끔찍한 소리가 나면서 배가 두 동강 났지. 불길이 배를 밑바닥까지 쪼개 버린 거야. 온 세상이 둘로 나뉘는 와중에 네 엄마가 소용돌이치는 바다를 가로질러 그 깊은 틈 너머로 모자 상자를 힘껏 집어 던졌어. 아빠는 너를 향해 몸을 날렸지만 너는 높이 솟은 파도 위로 떨어졌고 아빠도 바닷속으로 뛰어들었어. 다시 수면으로 올라와 보니 배 반쪽이 이미 사라진 상태였지. 아빠는 헤엄쳐서 간신히 잔해에 닿아 올라갔어. 기적인지 뭔지 네가 살아 있었단다. 쫄딱 젖었지만 상자 안에서 꼬물거리고 있었어.

아빠는 밤새도록 생존자를 찾아다녔다. 아침 햇살이 비추고 나서야 네 엄마가 떠났다는 걸 깨달았어. 선원 모두가 죽었지. 너와 나만 살아남았어. 끝도 없이 광활하고 텅 빈 바다 한복판, 반 토막 난 배에 의지해서. 십이 일 뒤, 근처를 지나던 포르투갈 돛단배가 우리를 발견했단다. 결국 아빠는 너와 함께, 아빠가 집으로 가져온 보물 중에서 가장 귀중한 보물과 함께 런던으로 돌아왔어."

코델리아 아빠는 조개껍데기가 달린 사슬 목걸이를 늘 목에 찼다. 조개껍데기 안에는 코델리아 눈동자보다도 작은 그림이 들어있었다. 코델리아 엄마의 초상화였다. 보드라운 피부와 윤기 흐르는 검은 머리카락, 다정한 눈빛으로 미소 짓는 모습이었다. 코델리아는 툭하면 넋을 놓고 엄마 사진을 봤다.

"우리 꼬맹이 해트메이커, 넌 네 엄마를 많이 닮았어. 요 예쁜 얼굴과 똘똘한 머리는 엄마가 네게 준 선물이지."

아빠가 사랑 가득한 두 눈으로 입버릇처럼 하는 말이었다.

아빠가 이런 말을 할 때면 코델리아도 미소 지으며 묻곤 했다.

"그럼 아빠가 준 선물은 뭐예요?"

아빠는 마주 미소 지으며 말했다.

"모자 장인으로서의 재능이지. 손끝에 어린 마법과 길들지 않은 재치!"

"넌 용감하고 강인한 아이다."

페트로넬라 대고모의 갈라지는 목소리에 코델리아가 정신을 차렸다.

코델리아가 눈을 깜빡였다. 대고모가 대견하면서도 슬픈 눈빛으로 코델리아를 보고 있었다.

"아빠는 죽지 않았어요. 아빠는 돌아오실 거예요. 내가 애거사를 보냈어요."

코델리아가 단호하게 말했다.

대고모는 코델리아 이마에 입을 맞추고 양철통에서 사탕을 꺼내 주었다.

"코델리아! 작업실에 와서 도와다오!"

코델리아를 부르는 아리아드네 고모 목소리가 계단 위까지 올라왔다.

CHAPTER 4

언제부터인지 몰라도 코델리아는 아주 오래전부터 모자 만드는 가문의 일을 도왔다. 걸음마를 하기 전에도 리본이며 레이스를 입에 물고 작업실 참나무 벤치 사이를 기어 다녔다. 리본과 레이스가 축축해져서 도착하면, 삼촌이 참을성 있게 불에 말려서 바느질로 모자에 달았다.

걸음마를 시작하자 코델리아는 비틀거리면서도, 모자에 달 깃털을 조심스럽게 높이 들고 재단실을 아슬아슬하게 가로질렀다. 고모의 '해트 블록(*hat block: 모자 본을 뜨거나 걸어두는 용도로 나무를 깎아 만든 틀이자 거치대)'에서 무럭무럭 피어오르는 수증기를 가르며 아장아장 걸었고, 수정 빛이 회오리치는 연금술실을 뒤뚱뒤뚱 누볐다.

코델리아가 처음 배운 글자는 서재 안 속삭이는 책들에 쓰인 뾰족뾰족한 룬 문자(*고대 게르만 문자)였다. 코델리아는 지붕을 차지한 온실에서 무성하게 자라는 식물과 가까워졌고, 대고모의 천체망원경을 들여다보면서 별들과 친해졌고, 전령 비둘기마다 이름도 지어줬다.

코델리아는 겨울에 눈이 내려 땅에 쌓이면 양모 목도리로 '달 선인장'

을 감싸 주었고, 여름이면 '베수비어스 화산 석'에서 배어 나온 용암이 대고모 탁자 위로 흐르지 않도록 부채질해서 식혔다. 예의 바르게 이야기하지 않으면 솔과 붓들이 퉁명스러워진다는 것도 알았다. 다정한 말을 속삭여서 '티모르 고사리'의 말린 새잎을 펴게 할 수 있는 사람은 코델리아가 유일했다.

해트메이커 가문이 언제부터 이 저택에서 살았는지 정확하게 기억하는 사람은 아무도 없었다. 세계 곳곳으로 모험을 떠나 집으로 가져온 재료에서 흘러나온 마법이 시간에 닳고 닳은 낱낱 돌멩이와 나무 마디마디에 스며들었다. 낡은 창문에 달린 흠 많은 유리창, 벽, 굴뚝에 뚫린 연기 구멍까지 모두가 각각에 깃든 기이한 마법으로 긴장하고 전율했다.

약을 올리는 마법도 있었다. 가령, 작업실 벽난로 앞 깔개를 잘못 디디면 깔개가 일부러 넘어뜨렸다. 마룻바닥에는 유독 간지럼을 잘 타는 널이 하나 끼어 있는데, 그 위를 걸으면 널이 꿈틀거렸다. 눈에 보이지 않는 물건을 보관하는 찬장 때문에 티베리우스 삼촌은 인내심이 바닥나기 일쑤였다. 안 그래도 희미한 찬장 문손잡이가 서서히 옅어지다가 나중에는 아예 사라져 버리는 탓이었다. 티베리우스 삼촌이 끝끝내 손잡이를 찾지 못할 때도, 코델리아는 눈을 가늘게 뜨고 벽을 노려봐서 어렴풋이 드러나는 손잡이를 찾아낼 줄도 알았다.

집 안 곳곳에서 도움이 되는데도 사실 코델리아는 직접 모자를 만드는 것이 허락되지 않았다.

"재료들은 예측불허다. 잘못 사용했다가는 극도로 위험할 수 있어. 어떤 재료는 아예 건드리지도 말아야 하고."

고모가 코델리아에게 자주 경고했다.

이렇게 사용이 금지된 재료들은, 쇠로 제작해서 작업실에 둔 '유해 캐비닛'에 별도로 보관했다. 어른들은 캐비닛을 열 때마다 코델리아를 밖으로 내보냈다. 코델리아는 캐비닛 안에 든 위험한 재료가 무엇인지 궁금했지만, 엿볼 기회가 한 번도 없었다. 채집 원정에서 구해 온 재료 중 위험해서 사용 불가라고 판정받은 재료는 모조리 '유해 캐비닛' 강철판 안에 넣어 단단히 잠갔고, 캐비닛 열쇠는 아리아드네 고모가 늘 허리띠에 달고 다녔다.

캐비닛 문에는 라틴어로 새겨진 모자 장인 좌우명이 있었다.

NOLI NOCERE (놀리 노체레)

'해를 끼치지 마라'는 뜻의 이 문장은 모자 제작에서 가장 중요한 원칙이었다.

코델리아는 아빠와 티베리우스 삼촌이 '엄니 호랑이' 콧수염 한 가닥 무게를 재며 나누는 대화를 들은 적이 있었다. 코델리아가 '모자 가늠실' 열쇠 구멍에 귀를 바짝 붙이자 삼촌 한숨 소리가 들렸다.

"프로스페로, 가장 지독한 유해 추보다도 훨씬 무거워! 유해 캐비닛에 넣어야 해."

그런 이유로 유해 캐비닛 문이 열렸고 호랑이 콧수염은 안에 갇혔다.

코델리아는 캐비닛 안에 '죽음의 돌'이 있다는 소문을 들었지만, '죽음의 돌'이 무엇이냐고 물을 엄두가 안 났다.

언제부터인지 몰라도 코델리아는 아주 오래전부터 모자 만드는 일을 도왔다.

그래도 코델리아는 모자를 만들고 싶어서 고모를 몇 번이나 졸랐다.

"전 나쁜 모자 안 만들어요! 진짜 좋은 모자만 만들 거예요. 아주아주 안전한 모자요."

코델리아는 진심이 전해지도록 눈을 최대한 크게 뜨고 말했다.

"코델리아, 넌 아직 어려. 첫 번째 모자 만들기 전에 배워야 할 게 많아."

고모 대답은 한결같았다.

당연히 코델리아는 처음으로 만들 모자를 이미 생각해 놓았다. 헤트 블록 겉면을 밝은 색깔 펠트로 감싸서 갖가지 리본, 잔가지 엮은 것, 보석으로 뒤덮다시피 장식하고 진주로 수를 놓아 단추, 조개껍데기, 꽃을 달고, 그리고….

"더 말할 필요도 없는 문제다."

고모는 늘 같은 말로 대화를 끝냈다.

들어서 기분 좋은 말은 절대 아니었다.

아리아드네 고모한테는 모자를 머리에 고정하는 핀이 있었다. 금으로 만들었고 구스베리만큼 큼직한 에메랄드가 박혔다. 고모는 새 모자를 만들기 전이면 언제나 결의에 찬 표정으로 모자 핀을 머리카락에 꽂고 소매를 말아 올렸다. 모자 핀에는 고모가 뛰어난 모자 장인이 되게 해 주는 능력이 있었다.

티베리우스 삼촌 모자 핀은 반들반들한 은 제품이었다. 삼촌은 윗도리 가슴 주머니에 모자 핀을 넣고 다녔다. 페트로넬라 대고모는 반짝이는 붉은 돌이 박힌 모자 핀을 비녀처럼 쪽 찐 머리에 꽂았다. 프로스페로 선장은 플리트우드 지역 나뭇가지를 깎아 만든 모자 핀을 선장 모자에 달았다.

해마다 생일이 오면 코델리아는 모자 핀을 기대했다. 모자 핀은 코델리아를 모자 장인으로 만들어 줄 테고, 손가락이 근질거릴 만큼 하고 싶었던 작업도 모자 핀만 가지면 드디어 시작할 수 있을 터였다. 하지만 코델리아도 알았다. 이전에 살았던 모든 모자 장인처럼 열여섯 번째 생일에야 첫 번째 모자를 만들 수 있다는 것을….

그런 날은 인생을 몇 번 살아야 올 것 같았다. 그래도 열한 번째 생일에는 특별한 선물을 받았다. 봉제가 갓 끝난 모자를 뻣뻣한 오소리 털 솔로 솔질해서 윤을 낼 기회를 얻었다.

"우리 꼬맹이 해트메이커, 열두 번째 생일에는 우리 모자 장인들이 모자를 다듬을 때 사용하는 강력한 재료를 배우기 시작할 거야. 깃털이 첫 번째다. 깃털에는 마법과 특징이 다양하고 풍부하지."

프로스페로 선장이 약속했었다.

열두 번째 생일까지 아직 몇 달이나 남은 오늘, 코델리아가 작업실로 뛰어가 보니 삼촌이 고개를 숙이고 해트 블록에 걸린 쑥색 모자 넓은 벨벳 챙에 로즈메리를 엮어 만든 띠를 바느질하고 있었다.

"기억력을 위한 로즈메리."

삼촌이 웅얼거렸다.

삼촌과 고모는 검은색 애도 모자를 벗어서 옆에 두고 작업하고 있었다. 두 사람 모두 애도 모자 대신 주름 장식이 많은 보닛을 쓰고, 카나리아처럼 샛노란 리본을 턱 밑에 나비 모양으로 묶어서 고정했다.

아리아드네 고모가 눈을 휘둥그렇게 뜬 코델리아를 보고 말했다.

"우리가 다소 우스꽝스럽게 보이겠지만, 우리 슬픔이 왕이 쓸 모자에 배면 안 돼. 지금까지 애쓴 노력을 망칠 테니까. 그래서 모자를 완성할 때까지는 '쾌활한 보닛'을 쓰고 기운을 북돋기로 했단다."

고모는 코델리아에게도 보닛을 하나 건넸지만 코델리아가 받지 않았다.

"전 안 써도 돼요. 고모, 감사합니다."

코델리아 말에 아리아드네 고모가 고개를 돌렸다. 보닛에 달린 너풀너풀한 주름 장식이 고모 얼굴을 가렸다.

코델리아는 고모가 긍정적인 마음을 유지하려고 얼마나 힘들게 애쓰는지 알았다. 모자를 만드는 동안 모자 장인의 마음 상태는 대단히 중요했다. 아리아드네 고모는 이런 말을 여러 번 했다.

"가슴에서 흘러나온 선한 마음이 손을 거쳐 모자로 스며들게 하는 것이 가장 중요하단다."

모자 제작자가 슬프거나 화나거나 태만하거나 초조하면, 그 마음 상태가 모자에 배어들었다가 누군가 머리에 모자를 쓰는 순간 착용자에게 그대로 전달되었다. 티베리우스 삼촌이 어느 모자 장인 이야기를 들려준적이 있었다. 연인과 뜨거운 사랑에 빠진 장인이 정치인이 쓸 '진지 모자'를 만들었다. 한창 피어나는 장인의 흠모와 사랑이 '진지 모자'를 채우는 바람에, 정치인이 모자를 쓰자마자 반대당 지도자를 향한 사랑의 감정이 걷잡을 수 없이 일었다. (삼촌은 절대 인정하지 않았지만, 코델리아는 문제의 모자를 만든 장본인이 삼촌이 아닐까 의심했다.)

"'거미 명주실'이란다."

아리아드네 고모가 코델리아를 돌아보며 곱고 섬세한 은색 거미줄 뭉치를 들었다.

"어제 '갈색 학자 거미'가 자아낸 걸 달이 뜨기 전에 모아놨지. 코델리아, 이리 와서 도와다오. 집중해야 한다는 것 기억하고."

코델리아가 두 팔을 앞으로 쭉 뻗어서 넓게 펼치자 아리아드네 고모가 가느다란 거미 명주실로 코델리아의 두 팔을 신중하게 감았다. 이내 은빛으로 반짝이는 실타래가 코델리아 두 손 사이로 축 늘어졌다.

"자, 이제 실타래를 꼬렴."

아리아드네 고모가 지시했다.

코델리아는 두 손을 비틀어 실을 엮어서 매끄럽게 윤이 나는 끈을 만들었다. 아리아드네 고모가 양쪽 끝을 가위로 잘라낸 뒤 깔끔하게 매듭지어 묶었다.

"다음에는 이걸 모자에 바느질로 달아야 해. 여기서 시작하자. 여기, 왼쪽 눈 바로 위…."

아리아드네 고모가 핀으로 거미 명주실 끈을 모자에 고정했다.

"시계방향으로 끈을 틀어가며 꼭대기까지 한 바퀴 감아서 올라가는 거야."

반짝이는 끈으로 솜씨 좋게 모자를 두르는 고모를 지켜보자니 코델리아는 절로 감탄이 나왔다.

"이러면 왕의 집중력을 돋우는 데 도움이 된단다. 그게 이 모자를 주문한 목적이었지."

코델리아가 고개를 끄덕였다. 고모가 코델리아를 돌아보며 물었다.

"고모가 왜 '갈색 학자 거미'가 뽑아낸 거미줄을 선택했는지 말해보겠니?"

코델리아는 잠깐 생각한 뒤 대답했다.

"거미줄을 뽑으려고 열심히 일한 거미처럼, 이 모자는 왕이 열심히 일하는 데 도움이 되어야 하기 때문이에요. 게다가 '갈색 학자 거미'는 종이랑 고요함도 좋아하는데 왕이 집중하는 데 필요한 것도 종이와 침묵이니까요."

"아주 좋았어."

아리아드네 고모가 미소 짓더니 이어서 말했다.

"모자를 마무리하려면 '성 아이기스 덩굴'에서 갓 딴 꽃이 있어야 해. 한 송이 가져다주련?"

코델리아는 방금 염색한 비단을 널어놓은 줄 아래로 몸을 숙이고 지나서 온실로 향했다. 연금술실을 지나는데 문밖으로 하늘색 연기가 뭉게뭉게 새어 나왔다.

"굉장해! '바다 유리 물방울'이 거의 다 만들어졌어!"

기뻐서 외치는 페트로넬라 대고모의 갈라지는 목소리가 들렸다.

코델리아가 가던 길에서 벗어나 어둑한 실내로 들어가 보니, 대고모가 어른어른 빛나는 물방울을 부젓가락으로 들고 있었다. 액체로 된 햇빛처럼 생긴 물방울이었다. 공기가 매운 냄새로 알싸했다. 연금술은 코델리아에게 시와 과학이 섞인 기묘한 조합 같았다.

"아, 코델리아. 창턱에서 단지 좀 갖고 와라. 조심해야 해. '우레 비'가 가득 찼어."

페트로넬라 대고모가 쉰 목소리로 말했다.

코델리아가 창문을 열고 턱에 놓인 단지를 조심조심 들었다. 폭풍우처럼 탁한 회색 빗물이 단지 입구까지 차서 찰랑거렸다. 코델리아가 방을 가로지르는 사이 단지에서 물이 조금 튀었다. 단지 안에서 우르릉 쿠르릉 우레가 일더니 물을 가로질러 자그마한 번갯불이 번쩍였다.

"신선하고 좋구나."

코델리아가 단지를 탁자 위에 내려놓자 페트로넬라 대고모가 미소 지으며 말했다.

대고모가 반짝이는 물방울을 물속에 빠트렸다. 거대한 수증기 기둥이 비구름처럼 방 안에 마구 피어올랐다. 작은 번갯불이 코델리아와 대고모 주변 허공에서 지그재그로 갈라지며 번쩍였다.

수증기 구름 너머로 페트로넬라 대고모가 다시 눈에 들어왔다. 대고모 부젓가락에 들린 유리 물방울이 이제는 수정처럼 맑고 투명하게 반짝이고 있었다.

"왕이 중요한 문제에 집중하도록 이 '바다 유리 물방울'이 도와줄 거야."

대고모가 설명했다.

"어떻게 저렇게 바뀌었어요?"

코델리아가 물었다.

"우레 비'야말로 최고의 강화제지. 때로는 폭풍에서 살아남는 것이 온전한 사람이 되는 것이기도 해."

코델리아 목구멍에서 숨이 턱 막혔다. 페트로넬라 대고모는 코델리아에게서 눈을 떼지 않았다. 나이 들어 주름진 대모고 얼굴에서 두 눈동자가 수정 구슬처럼 반짝였다.

"폭풍에서 살아남으려면 무엇이 필요할까? 선한 마음씨와 정확한 판단력이지. 프로스페로는 둘 다 가졌어."

대고모가 차분하게 말했다.

"혹시 대고모님은…."

코델리아가 막 질문을 시작했는데 노부인은 침묵하라는 듯 종잇장처럼 창백한 손을 들었다.

"베네치아에 사는 유리 장인들은 폭풍이라면 모르는 것이 없단다. 우레 비로 가득한 큼직한 통도 여러 개야. 온갖 종류 폭풍에서 각기 다른 우레 비를 모으거든. 우레 비를 담는 통은 코끼리도 목욕시킬 만큼 거대하지. 베네치아인들은 유리의 대가들이란다."

대고모가 말했다.

"베네치아에 가서 만나보셨어요?"

코델리아가 눈을 동그랗게 뜨고 물었다.

"아, 아주 오래전이었어."

대고모는 이야기를 시작하려던 참이었지만 아래층에서 외치는 소리에 말을 끊었다.

"코델리아! 꽃은 어떻게 됐니?"

코델리아가 연금술실에서 미끄럼을 타고 나와 온실로 내달리며 큰 소리로 대답했다.

"지금 가요!"

잠시 뒤, 갓 만들어진 '바다 유리 물방울'이 바느질로 모자 꼭대기에 달렸다. 모자에 통통하고 맑은 물 구슬이 맺힌 것 같았다. '성 아이기스 덩굴' 연노랑 꽃이 모자챙에서 은은하게 빛났다. 모자는 가늠실로 옮겨졌다.

가늠실 한복판에는 큼지막한 나무 저울을 두었고, 벽을 둘러싼 선반에는 황동 추 수백 개를 무게 순서대로 줄지어 세워놨다.

티베리우스 삼촌이 사과만 한 추를 골랐다.

"집중력에 '몰두 열 개."

삼촌이 저울 한쪽에 추를 올리며 말했다.

아리아드네 고모가 저울 반대쪽에 모자를 조심스럽게 올렸다. 나무 저울이 시소처럼 천천히 기울어지더니, 모자를 올린 쪽이 내려가서 추가 실린 쪽과 높이가 같아졌다.

"좋았어! 집중력이 풍부해!"

티베리우스 삼촌이 크게 소리쳤다.

"냉철함도 재 봐요."

아리아드네 고모가 제안했다.

"냉철함이 뭐예요?"

코델리아가 물었다. 티베리우스 삼촌은 모자 반대편에 대포알만 한 추를 올리고 있었다.

"두 배 세 배 더 이성적이고 합리적인 거야."

고모가 속삭이며 대답했다.

모자가 냉철함 추보다 약간 가벼웠다. 티베리우스 삼촌이 좀 더 작은 추를 올렸더니 모자 쪽이 내려갔다.

아리아드네 고모가 고개를 끄덕였다.

"이 정도면 되겠어."

티베리우스 삼촌이 마지막으로 저울에 올린 추는 겨우 무당벌레 크기가 될까 말까 하게 작았다.

모자는 자그마한 추와 완벽하게 균형이 맞았다.

"저건 뭐예요?"

코델리아가 물었다.

"기쁨이란다."

티베리우스 삼촌이 조용히 말했다.

"아주 조금, 일하면서 생긴 긴장감을 덜어내 줄 만큼만."

해트메이커 가족은 새로 만든 모자를 꼼꼼히 살폈다. 은사와 로즈메리를 꼬아 만든 연한 회녹색 모자는 기품이 있었다. 코델리아는 모자를 쓰고 밤낮으로 서재에서 부지런히 일하는 왕을 상상했다.

삼촌이 코를 훌쩍였다.

"'아테네 부엉이' 귀 깃털이 있었으면 얼마나 좋을까."

슬픔이 차오른 삼촌 목소리가 걸걸하게 갈라졌다.

"자, 자, 티베르 오빠."

아리아드네 고모가 삼촌을 달랬다.

가늠 작업이 끝난 새 모자는 보통 모자 승강기에 실어서 일 층 모자 가게 전시실로 내려보냈다.

하지만 이것은 왕이 쓸 모자였다.

모자 장인들은 최고급 비단 보자기로 집중 모자를 싸서 단정한 회색 모자 상자에 넣은 뒤, 남색 리본으로 상자를 묶어서 해트메이커 집안 마차에 실었다.

존스가 문 앞에 마차를 미리 대 놓았다. 존스는 마부석에 앉아서 고삐를 잡고 있었다. 윤기가 흐르는 두 마리 말은 출발하고 싶어서 안달이 났는지 히힝 히힝 울며 머리를 획획 젖혀댔다.

아리아드네 고모와 코델리아가 마차에 올랐다. 티베리우스 삼촌이 조심스럽게 모자 상자를 들고 뒤따라 탔다. 페트로넬라 대고모는 창가에서 손을 흔들며 배웅했다.

존스가 입으로 쯧쯧 소리를 내자 말이 속도를 올려 다가닥다가닥 걷기 시작했다. 윔폴가에서 왕궁까지 가는 내내 모자 상자가 티베리우스 삼촌 무릎 위에서 흔들렸다.

마차 안은 조용했다. 아리아드네 고모가 가끔 훌쩍이면서 검은 장갑 낀 손으로 코델리아 손을 힘주어 잡았다. 티베리우스 삼촌은 얼굴을 구긴 채 아래만 내려다보았다. 고모와 삼촌 모두 밝은색 보닛을 벗고 칙칙한 애도 모자를 썼다. 까만 모자가 마차 안에 어둠을 드리웠다. 고요한 여정이었다.

반면, 왕궁은 난장판이었다.

빨간 주름 장식이 달린 옷을 입고 검은 벨벳 베레모를 쓰고 다리에 딱붙는 흰색 스타킹을 신은 하인들(코델리아 눈에는 우스꽝스럽게 보였다)이 넓디넓은 왕궁 마당에서 이리저리 뛰어다니고 있었다. 하인들은 산들바람을 타고 호를 그리며 날아다니는 편지며 문서 수백 장을 잡으려고 기를 쓰고 있었다.

모자 장인들이 탄 마차가 난리 통 한복판에서 멈췄다. 엄숙한 표정의 하인이 문을 열었고 모자 장인 일행이 마차 밖으로 내려섰다.

"이쪽입니다."

하인이 말하며 일행을 왕궁 황금 문 너머로 안내했다.

주변에서 펼쳐지는 아수라장을 무시하려는 하인의 노력은 칭찬할 만했지만, 바람결에 날아온 종이가 얼굴을 덮는 통에 헛수고로 돌아갔다.

코델리아가 지렁이 같은 글씨로 쓰인 문장 하나를 간신히 읽었다.

이로써 국왕이 위임하노니, '무늬 물꽃 대포 공장'에서 길만 개의…

코델리아는 아직 다 못 읽었는데, 벨벳 모자가 눈을 절반이나 가린 어린 시종이 당황한 표정으로 종이를 향해 몸을 날리면서 하인을 저 뒤로 보내버렸다.

해트메이커 가족은 국왕실로 가는 길을 익히 아는 터라 다 같이 미궁 같은 왕궁 복도를 따라 걷기 시작했다. 티베리우스 삼촌이 모자 상자를 소중하게 앞으로 들었다. 귀부인과 하녀, 흰색 가발을 쓴 신하들이 거의 동시에 고개를 돌려 해트메이커 가족을 지켜봤다. 왕에게 바치는 모자 상자 옆에서 행진하는 코델리아는 자신감으로 빛이 났다.

두 팔에 빨랫감을 잔뜩 든 하녀가 숨이 넘어갈 듯 외쳤다.

"세상에! 모자 장인들이야!"

코델리아가 하녀를 보고 웃자 하녀가 깜짝 놀라서 빨랫감을 떨어뜨렸다.

국왕실 문 앞에 도착해 보니, 은색과 검은색이 섞인 제복을 입은 병사 네 명이 문 앞을 지키고 서 있었다. 병사들은 안에서 나는 희한한 염소 울음 같은 소리를 못 들은 척하려고 최선을 다하는 듯 보였다. 이상하게도 하늘색 부츠 한 짝이 옆으로 쓰러진 채 병사들 발 옆에 놓여 있었다.

"아, 모자 장인들이다! 정말 기다렸습니다."

한 병사가 외치며 문을 활짝 열었다. 해트메이커 일행이 국왕실로 들어갔다.

조지 왕은 왕좌에 있었다. 해트메이커 가족 눈 앞에 펼쳐진 광경에서 유일하게 평범한 장면이었다.

번쩍거리는 뱀 가죽 신발을 신은 왕이 단추를 채우지 않은 주홍색 재킷 안에 여성용 레이스 속바지만 입고 있었다. 게다가, 정확히 말해서, 왕좌에 앉은 것이 아니었다. 한 다리로 왕좌위에 서서 길 잃은 양처럼 울고 있었다. 벨벳 장갑 한 짝은 한쪽 귀에 걸치고, 하늘색 부츠 한 짝을 머리 위에 절묘하게 균형을 잡아서 세워 두었다.

CHAPTER 5

"국왕 폐하."

아리아드네 고모가 허리를 깊이 숙이며 인사했다.

코델리아와 티베리우스 삼촌도 고모를 따라 절했다.

국왕실은 대혼란 그 자체였다. 바닥 곳곳에 옷가지와 종이가 널리고, 발 받침대 위에서 공작새가 날개를 퍼드덕거리고, 활짝 열린 창문에서 커튼이 춤을 추었다. 왕이 쓰는 곱슬머리 흰색 가발은 그리스 여신 조각상에 삐딱하게 걸쳐 있었다.

아름다운 연분홍색 비단 드레스를 입은 조지나 공주가 뻣뻣하게 굳은 채 왕좌 옆에 서 있었다. 간신히 울음을 참는 표정으로, 빛나는 보라색 망토를 두 주먹으로 힘껏 움켜쥐고 있었다.

왕좌 다른 쪽 옆에는 휘트루프 공작이 서 있었다. 지난밤 모자 장인 저택에서 봤을 때보다 훨씬 지쳐 보였지만, 한 다리로 선 국왕이 중심을 잃고 쓰러지면 잡아야 한다는 의무감으로 꿋꿋하게 자리를 지키고 있었다.

"오, 내 모자꾼들! 숟가락은 구멍이 뚫리기 전까지 숟가락이다. 그래서 잼이 든 푸딩은 포크로 먹어야 한다."

국왕이 선언했다.

티베리우스 삼촌이 엄숙하게 고개를 끄덕였다.

"폐하, 옳은 말씀입니다."

"퍼킨스, 받아 적어라."

국왕이 콧구멍에서 무를 잡아빼어 우적우적 씹으면서 공작새에게 말했다.

코델리아가 키득키득 웃자 아리아드네 고모가 팔꿈치로 옆구리를 쿡 찔렀다.

국왕이 코델리아를 유심히 바라봤다.

"아이의 웃음소리는 최고의 명약이지."

국왕이 무 이파리를 흔들며 말했다.

"극심한 딸꾹질은 물론 예외다. 딸꾹질이 터지면 멈출 때까지 멍멍이 스패니얼 옆에 서 있어야 한다."

코델리아가 예를 갖춰 고개를 끄덕였다.

"이 미친 놈한테 족쇄를 채워라!"

조지 왕이 왕좌에서 펄쩍 뛰어내리며 외쳤다. 바닥에 있던 은제 회중 시계가 국왕 발에 밟혀서 으스러졌다. 왕은 산더미처럼 쌓인 종이 더미를 발로 뻥 차더니, 가을 나뭇잎 떨어지듯 주변으로 날리는 종이 낱장을 보며 킬킬 웃었다.

"폐하, 제발 종이 좀 걷어차지 마십시오. 프랑스와 평화를 유지하는 데 매우 중요한 문서들입니다."

휘트루프 공작이 간청했다.

"공작님, 다시 해 볼까요?"

공주가 보라색 망토를 흔들며 말했다.

휘트루프 공작이 고개를 끄덕였다.

"문서를 준비하겠습니다."

공작이 속삭였다. 공작은 국왕이 황금 접시에 비친 자기 그림자에 정신을 판 사이, 종이를 챙겨서 창문가 책상 위에 차곡차곡 쌓아 놓고 백조 깃털 펜을 잉크병에 담갔다.

"미끼 역할을 다시 해 주시겠어요?"

공주가 부탁했다.

휘트루프 공작이 한숨을 쉬더니 백조 깃털 펜이 닭 볏처럼 보이도록 머리 위에 세웠다.

"폐하, 나 잡아 보십시오."

공작이 꼬꼬꼬 소리를 냈다.

번쩍이는 접시를 들여다보며 괴상한 표정을 지어대던 국왕이 하던 짓을 멈추고, 참새에게 다가가는 고양이처럼 공작을 향해 살금살금 움직이기 시작했다. 왕이 동작을 멈추고 가상의 수염을 매만지자 공주가 망토를 날려 왕의 두 어깨를 덮었다.

조지 왕이 잠깐 뻣뻣하게 서는가 싶더니 순식간에 자세를 바로잡으며 제왕다운 위엄을 드러냈다. 망토가 왕의 두 어깨 아래로 물 흐르듯 자연스럽게 늘어지자 휘트루프 공작이 재빨리 왕을 책상으로 이끌었다.

"폐하, 여기에 서명하십시오! GR, 두 글자면 됩니다."

공작이 활기찬 목소리로 국왕을 독려했다.

왕이 문서를 내려다보며 깃펜을 집었다.

깃펜을 똑바로 세워 잡는 국왕 모습에 모두가 숨을 죽였다. 왕이 손안에서 깃펜을 한 바퀴 돌리더니 돌연 깃털로 휘트루프 공작 코를 간지럽혔다.

"에에취!"

휘트루프 공작이 힘차게 재채기했다.

국왕은 아주 신이 나서 낄낄거리며 책상 위 문서 다발을 통째로 들어 열린 창문 밖으로 날려버리고 잉크병마저 박살을 냈다.

공주가 흐느꼈다.

"허튼수작은 집어치워라! 내 춤을 봐!"

왕이 고래고래 소리치며 위아래로 펄쩍펄쩍 뛰었다.

국왕은 빙글빙글 회전하면서 엉망진창이 된 국왕실을 돌고 또 돌았다. 보라색 망토는 솜털 돋은 날개처럼 뒤로 날아가 버렸다.

휘트루프 공작은 절망스러운 눈빛으로 창밖에서 땅으로 나풀나풀 떨어지는 종이를 응시했다.

"제시간에 맞춰 문서 전달하기는 아예 글렀군."

공작이 재킷 호주머니를 뒤지며 한숨을 쉬었다. 공작은 시계 판에 파란 나비가 있는 유리 회중시계를 꺼내더니 앓는 소리를 냈다.

"이런 맙소사, 늦어도 너무 늦었어! 폐하 행동은 갈수록 나빠지기만 하고! 처음에는 음식으로 장난치거나 괴상한 소리를 내는 등 다소 엉뚱하게 굴었을 뿐인데 이제는 단 일 분도 집중하지 못할 만큼 나빠졌어! 방귀나 뿡뿡 뀌면서 춤추고 바지조차 입기를 거부하는구나!”

코델리아는 미친 듯이 날뛰며 궁전을 돌아다닐 만큼 지독히 어리석은 왕을 모시기가 얼마나 어려울지 이해가 갔지만, 그래도 왕이 폴카 하나는 꽤 잘 춘다고 생각했다. 왕은 딸을 빙빙 돌리며 춤에 끌어들이려고 했지만 공주가 손을 거둬들였다.

‘공주도 아빠를 잃어버렸구나. 나랑은 좀 다르지만.’

코델리아가 생각했다.

“폐하에게 시도해 본 방법은 하나같이 길어야 일이 분밖에 효과가 없었어요!”

공주가 갑자기 외쳤다.

“시계 장인들이 만든 ‘논리 시계’는 딱 이 초 만에 산산이 조각났습니다. 신발 장인들의 ‘생각 부츠’는 발에 신기지도 못했고요. 장갑 장인들이 갖고 온 ‘무거운 손 장갑’을 끼었는데도 폐하는 단 일 분도 가만히 못 있고 움찔거렸어요. 그리고 망토⋯. 아, 안 돼!”

왕이 발코니에서 망토를 날려 놓고, 기이하게 생긴 보라색 해파리처럼 허공에서 너울거리며 떨어지는 모습을 감탄하며 구경하고 있었다.

“모자 장인님, 그대들이 마지막 희망입니다. 이 모자가 폐하의 기행을 막지 못하면 더는 시도할 방법이 없어요!”

“사실 왕실 의사를 부르기는 했습니다. 무엇이 문제인지 밝혀낼지도 모르니까요.”

휘트루프 공작이 모두에게 말했다.

“프로버트, 안으로 모셔라.”

공작이 신호를 보내자 한 하인이 서둘러 밖으로 나갔다.

"맙소사, 의사라니. 아주 신식이네."

티베리우스 삼촌이 투덜거렸다.

잠시 뒤, 하인이 돌아왔다. 하인 뒤로 키 큰 남자가 따라 들어왔다. 심각하게 찌푸린 표정의 남자는 콧수염마저 심각해 보였다.

"아, 리치(*Leech: 소문자로 쓰면 '거머리'라는 뜻) 선생. 어서 들어오십시오."

휘트루프 공작이 말했다.

"폐하, 안녕하십니까. 공작님도 안녕하십니까."

의사가 엄숙하게 목례했다.

의사는 해트메이커 가족을 향해 한쪽 눈썹을 치켜올리더니 검은색 가방을 책상 위에 내려놨다.

"이제 막 모자 장인들에게 바보처럼 구는 국왕을 멈추는 일이 얼마나 중대한지 설명하고 있었습니다."

휘트루프 공작이 진지하게 말을 이었다.

"프랑스는 꾸준히 전쟁을 위협하는데 폐하가 이 문서들에 서명도 못 할 만큼 집중력이 없으면 나라 전체가 위험해집니다. 그 어느 때보다 상황이 위태롭습니다."

아리아드네 고모가 모자 상자를 열고 집중 모자를 들어 올렸다. 리치 의사가 경멸하는 눈빛으로 쳐다봤다.

"공주님, 그리고 공작님. 죄송하지만 이 모자는 완성품이 아닙니다."

아리아드네 고모가 말했다.

조지나 공주는 가슴이 무너지는 표정이었다.

"공주님, 휘트루프 공작님이 보고했겠지만 내 아우, 프로스페로 해트메이커 선장이 우리 가문 배와 함께 바다에서 실종되었습니다."

티베리우스 삼촌이 입을 열었다가 돌연 초록색 비단 손수건을 펼쳐서 얼굴을 가렸다. 조지나 공주는 손을 날리다시피 올려서 입을 막았고 휘트루프 공작은 처참한 표정을 지었다.

왕이 손에 드는 기다란 홀을 장난감 목마 타듯 다리 사이에 끼고 신나게 껑충껑충 뛰기 시작했다.

"프로스페로 선장은 희귀한 '아테네 부엉이' 깃털을 구해서 집으로 갖고 올 예정이었습니다. 깃털이 있었으면 폐하를 낫게 하는 데 확실히 도움이 되었을 텐데…"

아리아드네 고모가 설명했다.

의사가 가볍게 기침하며 목을 가다듬었다. 어쩐지 코델리아 귀에는 새어 나오는 비웃음을 억누르는 소리로 들렸다. 아리아드네 고모가 말끝을 흐리자 슬픔 가득한 침묵이 실내에 내려앉았다. 간혹 왕이 말 흉내를 내며 다가닥다가닥거리는 소리가 들릴 뿐이었다.

"프로스페로 해트메이커는 좋은 사람이었습니다. 물론 내가 선장보다 몇 살 위이긴 하지만 우린 케임브리지에서 연금술 이론과 실제를 연구하던 동문이었지요. 내 기억이 맞는다면 프로스페로는 신입생 시절 '스피투스 상티'라는 진귀한 식물을 달여서 큰 상을 탔습니다. 영국은 위대한 모험가이자 뛰어난 모자 장인을 잃었어요."

휘트루프 공작이 단정하듯 말했다.

'그건 두고 볼 일이죠!'

코델리아 생각이 불길처럼 활활 타올랐다.

티베리우스 삼촌이 코를 훌쩍이더니 단호하게 말했다.

"국왕에게 모자를 씌워야 합니다. '아테네 부엉이' 깃털은 없었지만, 우리가 최선을 다했다고 믿어주십시오."

"그랬고 말고요."

아리아드네 고모가 주변에 널린 옷가지를 힐끔거리며 조심스럽게 덧붙였다.

"왕실복 장인들의 가장 오래된 전통을 따라, 왕실복을 구성하는 각각의 의복을 한꺼번에 입어야 가장 강력한 힘을 발휘하는데…."

휘트루프 공작이 한숨지었다.

"사실입니다. 하지만 해트메이커 부인, 뭐 하나라도 입으시도록 왕을 설득하기가 어렵군요."

모두 왕을 향해 고개를 돌렸다. 왕은 어느새 홀을 던져버리고 기다란 벨벳 커튼에 거꾸로 대롱대롱 매달려 있었다. 정수리가 바닥을 향한 머리통에 모자를 씌우기란, 들어본 적도 없지만, 두말할 필요도 없이 어려울 터였다.

"폐하, 제발 거기서 내려오십시오. 폐하는 왕실 군대 통솔자이자 왕실 해군 최고 사령관이십니다. 그렇게 머리 위로 발이 간 모습으로는 두 역할을 제대로 하실 수 없어요."

휘트루프 공작이 살살 달랬다.

"폐하, 이 멋진 모자를 한 번 써보시지요."

아리아드네 고모가 노래하듯 말했다.

왕이 힐끔 모자를 쳐다봤다. 휘트루프 공작이 한 발 내디디자 왕이 비명을 지르며 커튼을 타고 올라갔다.

"저러다가 떨어지시겠어요!"

공주가 외쳤다.

왕이 황동 커튼 봉에 매달려서 늑대처럼 길게 울었다. 공주와 휘트루프 공작, 해트메이커 가족 모두가 국왕에게 내려오라고 애원했다. 의사는 그저 팔짱을 낀 채 구경만 했다.

'불쌍한 폐하, 늘 이성적이고 합리적이어야 해서 힘들 거야. 사람들이 한결같이 끔찍할 만큼 진지하게 받아들이는 것도 신물이 날 테고. 아무도 함께 춤춰주지 않아서 외롭기도 하고.'

코델리아가 생각했다. 그래서, 그다지 깊게 따져보지도 않고 그저 춤을 추기 시작했다.

코델리아는 치마를 가볍게 들어 올리고 원을 그리며 흥겹게 뛰었다. 아빠가 가르쳐준 뱃노래 곡조를 휘파람으로 불었다. 허공으로 펄쩍 뛰어오르며 두 팔을 머리 위로 번쩍 올리고 손가락을 꼬물거렸다.

춤추는 소녀를 응시하는 국왕의 두 눈은 경이감으로 가득했다. 천천히, 왕이 커튼에서 미끄러져 내려왔다. 아리아드네 고모가 모두에게 옆으로 물러나라고 가만히 신호를 보냈다.

왕이 코델리아가 부르는 노래를 따라 부르며 조금씩 코델리아에게 다가갔다.

코델리아가 발을 탁탁 굴렀다. 왕도 탁탁 발을 굴렀다. 코델리아가 빙그르르 돌았다. 왕도 빙그르르 돌았다. 코델리아가 발끝으로 서서 양옆으로 두 팔을 가볍게 들어 올렸다. 왕이 똑같이 따라 하는데….

"됐다!"

왕 머리에 모자를 씌운 아리아드네 고모가 한숨을 내쉬었다.

왕이 돌변했다.

고모가 모자 씌우기에 성공했을 때 코델리아는 왕과 코를 거의 맞대고 있었다. 집중 모자가 마법을 발휘했다.

CHAPTER 6

격양된 왕의 표정이 스르르 녹았다.

코델리아는 왕의 두 눈에 어리는 쓸쓸하고 슬픈 감정을 보고 깜짝 놀랐다.

"아."

코델리아가 아주 작게 탄식했다.

"알았다."

왕이 대답했다. 이성적이고 슬픈 사람인 왕이 한숨지었다.

"왜 그러세요?"

코델리아가 속삭였다.

"얘기하마. 그보다 이 신발 먼저 벗어야겠다!"

왕이 대답했다.

왕이 한쪽 다리로 펄쩍펄쩍 뛰며 버클로 단단히 채워놓은 신발을 마구 잡아당겼다.

"아, 이런."

휘트루프 공작이 신음했다.

"모자가 맥을 못 추는군요."

리치 박사가 앞으로 나서며 말했다.

"아니에요! 효과 있어요!"

코델리아가 항의했다.

의사는 코델리아를 무시했다. 의사가 왕의 손목을 잡았지만, 왕이 거세게 저항하며 신발로 손을 뻗었다.

"그래도 한 번은 모든 복장을 제대로 갖춰 입으시도록 시도라도 해봐야 하지 않을까요?"

아리아드네 고모가 '무거운 손' 장갑 한 짝을 집어 들며 제안했다.

"해 봅시다. 시도할 수 있는 수는 다 시도해 봐야지요."

코델리아가 하늘색 생각 부츠 한 짝을 찾아오자 휘트루프 공작이 찬성했다.

의사와 왕이 몸싸움을 벌이는 가운데 국왕 머리에서 아름다운 은녹색 모자가 벗겨져서 짓밟혔다. 거미 명주실이 왕 한쪽 발에 엉켰고 뭉개진 로즈메리 냄새가 방 안에 퍼졌다.

"안 돼!"

티베리우스 삼촌이 울부짖었다.

"이따위 겉만 번지르르한 물건은 시간 낭비다!"

의사가 버럭 화를 내며 망가진 모자를 걷어차서 날려버렸다.

"지금은 케케묵고 허황한 미신의 시대가 아니라 과학의 시대입니다."

"무슨 그런 말도 안 되는 소리를!"

티베리우스 삼촌이 분통을 터트렸지만, 아리아드네 고모가 삼촌 팔에 손을 올리자 잠잠해졌다.

의사가 손가락 하나를 왕 귀에 쑤셔 넣더니 단언했다.

"내 생각대로입니다. 폐하의 뇌가 매우 뜨겁습니다. 당장 해변으로 휴양을 떠나야 해요. 바닷바람이 과열된 체온을 식혀줄 겁니다."

휘트루프 공작 이마에 주름이 잡혔다.

"즉시 효과를 볼 만한 치료법은 없습니까? 폐하가 궁전에서 떠나면 안 될 것 같습니다만."

의사가 단호하게 고개를 젓자 조지나 공주가 흐느꼈다. 공작이 공주 팔에 손을 올려 위로했다.

"공주님, 의사를 믿어 보지요. 바닷가에서 휴식을 취하면 폐하 머리도 맑아질 겁니다. 금방 좋아지시겠지요."

이제 왕은 우우 소리를 내며 리치 의사를 향해 혀를 날름거리고 있었다.

"제가 폐하를 침실로 모시고 가겠습니다. 오늘 밤 휴양지로 떠나시게 채비를 갖추죠."

의사가 선언했다.

의사는 국왕이 막무가내로 퍼붓는 야유를 견디며 국왕을 이끌고 밖으로 나갔다. 조지나 공주는 그렇게 떠나는 국왕을 속절없이 바라보았다.

티베리우스 삼촌과 아리아드네 고모는 침묵했지만 코델리아는 참지 못하고 소리쳤다.

"폐하는 그저 신발이 벗고 싶었을 뿐이에요!"

"국왕은 절대 신발 벗은 모습을 보여서는 안 된다. 교양 없이 천박해 보인단 말이다."

휘트루프 공작이 진지하게 말한 뒤 과장해서 격식을 갖추어 공주를 향해 몸을 돌렸다.

"조지나 공주님, 공주님은 폐하의 유일한 후계자입니다. 폐하가 안 계신 동안 국왕 직무를 이어받는 것은 엄중한 의무입니다."

휘트루프 공작이 감정을 섞지 않고 엄숙하게 말했다.

공주는 당황한 기색이 역력한 모습으로 아빠가 남긴 무질서 한복판에 그저 가만히 서 있었다.

"공주님, 두려워하지 마십시오. 저, 휘트루프 공작이 추밀 고문관(*영국의 행정 기관이자 사법 기관인 '추밀원'에서 자문을 맡은 관리)으로서 공주님 하시는 모든 일에 함께하겠습니다."

공작이 코가 땅에 닿도록 고개를 깊이 숙여 절했다. 공주는 감사한 마음을 가득 담아 미소 지었다.

코델리아가 문득 무언가를 깨달았다.

"공주님, 그렇다면 이제부터 공주님이 해군 최고 사령관이라는 뜻인가요?"

공주가 망설이며 혼란스러운 표정으로 휘트루프 공작을 보자 공작이 고개를 끄덕였다.

"그렇네요. 그런가 봅니다."

공주가 답했다.

코델리아 가슴 속에서 희망이 파도처럼 일었다.

"부탁드립니다. 우리 아빠가 바다에서 실종되었어요. 배를 한 척 보내서 아빠를 찾아주세요. 해군에서 제일 빠른 배를 보내면 그만큼 아빠를 빨리 찾을…."

공주가 대답하기 전에 휘트루프 공작이 고개를 저었다.

"친애하는 해트메이커 양, 유감이지만 그건 불가하다. 프랑스가 전쟁을 위협하는 판국이라 배 한 척도 여유가 없어. 공격에 대비해서 모든 배를 영국 해협에 집결해야 한다."

공작이 엄숙하게 말했다.

"하지만…."

코델리아가 막 반박하려는 참에 조지나 공주가 선수를 쳤다.

"물론 배 한 척 정도는…."

휘트루프 공작이 성마른 목소리로 공주 말을 끊었다.

"유감이지만 여유는 없습니다! 우편선도 예외가 아닙니다. 언제 전쟁이 터질지 모르니 모든 선박을 동원해서 이 나라 해안선을 지켜야 해요. 공주, 폐하도 나와 같은 생각일 겁니다. 그렇게 머리가 이상해지지만 않았으면 말이지요."

공주가 얼굴을 붉혔다. 휘트루프 공작이 이해한다는 눈빛으로 코델리아를 내려다보며 미소 짓는 바람에 코델리아는 말을 삼켜야 했다.

"설령 네 아버지가 침몰하는 배에서 어찌어찌 살아남았다 해도 리버마우스 암초 주변 거친 해류는 피하기 어려웠을 게다."

그날 밤 해트메이커 가족이 저녁 식탁에 둘러앉은 순간, 눈이 단단해져서 얼음이 되듯 프로스페로 선장의 부재가 사실로 굳어졌다.

티베리우스 삼촌은 리치 의사에 대해서 안 좋은 말을 웅얼거리고 아리아드네 고모는 그저 식탁만 응시하고 페트로넬라 대고모는 안절부절못했다. 코델리아는 자리에서 연신 몸을 비틀어 창문 밖을 내다보았다. 나란히 들어선 이웃집 주변으로 안개가 두꺼운 망토처럼 내려앉았다.

애거사는 하룻밤 지나고 올까? 아빠가 쓴 쪽지를 매달고 어둠을 헤쳐서 집으로 돌아오려나?

해트메이커 가족 누구도 입맛이 없었지만 쿡 생각은 달랐다. 쿡이 요리하는 음식은 하나하나가 맛의 교향곡이었다.

"음식은 마법이야. 모자 만드는 거랑 같아."

언젠가 쿡이 요리에 후추를 솔솔 뿌리면서 코델리아한테 속삭였다.

"음식으로 못 고칠 병은 없어."

쿡은 스튜에 약초를 넣고 끓여서 상처 입은 감정을 달랬고, 벌꿀 케이크를 구워서 무너진 가슴을 위로했다. 용기가 필요할 때는 딱딱한 껍질에 주름이 잔뜩 잡힌 파이를, 지친 영혼을 북돋울 때는 치즈를 녹인 페이스트리를 준비했다. 쿡이 만든 오이 수프는 뜨거워진 성질을 식혔고, 버터를 발라 푸딩을 올린 빵은 세상에서 가장 심술 궂은 사람 안에서도 친절을 깨웠다. 쿡이 구운 감자는 만병통치약이었다.

오늘 밤, 쿡은 감자를 잔뜩 구워 커다란 쟁반에 담아 식탁으로 내왔다.

노릇노릇한 감자가 풍기는 따뜻한 향기에 모두가 눈길을 들었다.

"자, 여기 음식 나왔어요."

쿡이 접시마다 감자로 산을 쌓으면서 혀를 찼다.

"일단 이것부터 먹고 어떻게 돌아가는지 보자고요."

쿡은 영리하게 한 사람씩 어르고 달래서 결국 가족 모두가 제대로 식사를 마치게 했다. 나중에는 캐러멜 커스터드와 크림 단지도 들고 왔다. 삼십 분 뒤, 쿡이 가족 모두를 침실로 이끌었다.

"사랑하는 코델리아, 잘 자. 아침이면 기분이 조금은 나아질 거야."

쿡이 코델리아 이마에 입을 맞추며 말했다.

코델리아는 졸린 눈으로 쿡에게 미소 지으며 생각했다.

'난 안 자요. 애거사가 돌아올 때까지 깨어서 기다려야 하거든요.'

그런데 어찌 된 일인지 이불 밑으로 파고들자마자 팔다리가 점점 무거워졌고, 결국 코델리아는 깊고 깊은 잠 속으로 빠져들었다.

코델리아가 잠에서 깨었을 땐 아침 햇살에 안개가 걷혀서 날은 맑았지만 애거사는 여전히 보이지 않았다. 코델리아는 인상을 잔뜩 쓰고 서재에서 전령 비둘기들 모이통을 채웠다.

새들이 코델리아를 향해 눈을 깜빡이며 구구구구 울었다. 의심 한 조각이 발톱을 세우고 코델리아 머리 한구석에 거미줄처럼 들러붙었다. 코델리아는 머리를 세차게 흔들어서 마음 저 밖으로 의심을 털어냈다.

"애거사는 아빠가 있는 정확한 위치를 알아내서 곧 돌아올 거야."

코델리아가 마거릿의 황갈색 날개를 간지럽히며 혼잣말했다.

"아빠는 아빠가 어디 있는지 알려 주려고 별자리 지도를 그렸을 거야. 바로 이 몸이 구조대 대장이 되어야지."

"미이이이이치냥!"

난데없이 누군가 밖에서 귀를 긁는 소리로 꽥꽥 외쳤다. 코델리아는 창문에 걸린 빗장을 풀고 아침 공기 속으로 머리를 내밀었다.

저 아래 거리에 서 있는 작은 형상이 보였다. 물론 사람이었지만 두 팔을 어찌나 요란하게 펄럭이는지 한 마리 커다란 갈색 새로 보였다. 다 해진 누더기를 입고, 헐렁하고 납작한 모자를 썼다. 양손에 든 신문을 지나가는 사람 얼굴 앞에서 흔들어대고 있었다.

"미이이이이치냥!"

납작모자를 쓴 사람이 꽥 소리치는 바람에 옆을 지나던 푸른색 조끼 차림 신사가 놀라서 펄쩍 뛰었다. 그래도 한 마부가 신문을 한 부 받고는, 두 팔을 파닥거리는 납작모자 사람에게 동전을 날려주었다.

"미이이이이치…."

"저기요!"

코델리아가 외쳤다.

납작모자가 위를 올려다보았다. 꾀죄죄한 얼굴에 커다란 눈동자, 그보다 더 큰 미소가 코델리아 눈에 들어왔다. 또래인 듯한 남자아이였다. 소년이 코델리아를 향해 신문을 휘두르며 소리쳤다.

"미이이이이치…."

"이렇게 이른 아침에 왜 그렇게 시끄럽게 소리를 쳐?"

코델리아가 고함치는 소년 말을 끊었다.

"신문 파는 거야!"

소년이 말했다.

"좀 조용히 팔면 안 돼?"

코델리아가 물었다.

"조용히 하면 신문이 안 팔려. 사람들이 신문을 사도록 소리쳐야 해."

소년이 답했다.

"궁금해서 그러는데, 오늘 아침 새 소식은 뭐야?"

코델리아가 물었다.

"미이이이치낳!"

소년이 목이 터지게 외치자 우유 배달원과 비둘기 한 마리가 동시에 놀랐다. 모자 장인 저택 마구간에서는 말이, 길 건너에서는 당나귀들이 히힝히힝 울었다.

코델리아가 귀를 막았다.

"'미이이이치낳'이 도대체 무슨 소리야?"

코델리아가 물었다.

소년이 목을 가다듬고 말했다.

"미친 왕!"

"거기 잠깐 기다려. 내려갈게!"

코델리아가 소년에게 말했다.

CHAPTER 7

코델리아는 부엌 벽난로에 걸린 구리 주전자에서 물을 따라 벌꿀차를 두 잔 타서, 김이 피어오르는 찻잔을 거리로 들고 나가 한 잔을 소년에게 건넸다.

소년이 반색하며 찻잔을 받아 들더니 한 모금에 다 마셔 버렸다.

"우와!"

소년이 짧게 외치고는 가득 찬 코델리아 컵을 곁눈질하는 바람에 코델리아는 자기 찻잔도 소년에게 주었다.

"조금씩 마셔."

코델리아가 말했지만, 소년은 이미 단숨에 찻잔을 비워 버렸다.

"미이이이치냥!"

소년이 대뜸 고함치는 바람에 코델리아가 펄쩍 뛰었다.

한 아가씨가 소년에게서 냉큼 신문을 받고 동전을 던져주더니 얼굴을 잔뜩 찡그리며 성큼성큼 걸어가 버렸다. 코델리아도 신문에 인쇄된 검은 글씨를 얼핏 보고 인상을 썼다.

바보가 된 속옷 바람 미친 왕

머리기사 아래는 온통 왕을 나쁘게 말하는 글이 실렸다.

"왕이 속옷만 입었다는 건 어떻게 알았지?"

코델리아는 궁금했다.

"어이, 읽고 싶으면 돈 내!"

소년이 말했다.

코델리아는 얼굴이 빨개졌는데 소년은 모자를 살짝 들어 올리고 이마를 긁으며 한쪽 눈을 찡긋했다.

"내가 너라면 헛돈 안 써. 어른들은 신문을 보면 얼굴을 찡그리거든. 기분이 나빠질 일에 왜 돈을 써? 차라리 카나리아를 사서 키우는 게 낫지."

소년이 활짝 웃었다.

"넌 카나리아 키워?"

코델리아가 물었다.

"아니, 한 마리 사려고 돈 모으고 있어."

코델리아는 카나리아를 키우고 싶어 하는 아이라면 친구가 될 수 있다고 확신했다. 코델리아가 한 손을 소년에게 내밀었다.

"만나서 반가워. 난 코델리아 해트메이커, 모자 장인이야."

"코, 진짜 모자 장인이야?"

소년이 물었다.

"코델리아라니까! 그래도 뭐, '코'라고 부르고 싶으면 그렇게 불러."

코델리아는 이름을 고쳐주려다가 말았다.

소년은 꾀죄죄한 손을 지저분한 바지에 문질러 닦은 뒤 코델리아 손을 잡고 힘차게 흔들면서 말했다. 갈색 두 눈동자가 참새 눈 만큼 영롱했다.

"샘 라이트핑거야(*light fingers로 쓰면 '손버릇이 나쁘다'는 뜻)."

"샘, 만나서 반가워."

코델리아가 싱긋 웃었다.

"해트메이커 양! 안으로 들어와요!"

부엌문에서 스테어보텀 선생이 불렀다. 스테어보텀은 코델리아의 가정 교사였다. 선생은 가느다란 지팡이를 짚고 다니는데, 그래서인지 (코델리아 생각에) 다리가 가느다란 왜가리처럼 보였다. 선생의 웃음소리는 그런 외모에 어울릴 만큼 길고 날카로웠다. 검소하고 진지한 선생은 이상적인 가정 교사였다. 하지만 코델리아는 선생님이 먹구름처럼 칙칙한 드레스 호주머니 안에 몰래 사탕을 넣고 다닌다는 것을 알았다.

삼 년 전, 스테어보텀 선생을 처음 만났을 때 코델리아는 새 가정 교사를 위아래로 훑어보고 곁눈질로 지팡이를 살피며 물었다.

"그건 왜 들고 다니세요?"

스테어보텀 선생은 코델리아를 오랫동안 응시했다.

"가리키려고."

마침내 선생이 입을 열었다.

"뭘 가리키려고요?"

코델리아가 또 물었다.

"수학 방정식."

이것이 선생 대답이었다.

코델리아는 괜히 물어봤다고 생각했다. 그런데 스테어보텀 선생이 호주머니에 손을 넣더니 밝은색 종이로 포장된 캐러멜을 하나 꺼냈다. 코델리아는 바스락바스락 포장지를 벗겨내고 말랑말랑한 캐러멜을 씹으면서 이 선생님은 가능성이 있다고 판단했다.

선생이 집 앞 계단을 지팡이로 조급하게 딱딱 때렸다. 코델리아는 라이트핑거에게 작별 인사를 한 뒤 빈 찻잔을 들고 황급히 안으로 들어갔다.

"코델리아, 뛰면 안 되지!"

선생이 외쳤다.

코델리아가 속도를 늦춰서 우아하게 걸었다.

"훨씬 낫구나. 숙녀답게 행동하는 걸 잊지 마."

스테어보텀 선생이 말했다.

가정 교사는 코델리아 뒤에서 문을 닫은 터라 코델리아가 눈알 굴리는 모습은 보지 못했지만, 코델리아 손을 보고 헉 소리를 냈다.

"손이 아주 더럽구나! 거리 부랑아랑 악수하면 절대 안 돼! 당장 가서 씻으렴. 아침 산책할 시간이다."

아닌 게 아니라 코델리아 두 손이 때가 타서 새카맸다. 코델리아는 쿡이 건네주는 비누를 받으면서 웃음을 터트렸다.

"스테어보텀 선생님, 걔는 부랑아가 아니에요. 신문 팔아요. 이거 보세요. 손에 묻은 건 신문 잉크예요."

코델리아가 말했다.

비누가 새카매졌다. 물은 훨씬 시커멨다. 가정 교사가 보기에도 만족
스러울 만큼 손이 깨끗해지자, 코델리아는 부엌 식탁에서 토스트 두 쪽
을 몰래 가져와 벌꿀을 듬뿍 바른 뒤 밖으로 나가는 길에 한 쪽을 샘 라
이트핑거에게 슬쩍 건넸다.

"코, 고마워!"

샘이 스테어보텀 선생과 거리를 건너는 코델리아에게 속삭였다.

코델리아와 스테어보텀 선생이 (가정 교사가 괜찮다고 여길 만큼 느린 속도
로 걸어서) 하이드 파크에 다다랐을 즈음, 토스트는 다 먹었지만 벌꿀 맛
은 코델리아 입술에 남았다. 두 사람은 서펀타인 호수(*하이드 파크 중심에
있는 인공 호수)까지 걸어갔다. 녹음 속에서 호수 수면이 반짝였다.

작은 덩치에 통통하고 머리를 영 못나게 깎은 남자아이가 호숫가에 서
있었다. 아이는 한쪽 팔 밑에 모형 배를 끼고 있었다.

"구스!"

코델리아가 아이를 향해 깡충깡충 뛰어가며 외쳤다.

"코델리아, 안녕?"

남자아이가 활짝 웃었다.

"부트메이커, 신발 장인님. 안녕하신가요?"

스테어보텀 선생이 정색하고 말했다.

"스테어보텀 선생님, 안녕하세요."

남자아이가 예의 바르게 허리 숙여 인사했다.

스테어보텀 선생은 지켜보는 사람이 없는지 공원을 두리번거리며 확인했다. 해트메이커 집안사람과 부트메이커 집안사람들이 이야기를 나누는 경우는 극히 드물었다. 사실 몇 세대 전부터 두 집안은 우호 관계가 아니었다. 둘 중 어느 집에서라도 구스와 코넬리아가 친구 사이라는 사실을 알아내면, 두 아이는 물론이고 스테어보텀 선생까지 상당히 난처해질 문제였다. 신발 신지 않은 왕만큼이나 손가락질받을 일이었다.

코넬리아와 구스는 일주일에 며칠은 하이트 파크에서 아침에 몰래 만났다. 스테어보텀 선생은 구스의 가정 교사이기도 했다. 해트메이커 가족과 부트메이커 가족 어디에도 두 집안 아이를 모두 가르친다는 말을, 편리하게도, 잊어버리고 안 했을 뿐이었다. 스테어보텀 선생은 매주 월요일과 수요일, 금요일에는 모자 장인 저택에서 코넬리아를 가르쳤다. 화요일, 목요일, 토요일에는 모자 장인 저택에서 세 거리 떨어진 신발 장인 집으로 가서 구스에게 셈법과 그리기, 글자 수업을 했다. 일요일에 선생은 예배에 참석하고 뾰족한 구두에 광을 냈다.

코넬리아와 구스는 두 사람에게 수학 문제를 풀게 하고 모든 곳에서 지나치게 느리게 걷는 스테어보텀 선생이 못마땅하면서도 좋다는 데에 공감했다. 어쨌건 선생 호주머니에는 늘 캐러멜이 그득했으니까. 게다가 각자 외롭게 지내던 코넬리아와 구스를 서로 만나게 해주었다. 당연히 코넬리아는 가족과 쿡, 존스 아저씨, 전령 비둘기는 물론이고 모자 장인 저택 식품 저장실 선반 뒤에 사는 생쥐들까지 사랑했다. 그래도 함께 놀기에는 키가 비슷한 친구가 최고였다. 키가 비슷한 사람은 왠지 모든 면에서 세상을 비슷한 눈높이로 보는 느낌이었다.

따지고 보면 삼 년 전에 스테어보텀 선생도 순수하게 좋은 의도로 코델리아와 구스를 만나게 해준 것은 아니었다. 코델리아와 구스가 은근히 선생을 존경하는 또 다른 이유가 있었다. 공원에서 코델리아와 구스가 만날 때면, 선생도 관목림 안에서 신사 친구분을 만났다. 네 사람 모두에게 만족스러운 만남이었다.

"그건 뭐야?"

스테어보텀 선생이 관목림으로 들어가 버리자 코델리아가 구스의 나무배를 가리키며 물었다.

"'번쩍이는 부츠'호랑 똑같이 생긴 모형이야. 이거 보여? 이그네이셔스 형이 타륜을 잡고 있어."

구스가 눈을 반짝이며 코델리아에게 말했다. 잘 보이도록 모형 배를 들어 주었다며 손수건만 한 돛들이 가느다란 삭구 줄로 돛대에 달려 있었다. 선체와 난간을 조각한 솜씨가 대단히 뛰어났는데, 나무를 깎아 선장도 만들어서 작은 타륜 앞에 세워 두었다.

"진짜 멋지다!"

코델리아가 말했다.

자랑스러워하는 구스에게서 빛이 났다.

"이그네이셔스 형이 항해하는 내내 나 주려고 만들었대. 집에 오자마자 줬어."

구스 말에 코델리아가 멈칫했다.

"네 형이 탄 배는 폭풍에도 무사했어? 리버마우스 입구를 지키는 암초도 통과했고?"

코델리아 배 속에서 소용돌이가 휘몰아쳤다.

"이그네이셔스 형은 평범한 항해였다던데? 등대도 평소처럼 리버마우스를 돌아가도록 이끌어줬고."

구스가 답했다.

코델리아가 눈을 깜빡였다. 등대는 어째서 유쾌한 보닛과 선원들이 암초를 무사히 통과하도록 이끌지 못했을까? 런던 뱃사람이라면 그 해협을 아주 잘 알았다. 한번은 아빠가 이런 말을 했다.

"뱃머리 선수상과 반짝이는 등대 불빛이 일렬로 서는 바로 그 순간, 배가 꿈결처럼 바다를 가르며 나아간단다."

해트메이커 선장은 등대 불빛을 따라 울퉁불퉁한 암초를 백 번도 넘게 통과했다.

코델리아 얼굴이 일그러졌다. 구스가 모형 배로 수선 떨기를 그치고 물었다.

"그런 건 왜 물어?"

코델리아는 최대한 덜 끔찍하게 말하고 싶었지만, 어떤 식으로 말해도 그건 엄청난 사건이었다.

"우리 아빠가 바다에서 실종되었어. 유쾌한 보닛은 리버마우스 암초에서 난파했고."

코델리아가 불쑥 말을 꺼냈다.

구스는 땅속으로 푹 꺼지는 것 같았다.

"코델리아…."

구스가 숨을 멈추고 입을 열었지만 코델리아가 대뜸 큰 소리로 말을 잘랐다.

"돌아가시지 않았어. 그냥 실종되신 거야. 곧 찾을 테고."

구스는 말없이 고개를 끄덕거렸다.

"그거 물에 떠?"

코델리아가 모형 배를 가리키며 물었다. 구스가 동정심 어린 눈빛으로 그만 쳐다봤으면 싶었다.

구스는 대답하는 대신 무릎을 꿇고 앉아서 모형 돛단배를 수면 위에 조심스럽게 놓았다. 배는 찰싹이는 물결을 타고 가볍게 흔들리며 물에 떴다. 구스가 삭구를 만지작거리더니 세심한 손길로 타륜을 돌렸다.

"바람을 등지게 놓고 가볍게 밀어주기만 하면…. 됐다!"

배가 호수 한복판을 향해 미끄러지듯 나아갔다. 하얀색 작은 돛들이 바람에 부풀어 올랐다. 코델리아는 손뼉을 치며 환호했고 구스는 제자리에서 두 손을 허공으로 번쩍 올리고 춤을 췄다.

"우리 배 좀 봐!"

"바다에 있는 진짜 배 같아!"

이제 번쩍이는 부츠는 서펀타인 호수 한복판까지 나아갔다. 노 젓는 배에 탄 연인 한 쌍이 모형 배가 지나가도록 노질을 멈추었다. 코델리아와 구스는 점점 작아지는 배를 바라보았다.

"저기, 구스…."

코델리아는 무언가에 생각이 미쳤다.

"응?"

"저 배, 어떻게 돌아와?"

구스가 레몬 삼킨 표정을 지었다.

두 아이가 호숫가를 따라 달리기 시작했다. 코델리아 모자에 달린 리본이 뒤로 나부꼈고 땅을 딛는 구스 부츠에서 퍽퍽 소리가 났다 코델리아는 스테어보텀 선생님이 근처에 없기를 바랐다. 그래야 조금도 숙녀답지 않게 내달리는 코델리아 모습을 못 볼 터였다.

호수 끝에서 모퉁이를 돈 두 아이는 화난 가정 교사보다 훨씬 골치 아픈 문제를 맞닥뜨렸다.

코델리아가 미끄러지며 급정거하는 바람에 뒤에서 달려오던 구스가 코델리아를 들이받았다. 네 아이가 길을 막고 서 있었다. 똑같이 생긴 남자아이 둘과 똑같이 생긴 여자아이 둘이었다. 네 아이는 똑같이 못돼 먹은 웃음기를 입에 머금고 코델리아와 구스를 노려보았다.

글로브메이커, 장갑 장인 집안 쌍둥이들이었다.

CHAPTER 8

"얼씨구, 이게 누구야?"

글로브메이커 남자 쌍둥이 중 한 명이 실실 웃었다.

"해트메이커랑 부트메이커가 같이 있네?"

코델리아가 도전적으로 보이도록 턱을 쳐들었다. 그렇게 해야 코델리아보다 머리통 하나가 더 큰 글로브메이커 소년 눈을 똑바로 노려볼 수 있었다.

"너희가 신경 쓸 일 아니야!"

코델리아는 실제보다 사납게 들리기를 바랐다.

코델리아 뒤에서 구스가 낑낑거렸다. 글로브메이커들이 낄낄 웃었다. 쌍둥이 여자아이 중 한 명이 벨벳 장갑 낀 손을 뚝뚝 소리 나게 꺾었다.

"해트메이커, 넌 밖에 나왔으면 모자 씌울 머리통이라도 몇 개 주워야 하는 거 아니냐?"

여자아이가 조롱했다.

"부트메이커, 넌 신발 끈으로 쓸 창자 구해야지?"

다른 쌍둥이 여자아이가 신나게 덧붙였다.

"그게 무슨 소리지?"

코델리아가 물었다.

"우리 아빠가 너희 모자 장인들은 처형당한 범죄자 머리통으로 모자 본을 뜬다고 했어."

쌍둥이 남자아이가 말했다.

"런던탑 밖에서 서성이며 반역자들 머리통이 철책 밖으로 떨어지기를 기다린댔어. 자루에 머리통을 담아서 집으로 가져간다며?"

다른 쌍둥이 남자아이가 말을 이었다.

"아니야!"

코델리아가 악을 썼다.

코델리아는 글로브메이커 네 아이가 한눈에 다 들어오도록 자리를 잡았다. 구스는 도움이 안 되었다. 어찌나 심하게 떠는지 딱딱 이 부딪치는 소리가 코델리아 귀에 들렸다.

"부트메이커는 새 신발 끈으로 쓸 창자를 시체에서 꺼내기는커녕 자기 부츠 끈 맬 용기도 없어 보이는데?"

여자 쌍둥이 한 명이 비웃었다.

"어이 부트메이커, 너 왜 그러냐? 해트메이커가 혀를 가져갔어?"

남자 쌍둥이가 경멸하듯 말했다.

여자 쌍둥이들이 쿡쿡 웃었다.

"해트메이커가 모자에 혀를 달 건가 봐!"

한 여자 쌍둥이가 새된 소리로 외쳤다.

"우웩!"

"혓바닥 모자다!"

글로브메이커 네 쌍둥이가 코델리아와 구스를 향해서 보기 흉하게 혀를 쭉 빼물고 널름거렸다.

"혓바닥 모자! 혓바닥 모자!"

당황한 구스가 가까이에 있는 글로브메이커를 밀치고 빠져나가려고 했지만 글로브메이커 소년이 구스를 원 한복판으로 도로 밀어 넣었다.

"까불다가는 그 반짝이는 부츠가 엉망이 될 텐데?"

소년이 으르렁거리며 구스 발가락을 있는 힘껏 짓밟았다. 구스가 강아지처럼 깨갱거리며 한쪽 발을 싸쥐었다.

"야!"

코델리아가 휙 돌아서자 쌍둥이 여자아이 한 명이 코델리아 모자를 탁 쳐서 벗겨버렸고, 다른 여자아이가 모자를 밟아 뭉갰다.

글로브메이커 아이들이 배를 잡고 웃는 사이, 코델리아는 엉망이 된 모자를 땅바닥에서 집어 들었다. 코델리아는 속에서 부글부글 끓는 분노와 역겨움과 억울함과 두려움을 끌어모아 목소리에 실으면서, 뒤를 더듬어 구스 손을 찾아 힘껏 움켜잡았다. 코델리아가 입을 열었다.

"뭐, 나도 들은 말이 하나 있지. 예전에 장갑 장인들이 엘리자베스 여왕을 위해 장갑 한 켤레를 지었는데 말이지, 여왕이 그 장갑으로 자기 뺨따귀를 후려쳤다대? 그것도 스페인 국왕 앞에서 삼십 분이나 쉬지도 않고!"

충격을 받은 글로브메이커 아이들 얼굴에서 핏기가 가셨다.

71

"구스, 뛰어!"

코델리아는 상대방이 놀란 순간을 최대한 이용했다. 구스를 잡아끌고 쌍둥이 여자아이들 사이로 몸을 날렸다. 해트메이커와 부트메이커가 손에 손을 잡고 길을 따라 돌진했다. 글로브메이커 아이들이 뒤를 쫓았다.

코델리아는 원래 빨랐고 구스는 두려움에 내달렸다. 두 아이는 호숫가를 따라 바람처럼 달렸지만 글로브메이커들이 바짝 따라붙었다.

"구스, 우리 숨어야 해!"

"어디에?"

구스가 울부짖었다.

코델리아가 길에서 구스를 잡아끌고 호숫가 경사면에 떼로 모여 있는 오리들 한복판으로 뛰어들었다. 화가 난 오리들이 꽥꽥거리며 허공으로 날아올라 호수 길을 따라 조용히 거닐던 아가씨들을 향해 정면으로 날아갔다.

"좋았어!"

코델리아는 사방에서 휘날리는 양산과 퍼덕이는 오리 날개와 수선 떠는 아가씨들의 대혼란 사이로 구스를 끌고 통과했다. 두 아이는 호수 위로 가지를 늘어뜨린 초록색 수양버들 뒤로 급히 몸을 숨겼다. 아이들 뒤에서 가지들이 커튼처럼 닫히며 다른 사람들 시선을 완벽하게 가려 주었다.

구스가 뻘게진 얼굴로 물이 얕은 호수 가장자리에 무릎을 꿇고 앉아 몸을 떨었다. 코델리아는 물 위로 튀어나온 나무뿌리에 주저앉았다. 손가락을 입술에 대어서 구스에게 조용히 하라는 신호를 보냈지만, 사실

걱정할 필요 없었다. 구스는 두 번 다시 입을 열지 않을 기세였다.

글로브메이커 아이들이 함부로 밀쳐대는 바람에 아가씨들이 비명을 질러댔다.

"이것들 어디 갔지?"

"놓쳤어!"

글로브메이커들이 길을 따라 달리기 시작하자 코델리아는 한시름 놓았다. 코델리아가 수양버들 가지를 살짝 벌리고 밖을 내다보니, 글로브메이커 쌍둥이들이 폭풍처럼 뛰어 골풀 너머로 사라지고 있었다.

"갔다."

코델리아가 한숨 쉬며 말했다.

구스는 부릅뜬 눈으로 모형 배를 내려다보고 있었다. 모형 배가 얕은 물가에서 찰싹이는 물결에 흔들리며 구스 무릎을 가볍게 치고 있었다.

"찾았다."

구스가 웅얼거렸다.

코델리아가 활짝 웃으며 말했다.

"불행 중 다행이야!"

구스가 힘없이 미소 지었다.

"쟤들이 우리가 친구라고 누구한테 이르면 어쩌지?"

구스가 나지막이 물었다.

코델리아가 입술을 잘근잘근 씹었다.

"그래봤자 자기들 부모님한테나 말할 텐데 뭐. 우리 집안이랑 글로브메이커 사람들이 말 안 하고 지낸 지는 오래됐고."

코델리아 말은 그럴듯하게 들렸다.

"우리 가족도 마찬가지야."

"우리 비밀은 안전할 것 같아."

코델리아가 결론 내렸다.

"그래도 조심해야 해."

구스가 덧붙였다.

두 아이는 글로브메이커 아이들이 돌아오지 않는 것이 확실해질 때까지 수양버들 아래에서 조금 더 숨어 있기로 했다. 코델리아가 멀리 떨어진 어스피스 성당에서 십오 분마다 울리는 종소리를 세는데, 부드럽게 물을 가르는 노질 소리와 더불어 스테어보텀 선생 목소리가 허공을 가로질러 또렷하게 들렸다.

"네, 장소는 위츠터블, 그런데 시기는요?"

"델릴라, 나도 모르겠어. 미뤄진 연유로 계획을 세워야 해."

다소 무뚝뚝한 목소리가 답했다.

수수께끼 같은 신사 친구가 노를 젓는 배를 타고 스테어보텀 선생이 지나갔다.

"지쳤습니다. 벌써 몇 년이나 기다렸어요."

스테어보텀 선생이 한숨을 쉬었다.

코델리아와 구스는 선생님과 연인이 나누는 비밀 대화를 엿듣는 상황이 당황스럽고 겁도 나서 서로를 마주 보았다. 코델리아는 손가락으로 귀를 틀어막고 꽥꽥 노래라도 부르고 싶은 심정이었지만 그런다고 도움이 될 것 같지 않았다.

"당신은 아닐지 몰라도 나는 준비가 되었습니다."

그것을 끝으로 호숫가에서 철썩이는 물결 소리 뒤로 스테어보텀 선생 목소리가 사라졌다.

구스는 얼굴이 분홍색으로 물들었고 코델리아는 귀가 화끈거렸다.

"가엾은 스테어보텀 선생님."

코델리아가 속삭였다.

"엄마 말로는 선생님은 연인이 청혼하기를 몇 년이나 기다렸대."

구스가 덧붙였다.

코델리아는 나중에 집에서 수업받으면서 평소보다 열심히 하겠다고 다짐했다. 사랑하는 사람한테 실망한 선생님 기분이 나아질지도 몰랐다.

"'연유'가 무슨 뜻이야?"

구스가 모형 배를 물 밖으로 건지면서 물었다.

코델리아가 어깨를 으쓱하며 충고했다.

"선생님한테 묻지는 마. 어쨌건 이젠 밖으로 나가도 될 것 같아."

스테어보텀 선생은 온종일 침울해 보였다. 모자 장인 저택으로 돌아와서는 수학 문제를 오십 개나 내놓고 코델리아에게 풀게 했다. 선생은 코델리아가 문제를 푸는 동안 자리에 앉아 사탕을 먹으면서 슬픈 곡조를 읊조렸고, 코델리아가 문제를 다 풀었는데도 맞춰볼 생각을 하지 않았다. 그저 코델리아에게 책을 한 권 머리에 올리고 서재 밖 복도를 반복해서 왔다 갔다 하라고만 했다.

복도를 다섯 번째로 오가다가 코델리아가 물었다.

"스테어보텀 선생님, 이렇게 책을 머리에 올리고 걷는 대신 읽는 편이 오히려 저한테 훨씬 좋지 않을까요?"

"코델리아, 불행하게도 말이다, 사람들은 우아하게 걷지 않는 아가씨 말은 귀 기울여 들을 가치가 없다고 여겨."

스테어보텀 선생이 우울하게 지팡이로 다리를 탁탁 치면서 눈물을 삼켰다.

코델리아는 사실이 아니라고 확신했지만, 저토록 슬퍼하는 선생님에게 말대꾸하고 싶지 않았다. 코델리아는 선생님이 눈물을 닦도록 손수건을 건네고는 최선을 다해 미끄러지듯 우아하게 복도를 걸었다. 머리 위 책이 한 번은 더 떨어졌다.

스테어보텀 선생이 드디어 수업을 끝내자 코델리아는 무척 기뻤다. 사실 코델리아는 이런 수업이 끝나면 늘 기뻤다. 그래야 모자 제작 수업을 시작하기 때문이었다.

모자 제작 수업이 보통 어떻게 돌아가는지 설명하기란 불가능했다. 수업 하나하나가 완전히 다른 터였다.

한번은 티베리우스 삼촌이 코델리아 손가락 사이로 각기 다른 실을 스쳐 주면서 그때마다 받는 느낌을 한 단어로 묘사해보라고 했다.

"노래 선율이 음표를 잡아주듯 실이 재료를 한데 모아준다."

삼촌이 얘기했다.

또 한번은 페트로넬라 대고모가 연금술실에 불을 지펴 놓고는 코델리아 눈앞에서 다양한 가루와 이파리, 나뭇가지를 불길 속으로 던져넣으며 불이 황금색에서 에메랄드 초록색, 그리고 벽돌 같은 붉은색이었다가 하늘색, 진보라색으로 바뀌는 광경을 보여주었다.

아리아드네 고모는 복잡한 계산법을 분필로 칠판에 잔뜩 쓰더니, 컴퍼스로 코델리아 머리통 이곳저곳 각도를 재서 뾰족한 삼각형과 빗변 같은 그림을 그렸다.

아빠는 꽃을 꺾기 전에 예를 갖춰 인사하는 법과 공작을 칭송해서 공작이 스스로 꼬리 깃털을 뽑아 건네주게 하는 법을 가르쳐 주었다. 메이페어(*Mayfair: 하이드 파크 근처 고급 주택지)에 있는 저택 지붕 위로 떨어진 달빛 조각을 찾으러 갈 때도 데려가 주었다.

"코델리아, 재료를 구할 때 필요한 양보다 더 가져오면 절대 안 돼. 그리고 항상 예의 바르게 부탁해야 한다."

아빠가 가르쳐주었다.

모자 제작 수업은 하나같이 흥미진진하고 환상적이었다. 그중에서도 재료를 구하러 작년에 아주 오래 항해를 떠났다가 돌아온 아빠와 함께한 수업이 제일 좋았다.

아빠는 코델리아를 번쩍 들어 올려서 어깨에 앉히고 런던 거리를 걸어 부두로 내려갔다. 부산스러운 선착장에 유쾌한 보닛이 정박해 있었다. 선원들이 휘파람으로 신호를 주고받고 노래를 부르며 원숭이처럼 삭구에서 날아다녔고, 다음 항해를 위한 신선한 보급품을 배에 싣고 있었다.

프로스페로 선장이 코델리아를 갑판에 내려놓고 말했다.

"자, 우리 딸. 모자 재료를 채집할 때 지켜야 할 가장 중요한 법칙은 바로 이거야. 길들지 않은 재치와 손끝에 어린 마법을 간직하기."

그리고는 호주머니에 손을 넣었다가 '팔딱팔딱 뛰는 시칠리아 콩'을 일곱 알 꺼냈다.

"코델리아, 콩알들을 잡아 봐. 너만의 재치와 마법을 발휘하는 거다!"

프로스페로 선장이 움찔거리는 콩알들을 허공으로 던졌다.

한 줌도 안 되는 콩알 잡기야 식은 죽 먹기라고 생각하겠지만 '팔딱팔딱 뛰는 콩알'들은 잡히고 싶은 생각이 조금도 없었다. 갑판 여기저기에서 탕탕 튀어 오르며 나무통 뒤에 숨고 선원들 해먹으로 튀어 들어갔다. 코델리아가 콩알들을 쫓아 쏜살같이 달려도 콩알들이 잽싸게 달아났다.

코델리아는 콩알을 잡으려고 이십 분이나 뛰어다녔지만 하나도 못 잡은 채 헉헉거리며 선미루(*배꼬리 갑판에 세운 구조물로 여객실이나 선실이 있다)에 드러누워 버렸다. 프로스페로 선장은 돛대 꼭대기 망대에서 지켜보고 있었다.

"코델리아, 길들지 않은 재치와 너만의 마법을 발휘해!"

선장이 아래를 향해 외쳤다.

타륜 옆에서 빈둥거리는 콩알 하나가 보였다. 코델리아가 팔을 뻗으면 닿을락 말락 한 거리였다. 삭구에 매달린 선원 몇몇이 코델리아와 콩들을 놓고 내기를 벌였다.

코델리아는 '팔딱팔딱 뛰는 콩알'이 어떤 것일지 생각해봤다. 틀림없이 자신만만하고 호기심투성이에 장난기가 다분할 것이었다. 코델리아가 입을 벌리고 눈을 감은 뒤 나직이 코를 골기 시작했다.

콩알이 가까이 튀어왔다. 코델리아는 눈을 계속 감고 코 고는 소리를 살짝 높였다. 콩알이 탕하고 튀어 올라 벌어진 입속으로 쏙 들어왔다. 코델리아는 입을 다물었다.

코델리아가 달달대는 콩알을 손안에 퉤 뱉자 선원들이 환호했다. 코델리아가 승리를 기뻐하며 허공으로 펄쩍 뛰어오르자 나머지 자유로운 콩알들이 경쟁심으로 불타올라 코델리아보다 높이 뛰려고 팔딱팔딱 뛰었다. 코델리아는 깡충깡충 갑판을 가로질러 빈 해먹으로 뛰어올랐다. 콩알들이 서로서로 최대한 높이 뛰어오르며 코델리아를 따라갔다. 콩알들이 일제히 해먹 안으로 튀어 오르는 순간, 코델리아가 몸을 굴려 해먹에서 빠져나오자 해먹이 또르르 말리며 콩알을 한꺼번에 안에 가뒀다. 약이 바짝 오른 콩알들이 밖으로 나오려고 천에 부딪히는 소리가 타라라락 났다.

프로스페로 선장이 입이 귀에 걸리도록 웃으며 춤을 추듯 돛대에서 내려왔다.

"과연 아빠 딸이야! 아빠는 할아버지가 콩을 풀었을 때 너보다 두 배는 더 걸렸어!"

선장이 감탄했다.

코델리아는 자부심으로 뿌듯했다.

"우리 꼬마 해트메이커, 넌 너만의 재치와 마법을 사용했어."

프로스페로가 콩알들을 다시 거둬서 작은 유리 단지에 넣으며 말했다.

"내 마법이 뭔데요?"

코델리아가 묻는 말에 프로스페로 선장은 콩알이 담긴 단지를 딸에게 건네며 설명했다.

"코델리아, 누구나 자기만의 특별한 마법이 있단다. 그게 무엇인지 발견하는 건 각자에게 달렸어. 네 마음속과 머릿속, 뱃속을 탐험하면서 너만의 특별한 마법이 무엇인지 알아내야 해."

선장이 코델리아를 데리고 선장실에 들어갔다. 실내가 생기로 가득했다. 이국적인 식물이 자라는 맥주 통에서는 나비들이 나풀나풀 날아다녔다. 잉꼬가 망원경에 앉아 새된 소리로 울고, '노래하는 조가비'들이 창문에서 자그락자그락거렸다. 책상 위, 바다에서 길을 찾는 데 필요한 섬세한 황동 기구들 옆에는 미지의 언어로 쓰인 책들이 펼쳐져 있었고, 바닥 곳곳에는 지도가 널려 있었다.

코델리아는 밀랍으로 봉해져 나무 상자에 담긴 유리병들을 눈여겨보았다.

"아빠, 저건 다 뭐예요?"

"아! 특별한 잉크들이란다."

아빠가 상자에서 작은 병을 하나 꺼내 코델리아에게 보여줬다.

"이 잉크는 눈에는 안 보이지만 촛불 열기를 쬐면 글자가 드러나지. 별빛 아래에서만 보이는 잉크, 화요일에만 나타나는 잉크도 있어. 모두 비밀을 전달하는 데 아주 유용하단다."

코델리아 호주머니 안에 든 콩알 단지가 웅웅 울렸다. 코델리아가 단지를 꺼내어 안에서 팡팡 튀어대는 콩들을 가만히 들여다봤다.

"어떻게 이래요?"

코델리아가 물었다.

"마법이란다. 코델리아, 마법은 이 세상 자연 곳곳에 살아 있어. 바람 속에도 있고 강과 땅, 햇빛에 깃들었고 꽃과 나무, 바위 안에도 있지. 모든 생명 안에서 마법이 태어난단다. 그런데 사람들은 그걸 잊었어. 아니, 그보다 더 안 좋게는 마법이 구식이라고 생각해."

"마법을 잊어버리는 사람도 있어요?"

프로스페로 선장이 바닥에 앉아서 코델리아를 옆으로 끌어 앉혔다.

"어떤 사람은 아예 못 배우기도 해. 평생 이성적이고 합리적으로 살려고 기를 쓰는 사람도 있고."

코델리아가 고개를 저었다.

"이성적으로 구는 게 무슨 의미가 있는지 정말 모르겠어요."

코델리아가 고백했다.

선장이 웃음을 터트리며 코델리아 머리를 헝클어뜨렸다.

"자기가 제일 잘난 줄 아는 사람들이 한때 '마법의 시대'라고 알려졌던 시절을 이젠 '어둠의 시대'라고 부르지. 갈수록 기계도 많이 만들고 있어, 더 많은 아이들은 삭막한 공장으로 보내서 일을 시키면서도 잘난 척하는 이들은 지금을 '문명의 시대'라고 불러."

"왜 그렇게 불러요?"

"그래야 그게 더 좋다는 확신이 드나 봐."

아빠 대답에 코델리아가 얼굴을 찌푸렸다.

"하지만 사람들이 마법을 잊는 것이 더 좋은 게 아니잖아요."

"우리 모자가 도와주고 있어. 아빠가 모아 온 보물 안에 깃든 마법과 사람을 모자가 이어주거든. 각자 내면에 간직하고 있는 마법에 연결해 주는 거야. 자기 안에 그런 게 있는지 모를 때도."

"마법이 사라진 사람들도 있어요?"

코델리아가 목소리를 낮춰 물었다.

"마법이 진짜로 사라지는 법은 절대 없어."

프로스페로 선장이 장담했다.

"잊힌 마법은 겨울철 꽃과 같아. 아득할 만큼 깊은 곳으로 사라져 버리기에 그걸 찾는 사람은 누구라도 완전히 없어졌다고 생각하기가 쉽지. 그런데 그게 아니거든. 그저 누군가 찾아내서 다시 깨워줘야 할 뿐이야."

"아빠는 그런 걸 어떻게 다 알아요? 원래 쭉 알았어요?"

코델리아가 숨을 돌리며 물었다.

아빠가 웃으며 고개를 저었다.

"아빠는 수년간 책을 보며 연금술을 연구했어. 그런데 어느 화창한 아침, 바깥에서 금빛으로 쨍하게 쏟아져 들어오는 햇살에 연구실을 떠다니는 먼지가 보였어. 그때 아빠는 알았지. 엉뚱한 곳에서 해답을 찾고 있었구나. 연금술사란 흙을 순수한 금으로 바꾸려고 실험하는 사람들이거든. 그런데 책에서 하라는 대로 하면 결국 불가능하다는 것을 깨달았단다. 진정한 연금술사는 자신의 영혼을 금으로 바꾸어야 해. 그러려면 우리는 인생이라는 위대한 실험에 참여해야 한다.

그 화창한 아침에 실험실에 있다가 금빛 햇살이 쏟아지는 바깥으로 나온 아빠는 그 즉시 왕보다 부유해진 느낌이 들었어. 내가 자연이고 자연이 나라는 사실을 알았지. 풀밭에 핀 한 송이 데이지를 보는 순간, 인간이 만든 왕궁 안 온갖 금은보화보다 이 꽃 한 송이에 더 많은 마법이 깃들었다는 걸 이해했어. 그렇게 해서 아빠는 세상에 남은 자연 그대로의 마법, 내가 품은 마법을 발견하는 모험을 시작했단다."

코델리아 눈에서 빛이 났다.

"아빠가 갔던 곳은 다 지도로 만들었어요? 그럼 나도 언젠가 갈 수 있겠네요?"

코델리아가 선장실 바닥 곳곳에 활짝 펼쳐놓은 방대하고 복잡한 지도를 보면서 물었다.

프로스페로 선장이 빙긋 웃었다.

"어떤 장소로 가는 지도도 있고 장소 자체를 그린 지도도 있지. 도시와 국가 지도도 있지만 마음 지도도 있단다. 어떤 지도는 그저 다른 지도의 일부이기도 해."

"다른 지도의 일부인 지도요?"

"그렇단다. 어떤 것도 지도 일부가 될 수 있어. 예를 들자면, 네 코에 박힌 요 일곱 개 주근깨도 지도 일부가 될 수 있지."

아빠가 손가락 끝으로 코델리아 코 위 주근깨 일곱 개를 하나하나 콕콕 찍으며 말했다.

코델리아는 아빠가 했던 말을 떠올리며 거울을 들여다봤다. 그날 배

위에서 아빠가 그랬듯이, 별자리처럼 코와 뺨에 흩뿌려진 주근깨 일곱 개를 손가락 끝으로 하나씩 가볍게 눌렀다.

"코델리아!"

고모였다. 모자 제작 수업에 들어갈 시간이었다.

코델리아가 모자 작업실에 도착해 보니 아리아드네 고모는 '지혜 보닛'을, 티베리우스 삼촌은 '논리 톱 해트(*top hat:남성용 정장 예모)'를 쓰고 있었다.

"코델리아, 오늘은 모자 제작 수업을 못 하겠구나. 공주님이 우리를 다급히 찾아서 왕궁으로 가야 한다. 우리가 다녀오는 사이 네가 가게를 잘 보고 있어야 해!"

CHAPTER 9

모자 장인 저택 일 층 가게에는 윔폴가를 마주 보며 반짝이는 창문들이 달렸다. 창문 안쪽에는 다양한 모자를 진열해 두었다. 오늘은 '보름달 새' 깃털을 단 하늘색 보닛, '사랑 딱정벌레' 날개를 박은 선홍색 베레모, '은 유리'를 모자 테두리에 바른 매끄러운 보라색 톱 해트, '토성 선인장' 꽃을 꿰맨 노란색 비단 터번을 내놓았다.

가게 선반에도 각양각색 모자들이 빼곡히 들어찼다. 가장 강력한 마법 재료로 만든 모자들을 넣어둔 유리 진열대와 널찍한 계산대도 있었다. 계산대 뒤에는 모자 승강기 뚜껑문이 있었다. 도르래 원리로 작동하는 승강기를 이용해서 모자 가늠실에서 가게가 있는 일 층으로 모자를 운반했다.

코델리아가 벽에서 어렴풋이 반짝이는 거울을 반질반질하게 닦았다. 손님이 모자를 쓰고 효과가 어떤지 온전히 확인하도록 걸어놓은 거울이었다. 벽에는 못으로 박아 놓은 '인상 측정기'도 있었다. '고귀함', '아름다움', '근사함', '위엄' 같은 여러 눈금이 새겨진 황동 자를 작은 바늘이 오르내리며 모자가 발휘하는 효과를 측정했다.

코델리아는 계산대 뒤에 발 받침대를 놓고 올라서서, 키도 크고 믿음 직스러워 보이도록 자세를 가다듬었다. 혼자 가게를 지켜보기는 생전 처음이었다.

코델리아가 정중한 목소리로 손님을 맞이하는 연습을 했다.

"부인, 어서 오세요. 손님, 안녕하세요?"

가게 문에 달린 놋쇠 종이 울리더니 한 청년이 들어왔다.

"친절한 아가씨, 결투에서 이기게 해 줄 모자가 필요합니다."

코델리아는 깜짝 놀랐다. 일단 누가 '아가씨'라고 불러주기는 처음이었다. 게다가 청년은 결투용 권총을 한 쌍 들고 있었다. 청년이 딱 소리가 나도록 권총 상자를 계산대 위에 올리는 바람에 코델리아가 흠칫했다.

"아… 안녕하세요, 손님."

코델리아가 말을 더듬거렸다.

"결투를 벌일 상대가 명사수라서 제가 아주 뛰어나야 합니다!"

청년이 외쳤다.

청년은 소년이나 다를 바 없이 어려 보였다. 청년이 기른 수염도 코델리아 눈에는 가소롭기만 했다. 복숭아 솜털 같을 뿐, 강인한 결투 참가자가 길렀을 법한 덥수룩한 수염과는 거리가 멀었다.

"상대방과 어쩌다가 결투를 벌이기도 했는지 물어봐도 괜찮을까요? 어디까지나 목적에 적합할 만큼 사나운 모자를 찾기 위해서입니다."

코델리아가 물었다.

"내가 사랑하는 여인을 그놈이 모욕했습니다! 놈에게 쓴맛을 보여줘야 합니다."

분노로 얼굴이 달아오른 청년이 목청을 높였다.

코델리아가 고개를 끄덕였다.

"코델리아, 놀리 노체레. 해를 가하지 말라는 모자 장인 좌우명을 기억해라."

경고하는 고모 목소리가 들렸다.

코델리아는 뒤를 따라오는 뜨거운 눈길을 의식하며 발 받침대에서 팔짝 뛰어 내려와 모자를 골라서 계산대로 들고 갔다.

"이건 무슨 효과가 있습니까?"

청년이 날카롭게 물었다.

코델리아가 모자를 들어 올렸다. 모자 전체에서 '분홍 사랑 딱정벌레' 날개가 반짝이는 선홍색 베레모였다.

"이 모자를 쓴 사람은 극도로 사나워집니다. 여기 이 분홍색 작은 것들이…. 그러니까 그게, 동양 용 비늘이거든요."

코델리아가 '사랑 딱정벌레' 날개를 가리키며 거짓말했다. (사실 '사랑 딱정벌레'는 대단히 우호적인 작은 곤충이며 향긋한 불가리아 장미 꽃잎에서 산다.)

"그런데 왜 분홍색이지요?"

"새끼 용 비늘이라서 그렇습니다. 완전히 자라서 어른 용이 되면 비늘이 붉어지지만, 새끼일 때는 분홍색입니다."

코델리아가 얼른 답을 생각해냈다.

"새끼 용이라고요? 새끼 용이 무슨 수로 위험하죠?"

청년이 매섭게 물었다.

"새끼 용은 불을 뿜을 때 화력을 조절하지 못합니다. 그래서 훨씬 위험해요. 딸꾹질 한 번으로 불바다를 만들어 버리니까요."

코델리아가 설명했다.

청년은 만족스러운 듯 보였다. 코델리아가 부드러운 종이로 모자를 감싸서 모자 상자 안에 넣는 사이, 청년이 벨벳 주머니에서 금화며 은화를 탈탈 털어냈다.

"결투 직전까지 모자를 쓰면 안 됩니다. 자칫 런던 거리를 미쳐 날뛰며 사람들에게 시비를 걸어댈지도 모르니까요. 제 양심상 그런 꼴은 못 봅니다."

코델리아가 주의를 줬다.

청년이 고개를 끄덕이고는 모자 상자와 결투용 권총 한 쌍을 챙겨 들고 가게에서 서둘러 나갔다. 청년 뒤로 놋쇠 종이 딸랑딸랑 울렸다.

청년 다음에는 한 노부인이 와서 어려 보이게 해 주는 보닛을 샀다. 다음에는 지혜로워 보이기를 바라는 아가씨가 생각 모자를 찾았다. 코델리아가 풍채 좋은 신사분에게 밤색 이각모를 보여주는 사이, 또 다른 청년이 가게 안으로 돌진해 들어왔다.

"가게 아가씨! 촉급하게 모자가 필요하다."

청년이 다짜고짜 외쳤다.

코델리아는 '촉급'이 무슨 말인지 이해하지 못했다. 가게 안을 서성이는 청년은 몹시 초조하고 불안해 보였다.

"손님, 잠깐만 실례하겠습니다."

코델리아가 풍채 좋은 신사에게 말했다. 이제 막 인상 측정기로 이각모를 쟀는데, 바늘이 '몸집을 줄이시오!'를 가리키고 있었다.

"결투에서 이기게 해 줄 모자가 필요하다!"

흥분한 청년이 거울에 비친 자기 모습을 권총으로 겨누는 흉내를 내며 말했다.

코델리아는 평소보다 눈썹이 위로 휙 올라가지 않게 하느라 애를 썼다.

"무슨 일로 결투를 벌이려는지 이유를 설명…."

"내가 그놈 연인에게 붙여준 별명을 모욕했다! 감기에 걸린 그놈 애인 목소리가 꼭 산양 같길래 '훌쩍훌쩍 매매 양'이라고 불렀을 뿐이란 말이다."

청년이 끼어들었다.

코델리아는 최선을 다해 입술을 평소처럼 유지했다. 정말이지 웃고 싶었지만, 천천히 고개를 끄덕이며 시간을 벌어서 진지한 표정을 지어냈다.

"그렇다면 손님은, 머리는 냉철하게 가슴은 냉정하게 유지해 줄 모자가 필요하시겠군요."

코델리아가 권위 있게 말했다.

"딱 맞는 말이다!"

코델리아는 은색 리본에 '흰 보통 비둘기' 깃털이 달린 희끄무레한 캡을 가져왔다. '평화 산 수정'으로 마무리한 모자였다.

"이 모자는 서릿발 같은 결단력과 강철 같은 영혼을 선사할 것입니다. 리본은 '강철 심장' 섬유로 짰고 깃털은 '미치광이 깃털 새'에서 뽑았습니다.”

코델리아가 설명했다.

“'미치광이 깃털 새'가 뭐지?”

청년 눈이 휘둥그레졌다.

“세상에서 가장 무자비한 새지요. 게다가 이 수정은 '비열한 왕자' 무덤에서 훔쳐 왔습니다.”

코델리아가 답했다.

코델리아도 거짓말이 나쁘다는 것은 알았지만, 여러 가지를 고려했을 때, 두 청년이 서로를 향해 권총을 발사하게 놔두느니 좋은 뜻으로 거짓말하는 편이 낫다고 생각했다.

“반드시 상대가 시야에 들어온 뒤에 모자를 쓰십시오. 그러지 않으면 심장이 지나치게 차가워져서 폐렴에 걸릴지도 모르니까요.”

코델리아가 경고했다.

청년이 고개를 끄덕이며 동전 한 주먹을 계산대 위에 던지더니 모자를 집어 들고 바람처럼 가게에서 나갔다.

코델리아가 발 받침대에 주저앉았다. 결투를 막는 일보다 짜릿한 것은 없을 터였다.

코델리아가 틀렸다.

CHAPTER 10

머리카락이 흐트러지고 사향 냄새를 풍기는 한 남자가 빙글빙글 돌며 망토를 휘날리면서 가게 안으로 들어왔다. 남자가 신음하며 양탄자 위로 몸을 내던지는 바람에 코델리아가 기절초풍했다.

"사느냐 죽느냐, 이것이 문제로다!" (*셰익스피어의 『햄릿』에 나오는 대사)

"손님, 괜찮으세요?"

고통스럽게 바닥 위를 뒹굴며 움츠리는 남자 모습에 코델리아는 더럭 겁이 났다.

"아아, 불쌍한 요릭! 호레이쇼, 나는 그를 안다네." (*셰익스피어의 『햄릿』에 나오는 대사)

남자가 양탄자에 얼굴을 묻고 흐느꼈다

"손님, 뭐가 필요하시죠? 호레이쇼라는 분을 위해 선물을 사고 싶으신가요?"

남자가 눈을 들어 코델리아를 빤히 쳐다봤다.

"수녀원으로 가라!"(*셰익스피어의 『햄릿』에 나오는 대사)

남자가 자리에서 벌떡 일어서며 코델리아에게 호통쳤다.

"내가 왜요?"

코델리아가 되받아쳤다. 남자 행동에 어찌나 놀랐는지 자기도 모르게 큰소리가 나왔다.

다음 순간, 남자가 얼굴에서 머리카락을 걷어내고 세상 불쌍한 모습으로 계산대에 기대어 서서 나지막이 중얼거렸다.

"모자 가게 아가씨, 그대 도움이 필요합니다! 오늘 밤 드루리 레인 (*Drury Lane:런던에 있는 극장)에서 햄릿을 공연하는데, 난 무대 공포증이 아주 심해요."

그제야 코델리아는 이해가 갔다. 남자는 배우였다. 바닥을 구르고 몸을 잔뜩 움츠리는 꼴이 아무리 우스꽝스러워 보여도 어쩔 수 없었다. 배우들의 행동 방식이 그저 그러할 뿐이었다! 코델리아는 침울한 남자 표정과 부들부들 떨리는 아랫입술을 보며 격려하는 뜻에서 미소 지었다.

"모자 아가씨, 도와주십시오! 조지나 공주님이 오늘 밤 공연을 보러 오시는데 천박한 공연을 펼칠까 봐 두렵습니다!"

남자가 무릎을 털썩 꿇으며 꺽꺽거렸다.

"조지나 공주님이요?"

코델리아가 남자 말을 따라 했다.

"그렇습니다! 보기 드문 미와 덕을 갖추신 분! 견줄 사람 없이 탁월하게 세련되고 아름다…"

말문이 터진 배우가 공주에 대해 시구 같은 말을 끊임없이 쏟아냈지만, 코넬리아는 하나도 듣고 있지 않았다.

'오늘 밤 극장에서 공주님을 만나기만 하면, 아빠를 구하러 갈 배를 빌려달라고 설득할 수 있어. 왕궁에서도 허락하기 직전이었는데 공작이 공주님을 막았어. 공주님한테 설명만 제대로 하면 틀림없이 그 자리에서 배를 빌려주실 거야. 오늘 밤 출항할 수 있다고!'

코넬리아가 생각했다.

"공주님이 상당히 부자라는 건 말할 필요도 없지요."

배우가 말을 맺었다.

코넬리아가 미소 지으며 물었다.

"손님한테 완벽한 모자를 찾아드리죠. 대신, 아주 중요한 부탁을 드려도 될까요?"

"아, 모자 장인 아가씨, 말씀만 하십시오!"

남자가 목소리를 높였다.

"오늘 밤 손님이 공연하신다는 연극 표를 주시겠습니까?"

"공정한 아가씨, 물론 드리고말고요!"

배우가 힘차게 외쳤지만, 이내 얼굴이 일그러졌다.

"오늘 밤이라니! 너무 빨라요! 무대도, 장면도, 모든 것이 너무 두렵습니다!"

코넬리아가 배우 머리를 토닥였다.

"손님, 걱정하지 마십시오. 우리 모자 중에서 최고를 찾아드리겠습니다."

코넬리아는 선반을 올려다봤다. 온갖 형태와 색깔의 모자가 수백 개는 있었다.

"여기 강렬한 보라색 '태연자약 베레모'는 어떻습니까?"

코델리아가 권했다.

배우가 못 참겠다는 듯 손을 휘저었다.

"안 됩니다! 아니, 아니에요! 나만큼 드물고 진귀한 모자여야 합니다. 내 머리통, 오직 내 머리통을 위해서 만들어졌어야 해요!"

코델리아가 움직임을 멈췄다. 모자 제작 수업이야 수천 시간을 받았지만, 직접 모자를 만드는 것은 엄격하게 금지되었다.

코델리아가 입술을 깨물었다. 배우가 기대에 차서 코델리아를 바라봤다.

"손님, 아예 새 모자를 만들려면 본을 뜨고 재단해서 바느질해야 합니다. 최소한 이틀은 걸리는 작업이에요."

코델리아가 말했다.

"하지만 난 당장 모자가 필요하단 말입니다! 공연이 오늘 밤이에요."

배우 얼굴이 하얗게 질렸다.

"그러니까 저 모자 중에서 고르세요. 무대 공포증을 싹 없애는 정말 환상적인 모자를 찾아드릴 수 있다고 자신합니다."

코델리아가 두 팔을 활짝 펼쳐서 제대로 된 주인을 기다리는 아름다운 모자 수백 개를 가리켰다.

"좋습니다."

배우가 순순히 동의하더니 한 마디 덧붙였다.

"그래도 혹시…. 깃털이라도 하나 더 달거나 뭐 그러면 안 될까요? 모자에 장식이 충분하지 않으면요."

"좋습니다! 그렇게 하죠."

코델리아가 사다리를 타고 올라가 선반에서 모자를 내리기 시작했다. 삼각모, 이각모, 펠트 스토브파이프(*위가 높은 톱 해트)에 밀짚 클로슈(*종처럼 생긴 여성 모자), 보닛 한 아름, 벨벳 터번이며 리넨 수면 모자, 번쩍이는 헬멧까지 꺼내서 배우에게 건넸다. 배우는 모자를 오십 개쯤 차례대로 썼다가 한쪽으로 던지기를 반복한 뒤에야 드디어 강렬한 터키색 삼각모를 골랐다.

"손님, 아주 잘 고르셨어요."

코델리아가 사다리에서 내려오며 기뻐했다. 티베리우스 삼촌은 손님의 선택이 지혜롭고 통찰력 있다고 칭송하는 것이 최고라고 입버릇처럼 말했다.

코델리아는 모자 안에 핀으로 꽂아놓은 제품 설명서를 읽었다.

"이 모자는 '재잘거리는 리본'을 달고 '노래하는 사파이어'로 장식했습니다. 그리고 여기 이건…."

코델리아가 배우에게 설명하며 삼각모 세 모서리에 달린 통통하고 노르스름한 단추를 가리켰다.

"됐다! 황금 단추군요!"

배우가 열광했다.

코델리아는 단추 이름이 '수다쟁이 단추'라는 사실을 굳이 밝히지 않았다.

코델리아 생각에 모자 장식은 이미 넉넉했지만, 남자가 손뼉을 치며 외쳤다.

"아, 천사님! 깃털, 깃털을 달아야 해요!"

코델리아 눈앞에 아리아드네 고모 얼굴이 둥실 떠올랐다.

"코델리아, 넌 모자를 만들면 안 돼. 얘기 끝이다."

하지만 코델리아에게는 고모의 규칙을 깨더라도 해야 할 훨씬 중요한 일이 있었다.

'아리아드네 고모도 내가 아빠를 찾아서 집에 돌아오면 진짜 기뻐하실 거야.'

코델리아가 생각했다.

코델리아는 위층 모자 작업실로 달려가서 독특하면서도 아름다운 깃털을 두 팔 가득 안고 내려왔다. 코델리아가 배우 앞에서 깃털을 부채처럼 쫙 펼치자 그 즉시 배우는 깃털 다발에서 제일 화려한 깃털을 골랐다.

"'건방진 까마귀'의 꽁지깃입니다."

코델리아는 배우에게 깃털 이름을 알려 주고 나서 잠시 생각했다.

"이 깃털과 아주 잘 어울리는 것이 있는데…."

"깃털을 더 달까요?"

배우가 물었다.

"그게 아니라…."

나선형 계단을 뛰어 올라간 코델리아가 그길로 온실까지 내달렸다. 초록색 덩굴손이 우거진 온실 안은 따뜻했고, 촉촉한 공기는 향기를 머금었다. 새로 피어난 '말쟁이 백합'의 금색 수술에서 향기 나는 꽃가루가 폴폴 날렸다. 코델리아는 백합을 따서 살아 있는 나비를 옮기듯 조심조심

밖으로 나갔다.

나선형 계단을 내려가던 코델리아가 연금술실 안에서 번쩍이는 기구를 보고 멈춰 섰다. 원칙대로라면, 코델리아는 모자를 가늠하고 측정하고 별자리표를 확인하고 계산도 해야 했다. 정말 그래야 했다. '노래하는 사파이어'에 옆에 '말쟁이 백합'까지 나란히 달면 어떻게 될까? 한 모자에 '수다쟁이 단추'와 '건방진 까마귀' 깃털이라니, 과하지 않을까?

그 순간, '모자 제작 방정식'보다 훨씬 흥미로운 무언가가 코델리아의 시선을 사로잡았다. 금박을 잘라 만든 작은 별 모양 스팽글이 연금술 작업대에 열 개도 넘게 널려 있었다. 예리하게 반짝이는 꼭짓점들이 눈이 부시도록 찬란했다. 배우 모자에 달면 환상적일 것이었다.

'세 개쯤은 괜찮겠지.'

코델리아가 어두운 내부를 들여다보며 대고모가 자는지 확인하고 혼 잣말했다.

코델리아는 스팽글 세 개를 호주머니에 슬쩍 넣은 뒤 몰래 빠져나와 서둘러 아래층 가게로 내려갔다.

"아, 천상만큼 높고 높은 곳에서 꺾어 왔군요!"

배우가 아름다운 백합을 보고 감탄했다.

코델리아가 활짝 웃으며 호주머니에 손을 넣었다. 주머니에서 나온 황금색 별을 본 배우 눈에 불이 번쩍 들어왔다.

모자에 장식을 더하는 일은 정말 끝내주게 재밌었다.

코델리아는 계산대에 서서 스팽글과 깃털, 백합을 터키색 삼각모에 꿰 맸다. 코델리아가 바느질하는 동안, 배우는 자기가 가장 좋아하는 대사를 연속해서 열정적으로 읊어서 코델리아를 즐겁게 해 주었다. 배우가 줄리엣이라는 여자 이름을 목놓아 부르며 바닥으로 몸을 날렸다. 의자 위에 서서 팽팽하게 조인 바이올린 줄처럼 높디높은 목소리로 로미오라는 남자를 찾으며 흐느꼈다. 카이사르라는 사람을 죽일 계획을 세우고(*셰익스피어의 『율리우스 카이사르』), '헤이 노니 노니(*셰익스피어의 희곡 『헛소동』에 나오는 대사)'라고 노래를 부르더니 마지막으로, 놀랍게도, 스코틀랜드 억양으로 유령이 보이는 척 행동했다(*셰익스피어의 비극 『맥베스』에서 맥베스가 유령을 본다).

코델리아가 작업이 끝난 모자를 선보이자 배우가 재빨리 머리에 쓰고 대장부다운 자세를 잡았다. 인상 측정기에 '화려하고 멋진 허풍쟁이 납시오!'라는 글이 떴다.

"아하! 아가씨, 제왕에게 어울리는 모자를 만들어 주셨군요."

남자는 거울에 비친 모습을 꽤 오랫동안 들여다보며 감탄했다. 코델리아는 유리창에 비친 자기 모습에 구애하던 비둘기가 생각났다. 모자에 달린 별들이 번쩍번쩍 빛났다.

"해트메이커 양, 나 휴고 거시포스(*gush forth: 두 단어로 띄어 쓰면 '북받치다'라는 뜻)는 그대에게 영원히 빚진 자입니다."

마침내 배우가 감격에 벅차 목이 메어 말했다.

휴고가 고개를 숙여 코델리아 손에 입을 맞추자, 모자에 덧단 깃털이 코델리아 코를 간지럽혔다.

"오늘 밤 공연 표만 주시면 빚은 다 갚으신 겁니다. 아, 구스라는 친구도 데려갈 수 있을까요?"

코델리아가 재채기를 참으며 물었다.

"자비로운 아가씨, 그대의 친구라면 누구라도 왕자 대접을 받아야 마땅합니다! 입구에서 이름만 대시면 극장에서 두 번째로 좋은 박스석으로 안내받으실 겁니다."

휴고가 자신만만하게 약속했다.

이 말을 끝으로 휴고 거시포스 경은 한껏 으스대며 가게에서 나갔다. 거리를 걸으며 줄기차게 시를 읊어대는 휴고 경 목소리가 쩌렁쩌렁하게 울려 퍼졌다.

휴고 경 목소리가 미처 다 사라지기 전, 덜컹거리며 모자 장인 저택 앞에 서는 마차 소리가 들렸다.

아리아드네 고모와 티베리우스 삼촌이 허겁지겁 가게 안으로 들어왔다.

"무슨 무슨 재료가 필요하지?"

티베리우스 삼촌이 물었다.

"웨일스 산맥에서 구한 '침착한 양' 펠트가 필요해요."

아리아드네 고모가 대답했다.

"'평온한 만(灣)'에서 캔 '평화 진주조개'도."

티베리우스 삼촌이 의욕적으로 소매를 말아 올리며 말했다.

"'다정한 꽃망울'이랑 아, 체로 거른 별빛도 약간."

아리아드네 고모가 덧붙였다.

"무슨 일이에요?"

코델리아가 물었다.

아리아드네 고모가 코델리아 이마에 입을 맞췄다. 티베리우스 삼촌이 심각한 표정으로 코델리아를 돌아봤다. 무언가에 완전히 정신이 팔려 보이는 두 사람은 휴고 경이 거부한 모자가 곳곳에 흩어져서 가게 꼴이 얼마나 엉망진창인지 눈치도 못 챘다.

"조지나 공주님한테 그 젊고 거친 프랑스 왕이랑 평화 회담을 해야 한다는 제안이 들어왔단다."

아리아드네 고모가 코델리아에게 말했다.

"그놈의 왕은 공주님한테 갈수록 무례해지는 편지를 보냈는데 말이지."

티베리우스 삼촌이 이를 갈았다.

"'현자 리본'이랑 '정치 노끈'도 필요하겠어요."

고모가 끼어들었다.

삼촌이 고개를 끄덕였다.

"당장 만들어야 해."

"코델리아, 공주님이 '평화 모자'를 만들라고 명령하셨다. 삼일 뒤 정오까지 완성해야 해. 다른 장인들도 '평화 의복'을 만들…."

고모가 코델리아에게 설명하는데 티베리우스 삼촌이 폭발했다.

"하! 신발이 무슨 도움이 된다고! 그걸 신은 공주가 외교고 뭐고 횡포를 부려서 평화 협정 기회를 놓치지나 않으면 다행이겠다. 중요한 건 모자야! 생각하는 건 머리고 그 머리에 올라가는 건 모자다 이거야!"

"자, 자, 티베리우스 오빠. 지금 같은 때 서로 안 맞는 면은 한쪽 구석으로 치워놔야 해요. 각각의 평화 의복이 기대대로 효과를 발휘해서 전쟁이 일어나지 않기를 바라야 한다고요."

"평화 회담은 어디에서 열리는데요?"

코델리아가 물었다.

"영국 해협에 있는 배."

아리아드네 고모가 답했다.

"프랑스 사람들은 그렇게 안 부르잖아.(*프랑스에서는 '라 망슈'라고 부르는 해협이다)"

티베리우스 삼촌이 투덜거렸다.

아리아드네 고모가 호주머니에서 별자리 시계를 꺼내어 시간을 확인했다.

"오늘 밤 금성이 뜨면 작업을 시작하죠. 물병자리가 떠오르고 있으니 '에스프리 드 코르(*Esprit de corps: 프랑스어로 '단결심')'를 증류해야 하는 페트로넬라 대고모에게 도움이 되겠어요."

아리아드네 고모가 결정하자 티베리우스 삼촌이 발을 쿵쿵 울리며 계단을 올랐다.

"리본 작업을 시작하기 전에 태양계를 좀 살펴봐야겠어."

삼촌이 아래를 향해 소리쳤다.

"오늘은 이만 가게를 닫아야겠다. 모든 노력을 기울여서 평화 모자 제작에 집중해야 해!"

아리아드네 고모가 가게 문을 잠그면서 코델리아에게 말했다.

난데없이 모든 것이 불안해졌다.

"정말 전쟁이…. 전쟁이 일어날까요? 전쟁이 터지기 전에 아빠, 아빠를 구해야 해요!"

코델리아가 더듬더듬 말했다.

아리아드네 고모가 코델리아를 내려다봤다.

"우리가 최선을 다해서 평화 모자를 만들면…. 그러면 전쟁을 피할 수 있을지도 모르지."

고모가 웅얼거렸다.

"제가 도울 일은 없어요?"

코델리아가 물었다.

고모는 망설이는 기색이었다. 코델리아는 세상에서 가장 결연한 표정을 지었다. 진지함과 열정과 단호함과 완강함이 뒤섞인 표정에 결국 고모가 넘어왔다.

"책을 뒤져서 평화를 의미하는 룬 문자를 찾아보렴. 종이에 베껴 와 삼촌이 모자챙 안에 은사로 수를 놔야 하거든."

고모가 말을 끝내고 서둘러 위층으로 올라갔다.

가게에 홀로 남은 코델리아는 추워서 몸이 떨렸다. 얼음장 같은 바다에 뛰어든 기분이었다.

평화 회담 일로 공주가 배를 빌려주지 않을까 봐, 아빠를 찾아 나설 수 없을까 봐 두려웠다.

코델리아가 고개를 저었다.

'안 돼.'

오늘 밤 배를 띄워 조수를 타면 내일 정오 전에는 아빠를 찾을 것이었다.

"아빠, 찾으러 갈게요."

코델리아가 중얼거렸다.

코델리아는 서둘러 계단을 달려 서재로 올라가 선반에서 책을 꺼내서 평화를 뜻하는 룬 문자를 찾기 시작했다.

코델리아는 서둘러 계단을 달려 서재로 올라가 선반에서 책을 꺼내서
평화를 뜻하는 룬 문자를 찾기 시작했다.

CHAPTER 11

코델리아는 네 번째로 꺼낸 책에서 '평화'라는 뜻의 룬 문자를 찾았다.
코델리아는 뾰족한 다이아몬드처럼 생긴 문자를 눈여겨보며 얇은 종이
띠에 베껴 썼다.

"삼촌, 여기요! 찾았어요."

코델리아가 소리치며 모자 작업실로 우당탕퉁탕 뛰어 들어갔다.

"쉬잇!"

아리아드네 고모가 코델리아를 조용히 시켰다.

티베리우스 삼촌이 작은 나무 베틀 위로 몸을 구부린 채 가느다란 은
사로 리본을 짜고 있었다. 집중하느라 혀를 삐죽 내민 삼촌은 큼지막한
두 손으로 고운 실을 능수능란하게 다루었다.

"코델리아, 이 실을 엮을 때는 말이지…. 기술은 물론 공손함…. 고요
함이 핵심이란다."

삼촌이 혼잣말하듯 나지막이 말했다.

"죄송해요."

코델리아가 속삭였다.

"종이는 거기 두렴. 코델리아, 고맙다."

코델리아한테 말하는 아리아드네 고모는 두 팔이 새파랬다. 팔꿈치까지 염료 통에 담그고 있었다. 뜨거운 물에 잠겨 있는 캐모마일과 미나리 냄새가 났다.

"또 할 일은 없어요?"

코델리아가 물었지만 고모가 고개를 저었다.

"이젠 나가렴. 어디 놀러라도 가. 조용히."

코델리아는 룬 문자를 탁자 위에 올려놓고 마지못해 작업실에서 나와 최대한 조용히 문을 닫았다. 극장에 가기 전까지 아직 한 시간이나 남았다. 시간이 빨리 흐르도록 뭔가 쓸모 있는 일을 하고 싶어서 조바심이 났다.

코델리아는 연금술실을 기웃거렸다. 페트로넬라 대고모가 찡그린 눈으로 망원경을 들여다보는 동시에 구리 선으로 복잡한 매듭을 짓고 있었다.

"대고모, 뭐 도와드릴 일 없어요?"

"Για να δώσετε μια ασημένια γλώσσα στην πριγ κίπισσα.(공주 님은 뛰어난 말솜씨가 필요해.)"

대고모가 망원경에 눈을 더 바짝 갖다 대고 눈금판을 돌리며 말했다.

코델리아가 한숨을 쉬었다. 대고모가 고대 그리스어로 말하기 시작하면 자리에서 떠날 때였다. 앞으로 몇 시간 동안 대고모한테서 영어라고는 한 단어도 듣지 못할 터였다.

코넬리아는 급히 서재로 돌아가서 창문을 열고 하늘에서 애거사를 찾았다. 아무것도 없었다.

"애거사가 빨리 왔으면 좋겠다."

코넬리아가 마거릿 날개를 쓰다듬으며 말했다.

"오늘 밤 떠나기 전에 아빠 위치가 적힌 쪽지를 받으면 좋을 텐데. 그러면 별을 보고 아빠를 찾을 수 있잖아?"

마거릿이 이해한다는 듯 구구 울었다.

문득 코넬리아는 구스에게 극장에 같이 가자고 말하지 않았다는 사실을 깨달았다. 코넬리아는 구스 집이 있는 거리 모퉁이에서 일곱 시 정각에 만나자고 쪽지를 썼다. 코넬리아가 마거릿 다리에 쪽지 두루마리를 묶으면서 속삭였다.

"남자아이를 찾아. 머리를 좀 이상하게 깎았지만 이 정도 키에 꽤 영리해. 배 이야기를 할 때 빼면 소심해 보여. 우리 집에서 세 거리만 가면 돼. 아마 신발 장인 저택 공부방에 있을 거야. 절대 그 집 엄마한테 들키면 안 돼. 공부방 유리창을 부리로 두드려."

코넬리아는 어스름 속으로 날아가는 마거릿을 지켜보았다. 깊은 바다처럼 하늘이 점점 어두워지고 있었다. 코넬리아는 하늘을 올려다봤다. 집을 향해 날아오는 애거사, 날개 달린 작은 얼룩 같은 것이 보일까 싶어서 눈에 눈물이 고일 때까지 눈을 떼지 않았다. 이 세상은 얼마나 넓을까? 새가 날갯짓으로 하늘을 날아 아빠한테 닿기까지 얼마나 걸릴까?

잠시 뒤 코넬리아가 작업실 문을 살그머니 열어 보니, 삼촌과 고모가 여전히 작업에 몰두하고 있었다. 창문 밖에서 금성이 반짝이는 시간, 두 사람은 김을 쏘아 가며 작업대 한복판에 놓인 해트 블록에 핀으로 펠트를 고정하고 있었다. 코델리아는 눈앞에서 서서히 형태가 잡혀가는 모자를 한동안 넋을 놓고 지켜보다가 까치발로 살금살금 물러 나왔다.

연금술실에서는 페트로넬라 대고모가 불을 뒤집고 있었고, 부엌에서는 쿡이 스튜 냄비를 휘젓고 있었다.

코델리아는 문 앞 복도에 쪽지를 남겼다.

극장에 갑니다! 수녀원이 배경인 연극을 한대요.

사랑을 담아 코델리아가.

코델리아는 문으로 빠져나갔다. 가장 좋은 망토를 두르고, 가게 창가에 진열된 '보름달 새' 깃털로 장식한 멋진 모자를 잠깐 빌려 쓰고 나왔다.

코델리아는 서둘러 벌스트로드가 끝으로 발걸음을 옮겼다. 해트메이커 집안과 부트메이커 집안은 오랜 원수 사이라서 코델리아는 구스 집에서 환영받지 못했다. 어차피 신발 장인 저택은 누구도 환영하지 않는 분위기였다. 높고 칙칙한 회색 건물에 창문도 죄다 어두웠으며 돌로 된 부분에는 복잡한 무늬를 조각해 놓았다. 코델리아는 안전할 만큼 떨어진 모퉁이에서 서성였다.

근처에 있는 어스피스 성당에서 종이 일곱 번 울리자, 신발 장인 저택 현관문에서 작은 형체가 나타나더니 코델리아를 향해 거리를 따라 재빨리 달려왔다.

"코델리아, 안녕? 이거 진짜 흥미진진하다!"

구스가 이미 숨이 턱에 차서 헉헉댔다.

코델리아가 웃었다.

"구스, 안녕? 무사히 잘 빠져나왔네! 부모님한테는 뭐라고 둘러댔어?"

코델리아가 음울한 신발 장인 저택을 힐끔힐끔 돌아보며 물었다.

구스가 손을 내저었다.

"아, 두 분 다 엄청 바쁘셔. 그게, 어, 음, 대단히 중요한 걸 만들고 계시거든. 내가 나갔는지도 모르실 거야."

"자, 이거 써."

코델리아가 망토 아래에서 '위장 모자'를 꺼냈다. 얼핏 보면 평범한 검은색 톱 해트지만, 턱선을 따라 숱 많은 턱수염과 콧수염이 달린 철선을 교묘하게 숨겨 놓았다. 곱슬곱슬한 양털을 녹슨 쇠처럼 붉은색으로 염색해서 만든 수염이었다. 구스가 모자를 쓰자 얼굴 가득 수염이 자란 것처럼 보였다. 코델리아는 코웃음이 나왔다.

"너 갑자기 진짜 어른이 된 것 같아!"

"이거 진짜 끝내준다! 모자 장인이 만든 모자는 처음 써 봐!"

구스가 새로 생긴 콧수염 끝을 빙빙 돌리면서 감탄했다.

두 아이는 런던 거리와 광장을 지나 극장으로 향했다. 본드가를 반쯤 걸었을 때, 목이 터지게 '이브닝 스니어(*Evening Sneer: 저녁 조롱거리)'라는 신문 이름을 외치면서 신문을 흔들어대는 샘 라이트핑거가 보였다.

"저녁 웃음거리 사쇼! 프랑스가 얼마나 구린지 읽어보쇼!"

"길 건너자. 저긴 망토 장인 집이야. 저 집은 문 앞도 지나기 싫어."

구스가 코델리아 팔꿈치를 잡아끌며 재촉했다.

코델리아는 샘에게 손을 흔드는 것으로 만족하고 길을 건넜다. 샘도 마주 손을 흔들었다.

"신문 필요 없어? 오늘 밤은 평소보다도 훨씬 흥미진진해!"

샘이 외쳤다.

"고맙지만 괜찮아!"

코델리아가 서둘러 구스 뒤를 따라가며 소리쳤다.

구스와 코델리아가 나무로 우거진 버클리 광장을 막 통과하는데 어디선가 고함이 터져 나왔다.

"어이, 거기! 내 얼굴을 똑바로 봐라!"

코델리아와 구스가 깜짝 놀라서 휙 돌아섰다.

"하! 너야말로 겁쟁이에 불한당이다! 사방으로 너를 찾아다녔다!"

다른 목소리가 버럭버럭 외쳤다.

결투에서 이기게 해줄 모자를 달라면서 아까 차례대로 가게에 들이닥쳤던 두 청년이었다. 두 청년이 벌게진 얼굴로 서로를 향해 저벅저벅 다가갔다. 코델리아는 두 사람 모두 모자 상자를 꽉 움켜쥐고 있어서 기뻤다. 한 청년 뒤를 따라가는 아가씨도 보였다. 주름이 풍성한 드레스를 입은 아가씨는 어쩐지 연극이라도 하는 표정이었다.

"오, 아치볼드! 부디 나 때문에 결투하지 말아요. 자비를 베푸세요!"

여자가 레이스 손수건을 흔들며 울부짖었다.

"재닛, 이 일에서 빠지세요."

아치볼드라고 불린 청년이 크게 외쳤다.

재닛은 상처받은 표정이었다.

"너!"

아치볼드가 다른 청년을 가리켰다.

"페르디난드 스파우터, 눈엣가시 같은 놈! 이젠 지긋지긋하다!"

"하! 발디 블런트워트, 넌 가시가 될 만큼 뾰족하지도 않아. 넌 내 신발 밑창에 박힌 자갈이다! 그것도 칙칙하고 못생긴 돌멩이!"

페르디난드가 악을 썼다.

"권총을 쓸 시간이다!"

아치볼드가 눈길은 페르디난드에게 못 박은 채 재닛을 뿌리치며 선언 했다.

코델리아는 일이 이상하게 흐를 경우를 대비해서 나무 뒤로 구스를 끌고 갔다.

재닛이 날카롭게 울부짖었다.

"아, 맙소사!"

"아 진짜, 훌쩍훌쩍 매매 양, 입 좀 닫아!"

페르디난드가 권총을 꺼내며 재닛에게 사납게 외쳤다.

"네 놈이 감히 누구한테 대고!"

재닛이 발끈했다.

"열 걸음이다!"

아치볼드가 외쳤다.

코델리아가 나무 뒤에서 밖을 빼꼼 내다봤다.

두 청년이 각자 권총을 움켜잡고 보폭을 넓게 해서 반대편으로 열 걸음을 걸은 뒤, 돌아서서 서로를 마주 보고는 각각 상자를 열고 모자를 꺼내어 머리에 썼다. 코델리아 눈에 희끄무레하게 반짝이는 캡과 번쩍이는 선홍색 베레모가 보였다.

재닛은 승리감에 취한 표정으로 한껏 들떠서 지켜봤다. 구스는 앓는 소리를 냈고 코델리아는 숨을 멈췄다.

권총이 불을 뿜어야 할 순간이었다.

그런데 그 순간이 지나갔다.

아치볼드가 눈을 몇 번 껌뻑였다. 모자 위 '사랑 딱정벌레' 날개가 반짝였다. 페르디난드가 조용히 헉 소리를 내며 권총 든 손을 힘없이 옆으로 떨어뜨리더니 다른 손을 가슴에 올렸다.

아치볼드도 권총을 풀숲에 떨어뜨리더니 어딘가 숭배하는 눈빛으로 페르디난드를 응시했다. 페르디난드가 다정하게 아치볼드를 마주 봤다.

두 청년이 서로를 향해 수줍게 다가갔다.

"세상에 맙소사, 도대체 뭐 하는 거예요?"

재닛이 아치볼드에게 바람 새는 소리로 물었다. 아치볼드는 재닛 말을 무시했다.

나무 뒤에 쭈그리고 앉은 구스는 눈을 꽉 감고 손가락으로 귓구멍을 틀어막고 있었다. 코델리아가 구스 팔을 톡톡 쳤다.

"구스, 모자가 효과가 있어!"

코델리아가 속삭였다.

두 청년은 이제 서로를 정면에서 보고 있었다.

"아, 발디."

페르디난드가 숨을 내쉬었다.

"페르디, 그대는 가시가 아니에요. 아름다운 장미입니다."

아치볼드가 부드럽게 화답했다.

"그대도 못생긴 돌멩이가 아닙니다. 다이아몬드입니다."

페르디난드가 속삭였다.

그러더니 손을 뻗어 아치볼드 뺨을 가볍게 만졌다. 아치볼드가 얼굴을 붉히는가 싶었는데, 순식간에 페르디난드가 아치볼드에게 입을 맞췄다.

"어머? 일이 어떻게 이런 식으로 돌아가지?"

재닛이 쇳소리를 냈다.

페르디난드와 아치볼드는 모자가 벗겨질 만큼 격렬하게 입을 맞췄다.

두 청년이 서로에게서 떨어져 황당한 표정으로 상대방을 마주 보는 순간, 코델리아가 침을 삼켰다. 잠깐이었지만 코델리아는 두 청년이 맨손으로 서로를 죽일지도 모른다는 생각에 소름이 끼쳐서 꽁꽁 얼어붙었다.

하지만, 아치볼드는 누구도 예상하지 못한 행동을 했다. 페르디난드를 향해 앞으로 살짝 몸을 기울이더니 다시 입을 맞췄다.

교회 종소리가 의기양양하게 울려 퍼졌다. 일곱 시 십오 분이었다. 코델리아가 구스 손을 잡아서 일으켜 세웠다.

"구스, 가자! 공연에 늦으면 안 돼!"

코델리아가 외치면서 길을 따라 전속력으로 내달렸다.

CHAPTER 12

드루리 레인 왕립 극장은 높고 거대했다. 기둥이 하늘을 향해 치솟았고 황금 천사상들이 웅장한 문을 둘러쌌다. 보석으로 치장한 귀부인들과 흰색 가발을 쓴 기품 있는 신사들이 촛불을 밝힌 극장 안 홀을 오가고 있었다.

"코델리아 해트메이커입니다."

근엄한 표정에 금으로 장식한 재킷 차림의 문지기가 이름을 묻자 코델리아가 답했다.

문지기가 즉시 허리 숙여 절하며 말했다.

"해트메이커 아가씨, 이쪽입니다. 신사분도 오시지요. 극장에서 두 번째로 좋은 박스석을 준비해 두었습니다."

문지기는 코델리아와 구스를 붉은색 양탄자가 깔린 계단 위로 안내해서 벨벳으로 화려하게 장식한 박스석으로 이끌었다. 두 아이는 푹신푹신한 팔걸이의자에 깊숙이 앉아서 난간 너머 아래로 눈부시게 환한 무대를 내다보았다.

사람으로 들어찬 극장 곳곳에서 웅성거리는 소리가 났다. 코델리아가 군중 사이에서 공주를 찾았지만 아무 데도 없었다. 코델리아는 아래를 오가는 사람들 머리 위에서 모자 장인표 모자를 여럿 알아보았다. 무대 앞, 맨바닥에 앉은 소년들이 화려한 비단을 두른 아가씨들(코델리아 눈에는 '천국의 새'로 보였다)에게 잘 보이려고 서로를 밀쳐대며 땅콩을 집어 던지고 있었다. 공연장은 연극이 시작하기를 기다리며 거칠게 숨 쉬는 우람한 짐승 같았다.

한 젊은 남자가 무대 위로 올라와서 황동 트럼펫을 힘차게 불었다.

"조지나 공주님이십니다. 모두 자리에서 일어나십시오!"

남자가 외치더니 이내 요란하게 트럼펫을 불어 젖혔다. 끝이 구부러진 기다란 막대기가 무대 밖으로 불쑥 튀어나오더니 남자 허리를 잡아채서 커튼 뒤로 끌고 들어갔다.

극장 안에 정적이 내려앉았다. 관객 시선이 일제히 코델리아에게 쏠렸다. 코델리아는 저 아래 군중이 자기와 구스를 올려다보는 줄 알고 잠깐 기분이 이상해졌지만 이내 바로 옆 박스석이 조지나 공주 자리 즉, 왕실 박스석임을 깨달았다.

"완벽해!"

코델리아가 속삭였다.

두 박스석 사이에는 칸막이가 있었다. 그래서 공주가 아래에서 환호하는 관객을 향해 고개라도 끄덕여야 오똑한 공주 코가 간신히 보였다. 코델리아는 중간 휴식 시간에 공주에게 대화를 요청하기로 마음먹었다.

극장 안을 밝혔던 촛불이 모두 꺼지면서 무대만 남기고 사방이 어둠에 잠겼다. 보라색 벨벳 커튼이 열리자 무대 중앙에 의연하게 서 있는 휴고 거시포스 경이 드러났다. 휴고는 코델리아가 제작한 멋진 모자를 썼고 그에 어울리는 화려한 주름 장식 무대 의상을 입었다.

객석에서 박수가 터져 나왔다. 그에 답하듯 모자에 달린 금색 별이 번쩍였다. 휴고 경이 거듭 허리를 굽혀 절하자 '건방진 까마귀' 깃털이 나풀나풀 흔들렸다.

"무대가 끝나고 인사하는 거 아니야?"

휴고가 공주에게 키스를 보내자 구스가 코델리아에게 속삭였다.

"'경'이라고 불리는 사람은 시작할 때 인사하나 봐."

코델리아가 추측했다.

왕실 박스석에서 한숨 소리가 들렸다.

"공주님, 괜찮으십니까?'"

남자였다. 어쩐지 귀에 익고 권위가 깃든 목소리였다.

"말씀드렸다시피 오늘 밤 극장에 오고 싶지 않았습니다. 한창 전쟁 얘기가 오가는 엄중한 시국에 경솔한 행동이에요."

공주가 답했다.

"그래도 공주님이 모습을 보여야 국민은 모든 일이 잘 풀릴 것이라고 안심합니다."

권위 있는 목소리가 대답했다.

"그 말씀도 맞네요. 휘트루프 공작님이 반복해서 저를 상기시키다시피 안타깝게도 저는 정치적 전문성이 부족하군요."

공주가 한숨을 내쉬며 말했다.

코델리아 얼굴이 일그러졌다. 휘트루프 공작이 옆에 있으면 공주가 코델리아에게 배를 빌려주지 못하게 또 막을지도 몰랐다. 코델리아는 공주를 단독으로 만나야 했다.

코델리아가 작전을 다 세우지도 못했는데 휴고 경이 무대 바닥에 납작 엎드리더니 통곡하기 시작했다. 잠시 코델리아는 모자가 이상하게 작동하나 싶어서 더럭 겁이 났지만, 이내 휴고 경이 연기하고 있다는 것을 깨달았다. 공연이 시작되었다!

분칠한 듯 얼굴이 허연 유령이 신음하고 흐느끼며 제일 먼저 무대로 미끄러져 들어왔다. 다음에는 신분 높은 한 젊은 여인이 잠시 신음하고 흐느꼈다. 교활한 삼촌이 드러내놓고 음모를 꾸몄고, 청년 한 쌍이 휴고 경에게 매 맞고 발에 차이다가 춤추듯 무대 주위를 돌며 휴고 경을 피했다.

코델리아는 직접 만든 모자가 효과를 제대로 발휘해서 기뻤다. 휴고 경에게 무대 공포증이 있다는 흔적은 찾아볼 수 없었다. 오히려 걸핏하면 공연 도중에 연기를 멈추고 객석을 향해 절을 하며 키스를 날렸다. 공연이 중단된 사이 무대 위에 남겨진 배우들은 어색하게 발만 번갈아 들썩이면서 부디 휴고 경이 다시 연기로 돌아와 공연을 이어가기를 기다렸다. 심지어 휴고 경이 나올 때가 아닌데 등장했다고 짐작이 가는 장면도 몇몇 있었다.

공연이 절반쯤 끝났을 때가 휴식 시간이었다. 커튼이 내려오자 흥분한 관객이 왁자지껄 떠드는 소리와 뿌연 파이프 연기가 극장을 가득 메웠다. 코델리아와 구스는 딸기 얼음이 담긴 은그릇을 받았다. 구스가 얼음을 먹는 사이, 코델리아가 이쪽 박스석과 왕실 박스석을 나누는 칸막이를 두리번거리며 살폈다. 휘트루프 공작도, 공주도 움직일 기미가 없었다. 코델리아는 입술을 잘근거리며 생각했다. 어떻게 해야 공주와 따로 얘기할 수 있지?

그 순간, 휘트루프 공작 목소리가 들렸다.

"공주님, 프랑스 왕이 보낸 편지가 방금 도착했습니다."

은 숟가락이 그릇에 부딪치는 소리가 챙 나더니 공주가 말했다.

"예전 편지처럼 비우호적이고 무례하지 않았으면 좋겠군요."

공주는 한참 입을 다물었다가 말을 이었다.

"침묵하는 공작님을 보니 이번 편지도 무례하고 비우호적인가 봅니다."

휘트루프 공작이 들릴 듯 말 듯 기침했다.

"프랑스 왕은 견디기 어려울 만큼 말이 많습니다. 자의식은 위험할 정도로 강하고 이국적인 과일에 병적으로 집착하죠."

공작이 잘라 말했다.

공작 말에 공주가 한숨지었다.

"편지를 읽어주세요."

"고귀한 공주님 귀에 이런 말을 들려 드리면 안 될 것 같습니다만."

"그렇다고 루이 왕과 대화를 단절하면 영국과 프랑스 관계가 좋아질 희망도 사라집니다."

조지나 공주가 참을성 있게 말했다.

휘트루프 공작이 부스럭부스럭 편지를 펼치며 말했다.

"공주님은 이런 프랑스 멍청이가 보낸 모욕에 방해받지 않고 딸기 얼음을 즐기셔야 마땅한데 말입니다."

"좋은 지도자가 되려면 나와 생각이 다른 사람 말도 들을 줄 알아야 합니다. 다섯 살 반이었던 엘사 클러스터트루언스는 당시 다섯 살이었던 나를 '냄새 나는 울보 코 찔찔이'라고 불렀어요. 자기 목마를 내가 너무 오래 탔다면서요. 프랑스 국왕이 그보다 심하지는 않을 거라고 믿습니다."

공주는 의견이 분명했다.

휘트루프 공작이 짧게 한숨 쉬더니 편지를 읽기 시작했다.

조지나 공주에게.

그대는 궁전에서 도자기 찻잔 장난감이나 갖고 노는 어린 소녀일 뿐입니다. 당신 아버지는 빙글빙글 도는 물레와 다를 바 없고요. 내가 보낸 첩자 말로는 그대가 나와 대화하기를 두려워한다지요? 내가 세계에서 가장 위대한 나라인 프랑스의 국왕이기 때문이겠죠.

어쩌면 그대는 남자가 영국을 다스리게 해야 할지도 모릅니다. 영국은 남자가 다스릴 때 용맹하고 강력한 나라였습니다. 마땅한 남자를 못 찾겠으면 우리 어머니가 기르는 푸들 중에 푸르푸르라는 녀석이 있는데, 그 녀석에게 맡기기를 제안하는 바입니다. 푸르푸르는 아주 훌륭한 개입니다. 앉으라 명령하면 자리에 앉고 숫자도 열까지 세는데, 이것만 해도 내가 들은 당신보다 훨씬 뛰어납니다.

존경을 담아, 프랑스 국왕 루이

침묵이 이어졌다. 종이를 접는 메마른 소리가 났다.

"하…. 이건 새로운 차원의 뻔뻔함이군요."

공주 목소리는 담담했지만 당장에라도 풀어질 실타래 같았다.

"정말 그렇습니다. 이웃 나라에 첩자를 보내는 것과 그걸 당당하게 드러내는 것은 전혀 다른 문제입니다."

휘트루프 공작이 엄중한 목소리로 말했다.

"첩자는 비밀에 부쳐야 하건만 루이 왕은 이렇게 대놓고 내게 드러내니…. 참 이상합니다."

공주가 말했다.

"공주님을 모욕했습니다! 국왕 폐하도요. 물레까지도 말입니다. 한 마디로 루이 왕은 영국 국민 모두를 모욕했습니다!"

휘트루프 공작이 분통을 터트렸다.

"루이 왕은 정말 잔인하고 비우호적이군요."

공주가 떨리는 목소리로 인정했다.

"어쩌면 말입니다, 공주님은 만까지 셀 수 있고 새로 마련한 대포를 직접 일일이 세니 정확히 그 숫자였다고 써서 답장을 보내면 루이 왕이 덜 무례하게 굴지도 모릅니다."

휘트루프 공작 어조가 갑자기 부드러워졌다.

"새로 마련한 대포요? 새 대포라뇨?"

공주가 웅얼거렸다.

"공주님이 이 서류에 서명만 하시면 제가 오늘 밤 무쇠 불꽃 공장에 새 대포 만 문(門)을 주문할 수 있습니다. 국왕 폐하가 어제 서명하기로 했던 서류입니다."

휘트루프 공작이 진지하게 말했다.

"벌써 장인들에게 평화 의복을 만들라고 지시했습니다. 나는 평화 회담이 성공하기를 바라고 있어요."

공주가 말했다.

"공주님, 그건 저도 마찬가지입니다. 하지만 장인들은 이미 한 번 실패했어요. 그런 사람들을 또 믿어야합니까? 아시다시피 그들 방식은 구시대…."

"장인들이 만든 의복은 왕실의 중요한 전통입니다. 어쩌다 실패했다고 그 즉시 포기할 생각은 없습니다."

공주가 말했다.

"그야 그렇지만 평화를 유지하려면 좀 더 합리적인 발명품에 집중해야 한다는 의견도 있습니다. 가령, 총 같은 것 말이지요."

휘트루프 공작이 모험을 무릅쓰고 이야기를 꺼냈다.

코델리아가 몸을 앞으로 기울였더니 공주 옆얼굴이 보였다. 공주는 이마에 주름이 잡히도록 인상을 쓰고 있었다. 휘트루프 공작은 이미 잉크에 젖어 번들거리는 깃펜을 내밀며 서류 한 장을 공주 코앞에서 흔들어대고 있었다.

"평화 회담은 예정대로 진행할 겁니다. 단지, 프랑스 왕은 공주님이 프랑스를 겨누는 대포를 아주 많이 보유했을 때 훨씬 예를 갖춰서 말할 것입니다."

공주가 망설였다. 펜촉에서 떨어진 검은색 잉크로 공주의 옅은 색 드레스가 얼룩졌다.

"공주님, 무쇠 불꽃 대포 공장은 준비를 끝냈습니다. 최신식 기술을 갖춘 공장입니다. 국고에서 돈을 충당하라는 공주님의 지시, 왕실 명령만 남았을 뿐입니다. 대포는 사흘 안에 준비될 것입니다."

휘트루프 공작이 공주를 압박했다.

공주는 차례대로 꺼지기 시작한 공연장 촛불을 지켜보며 움직임을 멈췄다. 마침내 공주가 입을 열었다.

"전쟁은 끔찍합니다. 아버지는 평화를 믿으셨어요. 국왕 폐하가 바닷가에서 건강을 회복하시는 동안에도 아버지의 뜻을 받들어야 합니다. 그래서 난 무쇠 불꽃 공장에 대포를 주문하지 않습니다. 평화를 위해 먼저 노력하고 싶어요. 평화 회담 자리에서 난 루이 왕과 대화하는 것이 두렵지 않다는 사실을 본인에게 보여줄 작정입니다."

휘트루프 공작이 말문을 열었다.

"공주님, 어리석은 일이 될지…."

"공작님, 조용히 하세요. 공연이 다시 시작되었습니다."

공작이 한숨을 쉬더니 낙담한 듯 서류를 정리하는 소리가 들렸다. 코델리아가 구스를 돌아봤다. 인상적인 콧수염 뒤로 구스가 걱정하는 표정을 짓고 있었다.

"공주님, 그리고 신사 숙녀 여러분! 심금을 울리는 햄릿의 비극이 이어집니다!"

커튼이 올라가자 트럼펫 부는 남자가 외쳤다.

휴고 경은 연극 후반부에서 더 자주 고함치면서 괴로워했고, 귀족 아가씨조차 더 큰 소리로 흐느꼈으며, 무엇보다 가장 박진감 넘치는 칼싸움이 펼쳐졌다. 거침없이 움직이는 휴고 경이 사납게 날리는 은빛 칼은 넓게 호를 그렸고, 칼싸움 상대는 피해다니느라 급급했다. 결과적으로 칼싸움은 추격전에 가까웠다. 휴고 경은 번쩍이는 칼을 휘두르며 종횡무진 무대를 누볐고 적은 칼날을 피해 이리저리 도망 다녔다.

'휴고 경 칼은 진짜 강철로 만든 것 같은데 적의 칼은 회색 칠한 목검이야. 그러니까 적이 저렇게 두려워하지.'

코델리아가 생각했다.

코델리아는 커튼이 닫히자마자 자리에서 벌떡 일어나 공주에게 말을 걸려고 했지만, 휴고 경이 커튼 뒤에서 열아홉 번이나 다시 나와 절하고 나서야 완전히 안으로 사라졌다.

코델리아가 문을 열어젖히자 손뼉을 치느라 손바닥이 빨개진 구스도 자리에서 일어섰다. 코델리아는 왕실 박스석 밖을 지키는 보초 앞에 섰다.

"안녕하세요. 공주님을 잠깐 뵐 수 있을까요?"

코델리아가 예의 바르게 물었다.

간수는 험악한 표정으로 대답을 대신했다.

휴고 경은 연극 후반부에서 더 자주 고함치면서 괴로워했고, 귀족 아가씨조차 더 큰 소리로 흐느꼈으며, 무엇보다 가장 박진감 넘치는 칼싸움이 펼쳐졌다.

CHAPTER 13

코델리아와 구스는 아가씨들이 입은 후프 스커트(*치마가 넓게 퍼지도록 탄성 있는 고래 뼈나 철사로 안을 받친 옷) 사이로 버스럭바스락 비집고 나와 멋쟁이 신사들의 팔꿈치 아래를 오리걸음으로 지났다.

"여기 문 옆에서 기다리자. 공주님이 지나갈 때 잠깐 붙잡고 말을 건넬 수 있을 거야. 네가 휘트루프 공작 시선을 끌어줘야 해."

코델리아가 말했다.

구스는 불안해 보였다.

"어떻게?"

"나도 모르겠어. 공작이 쓴 가발을 칭찬하면 어떨까?"

눈부시게 멋들어진 모자를 쓴 휴고 경이 으스대며 홀 안으로 미끄러지듯 들어왔다. 별 스팽글이 윙크하듯 반짝이고, '말썽이 백합'이 휴고 경 머리 주위로 황금색 꽃가루를 후광처럼 뿜어내었다. 휴고 경을 흠모하는 귀족 무리가 왁자지껄 요란을 떨며 순식간에 경을 둘러싸더니 경의를 표하고 꽃다발을 건네고 키스를 날렸다.

"오, '배우 생애 최고의 연기'라는 말은 이미 들었습니다!"

목청껏 외치던 휴고 경이 코델리아를 발견하고 윙크했다. 코델리아 옆에 있던 아가씨가 한껏 달아오른 열기에 정신을 잃고 쓰러졌다.

"공주님 나오십니다!"

보초가 우렁차게 외쳤다.

공주가 모습을 드러내자 줄지어 선 귀부인들이 한쪽 다리를 뒤로 빼며 허리를 굽혔고, 황금 단추가 달린 재킷을 입고 흰색 가발을 쓴 신사들이 깊이 고개 숙이며 절했다. 공주에게 한 마디라도 찬사를 바치기 열망하는 무리가 동시에 앞으로 이동했다. 코델리아도 군중에게 떠밀렸지만 휴고 경이 그 와중에 용케 군중 맨 앞에 섰다.

"아, 공주님. 그대의 창백한 두 뺨 앞에서는 에덴동산에 핀 백합조차 초라해지⋯."

휴고 경 말문이 터졌다.

"그래요, 그래."

휘트루프 공작이 말하면서 공주 팔꿈치를 잡고 자기 옆으로 끌어당겼다.

코델리아는 몸부림치며 무리를 뚫고 나아갔다. 공주가 거의 문에 다다른 터라 기회를 놓칠 판이었다. 코델리아 앞에서 열두 명도 넘는 사람이 밀쳐대고 있었다. 순간, 무리가 밀어닥치면서 휘트루프 공작이 공주에게서 떨어져 나갔다.

"구스, 지금 아니면 기회는 영원히 없어!"

코델리아가 바람 새는 소리로 말했다.

코델리아는 최대한 낮게 쭈그리고 앉아서 스타킹 신은 다리의 숲과 이리저리 휘날리는 치마의 바다를 헤치고 나아갔다. 뒤에서 기를 쓰고 따라오는 구스 소리가 들렸다. 두 아이는 곧장 공주 앞에 모습을 드러냈다.

"공주님!"

코델리아가 힘껏 외쳤다.

"아, 해트메이커 양! 낯익은 얼굴을 만나니 안심이에요. 여기 사람들이 다소 지나치게 우호적이어서….”

공주가 헉헉대며 말했다.

코델리아는 허비할 시간이 없었다.

"부탁인데 제발 배 한 척만 빌려주세요! 전 아빠가 살아 있다고 확신합니다. 그런데 아빠를 찾으려면 배가 있어야 해요!"

코델리아가 간청했다.

극장 로비가 시끄러웠다. 공주가 몸을 기울여 속삭였다.

"나도 돕고 싶어요."

"아주 잠깐만 배를 빌리면 돼요. 아빠를 찾는 동안만요. 아빠는 어딘지 모를 곳에서 벌써 삼 일 가까이 지냈어요."

코델리아가 재촉했다.

조지나 공주가 코델리아 팔에 한 손을 올리고 조용히 말했다.

"오늘 낮에 왕궁으로 전갈이 왔어요. 유쾌한 보닛에서 선원들 시중을 들던 소년이 침몰 사고에서 살아남았다네요."

코델리아는 눈이 튀어나오고 숨이 멎을 것만 같았다.

"잭이요? 잭은 괜찮나요? 어디 있어요?"

"잭은 와핑(*Wapping: 런던에서 멀지 않은 소도시로 강변을 끼고 있다) 부두, 선원 병실에 있어요. 생존자 소식에 휘트루프 공작이 곧장 잭을 만나러 다녀왔습니다. 불쌍하게도 소년은 정신 착란을 일으켰는지 헛소리만 했답니다. 공작이 알아들은 말을 종합한 결과…. 해트메이커 양, 정말 유감이…."

"아, 존경받아 마땅한 공주님!"

휴고 경이 요란한 몸짓으로 코델리아와 공주에게 바람처럼 다가와 재주도 좋게 둘 사이로 파고들었다.

바로 그 순간, 일이 터졌다.

"Sacré bleu(젠장!)"

누군가 외쳤다.

총성이 울렸다. 허공 한복판이 천으로 만들어진 듯 찢어졌다.

코델리아 주변 모든 움직임이 느려졌다. 와자하던 소음이 무뎌지며 웅웅 울리더니 코델리아 귀에는 심장 뛰는 소리밖에 안 들렸다.

고요함 속에서 사람들이 기괴하게 일그러진 공연 속 가면 같은 얼굴로 하늘을 향해 두 팔을 번쩍 쳐들어 올렸다.

누가 비명을 질렀나?

"구스!"

코델리아는 말하고 싶었지만 입 안이 혀로 꽉 찬 느낌이었다.

천장에서 회반죽 가루가 떨어져서 눈이 따가웠다.

소용돌이치는 사람들의 바다 한복판으로 코델리아가 순식간에 휩쓸려 갔다. 무리는 늘어났고 파도처럼 치솟은 공포가 무리를 덮쳤다. 비명이 공기를 메웠다.

"암살자다!"

코델리아는 무리를 가르고 나아가는 보초를 보았다. 충격으로 얼굴이 하얗게 질린 휘트루프 공작이 보초 바로 뒤에 있었다.

"조지나! 다친 곳은 없나?"

공작이 다급하게 외쳐 물었다.

공주가 고개를 끄덕였다.

"암살 시도다! 저기! 총알이 있다!"

휘트루프 공작이 어딘가를 가리켰다.

공주 머리 바로 위 천장, 석고로 빚은 천사상 매끈한 엉덩이에 둥글고 까만 소총탄이 박혔다.

공주가 공포에 질린 얼굴로 휘트루프 공작을 돌아보며 중얼거렸다.

"어, 어째서…. 왜 나를?"

"프랑스다. 확실해! 보초! 마차!"

공작이 버럭버럭 외쳐댔다.

열 명도 넘는 보초들이 로비로 몰려 들어와 신사 숙녀들을 옆으로 밀치고 공주에게 갔다. 보초들은 공주를 꽉 붙잡아 밖으로 나갔고 휘트루프 공작도 바삐 뒤를 따랐다. 코델리아는 비틀거리며 문으로 가서 번개처럼 왕궁을 향해 달려가는 마차를 속절없이 지켜보았다. 말들이 질주했다.

구스가 코델리아 옆으로 다가왔다.

"가자. 여기서 나가자."

구스가 숨을 몰아쉬며 코델리아 손을 잡아끌고 밤이 깃든 런던 거리로
나갔다.

두 아이는 거리를 몇 개나 지나도록 내처 달리다가 코델리아 옆구리가
찌르듯이 아프고 나서야 멈췄다. 코델리아는 옆구리를 싸잡고 몸을 반으
로 접었다.

구스가 벽에 기대어 천천히 미끄러지며 그대로 바닥에 주저앉았다.

"암, 암살, 암살, 이라니."

구스가 헉헉대며 말했다.

"너는 봤어? 암살자?"

코델리아가 물었다.

구스가 고개를 저었다.

"나도 못 봤어."

"잡혔을까?"

"아닐걸?"

"공주님…. 괜찮겠지?"

구스가 간신히 말했다.

코델리아가 고개를 끄덕였다.

"놀랐지만 다치지는 않았어."

코델리아는 와들와들 떨리는 다리를 가라앉힐 재간이 없어서 구스 옆

에 주저앉았다. 구스가 간신히 웃어 보였다. 코델리아도 불안한 미소였지만 구스를 보며 마주 웃었다.

코델리아는 목소리를 떨지 않을 때까지 기다렸다.

"계획은 실패야. 배를 못 구했어."

마침내 입을 연 코델리아 말에 구스가 앓는 소리로 대꾸했다.

"유감이다."

불현듯 코델리아가 기억해냈다.

"잭! 유쾌한 보닛 심부름꾼 소년!"

코델리아가 벌떡 일어났다.

"와핑이 어느 쪽이지?"

"지금 가면 안 돼! 시간이 너무 늦었어."

구스가 허둥지둥 일어서며 말했다.

"구스, 난 최대한 빨리 잭을 만나야 해. 우리 아빠가 어디 있는지 알지도 모르잖아!"

코델리아가 외쳤다.

구스가 코델리아 어깨를 잡고 말했다.

"내일 아침에 일어나자마자 가자. 스테어보텀 선생님이 우리 집에 수업하러 오시면 말씀드리고 나올 테니까 나랑 같이 가. 괜찮지?"

코델리아가 한숨 지었다.

"알았어. 내일 아침 일어나자마자."

윔폴가에 도착해서 구스가 위장 모자를 벗자 수염이 북슬북슬했던 얼굴이 다시 매끈해졌다. 코델리아는 얼마나 깊게 생각에 빠졌는지, 구스

가 재빨리 뺨에 입을 맞춘 뒤 요란하게 인사를 건네며 집으로 뛰어 들어
가는데도 뭐라 한마디 하지 않았다.

"오늘 진짜, 음, 그러니까… 고마웠어. 진짜 멋진 저녁이었어!"

모자 장인 저택은 어둡고 고요했다. 코델리아가 여전히 골똘히 생각에
잠긴 채 침대로 기어올라 그대로 잠이 들어 곤두박질치듯 꿈속에 빠졌
다.

아득하고 뒤숭숭한 꿈이었다. 그래서 코델리아는 계단을 오르는 도둑
의 발소리도, 끼익 열리는 모자 작업실 문소리도 듣지 못했다.

CHAPTER 14

"도둑이야! 강도야!"

누군가 외치고 있었다.

이상했다. 코델리아는 버려진 섬, 난파선에 분명히 혼자 있었는데….

머리 위 야자수 가지에 앉은 진홍색 앵무새가 날개를 퍼덕였다.

"강도다! 침입자야!"

앵무새가 꽥꽥 울었다.

어째서인지 파도가 쾅쾅 문 닫히는 소리를 내면서 바닷가에서 부서졌
다. 햇빛이 파도를 때리면서 종소리처럼 땡땡 울렸다. 그런데, 빛도 소리
를 내나?

"코델리아, 일어나!"

코델리아가 침대에 일어나 앉았다.

티베리우스 삼촌이 코델리아 침실 들창으로 머리를 들이밀었다.

"집에 도둑이 들었다!"

머리통이 소리를 벅벅 지르더니 사라졌다.

모자 작업실 중앙에 놓인 작업대가 텅 비었다.

민머리 해트 블록이 번들거렸다. 평화 모자가 사라졌다.

"자러 가기 전에 분명히 내가 작업실 문을 잠갔어."

아리아드네 고모가 서랍이란 서랍은 다 헤집고 캐비닛이란 캐비닛은 다 열어젖히면서 말했다.

"작업실 열쇠도 밤새도록 내 허리띠에 달려 있었고!"

단추며 깃털, 리본이 사방으로 날렸다.

페트로넬라 대고모는 연금술실 안락의자에 앉아서 지팡이가 닿는 곳은 어디든 다 쑤셔대었다.

"경감에게 알려야 해요!"

부엌 입구에서 쿡이 날카롭게 외쳤다. 손에 든 나무 숟가락을 휘두르는 바람에 뜨거운 죽이 사방으로 튀었다.

"당장 가서 알리겠습니다!"

존스가 성큼성큼 홀을 가로지르며 외쳤다.

코델리아는 모자 작업실 문에 달린 놋쇠 자물쇠를 노려보며 인상을 썼다. 열쇠는 아리아드네 고모만 가졌다. 열쇠 구멍 주변에 긁힌 자국이 심하게 났다.

티베리우스 삼촌은 미친 듯이 모자 상자를 뒤집어 흔들어댔고, 아리아드네 고모는 온 방을 오가며 "내가 잠갔어. 분명히 잠갔어. 시계가 열한 시를 알렸고 난 문을 잠갔어." 라고 단호하게 말했다.

"뿔 투구를 쓴 위대한 오딘(*북유럽 신화에서 최고의 신)이시여! 놈들이 유해 캐비닛을 털었어!"

티베리우스 삼촌이 울부짖었다.

유해 캐비닛에 달린 튼튼한 쇠문 두 짝이 돌쩌귀에서 흔들거리고 있었다.

"텅 비었어! '다툼 번개' 병이 사라졌어! '오르쿠스(*로마 신화에 나오는 죽음의 신) 여우' 발톱도! 마스터키까지 가져갔어!"

삼촌이 목놓아 울었다.

파랗게 질린 삼촌은 기절하기 직전이었지만 코델리아는 뒷걸음질로 작업실에서 나갔다. 평화 모자를 잃어버리면서 가족들이 정신머리까지 잃은 것 같았다. 코델리아가 비틀비틀 침실로 올라갔다.

"다른 데 한눈팔면 안 돼. 최대한 빨리 와핑으로 가자. 이런 일이 터졌으니 고모랑 삼촌을 귀찮게 하지 말아야지. 일단 갔다가 나중에 말씀드려야겠어."

코델리아는 혼자 크게 소리치며 눈 깜짝할 사이에 옷을 갈아입었다.

코델리아가 헐레벌떡 계단을 내려왔다. 서재를 지나는데 안에서 바람이 불어 나왔다. 코델리아가 서재 안으로 고개를 들이밀고 이리저리 살폈다. 애거사는 여전히 보이지 않았다. 다른 전령 비둘기들이 춥고 불안한 모습으로 새장 구석에 옹기종기 모여 있었다. 창문이 활짝 열렸으니 바람이 불어 들어올 만도 했다.

"창문이 얼마나 오래 열려 있었어?"

코델리아가 비둘기들에게 물었다.

다비다가 다소 맥없이 구구 울었다.

"한참? 밤새?"

구.

손을 뻗어 창문을 닫던 코델리아가 창문턱에 찍힌 검댕처럼 시커먼 손자국 두 개를 발견했다. 손가락들이 서재 안으로 향해 있었다. 그림자가 창문 안으로 기어들어 오면서 뒤에 남긴 흔적 같았다.

"이상한데?"

코델리아가 창문 밖 아침 공기 속으로 머리를 내밀었다.

거리까지는 서재에서 한참 아래였다. 저택의 가파른 벽에는 좁은 선반처럼 튀어나온 벽돌과 가느다란 배수관이 있었다. 건물 벽을 타고 올라와서 서재 창문을 통해 들어오기란… 생각하나 마나 불가능했다.

티베리우스 삼촌은 기절하기 직전에 간신히 정신을 차리고 '소생 이슬'을 한 모금 마셨다.

코델리아가 막 집에서 빠져나가려는데, 존스가 키 큰 남자를 뒤에 달고 소란스럽게 홀로 들어왔다. 남자는 가슴을 한껏 부풀려서 번쩍거리는 배지를 과시하고 있었다.

아리아드네 고모와 티베리우스 삼촌이 계단 꼭대기에 나타났다.

"스턴로(*Sternlaw: 엄격한 법) 경감이 왔다!"

광을 낸 부츠를 신은 남자가 건들거리며 선포하듯 말했다.

코델리아가 살금살금 현관문으로 향했다.

"아, 경감님! 와 주셔서 감사합니다."

삼촌이 '얼음 모자'를 머리에 푹 눌러 쓰며 말했다.

"스턴로 님, 이쪽입니다."

아리아드네 고모가 경감을 계단 위로 안내했다.

"도둑이 든 시간에 집에 있던 사람은 다 모여야 한다."

스턴로가 우렁차게 말했다.

"코델리아, 너도 오렴."

고모가 코델리아를 불렀다.

"저기, 근데….."

코델리아는 머뭇거리며 현관문에서 서성였다.

"법을 기다리게 하지 마라!"

경감이 계단참에서 호통쳤다.

발을 질질 끌며 계단을 올라가자니 코델리아는 절로 한숨이 나왔다.

"하! 전문 용어로 범죄 현장이군!"

뒤죽박죽 엉망이 된 작업실 입구에서 경감이 탄식했다.

경감은 작업실 여기저기를 쑤시며 다녔고 해트메이커 가족은 그런 경감을 지켜봤다. 경감은 천장과 바닥, 그 사이에 있는 모든 것을 조사했다.

"간밤에 모자가 여기 있었나?"

경감이 민머리 해트 블록을 가리키며 물었다.

아리아드네 고모가 고개를 끄덕였다.

"그런데 오늘 아침에는 없었다?"

경감이 이어 물었다.

고모가 다시 고개를 끄덕였다.

경감은 해트 블록을 노려보며 잠시 침묵했다.

"증거를 취합한 결과, 이 집에 도둑이 들었다."

경감 말이 하도 어이가 없어서 한동안 모두가 말문을 잃었다.

"네. 우리도 그 정도는 이미 알아냈습니다."

고모가 말했다.

"내 정보통에 따르면 지난 며칠간 프랑스 암살자가 대단히 활발하게 활동했다고 한다."

경감이 공개했다.

"암살자요?"

티베리우스 삼촌이 경감 말을 반복했다.

"그렇다. 지난밤 극장에서 암살 시도가 있었다는 사실은 모두 듣지 않았나?"

아리아드네 고모가 고개를 저으며 놀란 눈으로 코델리아를 돌아봤다.

"사실이니?"

고모가 물었다.

"네, 그래도 석고 천사상만 다쳤어요."

코델리아가 고모를 안심시켰다.

"악당 놈은 어둠 속 한 줄기 연기처럼 탈출했다. 교활한 악마."

경감이 말했다.

"저기…. 경감님? 혹시 저 긁힌 자국도 보셨나요?"

코넬리아가 열쇠 구멍을 가리키며 물었다.

스턴로 경감이 눈을 껌뻑이며 코넬리아를 내려다보았다.

"오, 호기심 많고 예리하군. 아주 좋아. 단지, 어린애 시각이라서 애석할 따름이다."

경감이 손가락 하나를 코넬리아에게 흔들어 보이며 말을 이었다.

"자, 꼬마. 문제는 이것이다. 범죄가 일어난 공간은 이 안쪽인 반면, 긁힌 자국은 문 바깥쪽에 났다."

코넬리아를 포함한 해트메이커 가족은 경감의 논리가 이해가 안 가서 멍한 표정을 지었다.

"서재 창문턱에는 손자국도 찍혔어요. 도둑이 거기로 들어왔을지도 몰라요!"

코넬리아가 말했다.

고모가 헉 소리를 냈지만 경감은 입 다물라는 듯 한쪽 손바닥을 들어 보였다.

"자, 여기서 다시. 짐작건대 서재는 이 방이 아니겠지. 난 여기 이 방, 이 안쪽에서 벌어진 일에 관심 있다."

"그렇지만…."

코넬리아가 또 말하려고 하자 경감이 어른들 쪽으로 돌아서 버렸다.

"다른 물건이 없어지지는 않았나?"

경감이 어른들에게 물었다.

페트로넬라 대고모는 리본을 쑤셔보고 있었다. 안락의자에 앉은 대고모를 존스가 의자째 들어서 아래층으로 내려다 놓았다.

"연금술실에서 금색 별 스팽글이 세 개 없어졌수. '불꽃 쇠돌'로 만들어 화산 용암으로 연마한 터라 내 계획대로 '천사 유약'을 칠하지 않으면 불안정해."

대고모가 쉰 소리로 말했다.

코델리아는 얼굴이 화끈 달아올랐다. 벌게진 두 뺨을 식히려고 얼른 몸을 돌리고 단추를 뒤지며 도둑의 흔적을 찾았다. 사라진 별 스팽글은 지금 런던에서 가장 유명한 배우 모자를 장식하고 있었다.

"평화 모자 한 개, 유해 캐비닛 내용물, 금색 스팽글 세 개."

스턴로 경감이 중얼거리며 수첩에 기록했다.

"신발 장인들이야!"

티베리우스 삼촌이 대뜸 나섰다.

"그놈들이 늘 우리를 시기했잖아! 메이크피스 해트메이커 고조할아버지가 제임스 1세 머리에 은제 버클이 달린 모자를 씌운 이후로 줄곧! 플럼베이고(*plumbago: 흑연) 부트메이커 노인네는 그 사실을 받아들이지 못했어. 버클은 오로지 신발에만 달아야 한다나? 1611년 이후로 신발 장인들은 복수할 기회를 노려왔어!"

티베리우스 삼촌은 페트로넬라 대고모의 화산 용암을 사발째 들이키기라도 한 듯이 펄펄 끓는 분노로 차오르고 있었다. 그러더니 돌연 하얗게 질리면서 다시 정신을 잃었다.

수평으로 누운 삼촌 반대쪽에 선 경감이 아리아드네 고모에게 자기는 본부로 돌아가서 보고서를 작성해야 한다고 말했다.

"잉크가 마르는 데 시간이 한참 걸리는 만큼 이삼 주가 지나야 보고서를 전달할 수 있다."

경감이 설명했다.

"펴, 평화 모자는요? 도둑맞은 평화 모자 수색은 어떻게 되는 겁니까?"

아리아드네 고모가 더듬더듬 물었다.

경감이 세상 지혜를 다 갖춘 양 한껏 거드름을 피우며 말했다.

"해트메이커 부인, 도둑맞은 물품 수색에는 난점이 있다. 대부분 물건을 찾지 못한다는 사실이다."

뭐라 반박하기 어려운 논리에 아리아드네 고모는 말문을 완전히 잃었다.

"게다가 모자를 훔쳐 간 놈이 누구건 런던이 지금껏 본 도둑 중 가장 교활하다는 건 아니, 그런 도둑은 여태 없었다는 건 분명하다. 그럼 이만."

당혹스러워서 아예 입을 다문 사람들을 향해 경감이 말했다.

경감 스턴로는 그 말을 끝으로 떠났다. 코넬리아는 이슬을 조금 더 써서 삼촌을 깨웠다.

목소리를 낼 만큼 기력이 돌아오자 아리아드네 고모가 잘라 말했다.

"달리 방법이 없어요. 이틀 뒤에는 평화 모자가 필요하잖아요. 다시 만들어야 해요. 다행히 나한테 '진정 모직' 펠트가 조금 남았어요."

"난 '정치 노끈'을 더 짜야겠어. 프로스페로가 실종되자마자 이게 다 무슨 일인지. 해도 너무 하는군."

바닥에 누운 티베리우스 삼촌이 어지러운 듯 말했다.

"별빛은 밤에 모으죠. 어차피 갓 딴 별빛이 최상품이니까."

아리아드네 고모가 결연하게 덧붙였다.

"아리아드네, 화성이 뜨고 있다. 별빛 모을 때 화성 빛이 섞이지 않도록 조심해야 해."

페트로넬라 대고모가 경고했다.

고모가 얼굴을 찌푸리며 고개를 끄덕였다.

코델리아는 이것이 기회임을 알아채고 냉큼 낚아챘다.

"저는 '온화한 데이지'를 찾아볼게요."

코델리아가 밝게 말했다.

"그게 좋겠다. 코델리아, 어서 가서 데이지 좀 모아 다오."

아리아드네 고모가 말했다.

코델리아는 바구니를 집어 들고 부엌 탁자 위에 놓인 큼지막한 프루트 케이크까지 한 조각 챙겨서 서둘러 거리로 나갔다.

드디어 와핑으로 갈 시간이었다.

원래는 아홉 시 정각에 구스와 길에서 만나기로 약속했지만, 모자 장인 저택에서 그런 난리가 벌어진 통에 코델리아가 늦었다. 지금쯤 구스는 신발 장인 저택 뒤쪽에 있는 공부방에서 스테어보텀 선생님에게서 수업을 받고 있을 것이었다.

코델리아는 칙칙한 잿빛 건물 뒤로 난 길을 따라 몰래 걸어가던 중이었다. 귀에 익은 기차 화통 삶아 먹은 소리가 났다.

"스아아알쯔아아!"

샘 라이트핑거였다. 구스 공부방 맞은편 인도에 서서 지나가는 사람을 향해 신문을 흔들어대고 있었다. 코델리아가 샘과 얘기하며 잠시 밖에서 기다리면, 구스가 창밖을 내다보고 코델리아가 떠날 준비가 되었음을 알 것이었다.

"안녕? 또 만나네?"

코델리아가 큰 소리로 말했다.

샘이 헐렁한 모자를 머리통에 대고 꾹 누르며 뒤로 획 돌았다.

"여! 안녕? 스아아알쯔아아!"

샘이 활짝 웃으면서 말했다.

"'스아아알쯔아아'가 뭐야?"

코델리아가 물었다.

"암살자."

샘이 지저분한 손으로 신문을 들어 보이며 말했다.

- 매일 속보 -
극장에서 벌어진 암살극!
공주는 죽음을 피했지만 셰익스피어는 살해당했다!

"왜 셰익스피어가 살해당했다고 해? 벌써 한참 전에 죽은 사람인데!"

큰 소리로 묻던 코델리아는 무대를 활보하며 모든 대사를 과장해서 비통하게 읊어대던 햄릿이 기억났다.

"아, 휴고 경 연기를 비꼬는 걸지도 모르겠다."

"왜? 뭐라고 쓰였는데?"

샘이 머리기사를 노려보며 물었다.

"글 못 읽어?"

코델리아가 무심결에 불쑥 물었다.

샘이 가느다랗게 뜬 눈으로 코델리아를 흘겼다.

"내가 수업을 거부하거나 그러지는 않았어. 수업이라는 걸 받아볼 기회조차 없었으니까."

"아, 그렇구나. 미안해. 함부로 굴 생각은 아니었어."

코델리아가 얼굴을 붉혔다.

"괜찮아. 고아가 글을 읽을 줄 알아 봤자 골칫거리라는 소리도 있으니까."

샘이 서글프게 웃으며 구멍투성이 신발을 인도에 대고 문질렀다. 정말이지 구멍 난 곳이 멀쩡한 데보다 많은 신발이었다.

코델리아가 구스 창문을 힐끔 올려다봤다. 구스는 여전히 보이지 않았다. 코델리아가 샘에게로 다시 눈길을 돌렸다.

"그럼 뭐라고 머리기사를 외칠지 어떻게 정해?"

코델리아는 무심코 무례하게 굴었던 행동을 어떻게든지 만회하고 싶어서 스스럼없으면서도 예의 바른 말투로 물었다.

"뭐라고 외쳐야 하는지 아침마다 가르쳐 줘. 그럼 난 그 문장대로 외치는 거야. '스아아알쯔아아아!' 봤지?"

샘이 보란 듯이 한 번 더 외쳤다.

행인이 성큼성큼 다가와서 샘에게 동전을 건네고는 신문을 받으려고 손을 내밀었다.

"아, 그런데 손님, 신문값이 올랐습니다. 이젠 이 페니예요."

샘이 경쾌하게 말했다.

행인은 인상을 찌푸렸지만 두 번째 동전을 샘 손에 떨어뜨리고 신문을 들고 가 버렸다.

그러고도 구스 창문에서는 아무 변화가 없었다.

"신문값이 왜 올랐어?"

코델리아가 물었다.

샘이 코를 긁적이며 말하는 바람에 콧등에 까만 얼룩이 남았다.

"오늘 소식이 두 배로 나빴더니 값도 두 배로 뛰었어."

그러더니 코델리아에게 몸을 숙이며 속삭였다.

"사장이 말해 줬는데, 전쟁이 터지면 값을 네 배로 올려도 신문이 세 배는 팔릴 거래. 어른들은 늘 나쁜 소식을 듣고 싶어 하니까. 무슨 말인지 알지?"

코델리아는 어른들의 기이한 습성이 이해 가지 않았다.

난데없이 신발 장인 저택 뒷문이 벌컥 열려서 코델리아와 샘이 펄쩍 뛰었다.

"구…"

코델리아가 중간에 입을 다물었다.

구스가 아니었다. 구스 엄마였다. 부트메이커 부인이 어찌나 고약한 인상을 쓰고 있는지, 코델리아는 '낡은 장화짝 같은 얼굴'이라는 옛말이 생각났다. 부트메이커 부인은 한 손에 가죽 방망이를 움켜쥐고 도끼눈으로 두 아이를 노려보았다.

"왜 여기서 어슬렁거리지? 어디서 못된 짓을 하려고 수작이야!"

부인이 버럭버럭 외쳤다.

샘은 거 보란 듯이 승리감이 깃든 미소를 지었다.

"얘는 그냥 신문 팔고 있잖아요!"

부트메이커 부인이 다가오자 코델리아가 항변했다.

부인은 샘 라이트핑거 때문에 그토록 부아가 치민 것이 아니었다. 코델리아를 향해 저벅저벅 걸어오더니 태양을 가리고 코델리아 앞에 우뚝 섰다.

"고모가 너를 여기로 보냈지? 우리를 염탐하라고? 공주님에게 바칠 평화 신발을 얼마나 근사하게 만드는지 보라고!"

부트메이커 부인이 으르렁거렸다.

코델리아 눈꼬리에 (드디어!) 공부방 창문으로 몰래 내다보는 구스가 들어왔다. 엄마가 비밀 친구를 몰아세우는 모습에 단단히 겁먹은 눈치였다. 스테어보텀 선생이 구스 뒤에서 걱정스러운 듯 서성이고 있었다.

"아니에요. 그냥 신문 한 부 사려고 왔어요."

코델리아는 예의 바르면서도 당당하게 말하려고 노력했다.

"하!"

부트메이커 부인이 코웃음을 쳤다.

"'매일 속보'에 실리는 헛소리 못지않게 아주 그럴듯하게 지어내네?"

부인이 말을 끝내면서 샘 손바닥 위에 동전 두 개를 떨어뜨리며 신문을 낚아챘다.

"참견쟁이 꼬맹이 같으니라고. 여기서 꺼져! 염탐꾼을 보내서 우리 생각을 훔치면 안 된다고 네 고모한테 전해!"

픽!

부트메이커 부인이 다짜고짜 신문으로 코델리아 머리통을 내려치더니 집으로 돌아가 버렸다. 가죽 방망이가 아니어서 다행이었다.

코델리아는 스테어보텀 선생에게 잡혀서 안으로 끌려들어 가기 전에 일그러진 얼굴로 창문 뒤에서 '미안해!'라고 입을 뻥긋거리는 구스를 얼핏 봤다.

"휴, 쌈닭이 따로 없네. 신문팔이한테 좀 더 친절한 곳을 찾아야겠어."

샘이 웃으며 말했다.

두 아이가 거리 두 개를 지나는 동안, 샘은 코델리아를 심하게 다그치던 부트메이커 부인을 생생하게 흉내 내었다. 두 팔을 붕붕 휘두르며 꽥꽥 소리치는 샘 모습에 코델리아가 웃음을 터트렸다.

"와핑은 여기에서 남동쪽이지? 응?"

본드가 모퉁이에서 코델리아가 샘에게 물었다.

샘이 고개를 끄덕이며 대답했다.

"응."

"그럼 이쪽이겠다."

코델리아가 방향을 정했다.

"잠깐만."

샘이 코델리아 팔을 잡고 잠시 거리를 살폈다.

도로 조금 아래쪽에서 엄청난 소동이 일고 있었다. 깡깡거리는 소리가 나더니 나풀거리는 흰색 잠옷을 입은 사람이 거리로 뛰어들었다.

"도둑이야!"

잠옷 입은 사람이 외쳤다.

다른 사람이 건물 위층에서 창문 밖으로 몸을 내밀고 구리 냄비를 깡깡 맞부딪치고 있었다.

"경감 불러 줘요! 도둑맞았습니다!"

"저기가 혹시…"

코델리아가 불확실하게 말했다.

"저 집 혹시 망토 장인 저택 아니야?"

"가자. 저 난리 통에 휘말리지 말자고."

샘이 웅얼거리며 코델리아를 끌고 옆길로 갔다.

"두 집이 도둑맞았어. 지난밤엔 우리 집, 오늘 아침엔 이 집! 같은 도둑인 것 같지 않아?"

코델리아는 성큼성큼 걷는 샘을 따라 헉헉거리며 달렸다.

"어쩌면."

샘이 인상을 썼다.

두 아이는 헨리에타 거리에 있는 장갑 장인 집을 지났다. 엄밀히 말해서 장갑 장인 저택은 나란히 서 있는 똑같이 생긴 분홍색 건물 두 채였다. 코델리아가 장갑 장인 저택을 힐끔거렸다. 저렇게 예쁜 건물에 사는 쌍둥이 두 쌍이 어쩌면 그렇게 하나같이 악독한지 이해가 안 갔다.

샘이 신문을 가지런히 정리했다.

"여기가 나쁜 소식을 소리쳐대기에 좋아 보여."

샘이 결정했다.

"난 가야 해. 구스가 있건 없건 와핑으로 가야겠어!"

코델리아 말했다.

"잘 가!"

샘이 코델리아 뒤에 대고 외쳤다.

거리를 따라 내달리는 코델리아 귀에 "신문 사려!" 외치는 샘 소리가 들렸다.

CHAPTER 16

와핑에 들어선 코델리아 눈에 부두가 보이기 전, 냄새가 먼저 났다. 정박한 배 삭구에서 풍기는 톡 쏘는 냄새와 흙탕물이 흐르는 템스강 악취가 섞였다.

손수레에 조개를 싣고 다니며 파는 소녀가 코델리아를 피해 방향을 바꾸고, 무거운 포대를 짊어진 선원들이 저벅저벅 옆을 지나고, 나무통이 잔뜩 실린 마차를 멈추면서 노새가 불평하듯 히잉히잉 울었다. 코델리아는 정신없이 눈알을 굴리며, 와핑 부두에서 내려지고 실리는 어마어마한 상품을 구경했다. 런던으로 들어오는 물건은 모조리 이곳 부두를 통과하는 것 같았다.

코델리아는 무리를 뚫고 부두 외곽으로 빠져나갔다. 거대한 배 몇 척이 부두에 정박해 있었다. 먼 바다로 나갈 선박의 큼직한 몸체가 밀려드는 물결 위에서 잠든 거인처럼 출렁였다.

선원들이 휘파람으로 신호를 주고받으며 갑판에 실린 궤짝을 밧줄로 감아 부둣가로 내렸다. 여자들은 짤막한 노래를 불러서 상품을 선전했다.

"싱싱하고 짭짤한 고둥이요!"

"카리브산 사탕수수 있어요!"

"신대륙에서 온 담배입니다!"

"저기요!"

코델리아가 마차만큼 쌓아 놓은 면포 더미 위로 뛰어오르는 한 선원을 향해 외쳤다.

"선원 병실이 어느 쪽이에요?"

코델리아는 선원이 가리킨 쪽으로 군중을 헤치고 나아갔다. 선원 병실은 허물어지기 직전 헛간이나 다름없었다. 안으로 들어가 보니 문 옆에는 둘둘 말린 두꺼운 밧줄 뭉치들이 쌓였고, 미끌미끌한 삭구가 얽히고 설킨 채 산더미만큼 버려졌다.

"계세요?"

코델리아가 목소리를 높였다.

공기가 탁해서 숨이 막힐 지경이었다. 낡고 지저분한 돛천을 커튼이랍시고 봉에 널어놨다. 코델리아가 커튼을 향해 나아갔다.

"으르르르!"

코델리아가 펄쩍 뛰었다. 어둠 속에서 무언가 움직였다. 코델리아는 눈을 가늘게 뜨고 어둠을 노려봤다.

밧줄 뭉치에 바다표범 아니, 늙은 뱃사람이 널브러져서 자고 있었다. 머리도 반백인 데다 어찌나 지저분한지, 코델리아는 남자를 보자마자 바다표범이 떠오른 것도 무리가 아니었다고 생각했다. 코델리아가 뱃사람을 자세히 살폈다. 남자는 가슴에 술병을 품고 자면서 움찔거리고 있었다.

"크르렁, 크르르르."

남자가 으르렁거리며 밧줄 더미로 파고들었다.

코델리아는 뱃사람을 깨울까 생각했다가, 계속 자게 놔두는 편이 낫겠다고 판단했다. 코델리아가 돛천 커튼을 한쪽으로 걷었다. 저기 저곳, 화물용 궤짝과 낡은 포대로 만든 침대 위에 유쾌한 보닛호 심부름꾼 소년인 잭 포테스큐가 누워 있었다.

코델리아가 마지막으로 봤을 때 잭은 삭구를 타고 망대에 오르고 있었다. 그런데 지금은 한없이 작아져서 미동도 없이 누워 있었다. 괴로운지 잠든 얼굴에 주름이 잔뜩 잡혔다.

"잭?"

코델리아가 나직이 이름을 부르며 침대 옆으로 살며시 다가갔다. 잭에게 줄 것을 뭐라도 챙겨와서 다행이었다. 부엌에서 몰래 들고나온 프루트케이크 조각을 바구니에서 꺼내 포장을 벗겼다.

"잭? 깼어?"

코델리아가 다시 한번 속삭였다.

코델리아는 달콤한 프루트케이크 냄새에 잭이 일어나길 기대하며 케이크를 잭 얼굴에 가까이 가져갔다.

"잭?"

케이크를 잭 코 밑에 들이댔는데도 잭은 꿈쩍도 하지 않았다. 코델리아가 잭을 가볍게 흔들었다. 잭 몸이 밀가루 포대처럼 무겁게 축 늘어졌다. 코델리아 심장이 쿵쿵 뛰기 시작했다. 심부름꾼 소년은 잠이 들어도 너무 깊이 들었다.

"잭! 일어나!"

코델리아가 잭을 세게 흔들면서 외쳤다.

코델리아는 주변을 다급하게 두리번거렸다. 근처 나무통 위에 약으로 보이는 작고 색이 짙은 유리병과 물병이 있었다. 코델리아가 물병을 급히 집어 들고 잭 얼굴에 물을 뿌렸다.

"물!"

잭이 펄떡 일어나 앉으며 울부짖었다.

"물이다!"

공포에 휩싸인 잭은 얼굴이 흠뻑 젖은 채 입을 동굴처럼 쫙 벌리고 가쁘게 숨을 쉬었다.

"잭, 괜찮아! 넌 아무 일 없어!"

코델리아도 마구 소리쳤다.

"물이 많아! 너무 많아!"

"미안해! 잭, 미안해! 너를 놀라게 하려던 게 아니야."

코델리아가 흐느끼며 말했다.

"사방이 물이다. 온 천지가 물이야!"

잭이 미친 듯이 팔을 휘저었다. 자기를 삼키려고 밀려드는 거대한 파도와 싸우는 것 같았다.

"넌 안전해! 잭, 안전하다고!"

코델리아가 다시 외치며 잭의 두 팔을 잡고 가만히 기다려 주었다. 잭은 몸을 떨었고 숨을 짧게 끊어 쉬었다. 코델리아는 두려움에 휩싸인 잭의 두 눈을 마주 보며 잭이 마음을 놓도록 조용히 웃었다.

"잭, 넌 괜찮아. 아무 일 없어. 넌 지금 육지에 있어. 보여? 자, 이거. 내가 프루트케이크도 갖고 왔어."

코델리아가 나직나직 말했다.

잭이 코델리아에게 매달렸다. 물에 빠져 죽어가는 것을 코델리아가 건져주고 있다고 생각하는 것 같았다. 거칠던 호흡이 다소 가라앉았지만 잭은 여전히 헛것을 보는 것 같았다.

"잭?"

잭이 코델리아를 보고 멍하게 눈을 껌뻑이더니 무너지듯 다시 누워버렸다.

"술독에 빠졌어."

잭이 웅얼거렸다.

코델리아가 고개를 끄덕였다. 선원들은 간혹 바다를 '술독'이라고 불렀다.

"그래, 알아. 그런데 넌 살아남았어."

코델리아가 달래듯이 말했다.

잭이 몸서리를 치더니 눈을 감았다.

"지금은 이런 얘기를 나누기에 적당한 때가 아니라는 건 알아. 하지만 정말 중요한 일이라서…. 우리 아빠, 해트메이커 선장님 일이야."

코델리아가 잭 손을 다정하게 쓰다듬으며 말했다.

잭이 눈을 번쩍 떴다.

"해, 해트메이커! 해트메이커 선장님!"

"그래, 맞아!"

코델리아가 환호했다. 배 속에서 희망과 두려움이 동시에 일었다. 코델리아가 자리에서 벌떡 일어섰다.

"선장님 살아 있지? 그렇지?"

잭이 일어나 앉으려는 듯 심하게 몸부림쳤다.

"코, 코…."

잭이 더듬거렸다.

"코델리아!"

"그래! 나야 나! 아빠가 어디 계신지 말해 줄 수 있어?"

잭은 코델리아가 못 알아듣는 말을 중얼거리며, 덜덜 떨리는 손을 셔츠 주머니 안으로 넣었다가 무언가를 꺼냈다. 길고 둥근 가죽 대롱이었다. 코델리아가 가죽 대롱을 향해 손을 뻗었지만, 잭이 대롱을 거칠게 휘둘렀다. 약병이 바닥에 떨어져 산산이 조각났다. 쓰고 시큼한 냄새에 코델리아는 콧구멍이 타는 기분이었다.

"아, 안돼!"

녹초가 된 잭이 대롱을 무릎에 떨어뜨렸다.

"선장님이 너한테 주랬어."

잭이 중얼거리더니 이내 잠에 빠졌다.

코델리아가 얼른 가죽 대롱을 집어 들었다. 보기보다 무거웠다. 아직도 바닷물에 젖어서 축축했고 한쪽 끝이 뚜껑으로 막혔다. 코델리아는 부들부들 떨리는 손가락으로 뚜껑을 빼고 대롱을 위아래로 뒤집어서 기울였다.

반짝이는 놋쇠 물건이 쏙 미끄러져 나와 침대 위에 떨어졌다. 아빠가 소중하게 다루던 망원경이었다! 아빠는 배에 오를 때면 언제나 망원경을 옆에 찼다.

코델리아가 망원경을 집어 들었다. 이 기구를 마지막으로 잡았던 손은 아빠 손이었다. 그런데 아빠가 나한테 이걸 왜 보냈지?

"메시지가 틀림없어. 아니면 무슨 신호 같은 걸까?"

중얼거리던 코델리아가 말을 멈췄다. 가만히 기다리면 놋쇠 대롱이 아빠 메시지를 말해 줄 것만 같았다.

코델리아가 망원경 끝을 눈에 조심스럽게 갖다 대었다. 침대 근처 밧줄 꾸러미가 대번에 눈앞으로 달려들었다. 마를 꼬아 조악하게 만든 밧줄 한 가닥 한 가닥이 뚜렷하게 보였다. 코델리아는 망원경을 떼고 눈을 깜빡였다.

그저 평범한 망원경이었다. 희망과 두려움으로 들떴던 기분이 가라앉았다. 코델리아는 공허하고 혼란스러웠다.

코델리아가 망원경을 다시 눈에 대고 안을 한 바퀴 둘러봤다.

"크르르르르!"

번들번들한 누런 이, 불툭 튀어나온 눈알 하나!

"으악!"

코델리아가 펄쩍 뛰면서 망원경을 얼굴에서 떼었다. 늙은 뱃사람이었다. 뱃사람은 하나뿐이고 벌겋게 충혈된 눈을 코델리아에게 못 박은 채 비틀거리며 더러운 돛천 옆에 서 있었다.

"꼬맹이, 넌 뭐지?"

남자가 거칠게 물었다. 오래되어 역한 럼주 냄새가 훅 끼쳤다.

"저, 저는 여동생이에요. 오빠 만나러 왔어요."

코델리아가 즉흥적으로 생각해냈다.

뱃사람은 술이 덜 깼는지 고개가 한쪽으로 삐딱하게 기울어졌다.

"크…."

뱃사람이 바닥에 널린 약병 조각을 보고 발로 걷어찼다.

"젠장, 놈이 저걸로 난리 치겠군."

"우리 오빠는 괜찮을까요?"

코델리아는 망원경이 눈에 띄지 않도록 재킷 안에 숨기며 말했다.

바다표범이 코델리아에게 눈을 돌렸다.

"바다는 사람들에게 이상한 짓을 하지."

남자가 웅얼거리더니 돌아서서 휘청휘청 돛천 커튼 너머로 가버렸다. 액체를 벌컥벌컥 들이켜는 소리가 났고 이내 드르렁드르렁 코 고는 소리도 들렸다.

코델리아가 잠든 잭의 얼굴을 내려다보며 부드럽게 말했다.

"넌 진실을 안다고 난 확신해. 그런데 지금은 네 머릿속이 온통 뒤죽박죽일 거야."

"코델리아!"

코델리아가 홱 뒤로 돌았다.

"스테어보텀 선생님!"

코델리아의 가정 교사였다. 단정한 회색 드레스 차림의 선생과 주변에

157

서 썩어가는 온갖 물건이 조금도 어울리지 않았다.

"세상에 맙소사, 도대체 여기에서 뭐 하는 거지? 부트메이커 씨가 네가 와핑으로 가는 것 같다고 했어. 난 거의 믿지 않았는데. 어쨌건 최대한 서둘러서 왔다!"

스테어보텀 선생이 소리쳤다. 역겨운 표정으로 사방을 둘러보며 미끈거리는 밧줄 사이에서 절묘하게 길을 찾았다.

"해트메이커 양, 이런 곳은 어린 아가씨가 올 곳이 아니야!"

선생이 코를 싸잡으며 말했다. 그러더니 핸드백에서 예쁘장한 유리병을 꺼내서 코델리아에게 라벤더 향수를 들이붓다시피 듬뿍 뿌렸다.

"저기, 제가 문제를 일으켰나요?"

코델리아는 달콤한 향기에 목이 간지러워서 기침이 났다.

"오, 그렇고말고. 그것도 아주 심각한 문제를 일으켰지. 뭐라도 끔찍한 일이 벌어지기 전에 너를 찾아서 그나마 다행이다. 가자. 집으로 데려다주마. 사륜마차를 대기시켜 놨다."

스테어보텀 선생은 단호했다.

코델리아는 망설였다. 아빠에 관한 진실을 알아내기 일보 직전이었다. 코델리아가 가정 교사에서 잭에게로 눈길을 돌렸다.

"집으로 데려가면 안 돼요? 잭은 간호가 필요해요."

코델리아가 물었다.

스테어보텀 선생이 자는 소년을 슬쩍 보았다.

"몹시 더럽구나. 집에 가서 고모에게 여쭤보렴."

선생은 마뜩잖은 눈치였다.

"잭은 지금 당장 간호가 필요해요! 아프다고요!"

코델리아가 고집을 세웠다.

스테어보텀 선생 눈썹 한 쪽이 휙 올라갔다. 코델리아는 그것이 경고 신호임을 알았다. 눈썹 하나는 '위기', 눈썹 두 개는 '너무 늦었다'는 뜻이었다.

"안 될까요?"

눈썹 경고에도 코델리아가 애원했다.

스테어보텀 선생은 대답 대신 코델리아 손을 잡고 문으로 끌고 갔다. 두 사람이 옆을 지나자 뱃사람이 컹 소리를 내며 잠에서 깼다. 가정 교사가 작은 유리병이 다 빌 때까지 뱃사람에게 라벤더 향수를 탈탈 털어 뿌리자, 남자는 듣기 싫은 소리로 쿨럭거리며 다시 널브러졌다.

스테어보텀 선생은 코델리아를 데리고 헛간에서 빠져나와 부둣가를 걸어 마차로 향했다. 두 사람이 조금도 숙녀답지 않은 속도로 걷는데도 선생은 신경도 쓰지 않는 눈치였다.

CHAPTER 17

마차가 윔폴가로 들어서자 스테어보팀 선생이 가볍게 기침해서 목을 가다듬었다.

"알다시피 오늘은 화요일이다. 엄밀히 말해서, 난 오늘 부트메이커 집 가정 교사야. 그래서, 애초 해트메이커 양과 와핑에 있을 수가 없어."

선생 눈동자가 의미심장하게 초롱초롱 반짝였다. 코델리아가 씩 웃으며 코를 톡톡 쳤다.

"한마디도 안 할게요. 선생님, 약속해요."

마차가 멈추자 코델리아가 펄쩍 뛰어내렸다.

"행운을 빈다."

선생이 속삭이며 마차 옆을 탁탁 두드렸다. 마차는 선생을 태우고 도로를 따라 사라졌다.

코델리아는 현관 계단을 폴짝폴짝 뛰어올라 문을 활짝 열었다.

"고모!"

코델리아가 홀을 가로질러 내달리고 계단을 뛰어오르며 외쳤다.

"고모! 어디 계세요?"

아리아드네 고모가 김이 오르는 주전자를 손에 들고 작업실 입구에 나타났다.

"왔구나!"

고모가 탄식하듯 말했다.

"너 정말 오래 나가 있었어! '온화한 데이지'는 구했니?"

"네?"

코델리아는 '온화한 데이지'를 구해오겠다고 했던 일을 까맣게 잊었다.

"앗! 아니요. 데이지는 못 구했어요. 그런데 고모, 그것보다 훨씬 중요한 일이 있어요. 잭 포테스큐를 찾았어요! 잭이 살아 있어요. 지금 와핑에 있다고요!"

티베리우스 삼촌이 얼굴을 잔뜩 찌푸리고 나타났다.

"너 와핑에 있었니?"

아리아드네 고모가 물었다.

"네! 왜냐하면 공주님이 저한테 말…."

코델리아가 숨도 안 쉬고 말했다.

"잭 포테스큐?"

티베리우스 삼촌이 더듬더듬 물었다.

"네!"

코델리아는 잭 얘기를 하고 싶어서 안달이 났다.

"잭은 아파요. 간호가 필요해요. 럼주 냄새를 풍기는 뱃사람한테 맡겨

놓으면 안 돼요.”

고모와 삼촌이 코델리아를 가만히 내려다봤다. 두 사람 반응이 하도 느려서 코델리아는 분통이 터졌다.

“잭이 아빠 일을 알아요. 어떻게 하면 아빠를 찾을지 알려 줄 거예요. 전 확신해요!”

코델리아는 몸과 영혼이 팽팽하게 당겨지는 기분이었다.

“침몰선에서 잭이 살아남았다고?”

아리아드네 고모가 물었다.

코델리아가 고개를 끄덕였다. 애원하느라 눈이 커지는 것이 느껴졌다.

“지금은 와핑 선원 병실에 있다?”

“병실이 아니라 헛간에 가까워요.”

코델리아가 말했다.

“잭을 집으로 데려와서 건강을 회복하도록 돌봐줘야 해. 존스 아저씨한테 가서 마차 준비시키라고 해라.”

아리아드네 고모가 단호하게 말했다.

코델리아 영혼이 환희로 벅차올랐다. 코델리아가 날다시피 계단을 내려와 쏜살같이 부엌을 통과해서 모자 장인 저택 뒤에 있는 마구간으로 뛰쳐 들어가며 목이 터지게 외쳤다.

“존스 아저씨! 아저씨, 마차 대주세요!”

코델리아는 다시 안으로 들어와 잭이 집까지 오는 데 필요할지도 모르는 물건을 챙기기 시작했다. 담요와 우유, 남은 프루트케이크도 다 넣었다.

"코델리아, 넌 가지 말고 집에 남아서 작업실 좀 정리해다오. 도둑이 든 뒤로 상태가 말이 아니야. 작업실이 엉망진창이면 모자도 엉망진창으로 만들어진다. 공주님 머리에 엉망진창인 평화 모자를 씌울 수 없어. 평화도 엉망진창일 테니까."

아리아드네 고모가 코델리아에게 말했다.

"하, 하지만…."

"네 도움 없이도 존스는 혼자서 잭을 잘 데려올 수 있어."

코델리아는 애써 챙긴 물건을 마지못해 마차 안에 넣고 와핑에 있는 선원 병실 위치를 자세하게 설명한 뒤 손을 흔들어 존스를 배웅했다.

아리아드네 고모가 코델리아를 위층으로 데리고 갔다.

"코델리아, 할 일이 아주 많다. 삼촌은 '온화한 데이지'를 구하러 가야 하고 나는 새 평화 모자를 만들 펠트 다림질을 시작해야 하거든."

코델리아가 한숨을 쉬며 소매를 걷어붙였다. 일단 바닥을 치우기 시작했다. 사라진 모자를 찾겠다고 법석을 피우며 사방으로 집어 던진 단추랑 딱정벌레 날개가 곳곳에 널렸다. 위층 방에 가서 아빠 망원경을 감출 틈이 없었던 터라, 일하는 코델리아 옆구리를 망원경이 계속 찔러댔다.

'이게 무슨 의미일까. 아빠는 왜 잭을 시켜서 나한테 망원경을 전달했지? 무슨 뜻이야?'

코델리아는 구불구불 엉킨 리본 뭉치를 풀면서 생각했다.

모자 장인 저택 자체가 코델리아 일을 덜어 줬는데도 작업실을 정리하는 데는 시간이 꽤 오래 걸렸다. 고모는 작업실에 있는 재료나 찬장이 모자 제작에 깊이 관여하는 것을 그다지 좋아하지 않았다. 그래서 고모가 작업실에서 나간 뒤에야 실패들이 바닥을 굴러다니면서 '백일몽 실'을 깔끔하게 감았다. 깃털 한 무더기도 훨훨 날아올라 벽 위 제자리로 돌아갔고, '웃음 버섯'들도 팔딱팔딱 뛰어서 상자 안 각자 자리를 찾아 들어갔다.

"고마워."

코델리아가 작업실에게 속삭이는 순간에 때맞춰서 고모가 작업실로 성큼성큼 들어왔다. '온화한 데이지'를 한 아름 품은 티베리우스 삼촌도 고모 뒤에 바짝 붙어서 들어왔다.

"코델리아, 삼촌이 정리하는 방식을 잊지 마라!"

티베리우스 삼촌의 정리법은 극도로 복잡했다. 깨알 같은 글씨로 이름표를 붙인 작은 향나무 상자가 천 개는 필요했다. 가령 '보름달 새' 깃털이 하늘색이어도 단순히 이렇게 적힌 상자에 넣어서는 안 되었다.

깃털

심지어 이것도 안 되었다.

깃털 – 푸른색

한 치 어긋남 없이 정확히 맞아떨어지는 상자를 찾아 넣어야 했다. 따라서, 하늘색 '보름달 새' 깃털 경우에는 이렇게 적힌 상자에 넣어야 옳았다.

164

깃털 ~ 파란색 ~ (짙은 하늘색)

새 ~ 북유럽 조류

고요함 ~ 달 ~ 깨어나는 불사조

꿈–자비 ~ 양상–신의 섭리

은 표식 ~ 더할 나위 없는 행복

☆ ☆ ☆ ☾

이름표에 있는 작은 달과 별 도형에는 무언가 중요한 의미가 담겼다.

눈을 가늘게 뜨고 거미 다리처럼 생긴 글자들을 읽던 코델리아는 문득 이런 생각이 들었다. 모자를 만들기 전 몇 시간이나 책을 잔뜩 찾아 읽고 자그마한 이름표를 일일이 참고하는 대신, 그저 순수하게 직감에 의지해서 모자를 만들면 훨씬 재밌겠다고. 코델리아는 삼촌한테 이런 제안을 하지 않는 편이 지혜롭다는 것을 알았다. 삼촌은 작업실 적막이 깨질 만큼 한숨을 푹푹 쉬면서, 비협조적으로 구는 '화합 이끼' 가닥을 모자 띠에 짜 넣으려고 용을 쓰고 있었다.

코델리아는 조개껍데기를 소금물 수조에 도로 넣고, 윤이 나도록 '진실 수정'을 닦아 벨벳을 댄 상자 안에 조심스럽게 담고, 바닥을 비질하고 (마룻장들이 워낙 간지럼을 잘 타는 터라 빗자루가 닿기만 하면 바닥이 부르르 떨렸다), 목조 해트 블록들을 선반 위에 다시 나열했다. 그런데도 수수께끼 같은 망원경을 설명해주는 마땅한 해답은 드러날 기미조차 보이지 않았다.

'잭이 상태가 나아지면 아빠가 망원경을 왜 보냈는지, 아빠는 어디에 있는지 말해주겠지.'

잭을 데리고 오기로 한 존스 아저씨는 아직 와핑에서 돌아오지 않았다.

코델리아가 창문에 얼굴을 기댔다. 밖이 어두워지고 있었다.

"돌아오고도 남았을 시간인데!"

코델리아가 중얼거렸다.

삼촌이 '온화한 데이지'로 엮은 섬세한 꽃 사슬에 마지막 꽃송이를 짜 넣으며 어깨를 으쓱했다. 아리아드네 고모가 수증기를 쐬어 붉어진 얼굴을 들고 축축한 이마를 닦아냈다.

"코델리아, 잘했구나. 아주 깔끔하게 정리했어."

고모가 말했다.

코델리아가 고개를 끄덕였다.

"훨씬 '안 엉망진창'이죠?"

"안 엉망진창?"

"아까 고모가 작업실이 엉망진창이라고 했잖아요. 그런데 이젠 내가 정리했으니까 안 엉망진창이죠."

코델리아가 그럴듯하게 갖다 붙였다.

쿡이 식사 종을 울렸다.

코델리아는 부엌 식탁 자리에서 끊임없이 꼼지락거렸다. 먹는 데 집중하지 못하고 바깥 거리에서 마차 지나가는 소리가 들릴 때마다 자리에서

벌떡 일어나 창문으로 달려갔다.

"코델리아, 제발 좀 앉아라."

코델리아가 아홉 번째로 자리에서 일어나자 아리아드네 고모가 버럭 외쳤다.

"이번에는 진짜 우리 마차예요!"

코델리아가 문을 열려고 냅다 뛰어가면서 외쳤다.

쿡은 잭에게 줄 스튜를 이미 그릇에 담고 있었지만 안으로 들어온 존 스는 혼자였다.

"잭은 어디 있어요?"

코델리아가 재촉했다.

존스가 고개를 젓더니 모자를 벗고 벤치에 털썩 주저앉았다.

"잭을 찾아서 와핑을 샅샅이 뒤지고 다녔습니다. 신분 고하를 막론하고 만나는 사람마다 붙잡고 물었는데 잭은 어디에도 없었어요."

"선원 병실에도 가 봤어요?"

코델리아 얼굴이 일그러졌다.

존스가 고개를 끄덕였다.

"아무렴요. 아가씨가 설명했듯이 늙은 뱃사람이 술에 취해 졸고 있었고 바닥에는 깨진 약병도 있었어요."

"그런데 잭이 없었어요?"

"아무 데서도 못 찾았어요. 더구나 지난번 벌어졌던 암살 시도 때문에 이제는 어떤 배도 부두에서 출항 금지예요. 내가 막 부두에 도착했을 때 자메이카행 배가 마지막으로 출항하고 있었습니다."

존스가 말했다.

코델리아가 고개를 저었다.

"말이 안 되는데…. 잭은 멍한 데다 혼란스러워하고 있었어요. 혼자 어딜 갈 상태가 아니었다고요."

코델리아가 중얼거렸다.

아리아드네 고모가 코델리아를 달래려고 어깨에 손을 올렸지만 코델리아가 고모 손길을 떨쳐냈다. 코델리아를 보던 존스가 고모에게로 시선을 돌렸다.

"집으로 오는 길에 장갑 장인 집을 지났는데, 그 집에서도 경감을 찾고 있었습니다. 오늘 오후에 거기도 도둑을 맞았더라고요. 아침에는 망토 장인 집도 털렸다고 합니다."

쿡은 숨을 멈췄고 티베리우스 삼촌은 코로 킁 소리를 냈다.

"망토 장인 집에 장갑 장인 집, 그리고 우리 집."

아리아드네 고모가 심각하게 말했다.

"장인들이 다 위험해."

페트로넬라 대고모가 쉰 목소리로 말했다.

"부트메이커 집안 소행이 분명하…."

티베리우스 삼촌이 입을 열었다.

"잭이 아빠에 대해서 뭔가를 알아요. 잭을…. 잭이 필요…."

코델리아가 끼어들었다. 아빠를 찾을 기회가 물처럼 손가락 사이로 줄줄 새어 나가고 있었다.

"잭을 찾아야 해요!"

"뭔가 끔찍하고 무시무시한 일이 터지면 때로 사람은 제정신을 잃기 마련이지. 그러면 달아나는 것이 가장 쉬워."

티베리우스 삼촌이 부드럽게 말했다.

"잭은 달아날 수가 없었어요! 똑바로 앉지도 못할 만큼 힘이 없었다고 요!"

코델리아가 반박했다.

티베리우스 삼촌이 코델리아를 끌어당겨 곰처럼 으스러지도록 안았다. 위로하는 말을 중얼거렸지만 코델리아한테는 바위에서 부서지는 파도 소리만 들렸다. 귀에서 고동치는 심장 소리였을지도 몰랐다.

코델리아가 몸을 비틀어 삼촌 품에서 빠져나왔다.

"하, 하지만…. 아직 희망은 있는 거죠?"

코델리아가 웅얼거렸다.

"아, 사랑하는 코델리아…."

아리아드네 고모가 입을 열었다. 목소리에서 연민이 걷잡을 수 없이 묻어났다.

코델리아는 고모 말을 듣고 싶지 않았다.

"아니에요! 희망은 있어요! 아직 희망이…."

코델리아가 몸을 돌리고 방에서 뛰쳐나가며 울부짖었다.

'애거사!'

지금쯤이면 애거사가 돌아왔을 터였다.

코델리아가 쿵쿵거리며 계단을 올라갔다. 가슴 속 심장이 뜯기는 것 같았다. 코델리아는 서재로 들어가 창문을 활짝 열어젖혔다. 밤 깊은 밖으로 몸을 내밀고 귀를 기울였다. 아빠 메시지를 갖고 돌아올 애거사의 부드러운 날갯짓 소리를 기다렸다.

아무 일도 일어나지 않았다. 무섭도록 텅 빈 하늘뿐, 아무것도 없었다.

'이젠 뭘 해야 하지?'

코델리아가 흐느꼈다.

문 입구에서 가볍게 발소리가 나며 아리아드네 고모가 들어왔다.

"코델리아? 지붕에 '별빛 그릇' 놓는 것 좀 도와주련?"

고모 목소리는 다정했다.

"오늘은 일찍 잠자리에 들자꾸나. 모자를 만들려면 우리 상태가 최상이어야 해. 모레까지는 모자를 완성해서 왕궁으로 전달하러 가야 한다. 지금 상황이 어려워도 우리 의무를 잊어서는 안 돼."

고모가 코델리아 손을 잡았다.

코델리아가 고모를 도와 지붕으로 별빛 그릇을 나르는 사이, 티베리우스 삼촌은 모자 장인 저택 문마다 '빗장 밧줄'로 복잡하게 매듭을 지어 신중하게 묶었다.

별빛 그릇은 반구형 유리 뚜껑이 있는 우묵한 은제 그릇이었다. 코델리아와 고모는 굴뚝 옆으로 튀어나온 벽돌 위에 조심스럽게 그릇을 올려놓았다. 서쪽 하늘에서 화성이 붉게 빛나는 터라, 고모는 그릇을 동쪽으로 기울여서 놨다.

"아침이면 신선한 별빛이 가득 모이겠구나."

고모가 중얼거렸다.

유리 뚜껑에 별빛이 비쳐서 반짝였다.

예전에 아빠가 바로 이 굴뚝 위에 앉아서 들려준 이야기가 있었다.

"별빛이 길을 찾는 걸 도와준단다. 별들은 우리를 세계 구석구석으로 안내해주지. 별은 항상 우리 머리 위에 있지만 어두울 때만 보여. 그러니까 코델리아, 혹시라도 네가 길을 잃으면 어두워질 때까지 기다려라. 코앞도 보이지 않을 만큼 어둠이 깊어지도록 기다렸다가 고개를 들어 별을 보는 거야. 그리고 길을 찾기 시작하렴."

코델리아는 하늘만큼 땅만큼 높고 깊은 아빠 지혜에 감탄하며 아빠 품으로 파고들었다.

오늘 밤, 코델리아가 하늘을 올려다보자 눈이 따가워지면서 뺨 위로 뜨거운 눈물이 흘러내렸다. 고모에게 얼굴이 안 보이도록 숨겨주는 어둠이 고마울 뿐이었다.

코델리아는 침대에 들어서도 눈을 감지 않았다. 아빠 망원경을 가슴에 꼭 끌어안고 누워서, 어두운 밤하늘에서 빛을 발하는 달 같은 기적이 일어나기를 바랐다.

'어쩌면 말이야, 어쩌면…. 물속으로 가라앉기 전에 아빠가 마지막으로 한 일이었을지도 몰라. 엄마가 죽기 직전에 내가 든 모자 상자를 던졌듯이 아빠도 잭에게 망원경을 던진 거야. 나한테 뭔가 특별한 아빠 유품을 주려고.'

머릿속에서 작은 목소리가 속삭였다.

"아니야. 틀림없이 다른 이유가 있을 거야."

코델리아가 단호하게 말했다.

예전에 아빠가 바로 이 굴뚝 위에 앉아서 들려준 이야기가 있었다.
"별빛이 길을 찾는 걸 도와준단다."

코델리아는 침대에서 빠져나와 망원경을 들고 창문으로 갔다. 망원경을 최대한으로 길게 잡아뺐다. 망원경은 코델리아가 제대로 들지도 못할 만큼 길고 무거웠지만, 눈에 대자 길 건너 굴뚝이 손에 닿을 만큼 가까워졌다.

코델리아가 별빛 총총한 하늘을 향해 망원경을 들어 올렸다.

누가 손가락 끝에 별빛을 묻혀서 유리에 문질러 놓은 것 같았다. 까만색 캔버스를 가로질러 온통 별을 묻히고 칠하고 붙여놨다. 코델리아는 아빠가 가르쳐준 대로 망원경 통을 비틀었다. 흐릿했던 별들이 금방 선명해지면서 환히 반짝였다.

바스락 소리가 나면서 놋쇠 망원경 대롱 좁은 틈으로 종잇조각이 빠져나왔다. 종이는 나풀거리며 바닥으로 내려와 코델리아 발치에 떨어졌다. 코델리아는 얼른 종이를 주워서 방을 가로질러 벽난로까지 달려갔다. 글자를 읽을 만큼 벽난로에 불빛이 남았을 터였다.

코델리아가 쪽지를 뚫어지게 들여다보면서 앞뒤를 뒤집었다가 다시 뒤집었다. 아무것도 없었다.

"이럴 리 없어!"

코델리아는 난롯불을 들쑤신 뒤 다시 종이를 가까이 가져갔다. 아무것도 적히지 않은 매끈한 종이일 뿐이었다.

"아빠!"

코델리아가 소리쳤다.

망원경 가죽 통이 바닷물에 젖었다는 데에 생각이 미치자, 바다에 돌이 가라앉듯 심장이 내려앉았다. 잭은 바닷가로 헤엄쳐 오는 내내 윗도리에 망원경을 넣어놨을 것이었다. 종이에 무엇이 적혀 있었건, 파도가 가차 없이 씻어내 버리고도 남았으리라.

코델리아는 텅 빈 종이를 손에 움켜쥔 채 꺼져가는 난롯불 앞 바닥에 무릎을 꿇고 무너져 버렸다. 아빠가 딸을 위해 적은 글이 알고 싶어서 가슴이 찢어졌다. 바다에서 잃어버린 것은 무엇이었을까.

코델리아는 시간이 얼마나 흐르는지도 모르고 그대로 앉아 있었다. 모자 장인 저택 주변에서 윙윙 울며 소용돌이치는 바람 소리와 지붕에 놓인 그릇에 딸그랑딸그랑 떨어지는 희미한 별빛 소리에 결국 머리가 무거워졌다. 코델리아가 따뜻한 벽난로 타일에 볼을 갖다 댔다.

"그래도 희망은 있어."

이미 반쯤 잠이 든 코델리아가 잃어버린 아빠 말을 찾아 꿈속 바다로 떠내려가면서 중얼거렸다.

난롯불이 서서히 사그라져서 재가 되었다.

모자 장인 저택에서 멀지 않은 어느 집, 한 그림자가 공부방 창문으로 기어들어 갔다. 그림자는 창턱에 찍힌 손자국을 뒤에 남겼다.

CHAPTER 18

코델리아가 잠에서 깨어 보니 침실 바닥이었다. 벽난로 타일에 얼굴을 대고 잠든 터라 볼이 차가웠다. 모자 장인 저택에 음악 같은 종소리가 울려 퍼졌다. 페트로넬라 대고모가 달빛이 든 단지를 계단 아래로 붓는 것 같았다.

코델리아는 소리를 따라 현관문까지 갔지만 쏟아진 달빛은 어디에도 없었다.

아리아드네 고모가 '평화 종려나무' 잎사귀를 한 아름 품고 작업실에서 나왔다.

티베리우스 삼촌이 계단 난간 너머로 몸을 숙이고 외쳤다.

"맙소사, 설마 '소환 시계'에서 나는 소리는 아니겠지?"

"종소리를 못 들은 지 삼십 년은 지난 것 같은데."

아리아드네 고모가 중얼거렸다.

소환 시계가 무엇이냐고 물으려던 코델리아가 놀라서 입을 딱 벌렸다.

홀 한쪽 구석에 놓인 태곳적 고물 시계가 움직이고 있었다. 코델리아

175

평생을 통틀어 시계가 움직인 적은 한 번도 없었다. 불가사의한 시계는 코델리아가 태어나기 전부터 줄곧 비밀을 간직한 보초처럼 저렇게 똑바로 서 있었다. 모자 장인 저택 벽에 달린 붙박이 시계였다. 코델리아는 가끔 우울한 눈길로 시계를 힐끔거리던 삼촌을 똑똑히 봤다. 코델리아가 시계를 작동시키려고 태엽을 감으려고 하거나 건드리려고 들면, 고모나 삼촌 아니면 쿡, 심지어 아빠까지도 건드리지 말라고 말렸다.

그런데 지금은 시계 판에 달린 시곗바늘이 부드럽게 돌아갔고, 낡고 낡은 몸체 안 어딘가에서 곡조 띤 종소리가 흘러나오고 있었다.

"와!"

코델리아가 감탄했다.

작은 나무 문이 열리더니 더 작은 조각상이 미끄러지듯 나왔다. 윤이 나는 모형 부츠와 미끈하게 늘어뜨린 망토, 장갑과 사과 씨만 한 회중시계, 자그마한 깃털 장식이 달린 검은색 구식 톱 해트까지, 조각상 옷차림은 우아하고 정교했다. 조각상은 한쪽 손에 세련된 지팡이도 들었다. 나뭇가지처럼 가느다란 지팡이는 손잡이가 순은이었다.

아리아드네 고모와 티베리우스 삼촌이 코델리아가 있는 홀로 왔다. 세 사람이 지켜보는 가운데, 시계 안 은밀한 거주자가 모자를 벗어 예의 바르게 인사하더니 제자리에서 뒤로 돌아 다시 시계 안으로 사라졌다.

달칵, 작은 나무 문이 닫히자 시곗바늘도 멈췄다. 종소리도 그쳤다.

"아리아드네, 저게 무슨 뜻인지 알지?"

티베리우스 삼촌이 웅얼웅얼 물었다.

"알고말고요."

아리아드네 고모가 심각한 목소리로 답했다.

"무슨 뜻인…."

코델리아는 질문하려던 참이었다.

"코델리아, 가서 제일 좋은 옷으로 갈아입어라."

고모가 명령하듯 말했다.

고모 표정이 어찌나 단호한지, 코델리아는 머릿속을 맴도는 질문을 꺼낼 엄두도 내지 못하고 곧장 위층으로 뛰어 올라갔다.

이십 분 뒤, 가장 근사한 옷을 입고 제일 멋진 모자를 쓴 해트메이커 가족이 본드가를 따라 행진하듯 걸었다.

"우리 어디 가요?"

코델리아가 반쯤 뛰어 고모를 따라가며 물었다.

"길드(*중세 시대 유럽 도시 상공업자들이 만든 동업 조합) 홀."

고모가 돛을 올리고 전속력으로 바다를 가르는 전함처럼 빠르게 거리를 가로지르며 대답했다.

"길드 홀이 뭔데요?"

숨이 턱에 찬 코델리아는 전함을 따라가겠다고 노를 젓느라 고군분투하는 기분이었다.

"가 보면 안다."

티베리우스 삼촌이 고모와 코델리아 뒤에서 헉헉대며 말했다. 삼촌은 페트로넬라 대고모가 앉은 휠체어를 밀고 있었다. 얼굴에 두른 검은색 숄이 바람에 펄럭펄럭 날려서 기분이 좋아진 대고모가 쉰 목소리로 걸걸하게 웃었다.

"시계 종은 왜 울었어요? 삼촌이 태엽을 감았어요?"

코델리아가 물었다.

삼촌은 페트로넬라 대고모의 휠체어로 쟁기질하듯이 거리에 가득한 사람들 사이로 길을 내며 나아가고 있었다.

"아니, 난 태엽을 감지 않았다."

삼촌이 씩씩댔다.

"그 시계는 대폭풍이 불어닥쳤던 1492년에 벼락 맞은 킹스랜드 참나무로 만들었다. 똑같은 시계를 여섯 개 만들었지. 시계 하나만 태엽을 감아도 여섯 개가 동시에 울린단다. 그래서 네가 못 만지게 한 거야. 도시 곳곳에서 시계가 울려댈 테니까."

코델리아는 의문에 휩싸여 거리 한가운데서 멈췄다.

"다른 시계 다섯 개는 어디 있는데요?"

코델리아가 삼촌 뒤로 뛰어가 물었지만 삼촌은 코델리아 질문을 못 들은 기색이었다.

진흙투성이 도로를 가로질러 손수레와 마차가 뒤엉킨 사이로 보이는 맞은편 인도 위, 코델리아가 망토 장인 가족을 발견했다. 총 여덟 명이나 되는 대가족이 하나같이 고상하게 걷고 있었다. 가장 좋은 옷으로 차려입은 듯 보이는 망토 장인 가족은 돌처럼 차가운 표정으로 해트메이커 가족과 같은 방향으로 가고 있었다.

'이상해.'

"삼촌, 저기 보세요."

코델리아가 망토 장인 가족을 가리켰다.

삼촌이 끙 소리를 내며 눈을 가늘게 찡그렸지만 놀란 것 같지는 않았다.

"이쪽이에요!"

아리아드네 고모가 빠르게 모퉁이를 돌며 외쳤다. 코델리아는 서둘러 고모 뒤를 따라갔다.

이제 일행은 양쪽으로 높은 건물이 협곡 절벽처럼 치솟은 뒷골목을 따라 걷고 있었다. 모퉁이를 하나 돌면 또 다른 골목이 지그재그 형태로 이어졌는데 갈수록 어둡고 좁아졌다.

아리아드네 고모가 급하게 휘어진 골목을 지나서 갑자기 걸음을 멈추는 바람에 코델리아가 고모랑 부딪혔다. 티베리우스 삼촌도 바퀴에서 끼익 소리가 나도록 휠체어를 당겨서 멈췄다.

해트메이커 가족은 황량한 광장에 서서 몹시 낡은 건물을 올려다보며 서 있었다. 루비처럼 붉은 벽돌로 쌓은 벽, 널따란 마름모꼴 유리를 끼운 창문, 비비 꼬인 굴뚝 등 거대하고 웅장한 건물이었다.

징이 박힌 참나무 문 꼭대기에 달린 받침대에는 한 남자 석상이 서 있었다. 실제 사람 크기라는 점만 빼면, 모자 장인 저택 홀에 있는 시계에서 튀어나왔던 작은 조각상과 똑같이 생겼다. 돌을 깎은 얼굴에는 의기양양한 미소를 띠었고, 모자가 조금 부서지고 날렵한 지팡이가 쪼개졌는데도 신경 쓰지 않는 인상이었다.

규모가 웅장한 건물이었지만 어쩐지 버림받은 듯 쓸쓸한 분위기가 감돌았다. 벽돌 벽과 텅 빈 창문은 무언가를 바라는 것 같았다.

"아리아드네 고모, 여긴 뭐예요?"

코델리아가 숨도 제대로 못 쉬고 물었다.

고모가 슬픔과 자부심이 뒤섞인 뜻 모를 표정으로 코델리아를 내려다봤다.

"왕실 관련 사람과 장인들만이 저 문을 열 수 있단다."

고모가 놋쇠 문손잡이를 향해 손을 뻗으며 답했다. 고모가 손잡이를 돌렸다.

그르릉 소리와 함께 문이 열리면서 어두운 복도가 드러났다.

코델리아는 안으로 들어섰다.

CHAPTER 19

먼지와 마법의 기운으로 공기가 탁했다.

눈이 어둠에 익기 전인데도 코델리아는 건물 안 곳곳에 어린 역사의 냄새를 맡을 수 있었다. 대리석 바닥에서는 분필 냄새가, 나무판을 댄 벽에서는 달콤한 송진 향이 났다. 코델리아가 앞으로 나아가자 오랜 세월로 거칠어진 벨벳 커튼이 몸을 스쳤다.

코델리아가 널따란 원형 실내로 들어섰다. 보석 같은 빛이 커다란 스테인드글라스 창문으로 쏟아져 들어오며 눈부시게 환한 무늬를 널찍한 나무 바닥에 흩뿌렸다. 높다란 기둥들이 방을 둘러 우뚝 섰고, 코델리아 머리 위 까마득히 높은 곳은 석고 꽃으로 장식한 반구형 천장이었다. 태피스트리(* 다양한 색실로 무늬를 짜 넣은 양탄자)와 그림들이 벽을 장식했고, 나무에 새긴 문장들이 문 위에 걸렸으며, 마호가니 계단이 우아하게 호를 그리며 휘어져서 위층 갤러리로 이어졌다.

코델리아가 거대한 방 한복판으로 걸어 들어가자 먼지 위에 발자국이 찍혔다. 주위를 둘러싼 공기가 알려지지 않은 마법을 노래했다. 코델리아는 비밀 안에 서 있는 기분이었다.

"코델리아, 길드 홀을 한 번도 이야기해주지 않아서 미안하구나. 무슨 말로 시작해야 할지 몰라 막막했단다. 게다가, 어차피 장인들도 삼십 년 간 회의에 소집되지 않았고…."

아리아드네 고모가 나직이 말했다.

티베리우스 삼촌이 벽에 걸린 커다란 유화를 보라며 코델리아를 불렀다.

"250년도 더 전에 헨리 8세가 이 건물을 지었지. 바로 이 사람이야. 허영심으로 악명 높았던 헨리 왕은 몇몇 가문을 '왕실 의상 장인'으로 임명하고 몇 주마다 말을 타고 와서 새 옷을 입어 보기를 원했어. 이곳은 우리 조상들이 일했던 장소란다. 여기에서 왕을 위한 모자를 만들었어."

코델리아가 초상화를 올려다보았다. 낯익은 넓적한 얼굴의 왕이 장인들에게 둘러싸인 그림이었다. 장인들이 부지런히 움직이며 격조 높고 훌륭한 장신구로 바삐 왕을 치장하고 있었다.

"아, 헨리 왕은 아주 못된 사람이었어."

페트로넬라 대고모가 초상화를 올려다보며 한숨지었다.

"왕이 두 번째 부인을 참수한 뒤 우리 집으로 모자를 맞추러 오자 어머니는 나를 옷장에 숨겼어. 혹시라도 왕이 나한테 눈길을 줄까 걱정했던 게지."

코델리아가 대고모를 돌아봤다.

"그, 그런데…. 그건 이백 년도 더 전이었어요!"

"맞아. 할미도 그때는 꽤 곱상했단다. 암, 그랬고말고."

코델리아가 거대한 방 한복판으로 걸어 들어가자 먼지 위에 발자국이 찍혔다.

페트로넬라 대고모가 고개를 끄덕였다.

코델리아는 화려하게 장식하고 수놓은 모자를 왕의 머리에 씌우는 그림 속 기품 있는 젊은 아가씨를 가만히 바라봤다. 코델리아가 고개를 돌려 양피지처럼 창백한 대고모 얼굴을 자세히 살폈다. 대리석을 깎아 새긴 듯 깊게 주름진 얼굴이었다.

"대고모, 혹시 나이가 정확히 몇 살이에요?"

코델리아가 최대한 예의 바르게 물었다.

대고모가 초롱초롱 반짝이는 두 눈으로 코델리아를 돌아봤다.

"아, 백 살까지 세다가 관뒀어."

"그러니까 그게 언제였어요?"

코델리아가 다시 물었다.

"우리 사랑하는 꼬맹이, 시간은 상대적인 거란다."

코델리아는 대고모가 하는 말이 농담인지 뭔지 분간이 안 갔다. 여전히 혼란에 휩싸인 코델리아가 그림으로 눈길을 돌렸다. 그 순간, 뭔가 이상한 점이 눈에 띄었다.

"앗, 저 그림에는 장인이 여섯 명이에요! 모자, 망토, 장갑, 시계, 부츠, 그리고…. 저건 지팡이인가요?"

코델리아가 큰 소리로 물었다.

"케인(*지팡이, 장식용으로 들기도 한다)이야. 케인메이커 가문."

삼촌이 앙다문 이 사이로 말했다.

"케인메이커는 누구인데요? 저 그림에는 왜 있어요? 장인 가족은 다섯 개밖에 없는 줄 알았어요."

"원래 여섯 가족이었다."

아리아드네 고모가 털어놨다. 고모가 넓고 텅 빈 실내를 가로지르자 발소리가 메아리쳤다.

"헨리 왕은 총 여섯 가족을 왕실 의상 장인으로 임명했지. 왕은 허영심도 심했지만 강박적이기도 했어. 적들이 자기를 무너뜨리고 왕좌를 차지할까 봐 늘 전전긍긍했단다. 그래서 가장 뛰어난 장인 가족들에게 공식임명장을 내리고 다른 장인들은 물건을 못 만들게 했지."

"다른 장인들도 있었어요?"

"아, 그럼. 한때 영국에서는 누구든지 만들고 싶은 것을 자유롭게 선택해서 만들던 시절이 있었단다. 단순히 옷만 만들지 않았어. 그런데 권력을 독차지하고 싶었던 왕이 뭐라도 왕실 임명장 없이 만든 사람은 죄다잡아서 감옥에 넣었지."

페트로넬라 대고모가 말했다.

"왜요?"

코델리아가 물었다.

"대단한 지혜를 선사할 모자를 다른 사람이 발명할까 봐 두려웠던 거지. 지배력을 손에 넣게 해줄 장갑이라든가 비할 바 없는 기품을 입혀줄 망토를 만들어서 자기를 왕좌에서 쫓아낼까 봐 겁을 냈어. 왕은 선택받은 여섯 장인 가족에게 해를 끼치지 않겠다는 서약서에 서명하게 했지. 장인의 좌우명은 그렇게 시작되었다. 놀리 노체레, 해를 가하지 말 것."

"전 그게 해트메이커 가족 좌우명인 줄 알았는데요?"

코델리아가 묻자 아리아드네 고모가 고개를 저었다.

"장인 가족은 다 그 좌우명을 쓴단다."

티베리우스 삼촌이 뒤에서 이를 갈았다. 하지만 아리아드네 고모는 티베리우스 삼촌을 모른 척했다.

"케인메이커…. 그 가족은 어떻게 되었어요?"

코델리아가 인상을 쓰며 물었다. 이번에는 페트로넬라 대고모가 답했다.

"헨리 왕이 죽은 뒤에도 우린 계속 물건을 만들었다. 왕실이 임명한 여섯 장인 가족은 매일 길드 홀에 모여서 왕과 왕비를 위한 의복을 만들었어. 그러다가 1632년, 찰스 1세가 귀족들 물건도 만들라고 허락했지. 우린 귀족 남녀 의복을 만들었지만 가장 좋은 물건은 반드시 왕을 위해서 남겨두어야 했다. 왕은 그런 식으로 가장 위엄 있는 최고 권력자 위치를 확실히 했어. 장인 가족은 이곳 대강당에서 갈라지는 개별 작업실을 갖고 있단다. 모자 작업실은 저기 저곳이야."

대고모가 기다란 문을 가리켰다. 깃털 장식이 달린 모자와 방패를 일곱 개 별이 둘러싼 문장이 문 꼭대기에 새겨져 있었다.

"우와!"

코델리아는 낯설고 오래된 이런 장소와 완벽하게 어울리는 낯익은 해트메이커 가문 문장을 봐서 놀랐다.

"해트메이커 문장에 별이 왜 일곱 개인 줄 아니?"

아리아드네 고모가 물었다.

코델리아가 고개를 저었다.

"별 하나는 장인 가족 하나를 상징하는데, 마지막 일곱 번째 별은 장인들이 힘을 합칠 때 가장 빛난다는 의미란다. 모자만 따로 쓸 수 있고 장갑만 낄 수도 있지. 아니면 망토만 입을 수도 있고. 하지만 따로 입으면 늘 힘을 덜 발휘하는 거야. 가장 강력한 마법은 여섯 장인이 한데 뭉칠 때 비로소 시작된다고들 해."

아리아드네 고모가 말을 끝냈다.

티베리우스 삼촌은 벽에서 포동포동한 얼굴로 자애롭게 미소 짓고 있는 어느 장갑 장인 초상화를 노려보며 목에서 나지막이 크르르르 소리를 내고 있었다.

"우리는 각자 가진 비법과 재료, 신기술은 물론 새로 발견한 것 모두를 기꺼이 공유했다."

페트로넬라 대고모가 다시 말을 이었다.

"1600년대 초에 모자 장인과 신발 장인 사이에 사소한 의견 불일치가 있었고 1600년대 중반에는 올리버 크롬웰이라는 성가신 사람이 등장하기도 했지. 그래도 전반적으로 말해서 장인들의 시대는 이백 년간 비교적 원활하게 굴러갔어."

대고모가 말을 멈췄다.

"그런데 무슨 일이 있었나요?"

코넬리아가 물었다.

"삼십 년 전…. 솔로몬 케인메이커가 장인들의 서약을 깼다."

"해를 끼치지 않는다는 서약이요?"

페트로넬라 대고모가 침울하게 고개를 끄덕였다.

"솔로몬은 검이 든 지팡이를 은밀히 만들기 시작했어. 자만심이나 허영심, 다혈질 성격을 지나치게 부추기는 보석이나 조각으로 지팡이 손잡이를 장식했고 몸체 안에는 가느다란 칼날을 숨겼지."

코델리아는 대강당을 한 바퀴 둘러보며 케인메이커 문장을 찾았다. 해트메이커 문장과 마주 보는 문 위에 번개처럼 끝이 뾰족한 지팡이가 두 개가 교차한 문장이 있었다.

"게다가 솔로몬은 해로운 재료를 사용해서 물건을 만들었어."

페트로넬라 대고모 말에 코델리아 눈이 휘둥그레졌다.

"당시 장인들은 재료 수집 여행에서 발견한 사악한 재료를 이곳 길드홀에 있는 유해 캐비닛에 한꺼번에 보관했지."

대고모가 창백한 손가락을 뻗어서 멀리 떨어진 벽을 가리켰다. 목제 판벽에 기다란 강철 문이 설치되었는데, 웃고 있는 해골이 그 문에 새겨져 있었다. 코델리아는 몸이 부르르 떨렸다.

"우리 집에 있는 유해 캐비닛이랑 비슷한 거예요?"

코델리아가 묻자 대고모가 고개를 끄덕였다.

"그렇단다. 저게 훨씬 클 뿐이야. 게다가 자물쇠도 여섯 개이고. 저 열쇠 구멍들 보이지?"

코델리아가 캐비닛에 가까이 다가갔다. 해골 아래로 뼈 여섯 개가 줄지어 있었고 뼈마다 열쇠 구멍이 있었다.

"장인 가족별로 마스터키를 하나씩 받았단다. 모두 동의하지 않는 한 유해 캐비닛이 열리는 일이 결코 없도록 말이다. 열쇠가 여섯 개 존재하는 이유는 사악한 재료를 절대 못 쓰게 하기 위해서였어."

코델리아가 고개를 끄덕였다. 해골이 텅 빈 눈구멍으로 코델리아를 쏘아보았다.

"하지만 솔로몬 케인메이커가 원하는 건 따로 있었지. 유해한 재료를 찾아 나서서 남몰래 수집했어. 세계 곳곳을 다니며 고약한 재료를 모아 들여 놓고 다른 장인들에게 알리지 않았다."

코델리아가 대고모를 돌아봤다.

"왜요?"

"탐욕 때문이었지. 솔로몬은 모든 런던 사람이 케인메이커가 제작한 지팡이를 소유하기를 바랐어. 무기가 될 만한 재료로 비밀리에 바꾸는 바람에, 나중에는 각자 지팡이로 무장하지 않고서는 두려워서 거리도 걸어 다니지 못할 정도였다. 솔로몬이 사용한 가장 위험한 재료는 아마 스스로 품었던 나쁜 의도였을 게다. 지팡이 검 하나하나에 악을 비비 꼬아 넣어서 잡히기 전까지 수백 자루를 만들었지."

"어쩌다가 잡혔어요?"

페트로넬라 대고모 얼굴이 어두워졌다.

"한 청년이 살해당했어. 사실 소년에 가까웠지. 더드룩 공작의 막내아들인 에이블 더드룩이라는 청년이었어. 어느 밤, 에이블이 피커딜리에서 지주 아들과 험악한 말을 주고받았는데, 목격자들 말에 따르면 말다툼이 금방 몸싸움으로 번졌다고 해. 두 청년 모두 케인메이커가 만든 지팡이 검을 지니고 있었어. 나무와 나무가 부딪치는 둔탁한 소리가 나는가 싶었지만 이내 지팡이 안에서 은빛 한 줄기가 번쩍였고 또 다른 은빛이 번쩍인 거야. 채 일 분도 지나지 않아 한 청년은 죽어서 도로 위에 널브러졌고 다른 청년은 그길로 달아났지. 두 청년 모두 그날 지팡이를 새로 샀다고 드러났어."

대고모 목소리는 조용했다.

코델리아는 공포로 한기를 느꼈다. 무언가를 만드는 일이 그런 사건을 일으켰다.

페트로넬라 대고모가 무겁게 이야기를 이어갔다.

"공작은 아들을 죽인 범인이 잡힐 때까지 편히 지내지 못했어. 살인을 저지른 어리석은 청년은 결국 붙잡혀서 뉴게이트에서 교수형 당했다. 추밀 고문관은 치명적인 싸움에 지팡이 검이 사용되었다는 데에서 지팡이 장인이 변절했다는 사실을 깨달았지. 지팡이 장인 가족은 임명장을 박탈당했고 솔로몬은 반역자라는 죄명으로 타워 힐에서 처형당했단다. 부인과 두 자녀는 불명예 속에서 돈 한 푼 없이 노역장으로 보내졌고, 다들 일 년도 안 돼서 죽었지. 그때 케인메이커 집안 막내가 지금 코델리아 너보다도 어렸을 게야. 끔찍한 비극이었지."

코델리아가 케인메이커 문장을 응시했다. 어딘가 으스스한 구석이 있었다. 내리꽂히는 번개 표시에는 복수처럼 뭔가 광포한 기운이 어렸다. 코델리아는 어린 케인메이커 소녀를 생각했다. 평생 알던 마법 같은 삶을 빼앗기고 더럽고 냄새나는 노역장으로 보내졌다. 그리고 그곳에서 죽었다.

코델리아는 슬퍼서 몸이 떨렸다.

"그런데 지금은 길드 홀이 왜 비었어요?"

코델리아가 버려진 방 너머에서 반짝이는 스테인드글라스 창문을 보며 물었다. 창문에는 엘리자베스 시대 옷차림으로 각자 작품을 높이 든 여섯 장인을 그려 놓았지만, 누군가 케인메이커 얼굴을 깨버려서 머리 없이 몸만 남은 탓에 소름이 끼쳤다.

"지팡이 장인 가족이 벌을 받았는데 왜 다 떠났어요?"

"해묵은 긴장감은 위기의 순간에 수면 위로 떠 오르기 마련이거든."

대고모의 말은 지혜로웠다.

"그 사건으로 다들 말도 못 하게 충격을 받았고 감정도 거칠어졌지. 그런데 신발 장인들이 우리가 자기들 발상을 훔쳤다고 몰아세웠어."

"망할!"

티베리우스 삼촌이 폭발했다. 삼촌 목소리가 넓은 실내에 쩌렁쩌렁 울렸다.

"신발 장인들은 비법을 나누지 않았어. 망토 장인도 대화하지 않기는 마찬가지였고! 시계 장인들이 제일 먼저 떨어져 나갔지! 대강당에서 아귀다툼하는 장인들 때문에 귀중한 시계가 째깍거리는 소리가 안 들린다면서. 시계 장인 다음으로 망토 장인들이 짐을 꾸려서 떠났어. 장갑 장인들도 곧이어 떠났고. 결국 우리랑 신발 장인들만 남았는데, 우린 쓰잘머리 없는 그놈들을 도저히 견딜 수…."

"티베리우스 오빠!"

아리아드네 고모가 바람 새는 소리를 냈다.

티베리우스 삼촌이 하던 말을 멈췄고 코델리아가 뒤를 돌아봤다.

런던에 있는 장인들이 전부 대강당에 서 있었다.

CHAPTER 20

글로브메이커 가족 열 명이 하나같이 눈을 이글거리며 떼로 모여 있었다. 나이 든 워치메이커는 어린 두 손주 손을 잡고 기둥 옆에 조용히 서 있었다. 클로크메이커 일행이 계단 옆으로 어렴풋이 보였고, 부트메이커 집안사람 네 명은 얼굴을 찌푸린 채 입구에 서 있었다.

코델리아는 구스에게 손을 흔들어 인사하려다가 아슬아슬하게 정신을 차렸다. 두 사람은 서로 적인 척 굴어야 했다. 구스 표정은 아주 냉담했다. 코델리아도 구스를 흉내 내어 아래턱을 쭉 내밀고 눈썹이 가운데 몰릴 만큼 인상을 썼다. 구스는 코델리아를 봐서 몹시 화가 났다는 티를 제대로 내고 있었다.

"티베리우스 해트메이커! 머리에 쓴 요란한 모자처럼 목소리도 시끄럽기는 한결같군요. 상당히 인상적이에요."

부트메이커 부인이 실내를 가로질러 냅다 소리쳤다.

코델리아는 티베리우스 삼촌이 으르르거리는 소리를 들은 것 같았다. 삼촌이 쓴 높은 모자에 꽂힌 빨간색 '도가머리(*새의 머리에 길고 더부룩하게 난 털. 또는 그런 털을 가진 새)' 깃털이 파르르 떨렸다.

"니겔라 부트메이커, 그대의 표현력이야말로 여전합니다. 당신들 그 근사한 신발짝이랑 똑 닮았어요."

티베리우스 삼촌이 모자를 벗어 부트메이커 부인을 향해 현란하게 절하며 비꼬았다.

부트메이커 부인 코가 움찔거렸다. 코델리아가 힐끔 구스를 보니, 구스는 티베리우스 삼촌을 험악하게 노려보고 있었다.

글로브메이커 남자 쌍둥이 한 명이 코델리아를 향해 혀를 날름거리며 머리를 흔들었다. 코델리아도 가장 못돼 먹은 표정으로 응수했다.

"자, 자. 서로 예를 갖추도록 노력 좀 합시다. 싸움은 우리 수준에 못 미치는 해결책이에요."

클로크메이커 집안에서 가장 키가 큰 사람이 짐짓 점잔을 빼며 말했다. 어렴풋이 빛나는 망토를 가볍게 튀기자 허공에서 천이 펄럭였다.

"하!"

글로브메이커 부인이 시끄럽게 코웃음 치자 클로크메이커 씨가 고개를 홱 돌려서 부인을 노려봤다.

"당신들이 세상 모든 것을 한 수 아래로 여긴다는 사실은 우리가 다 알아. 물론 장인들까지 포함해서."

글로브메이커 부인이 비웃었다.

나이 든 워치메이커 씨가 초조하게 혀를 끌끌 찼다. 어린 두 워치메이커가 부엉이들처럼 눈을 깜빡였다. 더 어린 워치메이커 아이는 엄지를 쪽쪽 빨고 있었다.

"여기 누군가는 다른 사람들보다 못됐긴 하지."

키가 큰 클로크메이커가 눈을 가늘게 뜨고 장인 가족을 차례대로 노려보며 바람 새는 소리로 말했다.

"우리 중 누군가는 음산하고 치사한 악당에 도둑이니까."

"우리 쳐다보지 마! 지난밤에 도둑맞은 집이 바로 우리 집이야!"

부트메이커 씨가 폭발했다.

"우린 어제 오후에 도둑맞았어요!"

글로브메이커 쌍둥이 한 쌍이 외쳤다.

"우리 집은 어제 아침이었어!"

키 큰 클로크메이커가 버럭 외쳤다.

"우린 그제 밤에 털렸어! 어디 감히 망할 놈의 장갑 낀 손가락으로 모자 장인한테 손가락질을 해!"

티베리우스 삼촌이 고함쳤다.

"시계 장인 집에 유일하게 도둑이 들지 않았어요! 워치메이커가 도둑이야!"

젊은 클로크메이커가 날카롭게 외쳤다.

모든 시선이 일제히 늙은 워치메이커에게 쏠렸다. 늙은이는 두려움에 떨며 기둥을 파고들 듯 움츠러들었다. 일순 정적이 흘렀다.

"허튼소리 하지 마! 저 노인네는 완전 퇴물이야. 자기 과자 깡통에서 과자 한 조각도 꺼내기 힘들 지경이라고!"

구스 형인 이그네이셔스가 조롱했다.

"지금 뭐라고 했…."

워치메이커가 떨리는 목소리로 입을 열었지만 주변 아우성에 묻혔다.

"부트메이커, 당신이 당신 집을 털지 않았다는 걸 우리가 어떻게 확신하지? 죄가 없어 보이려고 직접 털었을지도 모르잖아!"

티베리우스 삼촌이 목소리를 높였다.

"헛소리!"

"말도 안 돼!"

"우리 평화 장갑이 사라졌어!"

"망토는 완성 직전이었다고!"

"우리 집 유해 캐비닛을 털어 갔어!"

"교활한 도둑놈은 도대체 누구지?"

"악당이야!"

"부랑자다!"

코델리아는 홀 여기저기에서 격노하는 장인들을 지켜봤다. 하나같이 뒤틀리고 일그러진 얼굴로 서로를 비난했다.

삼십 년 전, 케인메이커의 악행이 드러나고 비통함과 불신으로 장인들의 우정이 산산조각난 길드 홀 광경이 이러했겠다고 코델리아는 생각했다.

코델리아는 자기를 향해 악의로 가득한 말을 날리는 구스를 보며 입술을 잘근거렸다. 정말이지 그 어느 때보다 그럴듯하게 연기를 펼치고 있었다.

"누가 소환 시계를 울렸습니까? 누가 소환 시계를 작동했느냐고요!"

아리아드네 고모 질문이 소음을 갈랐다.

장인들이 일제히 입을 다물었다.

쾅! 쾅! 쾅!

누군가 길드 홀 문이 부서지게 두드렸다.

"누구지? 루카스, 가서 확인해봐."

부트메이커 부인이 외쳤다.

구스가 종종걸음으로 홀에서 빠져나갔다.

"우리를 여기로 모이게 했다고 인정하는 사람이 아무도 없나요? 왜 모이게 했는지 밝히지도 않을 작정인가 보군요."

아리아드네 고모가 딱딱하게 말했다.

코델리아가 장인들 얼굴을 자세히 들여다봤다. 서로를 노려보며 범죄자가 스스로 정체를 밝히기를 기다리고 있었다. 코델리아는 반구형 천장 아래에서 희미하게 메아리치는 코웃음 소리를 들은 것 같았다. 코델리아가 글로브메이커 쌍둥이 소녀들을 노려보자 소녀들이 코델리아를 보며 조용히 이기죽거렸다.

구스가 안으로 총총 돌아왔다. 구스 뒤로 휘트루프 공작이 신속하게 들어왔다. 두 사람 뒤로 경감이 성큼성큼 걸어왔다.

"휘트루프 공작님!"

부트메이커 부인이 다리를 뒤로 쭉 빼며 몸을 낮춰 절했다.

다른 장인들도 이에 뒤질세라 모두 예를 갖춰 절했다. 장갑 장인 한 사람은 코가 바닥에 닿도록 몸을 낮췄다.

"오늘 아침에 우리 집까지 와 주셔서 어찌나 영광이었는지 몸 둘 바를 모르…"

부트메이커 부인이 장광설을 늘어놓자 휘트루프 공작이 손을 내저어 부인을 조용히 시켰다. 공작은 장인들 사이를 뚫고 나아가 모두가 한눈에 보이도록 계단을 두 칸 올라섰다. 스턴로 경감은 문 곁에 남았다.

휘트루프 공작이 목을 가다듬었다.

"평화 의복 제작이 연기되어 비통한 판국에 모두 여기 모여서 파티나 열고 있다니 놀랍군."

공작이 말했다.

부트메이커 부인이 비둘기처럼 몸을 부풀리며 입을 열고 대답하려다가 휘트루프 공작이 계속 말을 잇자 천천히 쪼그라들었다.

"평화 회담이 이틀 뒤인데 당신 장인들은 해이해질 대로 해이해졌어. 추밀 고문관으로 재직하면서 이렇게 우려스럽고 성가신 광경은 처음 봤다."

"공작님, 우린 모두 도둑을 맞았…."

키가 큰 클로크메이커가 억울하다는 듯 입을 열었지만, 휘트루프 공작이 이마에 주름이 잡히도록 인상을 쓰며 클로크메이커를 향해 눈을 몇 번 껌뻑였다.

"도둑을 맞았다? 모두 무죄로 보이려고 각자 도둑맞은 척할 수 있다고 의심된다."

경감 말에 클로크메이커 입이 딱 벌어졌다.

"과연 그렇다! 당신들 정말 평화 의복을 만들고는 있었는가? 왕실에 져야 할 의무를 신경 쓰긴 쓰는가?"

휘트루프 공작이 화를 내며 초조하게 손을 비틀었다.

"공작님, 우린 평화 의복을 만드느라 밤이고 낮이고 없이 일했…."

아리아드네 고모가 말하려고 했지만, 휘트루프 공작의 성난 목소리가 고모 목소리를 집어삼켰다.

"혹시 평화 회담이 실패하기를 원하는가? 영국이 프랑스에 굴복하면 기쁘겠는가? 장갑에 망토, 모자가 더 많이 팔릴 테니 침략자를 환영할 참인가?"

"신발도 있습니다!"

이그네이셔스 부트메이커가 꽥 소리치자 부트메이커 부인이 이그네이셔스 옆구리를 팔꿈치로 콱 찔렀다.

휘트루프 공작은 화가 치밀었다.

"처음에는 국왕 폐하도 돕지 못하더니 이제는 평화 의복조차 못 만드는구나. 공주님은 장인들에게 내렸던 왕실 임명장을 박탈하는 것을 심각하게 고민 중이라고 하셨다."

코델리아는 고모가 숨을 멈추는 소리와 절망에 찬 삼촌 신음을 들었다. 웅성거림이 점점 커졌지만 휘트루프 공작이 한 손을 들어 조용히 시켰다.

"그게 무슨 뜻인지 모르는가? 왕실 임명장이 없으면 그대들은 아무것도 만들지 못한다. 장인이라는 영국의 오랜 전통이 종말을 맞이한다는 의미다."

코델리아는 가슴이 내려앉았다. 더는 아무것도 만들지 못한다! 생각만으로도 코델리아는 속이 메슥거렸다.

"휘트루프 공작님, 우리를 믿어주셔야 합니다! 우리 가족은 어제 자정에 작업실에서 나왔습니다. 그런데 오늘 새벽에 다시 작업실 문을 열었을 때 평화 신발이 사라지고 없었어요. 우리 집 유해 캐비닛도 텅 빈 채 활짝 열려 있었습니다!"

부트메이커 부인이 꽥 소리쳤다.

부트메이커 부인이 팽팽하게 당겨져서 끊어지기 직전 바이올린 줄처럼 쨍쨍거리는 목소리로 말하다가 난데없이 버럭 소리를 질렀다.

"저 애예요! 저 애가 도둑이에요!"

부트메이커 부인이 코델리아를 손가락질하며 사납게 외쳤다.

방 전체가 한 마리 거대한 짐승처럼 숨을 들이마셨다. 즉시 모든 눈동자가 코델리아에게 쏠렸다. 코델리아는 사람들이 일시에 숨을 들이마신 순간에 몸속 공기를 다 빨린 기분이었다.

"어디서 그런 얼토당토않은 주장을 합니까!"

아리아드네 고모가 눈을 희번덕거리며 외쳤다.

"황당무계한 소리 같으니라고!"

티베리우스 삼촌도 버럭버럭 호통쳤다.

"자다가도 웃을 노릇이군!"

페트로넬라 대고모가 씩씩거렸다.

"쟤가 어제 아침에 우리 작업실 창문 아래 있었어! 우리 집에 도둑이 들기 전에 말이지! 숨어 있었어! 어슬렁거렸다고! 못된 꿍꿍이를 품고 기웃거렸다고!"

부트메이커 부인이 귀가 찢어지도록 **빽빽** 외쳤다. 눈동자는 칼날이었고 입 안은 이로 가득했다.

경감이 코델리아를 향해 성큼성큼 다가왔다. 코델리아는 아찔해지면서 몸이 떨렸고 두려울 만큼 심장이 쿵쿵 뛰었다.

"숨어 있었다? 어슬렁거렸고 못된 꿍꿍이를 품고 기웃거렸다?"

경감이 나직이 중얼거리면서 몸을 굽히고 코델리아를 살폈다. 코델리아와 코가 맞닿을 만큼 얼굴을 바짝 들이댄 채 물고기처럼 눈도 깜빡이지 않았다.

코델리아는 목소리가 배 속 저 아래로 미끄러져 가라앉은 느낌이었다. 안간힘을 써서 목소리를 끌어올려 봤지만 시원하게 나오지 않았다.

"무슨 말을 하시는지도 모르겠고 나, 난…. 난 절대 못된 꿍꿍이는 품지 않아요! 뭐든 훔친 적도, 빼앗은 적도 없고요!"

코델리아는 목이 메었다.

코델리아는 가시처럼 뾰족해지는 모두의 시선을 느꼈다. 사람들 눈동자가 의심으로 가느다래지고 놀라서 휘둥그레졌다. 휘트루프 공작이 계단 위에서 코델리아를 응시했다.

"누가 도둑질을 했는지 몰라도 이런 말도 안 되는 비난을 코델리아가받을 이유는 없습니다. 코델리아는 결백해요. 다들 흥분해서 제정신이아니군요."

아리아드네 고모가 누구도 감히 반박하지 못할 목소리로 결론 내렸다.

"해트메이커 양, 네가 있을 이유가 없는 곳에 숨어 있었거나 어슬렁거렸거나 못된 꿍꿍이를 품고 기웃거렸다는 사실이 발각되면, 넌 엉뚱한변명을 둘러대기 전에 죄수 호송차를 타게 될 거다."

경감이 악의 가득한 목소리로 나직이 으르렁거리더니 몸을 똑바로 세우고 그 큰 키로 눈을 내리깐 채 코델리아를 계속 노려보았다.

코델리아는 한데 뒤섞인 무리 사이에서 구스를 찾았다. 구스는 여전히 찌푸린 표정으로 신발만 완강하게 내려다보고 있었다. 코델리아는 구스가 봐 주기를 바랐다. 친숙하고 다정한 얼굴을 보면 훨씬 나을 것 같았다.

"부트메이커 부인, 신발을 만들어야 하는 압박감이 심한가 보군요. 휴가라도 떠나는 게 좋겠어요."

아리아드네 고모 목소리는 시퍼렇게 벼린 칼날 같았다.

"해트메이커, 웃기지 마! 당신 모자는 비교도 안 되게 멋진 신발을 언제라도 만들 수 있으니까."

부트메이커 부인이 단도를 날리듯 말을 뱉었다.

"그럼 제발 좀 그렇게 하시오!"

휘트루프 공작이 애원하다시피 말했다. 공작은 질릴 대로 질린 표정이었다.

"공주님을 대신해 명령한다. 당장 집으로 돌아가 작업을 시작하라! 내일 정오까지 평화 의복을 완성하라. 당신들이 실패하면 평화 회담도 실패해서 나라는 전쟁을 치를 것이다. 그러면 당신들은 두 번 다시 그 어떤 것도 만들지 못한다!"

CHAPTER 21

휘트루프 공작이 쫓아내는 바람에 장인들이 한꺼번에 입구로 몰렸다. 코델리아는 앞다투어 빠져나가는 무리 속에서도 자기를 응시하는 경감의 눈길을 느꼈다. 다리는 덜덜 떨렸지만 용감하게 보이고 싶은 마음에 턱을 앞으로 쭉 내밀고 도전적으로 경감을 마주 응시했다.

"코델리아, 가자!"

아리아드네 고모가 코델리아 손을 잡아끌며 시끄러운 장갑 장인들을 흝고 나아갔다.

"낡은 장화가 사람 얼굴을 닮아가느냐 아니면, 사람 얼굴이 낡은 장화 꼴이 되어가느냐. 둘 중에 무슨 일이 먼저 일어날지 늘 궁금했지."

티베리우스 삼촌이 페트로넬라 대고모 휠체어를 밀면서 요란하게 말했다.

부트메이커 부인이 눈빛을 이글거리며 삼촌을 지나가는데 구스가 엄마 뒤를 따라가고 있었다. 코델리아는 구스와 눈을 마주치고 싶었지만 구스는 냉담하게 바닥만 내려다보고 있었다.

칠흑처럼 어두운 입구 안 홀에서 모두가 한데 뒤엉켜 버렸다. 굳게 닫힌 정문이 열리지 않자 장인들이 서로 소리 높여 지시하고 시간이 헛되게 흘러간다면서 불평을 늘어놨다. 안 그래도 어두운 공간인데 팔꿈치질과 짜증까지 난무했다.

코델리아가 기회를 잡았다. 고모한테서 손을 잡아뺀 뒤 다른 사람 발에 걸린 것처럼 연기하며 앞으로 밀고 나아갔다. 뭉쳐 있던 사람들이 비틀거리면서 틈이 생겼다. 퉁퉁대며 화를 내는 사람들 목소리 위로 꽥 외치는 구스 소리가 들렸다.

"아야! 내 발가락!"

어둠 속에서 사람들이 한데 뭉쳐 밀고 당기는 사이, 코델리아가 구스를 잡아서 거칠거칠한 벨벳 커튼 뒤로 밀어붙였다.

"구스, 나야!"

코델리아가 나직이 말했다.

커튼보다 거친 정적이 깔렸다.

"구스? 나야, 코델리아!"

코델리아가 다시 말했다.

"뭘 원해?"

구스가 작지만 딱딱한 목소리로 말했다.

"저기…."

코델리아는 말문이 막혔다.

"넌 내 친구인 줄 알았어!"

옥신각신하는 장인들 소리 때문에 구스 목소리가 간신히 들렸다.

"구스, 난 네 친구야!"

코델리아가 속삭였다.

"그런데 왜 우리 집을 털었지?"

"너희 집을 털었다고? 내가? 너 설마 진짜 그 말을 믿⋯."

코델리아가 입을 열었지만 구스가 끊었다.

"네가 우리 평화 신발을 훔쳐 갔잖아! 다 알아!"

"난 평화 신발을 훔치지 않았어! 구스, 난 절대 그런 짓 안 해!"

코델리아도 식식대며 말했다.

"거짓말! 엄마가 옳았어! 해트메이커들은 못됐다고 엄마가 늘 말했는데."

구스가 험한 말을 내뱉었다.

코델리아가 고개를 저었다.

"구스, 맹세해. 난 진짜 안 훔⋯."

"하!"

구스가 코웃음 치더니 말을 이었다.

"거짓말해도 소용없어. 자, 이거. 오늘 아침에 우리 집 공부방 바닥에 떨어진 걸 내가 발견했어. 네가 다시 갖고 싶어 하겠다고 짐작했지."

구스가 뭔가 작은 뭉치를 코델리아 손으로 밀어 넣었지만 너무 어두워서 보이지 않았다.

"이게 뭐야?"

"증거. 내가 경감한테 넘기지 않은 걸 다행으로 여겨. 네가 거짓말한다는 증거거든. 이 도둑 해트메이커야!"

구스가 잔인하게 말했다.

코델리아는 구스 목소리에 어린 격한 증오심에 충격받은 나머지 대꾸 한마디 하지 못했다. 목 안에서 목소리가 단단히 뭉치는 느낌에 고통스 러웠다.

끼이익, 시끄러운 소리가 나면서 정문이 열리자 홀 안으로 빛이 쏟아 져 들어왔다. 얼핏 코델리아 눈에 들어온 구스 표정은 소름 끼칠 만큼 분 노로 가득했다. 이내 구스가 커튼 뒤에서 툭 튀어 나가 썰물처럼 길드 홀 밖으로 빠져나가는 장인들 무리에 뒤섞였다.

코델리아는 구스가 거칠게 손에 쥐여준 물건을 봤다. 그저 꼬질꼬질 지저분한 천 조각이었다. 코델리아는 천을 펼쳤다가 어찌나 놀랐는지 하 마터면 떨어뜨릴 뻔했다.

"내 손수건이잖아!"

천 조각 구석에 코델리아 이름 첫 글자인 C.H가 수놓아져 있었다.

"코델리아! 코오델리아아!"

코델리아가 비틀거리며 길드 홀에서 나왔을 무렵에는 골목이 거의 비 어 있었다.

"거기 있었구나!"

아리아드네 고모가 탄식하듯 말했다.

"얼른 오렴! 당장 평화 모자를 새로 만들어야 해! 세상에, 이게 웬 난리

냐! 이런 마음으로 어떻게 모자를 만든다니.”

고모는 코델리아를 끌다시피 해서 좁고 미로 같은 골목을 다시 지났
다. 두 사람은 본드가에서 페트로넬라 대고모 휠체어를 밀고 가는 티베
리우스 삼촌을 따라잡았다. 코델리아는 옆구리가 쿡쿡 쑤시듯 아팠지만,
무섭게 빠른 속도로 집에 끌려가는 것이 오히려 반가웠다. 가장 친한 친
구를 잃었다. 구스는 코델리아가 도둑이라고 믿나? 구스 두 눈이 혐오의
빛으로 가득했다.

“러어언더어어언에 프라아앙스 스파아아이!”

코델리아가 우뚝 걸음을 멈췄다.

옆길에서 샘 라이트핑거가 두 손에 신문을 한 부씩 쥐고 흔들며 서 있
었다. 샘은 시계 장인 집 창문 바로 아래에 있었다.

“실례합니다.”

누군가 코델리아를 팔꿈치로 밀며 지나갔다.

나이 든 워치메이커였다. 할아버지와 두 손주가 종종거리며 코델리아
를 지나 집 현관문으로 향했다. 가장 어린 워치메이커 아이가 눈을 동그
랗게 뜨고 코델리아를 봐서 코델리아는 웃어 주었다.

“메뚜기야, 가자.”

노인이 웅얼웅얼 말하며 아이를 재촉해서 데리고 갔다.

코델리아는 길모퉁이에서 샘이 워치메이커 노인을 향해 신문을 휘두
르며 활짝 웃는 모습을 지켜봤다. 워치메이커 노인은 문을 열고 그대로
안으로 들어갔다. 그러자 샘이 가게 문을 살피다가 위층 창문으로 급히
눈길을 돌렸고, 그 순간 진실이 벼락처럼 코델리아 머리를 때렸다.

'샘 라이트핑거가 도둑이구나!'

"코델리아, 가자니까!"

고모가 길 저 아래에서 외쳤다.

전부 말이 되었다. 지난 이틀간 샘은 모든 장인들 집 창문 아래에 있었다. 물론 모자 장인 저택 서재 창문 아래에도 있었다. 망토 장인 집이 털린 저녁에는 구스와 함께 극장으로 가다가 망토 장인 집 밖에 있던 샘을 봤다. 그리고 어제 아침, 샘이 신발 장인 집 밖에 있었다. (부당하게 오해받은 일이 문득 사무쳤다.) 코델리아는 샘과 함께 장갑 장인 집까지 걸어갔고, 그곳에 자리를 잡은 샘을 남겨두고 떠났다!

그런데 이제는 샘이 이곳 시계 장인 집에 있었다.

"코델리아!"

아리아드네 고모가 다시 버럭 불렀다.

"가요!"

코델리아가 거리를 따라 재빨리 달리며 소리쳐 대답했다. 다리가 비비 꼬였다. 머릿속은 더욱더 꼬였다. 서재 창턱에 찍힌 손자국은 검댕이 아니라 신문 잉크였다. 샘은 오늘 밤 시계 장인 집을 털 작정이었다. 이것만은 분명했다.

퍽!

코델리아가 인도 위에 꼼짝도 안 하고 서 있던 고모와 부딪쳤다. 티베리우스 삼촌도 휠체어에 앉은 페트로넬라 대고모와 함께 고모 옆에 멈춰서 있었다.

코델리아가 몸을 추슬렀다. 충격을 받아서 머릿속이 아직도 팽팽 돌아가고 있었다.

'샘이 도둑이야!'

코델리아는 그길로 돌아서서 샘에게 달려가 정면으로 따질 생각이었다.

그런데 그 순간, 코델리아는 가족들이 무엇을 보고 있는지 알아챘다.

'아, 안 돼.'

휴고 거시포스 경이 도로 한복판에서 류트를 퉁기고 있었다. 코델리아가 허락 없이 손댄 모자를 여전히 쓰고 있었다.

휴고가 연주하는 악기 소리가 거리를 따라 흘렀다.

코델리아는 휴고를 더 자세히 살폈다. 어째서인지 몰골이 형편없었다. 얼굴은 거뭇거뭇한 수염으로 지저분했고 모자는 삐딱했으며 '말쟁이 백합'은 끝이 누렇게 시들었다. 그런데도 휴고 경은 조금도 거슬리지 않는 눈치였다. 거리를 터덜터덜 배회하는 휴고 경을 피하느라 마차가 길 양옆으로 붙어서 지나갔다.

"그대를 여름날에 비할 수 있을까요? 그대가 더 사랑스럽습니다! 그대가 더 따뜻해요!"(*셰익스피어의 <소네트 18>)

휴고가 지나가는 아가씨를 향해 버럭버럭 외치자 여자가 놀라서 펄쩍 뛰며 휴고를 쫓아 버렸다. 여자가 서둘러 자리에서 떠나버리자 휴고는 앞을 지나가는 달구지로 시선을 돌렸다.

"거친 바람이 오월에 피어난 사랑스러운 꽃봉오리를 흔듭니다!(*셰익스피어의 <소네트 18>)"

휴고가 말을 향해 호통치자 말이 겁에 질린 나머지 휴고를 깔아뭉갤 기세로 날뛰었다. 마부가 욕을 퍼부으며 고삐를 힘껏 당겼다. 달구지가 한쪽으로 심하게 기울어지면서 사과 수백 개가 거리로 굴러 나와 여기저기로 흩어졌다.

그런데 휴고 경은 어스피스 성당 계단에 모여 있는 수녀 무리를 먼저 발견했다. 휴고가 발치에서 굴러다니는 사과를 아랑곳하지 않고 수녀들을 향해 저벅저벅 걸어갔다.

"아름다운 귀부인들이시여! 그대들에게 바치는 사랑 노래입니다!"

휴고 경이 선언하더니 거리에 그대로 무릎을 꿇고 앉아 류트를 연주하기 시작했다.

수녀들이 주변을 두리번거렸다. 한 수녀는 쿡쿡 웃었고 몇몇은 얼굴을 붉혔다.

수녀원장이 십자가를 휘두르며 휴고 경을 향해 계단을 내려오는 순간, 아리아드네 고모가 눈에서 불을 뿜으며 코델리아를 봤다.

"코델리아 해트메이커, 어찌 된 일이지?"

코델리아는 겁이 났다. 무슨 말이라도 생각해내서 대답해야 하는데 불행히도 고모 화를 달랠 만한 그 어떤 말도 떠오르지 않았다. 어스피스 성당 계단에서 거칠게 묵주를 휘두르는 소리에 이어 깽깽거리는 소리가 들리자 고모 주의가 흐트러졌다.

"그게…. 저, 저, 배우 손님이 모자가 필요하다면서 찾아왔어요. 무대 공포증 때문에…."

코델리아가 용감하게 입을 열었다.

"보아하니 네가 하나 줬구나. '노래하는 사파이어'와 놋쇠 '수다쟁이 단추'로 장식한 터키색 삼각모를 말이다. 한 달 전에 내가 직접 만든 모자인데."

"맞아. 모자를 측정했던 기억이 뚜렷해. 정확히 말해서 자신감으로 뭉친 패기 세 개와 허세 십 그램에 해당하는 무게였지. 적당히 기운을 북돋기에 딱 알맞았어."

티베리우스 삼촌이 눈을 가느다랗게 뜨며 고개를 끄덕였다.

고모와 삼촌은 직접 만든 모자라면 세세한 항목까지 빠짐없이 기억하고 있었다. 보통 코넬리아는 고모와 삼촌의 이 인상적인 기술이 자랑스러웠지만 지금처럼 특정한 순간에는 대단히 불편했다.

"저기, 그게요…. 손님이 깃털을 원했는데 저 모자에는 깃털이 없어서…. 그래서 제가…."

코넬리아가 다시 시도했다.

"'건방진 까마귀' 깃털이 어울리겠다고 판단했구나. '말쟁이 백합' 꽃까지 더하고 거기에…."

아리아드네 고모가 화를 억누르듯 나지막이 말했다.

코넬리아가 이를 악물었다.

"내 별 스팽글!"

페트로넬라 대고모가 쉰 목소리로 외쳤다.

이제 수녀원장은 『성공회 기도서』 책으로 휴고 경을 가차 없이 두드려 패고 있었다. 휴고는 악기를 버리고 기도서를 막기에 급급했다. 가마를 들고 가던 두 남자가 휴고 정강이를 걷어찼고, 달구지를 몰던 남자는 분통을 터트리며 휴고 머리통을 향해 사과를 집어 던졌다.

"똑똑히 봐라. 자격을 갖추지 않은 사람이 모자를 만들었을 때 무슨 일이 벌어지는지 보여주는 완벽한 실례니까."

아리아드네 고모가 냉정하게 말했다.

코델리아는 얼굴이 달아올랐다. 부끄럽고 창피해서 속이 다 쓰렸다. 배 속에서 올챙이가 헤엄이라도 치는 듯 울렁거렸다.

"용서를 구합니다. 고귀한 늙은 여인이여, 분노를 거두세요!"

휴고 경이 두 손과 두 무릎을 바닥에 대고 엎드려 수녀원장에게 애원했지만, 기도서가 다시 허공을 가르며 휴고를 때렸다.

"영혼이 불쌍하다. 가서 도와줘야겠어."

티베리우스 삼촌이 중얼거렸다.

"그리고 코델리아, 너는 지금 곧장 집으로 가라."

코델리아는 정말 큰일 났다는 예감이 들었다.

CHAPTER 22

아리아드네 고모가 뒤로 문을 쾅 닫았다. 달아오른 코델리아 얼굴에 닿는 모자 장인 저택 실내 공기가 차가웠다.

"설명할 수 있어요."

코델리아가 말하려고 했다.

"부끄러운 줄 알아라! 코델리아, 고모는 너한테 정말 실망했다."

아리아드네 고모가 숨도 안 쉬고 말했다.

코델리아는 고개를 저으며 항의했다.

"그런 게 아니에요! 전 그저 도…."

"너는 하나도 모르겠지만, 모자를 제작하는 데는 원칙이라는 것이 있다. 균형의 원칙, 평형의 원칙. 네가 그런 걸 이해하니? 아니잖아!"

아리아드네 고모가 날카롭게 외쳤다.

"전 그냥 돕고 싶었어요! 뭐라도 하고 싶었다고요!"

배 속에서 부끄러움이라는 올챙이가 몸부림치자 코델리아는 메스꺼워졌다.

"공주님을 만나야 하는데 그 방법밖에 생각 안 났어요."

"너도 들었겠지만, 휘트루프 공작 말처럼 지금은 배신의 시대다. 장인들 운명이 어찌 될지 몰라. 해트메이커라는 이름이 추문으로 얼룩지는 일 따위를 겪을 여유가 없어! 그날 오후에 손댄 모자가 몇 개지?"

"그 모자 하나뿐이에요. 맹세해요!"

"코델리아, 이건 정말 심각한 문제다."

"맞아요! 심각해요! 우리 아빠 목숨이 위험한데 아무도 신경을 안 쓰죠. 나 빼고요! 나 말고는 누구 하나 아빠를 찾으려고 하지 않아요!"

코델리아가 어느새 벅벅 소리치고 있었다.

섬뜩한 정적이 실내를 메웠다. 적막이 공기를 모조리 빨아들였다. 부엌문이 끼익 열리면서 쿡이 조심스레 밖을 살폈다. 스테어보텀 선생이 위층 계단 난간 밖으로 몸을 내밀고 있었다.

코델리아 배 속에서 부끄러움이 다시 꿈틀거렸다. 올챙이가 부풀어 올라 의기양양한 두꺼비로 자라서 배 속에 묵직하게 웅크리고 들어앉았다.

"공주님한테서 배를 빌리려고 노력한 건 나예요! 나가서 잭을 찾은 것도 나고요! 내가 유일하게 아빠를 되찾으려고 기를 쓰고 있다고요!"

코델리아가 울부짖었다.

아리아드네 고모가 입을 굳게 다물었다.

"존스가 어제 얘기해줬다. 선원 병실에 가서 늙은 뱃사람을 깨웠다더구나. 뱃사람 말로는 그곳에 심부름꾼 소년이라고는 애초 들어온 적이 없었다고 한다."

고모가 잘라 말했다.

"네?"

"코델리아, 너는 이야기를 꾸며내서 우리가 시간을 허비하게 했다. 게다가 너 때문에 우린 잠깐 희망만…."

"그건 진짜였어요! 잭이 아빠가 한 얘기를…."

코델리아가 울부짖었다.

"그만해라!"

아리아드네 고모가 벼락처럼 외쳤다.

코델리아가 거칠게 내쉬는 숨소리뿐, 침묵이 길게 이어졌다.

"코델리아, 나도 네 아빠가 더없이 소중했어."

결국 고모가 입을 열었다. 고모는 안간힘을 쓰는 것 같았다.

"어쩌면 아주 오랜 시간이 흘러야 너도 결국 아빠가 죽…."

"아빠는 죽지 않았어요! 안 죽었다고요!"

코델리아가 짐승처럼 울부짖었다. 뜨거운 눈물이 차올랐다. 코델리아는 뺨에서 가차 없이 눈물을 닦아냈다. 코델리아는 고모도 마주 소리치길 바랐다. 하지만 고모는 석상처럼 얼굴이 잿빛이 되어 꼼짝도 하지 않고 그저 저렇게 서 있을 뿐이었다.

아리아드네 고모가 다시 말하기까지 시간이 한참 지났다. 고모가 입을 열자, 가느다랗고 예리한 속삭임이 칼날처럼 공기를 갈랐다.

"평화 모자를 제작하려면 처음부터 끝까지 완벽하게 침착하고 극도로 고요해야 한다. 넌 지금 집 안에 불화와 갈등을 만들고 있어. 그러니 코델리아, 지금 당장 네 방으로 가라. 우리가 평화 모자를 완성해서 왕궁으로 전달하러 가는 내일 정오까지 그 안에 조용히 있어라."

"싫어요! 난⋯."

현관문이 벌컥 열렸다. 티베리우스 삼촌이 꾸벅꾸벅 조는 페트로넬라 대고모가 앉은 휠체어를 밀며 복도로 들어왔다. 삼촌은 바늘로 찔러도 피 한 방울 안 날 것 같은 아리아드네 고모와, 두 뺨이 벌게진 데다 두 주먹을 불끈 쥔 코델리아가 정면으로 고모에게 맞서는 광경에 걸음을 멈췄다.

"어⋯. 다 괜찮은 건가?"

티베리우스 삼촌이 나직이 물었다.

삼촌은 두 사람 사이로 빠져나가서 보잘것없는 물건 몇 개를 복도 탁자 위에 펼쳐놓았다. 너덜너덜해진 '말쟁이 백합'과 꺾어진 '건방진 까마귀' 깃털, 별 모양 스팽글 세 개였다.

"다 정리됐어! 내가 휴고 경한테 모자를 봐주겠다고 그럴듯하게 말했지. 휴고는 모자를 벗자마자 성당 계단 위에서 잠들었고. 지금은 수녀님들이 휴고를 돌봐주고 있어. 수녀원장은 휴고를 고해실에 가두려고 했지만, 어리석은 젊은이를 불쌍하게 여겨달라고 부탁드렸다."

아리아드네 고모와 코델리아는 티베리우스 삼촌 말을 들었는지 어쨌는지, 변함없이 완강한 표정으로 서로를 맹렬하게 쏘아보고 있었다.

티베리우스 삼촌은 팽팽한 긴장감을 어떻게든지 풀어 보려고 복도를 서성였다.

"있잖아, 내가 여덟 살 때 허락도 안 받고 모자를 만들어서 마구간 소년한테 줬거든? 그랬더니 그 아이가 닭처럼 꼬꼬댁 울기 시작하는 거야. 난잡한 시를 읊으면서 뒤로 뛰어다니더니 나중에는 당나귀한테 시비를 걸더라니까. 내가 제대로 문제를 일으켰지."

삼촌이 대화를 해 보겠다고 시도했지만, 아무도 한마디 말이 없었다. 휠체어에 앉은 페트로넬라 대고모가 가볍게 코를 골았다.

"자! 우리 장난꾸러기 코델리아! 그래도 누구 하나 해를 입지 않았어. 이젠 쿡이 차라도 끓여놨는지 우리가 가서 보…."

티베리우스 삼촌이 지나치게 유쾌한 목소리로 말했지만 아리아드네 고모가 명령했다.

"코델리아, 위층으로 올라가. 당장. 내일 아래층으로 내려왔을 때는 네가 생각을 거듭 곱씹은 뒤 진심을 담아 진지하게 사과하기를 기대한다."

코델리아는 고모와 한 판 붙어볼까 생각했다. 그런데 고모가 어찌나 사납게 노려보는지 달리 선택의 여지가 없었다. 코델리아는 돌아서서 머리를 꼿꼿이 세우고 손바닥에 손톱자국이 생길 만큼 주먹을 힘껏 쥐고 위층으로 씩씩하게 올라갔다.

뒤에서 티베리우스 삼촌이 한숨을 내쉬었다. 아리아드네 고모가 애써 억누른 듯, 희미하게 흐느끼는 소리가 들린 것 같기도 했다.

방으로 들어온 코델리아는 허락 없이 만든 모자에 대한 후회를 지워버렸다. 그러면 안 되었다는 것은 코델리아도 알았다. 금지 사항이었으니까.

하지만 금지 사항이 언제나 제일 흥미롭고 재미있으니 정말이지 부당했다.

"공주님한테 가야 했는데 그 방법밖에 생각 안 났어. 진짜 해야만 했다고."

코델리아가 혼잣말하며 바닥에 배를 깔고 엎드렸다. 침대 아래로 팔을 뻗어 다 해진 모자 상자를 꺼냈다. 갓 태어난 코델리아가 요람으로 삼았던 모자 상자였다. 아빠는 바다에서 이 상자로 코델리아를 구했고, 상자 안에서 곤히 잠든 코델리아를 데리고 런던 집으로 왔다. 바닷물에 종이가 구겨졌고 모서리가 찌그러졌다. 코델리아가 쪼글쪼글한 뚜껑을 쓰다듬었다.

상자 안에는 코델리아가 아기 때 썼던 돛천으로 만든 담요, 아빠가 실론에서 갖다준 반짝이는 육두구 열매, 베네치아산(産) 노래하는 병 유리로 만든 섬세한 구슬, 온 바닥에 무지갯빛 파편을 흩뿌리는 투명한 백수정, 윤을 낸 야자수 열매로 만든 그릇, 아빠가 코델리아에게 즐겨 읽어주던 『신화 창조자』라는 오래된 책, '극락 독수리'의 무지갯빛 깃털, 그리고 '팔딱팔딱 뛰는 시칠리아 콩'을 담은 단지 같은 온갖 보물이 담겼다.

코델리아는 눈물이 나서 눈이 따가웠다. 당장에라도 삼킬 듯이 위협적으로 밀려드는 비참함에서 벗어나기를 그 무엇보다 간절히 바랐다.

"아빠, 난 아빠가 살아 있다는 걸 알아요! 살아 있어야 해요!"

코델리아가 내질렀다.

아래층에서 문이 쾅 닫혔다.

"여기 갇혀 있어서 좋을 일이 없어! 낭비할 시간이 없다고."

코델리아가 앓는 소리를 내면서 '팔딱팔딱 뛰는 콩' 단지를 집어 들었다. 탁탁 튀어 오르며 유리에 부딪히는 콩들을 손가락 끝으로 느꼈다.

"더는 도움의 손길을 기다리지 않겠어. 공주님한테서 배 빌리는 일은 물 건너갔고 잭은 사라졌어. 다른 길을 찾아야 해."

코델리아가 빈방에서 선언했다.

구스는 코델리아가 도둑이라고 믿는 데다 고모마저 머리 꼭대기까지 화가 난 터라 코델리아에게 남은 한편은 달리 없었다. 혼자 힘으로 문제를 해결해야 했다.

"일단 리버마우스 해안가에라도 가자. 거기서 시작하는 거야. 내가 쓸 만한 배가 한 척은 있겠지."

코델리아는 생각에 잠겨 입술을 잘근거렸다.

"밤까지 기다려야겠어. 런던을 떠나기 전에 반드시 구스에게 진실을 알려야 해. 적어도 내가 도둑이 아니라는 건 알아야지!"

코델리아는 소중한 보물이 든 상자 안에 콩 단지를 조심스럽게 넣은 뒤 침대에 누워 잠을 청했다. 오늘 밤은 꼴딱 새워야 하니 낮에 자두면 좋을 것 같았다.

하지만 코델리아 머릿속이 멈추지 않았다. 끝까지 감아놓은 태엽 시계처럼 째깍째깍 돌아가면서 아직 허술한 계획을 끊임없이 고치고 다듬었다.

굴뚝 사이로 해가 저물자 결국 코델리아도 졸기 시작했다. 코델리아가 눈을 떴을 땐 밤이 벨벳 같은 어둠을 바깥에 드리우고 있었다.

"코델리아?"

삼촌이 뚜껑문에서 코델리아를 불렀다. 삼촌이 다시 코델리아 이름을 속삭여 불렀지만 코델리아는 눈을 꼭 감고만 있었다.

"코델리아? 자니?"

코델리아는 대답하지 않았다. 구운 통닭 냄새가 방으로 스며들어 오자 입에 군침이 돌았다.

"저녁을 가져왔어. 초콜릿 푸딩도 있다. 네가 제일 좋아하잖아. 너 주게 만들어달라고 쿡한테 몰래 부탁했지."

티베리우스 삼촌이 다정하게 말했다.

아프도록 부끄러운 휴고 경 모자가 배 속에서 까딱거리는 느낌이 들어서 코델리아는 몸을 공처럼 단단히 말고 가라앉혔다.

"꼬맹이 해트메이커, 여기 올라와 있는 편이 차라리 좋을지도 몰라. 아래층은 영 재미없거든. 압박과 긴장의 연속이야. 천이 깔끔하게 안 펴진다고 아리아드네 고모가 아주 험한 말도 했어."

코델리아는 꽁꽁 만 몸을 펴지 않았다.

삼촌이 한숨 지었다.

"코델리아, 우리 두 사람을 위해서라도 초콜릿 푸딩은 다 먹으렴. 고모가 알기 전에 증거를 없애야 해."

뚜껑문이 닫히는 소리에 코델리아가 눈을 떴다.

초콜릿 푸딩은 맛있었다.

모험을 앞두고 먹기에 완벽한 식사였다.

모자 승강기는 모자를 싣기엔 넉넉했지만 사람이 타기엔 좁았다.

코델리아는 고모와 삼촌이 평화 모자 위로 몸을 한껏 숙이고 새벽까지 작업실에서 일하리라는 것을 알았다. 삼촌은 입술 사이에 핀을 잔뜩 물고 섬세한 은 바늘로 리본을 달 테고, 고모는 금색 불빛에 물든 모습으로 펠트를 다듬어서 우아한 형태를 잡아갈 것이었다.

코델리아는 생각을 멈췄다.

'고모랑 삼촌은 아빠가 살아 있다고 믿지 않아! 두 분이 틀렸다는 걸 증명하겠어.'

머릿속으로 하는 혼잣말인데도 코델리아는 최대한 맹렬하게 말했다. 맹렬하게 굴면 찐득하고 차가운 죄책감으로 서늘해진 기분이 타서 없어질 것 같았다. 텅 빈 코델리아의 침대를 발견한 가족들 기분이 어떨까, 코델리아는 상상하고 싶지 않았다. 코델리아가 사다리를 타고 계단참으로 내려왔다. 페트로넬라 대고모는 휠체어에 앉아서 잠들었다. 사그라져 가는 난롯불에 비친 연보라색 대고모 얼굴이 그 어느 때보다 창백했다.

코델리아는 모자 작업실 바로 바깥에 있는 계단 발판 몇 개가 삐걱거린다는 것도 알고, 난간에서 미끄럼을 타고 작업실을 지나는 일은 매우 위험하다는 것도 알았다. 아리아드네 고모 청력은 올빼미만큼 예리했다. 일 층으로 내려갈 방법은 하나뿐이었다.

코델리아가 연금술실 문 앞을 살금살금 지나서 모자 가늠실로 기어들어 갔다. 모자 승강기 안에 몸을 접다시피 구겨 넣고 보라색 방석 위에 주저앉아 무릎을 턱에 닿도록 바짝 세웠다. L자처럼 생긴 작은 놋쇠 손잡이가 승강기 옆 벽에서 반짝였다.

여기가 까다로운 대목이었다.

코델리아가 손을 뻗어서 손잡이를 돌렸다. 승강기가 덜컥 튀었다. 문을 잡아당겨 닫았지만, 숨 막히는 짧은 시간, 아무 일도 일어나지 않았다. 눈을 크게 떴는데도 승강기 안은 칠흑처럼 캄캄했다.

어둠이 흔들리는가 싶더니 서서히 몸이 아래로 내려가는 느낌이 들었다. 코델리아는 마음이 놓여서 작게 한숨을 쉬었다.

누구라도 밖에서 지켜보고 있었다면, 세상에서 가장 화려한 깃털 모자를 실을 만큼 크고 세련된 목제 상자가 모자 장인 저택 일 층으로 천천히 내려오는 광경을 보았을 것이었다.

땡!

가게가 있는 일 층에서 모자 승강기가 멈추자 작은 유리 종이 울렸다. 올빼미 같은 아리아드네 고모 귀에 들렸을까?

코델리아는 아무도 가게를 살피러 오지 않는다는 것이 확실해지도록 심장이 백 번 뛸 때까지 기다렸다. 코델리아가 작은 문을 열었다.

어둠에 묻힌 가게는 낯설었다. 모자들이 기이한 그림자를 벽에 드리웠다. 비둘기 깃털은 괴물 머리에 달린 볏 같았고 주름 잡힌 리본은 돌연용 꼬리가 되었다.

코델리아는 깊이 숨을 들이마시고 몸을 쥐어짜서 승강기 밖으로 나갔다. 얼음판을 걷듯 조심조심 발을 내디디며서 가게를 가로질렀다. 자물쇠를 풀고 행여나 놋쇠 종이 울리지 않도록 조금씩 조금씩 문을 열었다. 문틈이 안개 낀 런던을 가두고 있는 것 같았다. 성당 종이 댕그랑 댕그랑, 십오 분 전 자정을 알렸다. 코델리아가 어둠 속으로 나아갔다.

CHAPTER 23

시계 장인 집은 어두웠다. 위층 창문 하나가 배고픈 아가리처럼 활짝 열려 있었다.

샘 라이트핑거가 벌써 안으로 들어가 버렸다.

코델리아는 눈을 보름달만큼 부릅떴지만 점점이 반짝이는 별빛만으로는 볼 수 있는 것이 많지 않았다. 희미하게 긁히는 소리와 얼핏 딸랑거리는 맑은 소리가 창문 밖으로 흘러나왔다.

코델리아가 팔을 위로 쭉 뻗어봤다. 벽을 타고 기어오르기엔 창문이 너무 높이 달렸다. 튀어나온 벽돌 위로 팔딱 뛰어올라, 흔들거리는 빗물통을 타고 조금씩 움직여서 창문턱까지 위험하게 가야 할 것이었다.

'샘이 나올 때까지 그냥 여기에서 기다려야겠다.'

코델리아가 마음을 정했다.

잠시 뒤, 코델리아는 자기가 서성이고 있다는 것을 깨닫고 문득 불안해졌다. 부트메이커 부인이 바로 그 점을 꼬집어 말했다. 코델리아는 의심을 사지 않도록 무언가 할 일이 있는 사람처럼 보이고 싶었지만, 어두운 골목에 머물러야 하는 상황이라 쉽지 않았다.

'아, 안 돼! 이젠 기웃거리기까지 하고 있어.'

코델리아가 생각했다.

마차 한 대가 등불을 밝히고 주도로로 지나갔다. 움직이지 않고 가만히 있으려니 코델리아는 발바닥이 가려웠다.

코델리아의 작전은 다음과 같았다.

1. 집에서 몰래 빠져나온다.
2. 시계 장인 집 창문으로 기어들어 가고 있을 샘 라이트핑거를 잡는다.
3. 구스한테 진실을 말하겠다는 맹세를 샘에게서 받아낸다.
4. 마차를 얻어 타고 바닷가로 간다.
5. 낚싯배를 한 척 빌려서 아빠를 찾으러 떠난다.

1단계에서 2단계로 넘어가는 도중에 예상치 못한 상황이 벌어져서 코델리아는 당황스러웠다.

도로 저 위에서 등불 빛이 깜빡였다. 모퉁이 너머에서 말이 히힝히힝 우는 소리가 어렴풋이 들렸다. 코델리아 손바닥이 땀으로 흥건했다. 코델리아가 딱 십이 초만 더 기다리겠다고 결심하는 순간, 열린 창문 밖으로 발 하나가 불쑥 나왔다.

그러더니 샘 라이트핑거가 통째로 시야에 들어왔다.

창문에서 나온 뒤 빗물 통을 타고 기어 내려와 펄쩍 뛰어내리는 샘의 동작이 놀랄 만큼 우아해서 감탄이 절로 나왔다. 그래도 코델리아는 팔짱을 단단히 끼고, 거리 위로 가볍게 착지하는 샘을 기다렸다.

"이런, 이런, 이런."

목소리가 났다.

코델리아 목소리도 샘 목소리도 아니었다.

두 아이가 고개를 들었다. 두 아이 머리 위로 스턴로 경감 얼굴이 불쑥 나타났다. 깜빡이는 등불 빛에 비친 경감 얼굴이 붉으락푸르락했다.

샘은 그 자리에서 튀었다.

경감이 코델리아를 향해 몸을 날렸지만 코델리아가 펄쩍 뛰며 피했다. 경감이 철책에 부딪히며 욕을 퍼붓는 소리가 났다. 코델리아가 급히 고개를 돌려보니 샘이 쏜살같이 주도로를 가로질러 뒷골목으로 들어가고 있었다. 코델리아도 새처럼 날쌔게 샘 뒤를 따라 질주했다.

잠깐이었지만 샘의 윤곽선이 골목길 끝에서 뚜렷하게 보였다.

"야! 나랑 말 좀 해!"

코델리아가 크게 외쳤다.

샘은 날았고 코델리아는 뒤쫓았다.

코델리아 뒤에서 경감이 미친 마리오네트 인형처럼 긴 두 팔을 앞으로 쭉 뻗고 인도를 따라 냅다 뛰어오고 있었다.

"거기 서라!"

경감이 버럭버럭 외쳤다.

샘은 옥스퍼드가를 전속력으로 달려서 어두운 소호 광장으로 들어가 모퉁이에서 급격하게 방향을 꺾었다. 코델리아도 샘을 따라 내달렸다.

경감은 그만큼 빨리 방향을 바꾸지 못했다. 경감이 말똥을 밟고 쭉 미끄러져서 팔다리를 휘두르며 도랑에 빠졌다.

철퍼덕 소리를 내며 땅바닥에 떨어진 경감이 고래고래 외쳤다.

"제기랄!"

그래도 코델리아는 멈추지 않았다. 어둑한 골목들 사이로 샘 라이트핑거를 놓치기 직전이었다. 그 순간, 은색으로 번쩍이는 한 줄기 빛에 코델리아 눈길이 꽂혔다. 평화 시계였다! 시계가 비웃는 것 같았다. 코델리아는 박차를 가해서 샘을 거의 따라잡았다.

두 아이가 피커딜리 광장으로 접어들었다. 깊은 밤까지 일했는지 아니면 아주 이른 아침에 나왔는지 모를 달구지들이 거리를 다니고 있었다. 브랜디를 마셔서 얼굴이 불그레한 멋쟁이 청년 한 쌍이 비틀거리며 노래를 부르다가, 앞에서 맹렬한 기세로 달리는 두 아이를 보고 멈췄다. 남자아이는 옷차림이 허름했고 여자아이는 치마를 휘날리고 있었다.

"기다려!"

코델리아는 숨이 턱까지 찼다. 샘한테 손이 닿을락말락 했다. 팔을 쭉 뻗었다.

샘이 마차 앞에서 용수철처럼 튀어 올라 그대로 길을 건너가 버렸다. 말이 눈알을 희번덕거리며 앞발을 들고 일어서는 바람에 코델리아가 미끄러지며 급정거했다.

"워워! 무슨 짓이야!"

마부가 채찍을 휘두르며 으르렁거렸다.

"죄송해요!"

코델리아는 기우뚱거리는 마차 주변에서 숨을 몰아쉬며 춤추듯 겅중 겅중 뛰었다. 달아나는 샘이 바큇살 사이로 보였다.

코델리아가 발길질해대는 말발굽을 이리저리 피하느라 바쁜 사이 샘은 넓은 옆길로 내뺐다.

"부탁이야! 돌아와! 그냥 얘기하고 싶은 거야!"

코델리아가 외쳤다.

샘이 휙 돌아서더니 눈을 커다랗게 뜨고 코델리아를 빤히 쳐다봤다.

"따라오지 마! 집으로 가!"

샘이 외쳤다.

샘이 더럽고 음침한 골목으로 빠지는 바람에 코델리아가 잠시 멈췄다. 건물 옆 어두운 그림자 아래로 스며드는 샘에게는 어딘가 야성적인 면이 있었다.

코델리아는 왠지 두려워서 몸서리가 났다. 샘이 런던의 어두운 밤 속으로 도망치게 그냥 놔둘 수도 있었다. 지금이 기회였다. 이 길로 달아나서 아빠라는 빛을 찾아 떠나면 그만이었다.

코델리아는 이를 악문 채 어두운 거리에 그저 그렇게 서 있었다. 도망치는 샘이 훔친 것은 평화 시계만이 아니었다. 구스와의 우정을 훔쳐 갔다. 평화를 위한 마지막 기회마저 훔친 꼴이 될지도 몰랐다.

코델리아가 깊게 숨을 들이마시고 발걸음을 뗐다. 구불구불한 골목길을 따라 샘을 뒤쫓았다. 샘이 뒤를 돌아보면 벽돌 담에 몸을 바짝 붙이고 숨었다.

샘이 벽을 오르기 시작했다. 꼭대기를 향해 돛대를 오르는 뱃사람처럼 가파른 건물 벽을 올랐다. 단지, 곳곳에 밧줄이 늘어진 배와 달리 건물에 삭구 따위는 없었다. 샘은 여기저기 부서진 벽돌 벽 틈 사이를 손가락 끝으로 잡고 오르고 있었다. 미끄러져도 중력의 영향을 받지 않는 듯, 가볍게 올랐다.

코델리아는 숨을 멈추고, 거대한 스테인드글라스 창문을 지나 넋을 잃을 만큼 높이 솟은 가느다란 탑 위로 계속 오르는 샘을 지켜봤다. 드디어 샘이 좁은 창문 안으로 들어가자 코델리아가 안도의 한숨을 내쉬었다.

코델리아는 그제야 건물을 알아봤다. 스테인드글라스에 그려진 엘리자베스 시대 차림의 여섯 장인을 잘못 보기는 쉽지 않았다.

샘이 들어간 곳은 길드 홀이었다.

코델리아는 숨을 멈추고, 거대한 스테인드글라스 창문을 지나 넋을 잃을 만큼
높이 솟은 가느다란 탑 위로 계속 오르는 샘을 지켜봤다.

228

코델리아가 거미처럼 건물 벽을 타고 기어올라 샘을 쫓아갈 가능성은 조금도 없었다. 지그재그로 이어지는 골목길을 따라 길드 홀 앞으로 가는 데도 몇 분이나 걸렸다.

"왕실 관련 사람과 장인들만이 저 문을 열 수 있단다."

아리아드네 고모가 말했다.

코델리아가 손을 뻗어 손잡이를 잡았다. 손잡이가 따뜻했다.

문이 열렸다.

코델리아는 어둠을 각오한 터라 실내가 캄캄했는데도 놀라지 않았다. 어둠 속을 더듬어 복도를 가로질렀고, 먼지 같은 마법의 기운과 거칠거칠한 커튼을 지나 대강당 넓은 공간을 향해 나아갔다.

공기에서는 재 맛이 났고 한 줄기 연기에 코안이 매워졌다. 샘이 오래된 벽난로 중 하나에 불을 땐 것이 분명했다.

코델리아 눈이 어둠에 익자 위층 바닥으로 이어지는 우람한 마호가니 계단이 눈에 들어왔다. 코델리아가 거대한 용의 척추처럼 생긴 계단을 오르기 시작했다.

계단 꼭대기는 기다란 회랑이었다. 코델리아는 꽁꽁 얼어붙었다. 가슴 속 심장이 두근거렸다.

열 명도 넘는 사람들이 달빛 아래에 줄지어 서서 코델리아를 기다리고 있었다. 미동 하나 없이 조용히 코델리아를 응시했다.

코델리아가 숨을 멈췄다. 고요한 무리 중 한 사람은 머리통이 없었다.

그제야 깨달았다.

저들은 코델리아를 기다리는 사람들이 아니었다. 낡은 망토를 걸친 사람 크기 마네킹이었다. 머리통이 달린 마네킹조차 표정이 없어서 으스스했다. 석고로 빚은 창백한 손 모형들이 바닥 곳곳에 널렸고, 신발 제작용 목조 구두 골(*발 모양을 본뜬 틀)이 선반에서 떨어져 나뒹굴고 있었다. 성냥개비 같은 부러진 지팡이들도 바닥에 쏟아져 있었다.

경쾌한 노랫소리가 허공으로 울려 퍼졌다. 누가 콧노래를 흥얼거리고 있었다. 어딘가 코델리아 귀에도 익숙한 부드럽고 슬픈, 다소 마음이 불안해지는 선율이었다. 죽음을 노래하는 자장가 같았다.

회랑 끝에서 계단이 나왔다. 탑으로 올라가는 계단이었다! 달빛 한 줄기가 은으로 짠 양탄자처럼 좁은 계단에 깔렸다. 틀림없이 샘이 저 위에서 홀로 노래를 부르고 있으리라.

코델리아가 살금살금 위로 올랐다. 올라갈수록 노랫소리가 옅어져서 이상했다. 계단 꼭대기에 이르자 문이 나왔고 코델리아는 문을 열었다.

문이 끼익 소리를 내자 샘이 뒤를 돌아보며 입을 열었다.

"나리, 평화 시계를 갖고 왔…."

코델리아를 본 샘 얼굴이 딱딱하게 굳었다.

"너!"

코델리아가 안으로 들어서자 다른 코델리아가 여섯 명 생겼다. 당황한 표정의 샘도 각기 다른 방향에서 여섯 명 나타났다. 육각형 모양의 탑 안쪽 여섯 개 벽면마다 거울이 하나씩 달렸다. 낡은 목조 트렁크가 열린 채 실내 한복판에 놓였고, 폭 좁은 옷장이 거울 두 개 사이를 빈틈없이 채우고 있었다. 코델리아는 여기가 길드 홀이 전성기를 누렸을 당시 가봉실로 쓰였던 장소라고 짐작했다. 지금 이곳에 있는 옷이라고는 방 한구석에 아이 하나가 간신히 누울 만큼 쌓아놓은 옷 무더기가 전부였다.

"너 여기서 자?"

코델리아가 놀라서 물었다.

창문이 두 개나 깨졌고 천장에서 바람이 휘몰아치며 윙윙 휘파람을 불었다.

"집에 가라고 했잖아! 넌 여기 있으면 안 돼."

코델리아가 샘을 빤히 들여다봤다.

"평화 시계 찾으러 왔어. 너 그거 시계 장인한테 돌려줘야 해. 그리고 구스한테도 말해. 도둑은 내가 아니라고. 네가 내 손수건을 훔쳐서 구스 공부방 바닥에 흘려놨다고 인정해야 해."

"절대 안 해! 그런데 웬 손수건?"

샘이 되물었다.

"다 알면서 왜 이래? 내 이름 첫 글자가 새겨진 손수건 말이야. 앞으로는 아무것도 훔치지 않겠다고 약속도 해. 나쁜 짓이야. 정직한 일을 하면서 살아야지.”

코델리아가 단호하게 말했다.

샘이 눈을 깜빡이며 코델리아를 쳐다봤다. 천천히 다리를 굽혀서 트렁크 가장자리에 걸터앉아서 무릎만 들여다봤다.

“말이야 쉽지. 넌 장인이니까. 정직한 일을 하면서 산다… 배고프고 춥고 안전하게 잘 곳도 찾아야 하면 정직하게 살기는 어려워.”

샘이 비통하게 중얼거리면서 두 팔로 몸을 두르며 코를 훌쩍였다.

코델리아가 상상도 못 한 장면이었다. 코델리아는 샘이 민망해하면서도 유쾌하게 잘못을 인정하고는 올바른 일을 하겠다고 약속할 줄 알았다. 그런데 지금 트렁크 위에 한껏 움츠리고 앉은 샘은 아프고 수치스러워하는 것 같았다.

“가, 가족은 없어?”

코델리아가 샘 등을 토닥이며 물었다. 손에 닿는 샘의 낡은 옷이 거칠었다.

샘이 고개를 저었다.

“형은 떠났어. 우린 세븐 다이얼즈가에 있는 성 리고베르트 성당 종탑에서 살았어. 몹시 추운 데다 끔찍한 비바람에 시달렸지만 그래도 길거리에서 자는 것보다는 나았거든. 형은 나가서 먹을 것도 구해오고 한두 푼이라도 벌어보려고 애를 썼어. 난 꽃을 구할 수 있는 날엔 꽃을 팔았고. 그런데 어느 날 내가 병에 걸렸어. 열이 나고 온몸이 떨리는데 먹을 게 없는 거야. 그래서 렌 형이 급한 나머지 시장 닭장에서 닭을 한 마리 훔쳤어.”

코델리아 눈이 휘둥그레졌다.

"어떻게 됐는데?"

샘이 울지 않으려고 안간힘을 쓰자 입술이 뒤틀렸다.

"도둑이 어떻게 되는지 몰라? 배 밑바닥에 쳐넣어져서 세상 저 깊은 곳으로 보내지지. 절대 돌아오지 못해."

코델리아는 빼빼 마른 샘의 갈비뼈에 고인 슬픔의 바다를 느꼈다. 뭔가 다정하고 희망 가득한 말을 열심히 생각했지만, 그 어떤 말이 세상 끝으로 가버린 배를 돌아오게 하겠는가.

샘이 소매로 눈가를 닦았다.

"나를 따라서 여기까지 오는 게 아니었어! 집에 가라고 했잖아! 위험해. 그 남자가 너를 잡으면…."

샘이 갑자기 자리에서 벌떡 일어났다. 사냥꾼을 감지한 여우처럼 고개를 들고 겁에 질린 눈으로 코델리아를 돌아봤다.

"숨어!"

샘이 미친 듯이 주위를 두리번거렸다. 계단에서 쿵쿵 발소리가 났다.

"여기! 죽은 듯이 조용히 있어."

샘이 코델리아를 길쭉한 옷장으로 밀어 넣었다.

코델리아가 간신히 고개를 끄덕였다. 속이 메슥거렸다. 목구멍으로 시큼하고 쓰디쓴 위액이 올라왔지만 꿀꺽 삼켰다. 두려움에 휩싸인 샘의 얼굴 한 조각, 옷장 문이 닫히기 전에 코델리아가 마지막으로 본 전부였다.

CHAPTER 25

옷장 안은 먼지투성이였고 답답했다. 낡은 망토에 달린 리본이 뺨을 스치자 코델리아는 소름이 끼쳤다.

"라이트핑거!"

차가운 목소리가 방 안에 울려 퍼졌다.

"나, 나리."

샘이 대답하는 목소리가 들렸다.

코델리아는 소리가 나지 않도록 천천히 쪼그리고 앉아서 열쇠 구멍에 조심조심 눈을 갖다 댔다.

입구에 한 사람이 서 있었다. 음산한 검은색 후드로 얼굴을 가렸고, 바닥에 쓸릴 만큼 긴 망토를 걸친 터라 번쩍이는 부츠 코밖에 안 보였다. 남자가 안으로 들어와 다가오자 샘이 잔뜩 움츠러들었다.

"나리, 시계를 가져왔습니다."

샘이 웅얼거리며 호주머니를 뒤지더니 은 사슬을 찰그락거리며 평화 시계를 꺼냈다.

망토로 몸을 휘감은 낯선 이가 킬킬 웃었다.

"잘했어. 잘 해냈군."

남자 목소리는 으르렁거리는 짐승 소리에 가까웠다.

두꺼운 금반지를 여러 개 낀 벌겋고 살집 좋은 손이 검은색 망토 주름 사이로 툭 튀어나와 아름다운 시계를 감쌌다.

코델리아는 걷잡을 수 없이 분노가 치솟아서 두 주먹을 움켜쥐었다.

낯선 이는 은 사슬을 늘어뜨려 시계를 대롱거리며 샘에게서 천천히 멀어졌다. 남자를 지켜보는 샘은 고양이를 바라보는 생쥐 같았다. 낯선 이가 코델리아가 숨은 옷장으로 점점 다가왔다. 은시계는 앞뒤로 흔들리며 호를 그렸고 코델리아는 몸을 떨었다.

"풋내기 범죄자, 아주 잘했다. 이것으로 모든 평화 의복을 훔쳤다. 한 벌이 완성되었어."

낯선 이가 웅얼거렸다.

이제 남자는 옷장 바로 앞에 있었다. 어찌나 가까운지 코델리아도 째 깍거리는 시계 소리가 들릴 정도였다.

째깍.

코델리아는 숨조차 쉴 수 없었다.

째깍.

난데없이 낯선 이가 난폭하게 평화 시계를 바닥에 패대기치더니 발로 퍽퍽 짓밟았다.

남자가 신은 시커먼 부츠 아래에서 시계가 새 뼈처럼 바스러졌다. 코델리아는 한 손으로 입을 단단히 틀어막았다. 아름다웠던 평화 시계가 으스러졌다. 이제 시계는 툭툭 튀어나온 톱니바퀴와 금속 가루 더미에 지나지 않았다. 남은 부스러기마저 남자가 발끝으로 걷어차 버렸다.

"시계 장인 집에 있던 유해 캐비닛은?"

낯선 이가 샘을 돌아보며 물었다.

남자가 돌아서는 순간, 양쪽 부츠가 모두 드러났다. 망토 아래에서 황금 버클 두 개가 번쩍 빛났다.

MM

코델리아는 부츠 위에서 번쩍이는 두 글자를 보며 인상을 찌푸렸다.

샘이 윗도리 안으로 손을 넣으며 웅얼거렸다.

"유해 캐비닛 안에는 별것 없었습니다. 이것밖에 없었어요."

샘은 갈색 녹으로 뒤덮인 묵직한 쇠 열쇠를 꺼냈다. 남자가 길게 숨을 내쉬며 열쇠를 받았다.

"마지막 마스터키군. 가장 훌륭한 장물이다."

남자가 열쇠를 망토 안으로 넣으며 샘을 향해 걸어왔다.

"나리, 제, 제발요. 시킨 일을 다 했습니다. 훔쳐 오라고 한 물건을 다 훔쳐다 드렸잖아요."

샘이 더듬거렸다.

"과연 그랬지. 애송이 소매치기(*light fingers: '손버릇이 나쁘다'는 뜻 외에도 '소매치기'를 의미한다), 그랬고말고."

남자는 고양이를 달래듯 말하고 있었다.

"그러면, 그, 그, 그러니까 이제 저는 자유죠? 약속하셨듯이요?"

샘이 물었다.

낯선 이가 웃음을 터트리자 방이 통째로 진저리를 쳤다.

"아, 소매치기의 장인이여. 삶이 과연 범법자 고아에게 호의를 베풀까?"

남자가 묵직하고 벌건 두 손으로 샘의 두 어깨를 두르며 말했다.

"그, 그게 무슨 뜻입니까?"

샘 얼굴이 하얗게 질렸다.

"햇병아리 범죄자, 내가 너를 발견했던 곳으로 돌려보낼 수는 없지. 네가 코벤트 가든에서 또 숙녀들 손수건이나 훔치게 놔둘 수는 없는 노릇이야. 안 그래? 네가 여태까지 한 짓을 누구한테 말할지도 모르니까. 내 계획을 다 망칠 수도 있어."

남자가 나지막이 말했다.

"야야, 약속합니다. 말 안 해요. 도둑의 명예를 걸고 맹세합니다!"

낯선 이가 음산하게 웃어 젖히면서 열린 트렁크 안으로 샘을 집어 던졌다. 샘이 허둥지둥 일어나기 전에 남자가 쾅 소리가 나도록 뚜껑을 닫고 무거운 쇠 빗장을 걸어서 샘을 안에 가둬 버렸다.

"안 돼! 나가게 해 줘요!"

샘이 울부짖었다.

"닥쳐!"

남자가 참나무 뚜껑을 쾅쾅 내리치며 으르렁거렸다.

샘은 소리치기를 그쳤지만 숨죽이고 흐느끼는 소리가 코델리아한테 들렸다.

"아침이 오면 난 범죄자를 잡았다고 공표할 테고 너는 감옥에 갇힐 것이다. 그때쯤에는 반역자 장인들도 죄다 런던탑 지하 감옥에 갇히겠지. 근사하게 신문을 장식할 또 다른 머리기사가 생기는 거다. '장인들은 문제만 일으킨다.'"

바람 새는 소리로 말하는 남자는 끔찍한 상황을 즐기는 것 같았다.

코델리아는 현기증이 이는 바람에 쓰러지지 않으려고 옷장을 긁으며 안쪽 면에 기댔다.

'장인들이 반역자라고? 런던탑에 가둔다고?'

남자가 동작을 멈췄다. 코델리아는 옷장 긁는 소리를 남자가 들은 줄 알고 잠깐 아찔해졌다. 그런데 남자는 그저 생각하는 것 같았다. 망토가 움찔거리더니 남자가 다시 입을 열었다.

"라이트핑거, 네가 여기 있다고 알리기 전에 며칠 더 기다리는 편이 낫겠군. 장인들이 형을 받기 전에 네가 떠들어대면…. 안 될 일이야. 게다가 경감이 결국 해골만 남은 너를 찾으면, 뭐, 도시로서는 부랑아라는 짐을 하나라도 더는 셈이니까."

낯선 이가 밖으로 나갔다. 나지막이 클클 웃으며 혼자 계단을 따라 쿵쿵 내려가는 남자 발소리가 들렸다. 코델리아는 남자 발소리가 사라진 뒤에도 몇 분이나 더 참고 기다렸다. 어둠 속에서 심장이 고동쳤다. 고문이나 다름없었다. 트렁크 안에 갇힌 샘이 훌쩍거리는 울음소리가 들렸다.

낯선 사람이 완전히 떠났다는 확신이 들자 코델리아가 먼지를 뒤집어

쓴 채 옷장 안에서 비틀비틀 밖으로 나왔다. 트렁크 옆에 무릎을 꿇고 앉아서 있는 힘껏 무쇠 빗장을 잡아당겼다. 빗장이 뒤로 밀리면서 코델리아 손마디를 스치는 바람에 살갗이 벗겨졌다.

코델리아가 끙끙거리며 무거운 뚜껑을 열자 샘이 허겁지겁 공기를 잔뜩 들이마시며 힘겹게 두 다리로 일어났다.

"코, 고, 고마워. 덕, 분, 에 살았어. 진,짜, 고마워."

샘이 숨을 헐떡거리며 말했다.

코델리아 두 손이 부들부들 떨렸다.

"그 사람이 장인들이 탑에 갇힐 거라고 했어! 누구야? 그 사람이 누구냐고!"

코델리아는 목소리도 잘 안 나왔다.

샘이 비통하게 고개를 저었다.

"나도 몰라. 얼굴을 못 봤어. 망토를 한 번도 안 벗었거든."

"집으로 가야 해. 가족한테 위험을 알려야 해!"

코델리아가 다급하게 중얼거렸다.

CHAPTER 26

코델리아가 문으로 향했지만 샘이 손을 잡았다.

"그쪽으로 가면 안 돼! 그 여자한테 들켜."

샘이 바람 새는 소리로 말했다.

"그 여자?"

코델리아도 속삭여서 물었다.

"일하면서 노래하는 여자가 있어. 아래층에."

코델리아는 대강당에서 흘러나오던 자장가 선율을 떠올렸다.

"여기에 다른 사람도 숨어 있어?"

샘이 고개를 끄덕였다.

"난 문을 못 열기 때문에 창문으로 드나들어. 근데 그 여자는 문으로 다니더라고. 여자를 직접 본 적은 없는데, 일을 하면 꼭 노래를 불러."

"여자가 어떻게 안으로 들어오지? 고모는 장인이랑 왕실 사람들만 문을 열 수 있다고 했는데."

코델리아가 인상을 썼다.

샘이 옷장 위로 펄쩍 뛰어오르더니 창문 밖으로 몸을 내밀었다. 샘이 미심쩍은 눈빛으로 코델리아를 돌아봤다.

"너 여기 올라와도 괜찮을지 모르겠다. 높은 곳 무서워해?"

"뭐라도 잡을 것만 있으면 높이는 문제 없어."

코델리아가 말했다.

샘이 고개를 저었다.

"진짜 가팔라."

"가야 해. 시간 없어! 우리 가족이 런던탑에 갇히게 생겼단 말이야!"

코델리아가 나지막이 신음하며 재촉했다.

샘이 가볍게 뛰어 내려와 실내를 가로질러 가만가만 문으로 갔다. 입술을 꾹 다문 표정이 진지했다.

"아무래도 안 되겠어. 그냥 이쪽으로 가자. 따라와."

두 아이는 은빛으로 물든 계단을 내려와 과묵한 마네킹들이 모여 있는 갤러리로 갔다.

코델리아가 목제 난간 너머 아래를 살폈다. 깜빡거리는 불빛이 바닥을 가로질러 직사각형 꼴로 길게 비추고 있었다. 예전 작업실 문 하나가 열려 있었고 안쪽 벽난로에서 타닥타닥 장작이 타고 있었다. 한 데 섞인 두 사람 목소리가 들렸다. 한 사람은 아까 봤던 망토 걸친 남자였고, 다른 사람은 여자였다.

어둡고 넓은 실내에서 움직이는 두 사람 모습은 심해를 유영하는 상어 같았다. 두 사람이 멀리 떨어진 벽 앞으로 가서 멈췄다. 여자가 등잔불을 밝히자 뒤쪽 바닥 위로 그림자가 넓게 번졌다. 먼 거리였지만 짤그랑거리는 열쇠 소리와 쇠가 쇠를 긁는 소리가 뚜렷이 들렸다.

코델리아 얼굴이 일그러졌다. 입을 다문 채 옆에 서 있는 샘을 돌아봤다.

"열쇠 말이야, 너 장인들 집에 있는 마스터키를 다 훔쳤어?"

코델리아가 속삭였다.

끼리릭, 철컥.

샘이 간결하게 고개를 끄덕였다.

"코, 우리 여기서 나가야 해."

샘이 웅얼거렸다.

끼리릭, 철컥.

귀를 찢는 통곡 소리가 실내를 둘로 찢었다.

잠시 뒤, 허공이 이빨을 드러내며 발톱을 세웠다. 사방에서 무언가 치밀어 오르면서 딱딱 부러졌고, '불 닭'이 낳은 썩은 달걀 같은 유황 냄새와 그은 냄새가 불결하고 더러운 해일을 일으켜 공기를 검게 물들였다. 코델리아는 숨이 턱 막히고 기침이 터질 것 같아서 손으로 입을 덮었다.

대강당 깊숙한 구석에서 여자가 기쁨과 악의가 넘치는 소리로 짐승처럼 길게 웃었다. 승리가 묻어나는 남자의 웃음소리가 반구형 천장에서 쩌렁쩌렁 울렸다.

샘이 창문으로 펄쩍 뛰어오르더니 코델리아에게 올라오라고 말없이 신호를 보냈다. 코델리아가 샘을 따라 기어 올라오자 샘이 창문을 열었다. 두 아이는 신선한 밤공기를 마음껏 들이마셨다.

"여기로 나가야 할 것 같아."

샘이 말하면서 몸을 일으켜 세웠다.

샘이 코델리아에게 한 손을 뻗었다. 창문턱 샘 옆으로 올라와 있던 코델리아는 배 속이 요동쳤다. 저 아래 땅이 까마득히 멀어 보였다.

창문에서 조금 아래쪽에 장인 석상이 있었다. 정문 바로 위였다.

"내 뒤만 따라오면 괜찮아."

샘이 속삭였다.

코델리아는 고개를 끄덕이려고 했지만 머리통은 신경질 부릴 때처럼 움찔거리기만 했다. 썩은 내가 진동하는 공기와 발아래 펼쳐진 까마득한 공간에 현기증이 일었다.

샘이 창문 밖으로 다리 하나를 던지다시피 휙 내뻗더니 촉수처럼 허공을 더듬어 발판으로 삼을 만한 곳을 찾았다. 샘 발가락이 석상 모자에 달린 돌 깃털을 스쳤다.

"좋았어. 좀 멀긴 하다. 뛰어내려야겠어."

샘이 중얼거렸다.

"뭐?"

코델리아는 침도 제대로 못 삼킬 판인데 샘이 훌쩍 뛰어내렸다!

샘은 살아 있는 망토처럼 정확히 석상 어깨에 착 들러붙었다.

샘이 석상에서 튀어나온 좁은 부분을 타고 주르륵 미끄러져 내려와 코델리아를 향해 고개를 들었다.

"빨리!"

샘 목소리가 코델리아한테까지 올라왔다.

코델리아가 심연을 마주할 각오를 하고 몸을 일으키자 치맛자락이 펄럭이며 다리를 휘감았다. 묵직한 느낌에 코델리아가 나직이 저주를 퍼부었다. 석상을 바라볼수록 멀어지는 것 같았다.

"재지 말고 그냥 뛰어!"

코델리아 손은 땀에 젖어 미끈거렸고 입은 바짝 말랐으며 배 속은 '뱀장어 잡초'처럼 단단히 뭉쳤다.

"코, 할 수 있어!"

샘의 목소리는 용기로 짠 붉은 실(*그리스 신화에서 테세우스가 미로에서 무사히 빠져나오도록 아리아드네가 붉은 실을 줬다) 같았다.

코델리아는 배짱과 영혼과 근육과 용기와 상상력, 길들지 않은 재치, 손끝에 어린 마법 불꽃 등 코델리아를 코델리아이게 하는 모든 것을 끌어모아 단단히 뭉쳤다. 그리고….

코델리아가 뛰었다!

"컥!"

석상에 부딪히면서 몸속 공기가 한번에 빠져나갔지만 코델리아는 악착같이 매달렸다.

"너 해냈어!"

샘이 기뻐하며 속삭였다.

아래로 발 뻗으면 닿을 거리에서 길드 홀 정문이 열렸다. 두 아이가 얼어붙었다.

망토를 두른 남자가 계단 위에 나타났다. 코델리아는 주변 밤공기가 바뀌는 것을 느꼈다. 썩은 냄새가 남자를 따라 역겹도록 밀려들었다. 코델리아가 숨을 한 모금 들이마시자 게워낸 음식물과 상한 우유 같은 독한 맛이 나면서 구역질이 올라왔다.

당장이라도 남자가 고개만 들면 기이한 자세로 장인 석상에 들러붙은 코델리아와 그 뒤 벽에 손가락 끝으로 매달려서 필사적으로 버티는 샘이 보일 판이었다.

코델리아는 석상에서 한 뼘 미끄러졌고 샘은 들릴락 말락 끙끙 소리를 냈다. 두 아이는 건물 정면 중간에서 오도 가도 못하고 있었다. 차가운 석상에 매달린 코델리아의 두 발이 속절없이 허공에서 대롱거렸다.

코델리아 근육에서 힘이 빠지는 것만큼 확실하게 가슴에서 희망이 썰물처럼 빠져나갔다. 낯선 이가 천천히 고개를 돌렸다. 두 아이를 발견하기 일보 직전이었다. 남자는 두 아이가 총에 맞은 새처럼 땅바닥으로 떨어지기를 기다렸다가 런던탑으로 질질 끌고 갈 것이었다.

"아치, 내 사랑. 카드놀이 자리에서는 정말 대단했습니다. 정말 자랑스러웠어요!"

달빛보다 환한 목소리가 음울한 골목에서 카랑카랑 울려 퍼졌다.

"뭘요, 내 사랑. 벙클 경이 자기 수중에서 돈을 따가라고 애원했잖아요. 그렇다면 기꺼이 도와드려야죠."

다른 목소리가 대답했다.

두 청년이 어두운 골목 입구에서 호탕하게 웃으며 튀어나왔다.

코델리아는 두 눈으로 식은땀이 흘러드는데도 두 청년을 알아보았다. 버클리 광장에서 결투 직전까지 갔던 아치볼드와 페르디난드였다.

두 청년은 우연히 맞닥뜨린 광경에 그 자리에서 우뚝 멈췄다. 검은 망토를 걸치고 불길한 기운을 풍기는 남자와 그 남자 머리 위에서 공포에 사로잡힌 채 건물에 매달려 있는 두 어린이라니.

'도와주세요! 도와줘요!'

코델리아가 소리 없이 입을 뻥끗거렸다.

두 청년이 즉시 행동에 나섰다.

"아, 친절하신 선생님!"

페르디난드가 크게 외치며 남자가 아이들에게서 등을 돌리고 자기를 쳐다보도록 옆으로 비켜섰다.

"미로 같은 골목길에서 길을 잃었습니다! 그러니까 저, 그, 아! 사르가소 초콜릿 공장으로 가는 길을 알려주시겠습니까?"

"오, 그렇습니다! 방향을 완전히 잃었어요. 그런데 저는 템페스트 부인이 타주는 코코아가 미치도록 마시고 싶답니다."

아치볼드도 낯선 이 앞으로 펄쩍 뛰어들며 말했다.

낯선 이는 한동안 가만히 있었다. 두 청년이 뻣뻣해진 채 낯선 이를 보며 불안하게 미소 지었다. 그 순간, 시커먼 망토 깊숙한 곳에서 손 하나가 나오더니 두 청년이 이제 막 나온 골목을 가리켰다.

청년들이 눈알을 굴리고 서로 등을 퍽퍽 치면서 크게 웃었다.

"아치볼드, 우리가 길을 잃었다고 말했잖나!"

페르디난드가 망토 입은 남자에게 허리 숙여 인사하며 웃었다.

"대단히 실례인 줄 알면서도 감히 부탁드립니다. 혹시 직접 데려다주실 수는 없을는지요. 제 동반자가 과연 옳은 길을 찾아낼지 심히 의심스럽습니다."

망토 남자가 으르르거리며 '싫다'인 듯한 말을 나직이 뱉었다.

"일단 올바른 길에 들어서기만 하면 그 즉시 선생님이 원래 하시던 일을 계속하시도록 우리가 떠나겠습니다. 이쪽이라고 하신 게 맞습니까?"

페르디난드가 꿋꿋하게 물었다.

두 청년이 망토 차림의 낯선 남자 팔을 하나씩 잡더니 골목길로 끌고 갔다. 골목 어둠이 세 사람을 집어삼키기 직전, 아치볼드가 걱정 가득한 얼굴로 재빨리 뒤를 돌아봤다.

'감사합니다!'

코델리아가 다시 입을 뻥끗거렸다.

세 사람이 사라졌다. 길드 홀 광장은 텅 비었고 악당과 함께 어둠 속으로 성큼성큼 걸어 들어가는 청년들 목소리는 희미해졌다.

샘이 발판에서 미끄러져 내려와 벽을 타고 땅 위에 착지했다. 샘이 가슴을 부여잡았다.

코델리아도 천천히 석상에서 떨어져 나와 미끄러지며 주춧돌에 올라섰다. 두려웠던 데다 힘을 써야 해서 온몸이 부들부들 떨렸지만, 공포에 무감각해진 것 같기도 했다. 코델리아가 뛰어내렸다.

두 발이 땅바닥에 부딪치는 날카로운 충격이 정강이를 때리자 코델리아가 비틀거리며 진창에 넘어지고 말았다. 상관없었다. 코델리아는 진흙 투성이 길거리에 뺨을 대고 엎드렸다. 다시 땅으로 내려온 것이 진심으로 감사할 따름이었다.

샘은 무사히 땅에 내려온 코델리아를 연신 축하하며 코델리아 손을 잡아 일으켜 세워줬다. 두 아이는 골목에서 빠져나와 안전한 어둠 속으로 사라졌다.

CHAPTER 27

코델리아와 샘이 너무 늦었다.

육중한 검은색 마차가 모자 장인 저택 앞에 서 있었다. 집을 에워싼 병사들의 은색, 검은색 제복이 새벽 햇살을 받아 번쩍였다.

이것이 코델리아가 샘에게 잡혀 모퉁이 뒤로 끌려가기 전에 마지막으로 목격한 전부였다.

"놔 줘!"

코델리아가 몸부림쳤지만 샘이 코델리아를 벽에 붙여 세우고 꼼짝도 하지 않았다.

"너도 잡히고 싶어?"

샘이 바람 새는 소리로 물었다.

코델리아는 억지로 마음을 가라앉혔지만 '미치광이 벌'들이 배 속에서 떼로 붕붕거리며 휘몰아치는 느낌이었다. 입 안도 사막처럼 바싹 말랐다.

"내가 가서 어떻게 돌아가는지 볼게. 여기 있어."

샘이 말했다.

코델리아는 공황에 빠지지 않도록 애쓰며 샘을 지켜볼 수밖에 없었다. 샘은 무심한 표정으로 거리를 힐끔거리며 어슬렁어슬렁 모퉁이를 돌았다. 잠시 후, 샘이 침울한 표정으로 돌아왔다.

"벌써 잡혔어."

샘이 말했다.

"누구? 아리아드네 고모? 티베리우스 삼촌?"

"두 분 다."

샘이 막아보기도 전에 코델리아가 샘을 따돌리고 시야가 탁 트인 곳으로 뛰쳐나갔다. 병사들이 삼촌을 마차에 밀어 넣고 있었다. 잠옷 바람으로 이미 마차에 탄 아리아드네 고모의 소스라치게 놀란 표정이 보였다. 코델리아는 배 속이 녹아서 액체가 되는 기분이었다.

병사 네 명이 큼지막한 붉은색 안락의자에 앉은 페트로넬라 대고모를 의자째 들고 힘겹게 앞문으로 나오고 있었다. 그런 상황에서도 대고모는 옹이 진 참나무 지팡이로 병사 넷을 차례대로 콱콱 찔러대고 있었다. 코델리아는 그런 대고모가 더할 수 없이 자랑스러웠다.

"이 바보 같은 것들아! 실수하는 거다! 얼간이들!"

대고모가 꽥꽥 외쳤다.

"어린애는 어디 있지? 다 잡아 오라는 명령을 받았단 말이다!"

한 병사가 물었다.

페트로넬라 대고모가 고개를 들었다가 코델리아와 정통으로 눈이 마주쳤다. 태곳적 여인의 두 눈이 번쩍 빛났다.

한 병사가 고개를 들려고 하자 페트로넬라 대고모가 있는 힘껏 지팡이를 휘둘러서 병사 머리통을 후려쳤다.

"걔는 도망쳤다, 이 멍청한 놈아! 코델리아는 여기서 못 찾을 게다!"

대고모가 고래고래 외쳤다.

머리 꼭대기까지 분노가 치민 병사가 대고모 지팡이를 채 가더니 동강 부러뜨려 버렸다. 반 토막 난 지팡이가 땅 위로 떨어지는 모습에 코델리아는 화가 나서 눈물이 다 났다. 뜨거운 눈물로 눈이 따가워졌다. 코델리아가 앞으로 나아가려고 했지만 샘이 코델리아를 뒤로 잡아끌었다.

"저분이 지금 너를 보호하고 있잖아! 모르겠어?"

샘이 씩씩댔다.

몸 씨름 끝에 결국 페트로넬라 대고모가 마차에 태워지자 병사들이 파리떼처럼 마차 밖에 올라탔고, 마차가 덜그럭덜그럭 길을 따라 내려갔다. 마차에 달린 작은 창문, 창살 틈으로 밖을 내다보는 가족들의 창백한 얼굴이 코델리아 눈에 들어왔다. 쿡이 밀가루를 사방으로 날리며 집에서 뛰쳐나와 도로 위로 비틀비틀 올라섰지만 마차는 이미 자취를 감춘 뒤였다. 쿡이 거리 한복판에 그대로 무너져내려 옆구리를 움켜잡고 흐느꼈다.

코델리아와 샘이 얼른 달려 나와서 쿡을 일으켰다. 두 아이는 끊임없이 흐느껴 우는 쿡을 부축해서 활짝 열린 모자 장인 저택 앞문을 넘어 부엌으로 들어갔다.

"쿡 언니, 어떻게 된 거예요?"

코델리아가 불꽃을 살리려고 커다란 아궁이를 들쑤시며 물었다. 코델리아도 쿡처럼 걷잡을 수 없이 몸을 떨고 있었다.

"코델리아? 너 맞아? 진흙투성이라서 몰라보겠어."

코델리아는 더러운 손으로나마 얼굴을 닦았다.

"네, 저에요. 무슨 일이 있었는지 말해줘요."

"누가 문을 부셔라 두드려댔어. 네 삼촌이 문을 열어 보니 열 명도 넘는 병사들이 문 앞 계단에서 기다리고 있는 거야. 병사들은 다짜고짜 삼촌을 잡아서 안으로 밀고 들어왔고 고모를 침대에서 끌어냈어! 내가 멈출 수 없었어! 병사들이 잔뜩 몰려와서 온 집을 쑤시고 다녔어! 고모랑 삼촌을 타, 탑, 탑으로 끌고 갔어!"

쿡이 폭풍처럼 울음을 터트렸다. 코델리아가 쿡 등을 다독였다. 샘은 침울한 표정으로 부엌문 앞에서 맴돌았다.

"길드 홀에 있던 남자는 누구야? 그 남자는 우리 가족이 런던탑에 갇힐 거라는 걸 어떻게 알았지?"

코델리아는 돌연 화가 치밀었다.

샘이 힘없이 고개를 저으며 두 팔로 자기 몸을 감싸 안고 중얼거렸다.

"나도 몰라. 얼굴 본 적 없어. 어느 날 코벤트 광장에서 어떤 아가씨 손수건을 훔치다가 그 남자한테 잡혔어. 도둑질하는 나를 한 시간이나 지켜보고 있었대. 제대로 걸렸지. 호주머니에는 훔친 물건도 열 개는 넘게 들어 있었거든. 남자가 나한테 선택하라고 했어. 자기 명령을 따르든지 아니면, 사슬에 묶여 뉴게이트 감옥에 갇히든지. 뉴게이트는 지옥 자체였어. 거기를 피할 수만 있다면 난 무슨 짓이든 해야 했어."

샘 눈가에 맑은 눈물이 그렁그렁 맺혔다. 눈물이 툭툭 떨어지자 더러운 얼굴 위로 두 줄기 눈물 자국이 희미하게 남았다. 코델리아의 분노가 녹았다.

뒷문이 부서질 듯 열렸다. 코델리아와 샘은 탁자 아래로 몸을 날렸고 쿡은 밀방망이를 잡으며 벌떡 일어섰다.

"이 집에서 한 명도 더 못 잡아간다!"

쿡이 길게 외치며 문으로 돌진했다.

덜그럭덜그럭 소리가 나는가 싶더니….

"이야아아아아!"

"안 돼요오!"

"구스!"

코델리아가 탁자 밑에서 기어나 오며 외쳤다.

쿡이 치켜든 밀방망이 아래에서 구스가 잔뜩 움츠리고 있었다.

"언니! 걔 내 친구예요!"

"얘는 부트메이커야!"

쿡이 외쳤다.

"나도 알아요. 그런데 내 친구예요."

코델리아가 쿡을 진정시켰다.

잠옷 바람으로 입구에 서 있는 구스는 아주 작아 보였다.

"코, 코델리아. 사람들이 우리 가족을 잡아서 탑으로 끌고 갔어! 평화 신발도 강에 버릴 거래! 나는 구두끈을 넣어두는 창고에 숨어 있었는데 나와 보니까 가족이 다 사라졌어!"

구스가 흐느꼈다.

코델리아는 한걸음에 달려가 구스를 안아줬다.

"구스, 우리 가족도 잡혀갔어."

코델리아가 나직이 말하며 구스한테서 바람 빠지는 소리가 날 만큼 힘주어 구스를 끌어안았다.

"못되게 말해서 미안해. 누가 평화 신발을 훔쳐 갔는지, 어쩌다가 네 손수건이 내 공부방에 떨어져 있었는지 몰라도 네가 그런 짓을 했다고 생각하다니, 내가 정말 멍청했어. 그건 알아."

구스가 코델리아 어깨에 기댄 채 속삭였다.

코델리아가 탁자 아래를 힐끔거렸다. 샘이 코델리아를 보며 참새 눈처럼 초롱초롱한 두 눈을 깜빡였다.

지금은 샘에 관한 진실을 모두에게 밝힐 때가 아니었다. 코델리아는 친구 두 어깨를 따뜻하게 감쌌다.

"구스, 괜찮아."

쿡이 두 아이를 빤히 바라봤다. 코델리아는 쿡이 못마땅해하는 건지 믿을 수 없어 하는 건지 알지 못했다.

"구스, 우리는 가족을 되찾을 거야. 우리가 가족을 찾아오자."

코델리아가 말했다.

CHAPTER 28

쿡이 요리를 시작했다. 요리가 쿡을 진정시켰다. 십오 분 뒤, 쿡이 모두를 위해 준비한 아침 식사를 탁자 위에 차렸다. 여전히 지글지글 끓는 음식에 샘도 탁자 밑에서 나왔다.

"무슨 일이든 빈속으로는 제대로 할 수 없는 법이야."

쿡이 아이들에게 접시를 건네며 말했다.

구스가 호기심에 차서 샘을 살폈다. 샘이 구스에게 어색하게 웃어 보이더니, 구스가 식기를 어떻게 사용하는지 잘 보면서 따라 했다.

아침을 먹으면서 코델리아가 길드 홀에서 엿들은 이야기를 구스에게 남김없이 해줬다. 코델리아는 그 와중에 샘 이야기를 교묘하게 피했다. 샘은 코델리아가 이야기하는 내내 얼굴을 붉힌 채 초조해하면서도 다른 사람보다 세 배는 더 많이 먹어 치웠다.

"남자가 장인들이 반역자라고 했어."

코델리아가 토스트에 버터를 바르며 남자가 했던 말을 반복했다.

"반역자라니! 말도 안 돼. 네 고모랑 삼촌이 불쌍하게도 탑에 갇혔는데 평화 모자는 무슨 수로 끝낸다니? 평화 모자를 못 끝냈는데 탑에서는 어떻게 풀려나고?"

쿡이 단지에서 마멀레이드를 뜨면서 툴툴거렸다.

"그러니까, 왕이 탑에 가두라고 한 건가? 반역자는 왕을 배반한 사람들이니까."

구스가 소시지를 더 담으면서 물었다.

"공주지."

코델리아가 잼을 향해 손을 뻗으며 말했다.

"왕이 요양하려고 바닷가에 가 있는 동안에는 공주가 책임자니까. 그런데 아무래도 난 길드 홀에 있던 그 남자가 관련된 것 같아."

"그 남자가 도둑이었어?"

구스가 물었다.

샘이 바짝 긴장했다.

"응."

코델리아가 답했다.

코델리아 눈꼬리에 안도의 숨을 내쉬는 샘이 들어왔다.

"그 남자가 누구인지 밝혀줄 만한 실마리는 아무것도 못 봤어?"

구스가 물었다.

샘이 보일 듯 말 듯 고개를 저었다.

"못 봤…. 어, 잠깐! 남자 신발 위에 황금 버클이 있었어! M자가 두 개 붙은 것처럼 특이한 모양이었어."

코델리아가 기억해 냈다.

"그 남자 이름 첫 글자야! 진짜 진짜 부자들이 신을 신발을 만들 때, 우린 가끔 사람들 이름 첫 글자로 아주 특별한 장식을 만들거든!"

구스가 달걀이 꽂힌 포크를 흔들며 말했다.

"MM…. MM?"

코델리아가 중얼거렸다.

모두가 고개를 저었다.

"우리 집에서 MM 자를 달아서 만든 신발은 기억에 없어."

구스가 털어났다.

코델리아가 얼굴을 찌푸리며 천천히 말했다.

"이 모든 일에는 이상한 점이 또 있어. 쿡 언니 말이 맞아. 어차피 오늘 새벽에 체포할 거면서 왜 가족들한테 평화 의복을 오늘 정오까지 가져오라고 했지? 왕궁에 전달하러 가기도 전에? 탑에서 완성할 수는 없는 노릇이잖아. 안 그래? 게다가, 공주가 그토록 절박하게 필요하다면서 장인들이 기껏 만든 의복은 왜 강에 버렸지? 아무것도 말이 안 돼!"

"뭐, 평화 의복 대부분을 강에 던져버렸는지 몰라도 다 버리지는 못했지."

쿡이 황금 달걀을 품은 어미 닭처럼 당당하게 말했다.

쿡이 자리에서 일어나 차갑게 식은 화덕으로 서둘러 가더니, 근사한 케이크를 선보이는 제빵사처럼 과장된 몸짓으로 무언가를 꺼냈다.

"평화 모자다!"

코델리아가 벌떡 일어나며 외쳤다.

"언니가 모자를 숨겼군요!"

코델리아가 모두를 둘러봤다.

"이게 무슨 의미인지 알지? 우리가 모자를 완성해서 공주님한테 갖다 드리면 돼! 그러면 공주님은 우리 가족을 풀어줄 수밖에 없어! 그리고 난 장인들은 절대 반역자가 아니라고 설명할 수 있어!"

"아침 먼저 다 먹고."

쿡이 모자를 탁자 위에 조심조심 내려놓으며 잘라 말했다.

아침 식사 뒤, 쿡이 코델리아를 씻게 했다.

"코델리아, 너 진짜 머리끝에서 발끝까지 더러워. 이유는 묻지 않을게. 저 누더기 소년이 어디에서 왔는지도 안 묻겠어."

쿡이 의심스러운 눈초리로 샘을 보며 말했다. 샘은 은 숟가락을 뚫어지게 살피고 있었다.

"그래도 평화 모자 만지려면 먼저 씻어야 해. 보나 마나 고모도 똑같이 말했을 거야."

그렇게 해서 코델리아는 쿡이 펌프에서 받은 찬물을 몸에 끼얹고 해면으로 벅벅 비누칠하는 동안 구리 욕조 안에서 발을 바꿔가며 팔딱팔딱 뛰는 수밖에 없었다.

"얼어 죽겠어요!"

코델리아가 꺅꺅 소리쳤다.

"조금만 더 기다렸으면 물을 불에 올려서 따뜻하게 데웠을 거야!"

쿡이 혀를 찼다.

"그럼 시간이 너무 오래 걸리잖아요! 우린 중요한 일을 해야 한다고
요."

물이 가득한 다음 들통이 다가오는 광경에 코델리아가 이를 악물었다.

구스는 결연한 표정으로 창문 밖을 내다보고 있었다. 샘은 찬장 위에
올라가서 차오르는 물통을 초조하게 내려다봤다. 쿡이 샘한테 내려오라
고 외쳤다.

"얼른 와! 네 차례야!"

쿡이 찬장 위에 올라가서 잡기 전에 내려오라고 위협하는데도 샘은 고
개를 저으며 찬장에서 버텼다.

둘 사이에 적대감이 쌓일까 두려웠던 코델리아가 협상에 나섰다. 샘이
얼굴과 손을 박박 문질러 닦겠다고 약속하면 쿡도 샘을 다른 가구 위로
몰지 않겠다고 동의했다. 물에 적신 천을 빗자루 손잡이 끝에 매달아 샘
에게 전달했고, 샘은 귀 뒤까지 깨끗하게 닦았다. 그래도 샘은 쿡이 남은
물을 다 버리고, 비누도 접시 위로 치우고 나서야 내려가도 안전하겠다
고 판단했다.

코델리아, 구스, 샘, 쿡은 다 같이 평화 모자를 열심히 연구했다.

두 번째로 만든 평화 모자는 스노도니아(*영국 웨일스 북부 지방)산 연한
하늘색 '침착한 양' 펠트로 만든 섬세한 작품이었다. '현자 리본(유명한 철

학자인 폰더굿 교수의 수염과 어느 지혜로운 아일랜드 여인에게서 얻은 백발 일곱 가닥으로 짰다)'은 이미 띠에 둘려져 있었다. 티베리우스 삼촌은 반짝이는 '평화 진주조개'도 바느질해서 '현자 리본'에 세 개나 달아놨다. 그런데 '다정한 꽃망울'은 까만 종이 접시처럼 벌써 시들어버려서 노란색이라고는 오래전에 물어뜯은 손톱만큼 남았을 뿐이었다. 정수리 주위를 감싼 올리브 나뭇가지 장식도 급히 모자를 숨길 때 부러졌다.

코델리아가 모자 테두리에 붙은 화덕 검댕을 털어냈다. 모자를 만지자 문득 슬픔이 차올라서 얼른 손을 뗐다. 차가운 불에 손가락을 덴 느낌이었다.

코델리아와 말싸움을 한 뒤 고모가 몹시 슬퍼했다.

코델리아는 부러진 올리브 나뭇가지를 모자에서 신중하게 떼어냈다. 테두리를 따라 달아놓은 단추에서는 압박감이, 자수에서는 분노 한 가닥이 느껴졌다. 코델리아가 만지자 '다정한 꽃망울'이 바스러져 새카만 재가 되었다.

코델리아가 일으킨 불화와 갈등이 전부 모자에 녹아들어 있었다.

코델리아가 고개를 저었다.

"뭐가 잘못됐어?"

구스가 물었다.

코델리아가 한숨을 내쉬었다.

"다 잘못됐어. 압박감과 슬픔만 가득해. 우리가 원하는 것이 절대 아니야. 평화가 넘쳐흘러야 하는데."

코델리아는 고모가 느꼈던 슬픔으로 손가락이 여전히 아렸다.

"더는 위험을 무릅쓸 수 없어. 다시 시작해야 해."

코델리아가 말했다.

구스, 쿡, 샘이 눈을 휘둥그레 뜨고 쳐다봤지만, 코델리아는 이를 앙다물며 모자를 집어 들었다.

"자, 다들 시작하자고. 해야 할 일이 아주 많아!"

코델리아가 애써 자신 있게 말했다.

구스는 멍하니 서서 바라보기만 했다. 모자 작업실은커녕 모자 장인 저택에도 처음 들어와 봤다. 천장에서 아래로 늘어진 가지각색 리본과 창가 옆에서 반짝이는 유리, 구슬이며 단추를 정신없이 구경했다. 핀으로 벽에 고정해 놓은 무지갯빛 깃털과 윤기 흐르는 딱정벌레 날개, 값비싼 원석, 하늘하늘한 레이스, 눈이 부신 금박, 섬세한 이파리와 꽃, 스팽글, 천 뭉치와 아른아른한 거즈에 완전히 매료되었다.

"코델리아, 여기 진짜 끝내준다! 신발 작업실보다 훨씬 알록달록해. 우리 작업실에는 가죽이랑 금속판, 나무를 깎아 만든 발 모형만 쌓였는데."

구스가 속삭이듯 말하자 쿡은 코를 훌쩍였고 샘은 다소 거만하게 고개를 끄떡이며 말했다.

"맞아. 나도 해트메이커 집이 제일 좋아."

구스가 샘을 날카롭게 쳐다봤다. 샘이 장인들 작업실을 무슨 수로 아는지 구스가 궁금해하기 전에 코델리아가 벽에서 '명랑한 새' 깃털을 하나 뽑아서 구스 손에 쥐여 줬다. 코델리아는 유쾌한 마법을 발휘하는 '명랑한 새' 깃털 덕분에 다시 미소 짓는 구스를 지켜봤다.

코델리아가 모자 테두리에서 '평화 진주조개'를 조심스럽게 떼어내고 리본도 풀었다. 재료가 하나씩 떨어져 나갈수록 모자에서 압박감과 슬픔이 사라지는 것 같았다. 잠시 뒤, 코델리아가 아무런 장식도 달리지 않은 모자를 해트 블록에 씌웠다. 코델리아는 지시를 기다리며 자기를 바라보고 있는 시선을 느꼈다.

"혼자 모자를 만들어 본 적은 한 번도 없어. 나이도 안 찼고 모든 것을 다 아는 것도 아니야. 수업도 아직 부족하고 책을 다 읽지도 않았고…. 일이 진짜 심각하게 틀어질 수도 있어."

코델리아는 마지막 문장에 '또'라는 말을 덧붙이고 싶었다. 하지만, 이미 부적절하게 모자를 만드는 위험천만하고 끔찍한 모험을 저질렀다고 고백해서 사기를 꺾을 필요는 없겠다고 판단했다.

문득 코델리아는 저 문을 넘어 성큼성큼 들어오는 아빠가 보고 싶어서 애가 끊어질 것만 같았다. 여행길에서 구릿빛으로 탄 아빠는 여전히 바다 냄새를 풍기고 미소 지으며 모든 일을 도맡아서 손쉽게 해결할 것이었다. 하지만 문 앞에 마차가 서는 음악 같은 소리도, 계단을 올라오는 발소리도 없었다.

코델리아는 눈에 어린 절망감을 들키고 싶지 않아서 발을 내려다봤다. 지금은 포기할 때가 아니었다.

그 순간, 간지럼을 잘 타는 마룻바닥이 부르르 떨더니 탁자 밑에서 뭔가 데굴데굴 굴러 나왔다. 반짝이는 금빛 물체는 한 줄기 가느다란 희망

같았다 코델리아가 허리를 굽히고 물체를 봤다.

아리아드네 고모의 모자 핀이었다.

코델리아가 모자 핀을 주웠다. 차갑고 뾰족한 핀은 능력으로 번득였다. 끝에 달린 에메랄드가 코델리아에게 윙크하듯 반짝였다. 코델리아는 떨리는 손으로 모자 핀을 머리카락 안으로 부드럽게 찔러 넣어 꽂았다. 고모가 꽂는 모습을 백 번은 보았다. 모자 핀이 희망으로 웅웅거렸다. 핀이 부르는 노래는 머리카락을 통해 머릿속을 거치고 가슴속을 지나 곧장 손가락 끝에 닿았다.

마법!

코델리아가 심호흡한 뒤 고개를 들었다. 눈동자에서 새 희망이 반짝였다.

"내가 갇히지 않은 유일한 모자 장인이야. 그래서 최선을 다하려고 해. 모두 날 도와줘. 우리가 다 같이 이 모자를 만드는 거야."

코델리아가 선언했다.

"그, 그러면 비밀들은 어떻게 하지? 장인들은 비밀을 안전하게 지켜야 해."

구스가 더듬더듬 말하며 샘과 쿡을 번갈아 힐끔거렸다.

코델리아가 그런 구스를 쳐다보며 물었다.

"애초 그놈의 비밀 지키기 때문에 우리가 다 이렇게 어려워지지 않았나?"

구스가 어쩔 줄 몰라 했다.

"고모가 말해줬어. 장인들 문장에 있는 일곱 번째 별은 장인들이 같이 일할 때 더 강력해진다는 걸 상징한대. 우린 뭉쳐야 강해져. 작업을 시작하자!"

코델리아가 머리에 꽂은 모자 핀을 만지작거리며 단호하게 말했다.

실패에 감긴 '정치 노끈'은 언제든 모자에 달면 그만이었고, 삼촌이 엮은 '온화한 데이지' 화환도 바로 옆에 준비되어 있었다. 체로 거른 별빛이 담긴 은그릇도 있었다. 코델리아가 그릇을 기울이자 은은하게 일렁이는 저녁 별빛이 보였다.

"이 재료들도 다 쓰기는 하겠지만 뭔가 더 필요할 것 같아."

코델리아가 말했다.

코델리아는 세세한 이름표가 붙은 향나무 상자들을 곰곰이 살피다가 고개를 저었다. 그 모든 규칙과 원칙, 평소 쓰는 재료로는 부족했다. 지금까지 존재했던 그 어떤 모자와도 달라야 했다. 규칙이나 원칙을 모조리 깨트려서 창밖으로 버려야 했다.

코델리아가 쿡과 샘을 돌아보며 물었다.

"이 세상에서 가장 평화로운 느낌을 주는 게 뭐야?"

샘은 코델리아를 멍하게 바라봤지만 쿡 얼굴에는 어딘가 꿈꾸는 듯한 표정이 어렸다.

"'햇살 설탕'을 졸일 때 풍기는 냄새. 금빛이 돌면 햇살 같은 맛이 나기 시작해."

쿡이 콧소리를 냈다.

"언니, 조금만 졸여 줄래요? 평화 모자에 붙이려고요."

코델리아가 물었다.

"음식을? 음식은 모자에 붙이는 게 아니야!"

쿡이 반대했다.

"예전에 언니가 음식도 일종의 마법이라고 했잖아요. 우린 그런 마법이 필요할지도 몰라요."

코델리아가 답했다.

"내, 내가…. 그렇지만…."

쿡이 말을 더듬거렸다. 예상하지 못한 놀라운 논리를 쉽게 못 받아들이는 기색이었다.

"좋아! 해 보지 뭐."

쿡이 서둘러 작업실에서 빠져나가며 중얼거렸다.

"제일 좋은 구리 냄비를 꺼내서 당장 시작해야지."

코델리아가 샘을 돌아봤다.

"나, 난 도움이 안 되겠어. 뭐를 배워본 적도 없고, 잘하는 거라곤 도둑질밖에 없으니까…."

샘이 더듬더듬 말했다.

"말도 안 돼. 사람들 안에는 삶을 살아가게 하는 마법이 다 있어. 대부분 그저 잊었거나 딴 데 정신을 쏟거나 아니면 자기는 못 한다고 믿을 뿐이야."

코델리아가 샘 손을 잡으며 말했다.

"난 읽을 줄도 몰라!"

샘이 소리쳤다. 샘의 눈길이 향나무 상자 이름표에 쓰인 거미 같은 글씨 사이에서 표류하고 있었다.

"뭘 배워야 네 가슴속 느낌을 아는 건 아니야. 사실, 때로는 너무 많이 배우는 게 오히려 방해되기도 해. 어젯밤에 나한테 한 말 기억해? 재지 마! 그냥 뛰어!"

코델리아가 답했다.

샘은 속이 불편한 듯 꿈틀거렸다.

"너를 평화롭게 해주는 게 뭐야? 그것만 말해주면 돼."

코델리아가 부드럽게 물었다.

샘은 얼굴을 살짝 찡그린 채 침묵에 잠겼다. 그 순간, 샘 머리 위 선반에서 바닥이 둥근 병이 기우뚱하더니 넘겨졌다. 병에서 코르크 마개가 톡 빠지며 보라색 연기가 새어 나와 샘의 머리를 감쌌다. 코델리아는 연기에서 나는 희미한 향료 냄새를 맡고 즉시 알아챘다.

'용기의 증기'다! 딱 샘한테 필요한 거야. 집, 잘했어!'

코델리아가 생각하는 순간, 샘이 입을 열었다.

"바보 같은 소리로 들리겠지만…. 난 폭풍이 몰아치고 번개가 번쩍이기 직전에 하늘을 볼 때 가장 평화로워. 모든 것이 고요해져."

코델리아는 샘의 눈동자가 반짝여서 기뻤다. '용기의 증기'는 이미 허공으로 녹아들었다.

"자, 그럼 넌 번개 치기 전 하늘의 느낌이 담긴 것을 찾아야 해."

샘이 창턱으로 펄쩍 뛰어올랐다. 활기 넘치는 모습을 되찾았다.

"좋았어! 어디로 가야 하는지 알고 있지. 금방 돌아올게!"

그 말을 끝으로 샘은 훌쩍 창문을 넘어서 순식간에 사라졌다.

아직도 '명랑한 새' 깃털을 손에 쥔 구스가 중얼거렸다.

"네가 새로 사귄 친구…. 좀 특이하다."

"그렇지? 특이하지?"

코델리아가 활짝 웃었다.

"좋았어. 그럼 구스…."

구스가 도울 일을 결정하기도 전에, 오색 빛깔 덩어리가 무너지며 구스를 집어삼켰다.

"으악!"

구스가 소리를 질렀지만 목소리가 먹먹했다.

핀으로 벽에 꽂아 놨던 이국적인 깃털이 죄다 떨어져서 구스 위로 겹겹이 쌓였다.

"아무래도 네 일은 평화 모자에 달 깃털을 정하는 건가 봐."

코델리아가 색깔의 소용돌이 밖으로 모습을 드러낸 구스를 보며 웃었다.

"손으로 깃털을 하나씩 잡아 봐. 손에 쥐었을 때 너를 가장 평화롭게 해주는 깃털이 있으면 그걸 쓰자."

구스가 눈을 커다랗게 뜨고 고개를 끄덕였다. 첫 번째 깃털을 조심스럽게 바닥에서 집어 들고 손바닥 위에 신중하게 균형을 잡아 놓았다. 구스가 눈을 감고 집중했다.

코델리아가 평화 모자를 내려다봤다.

"'자비심 단추'?"

코델리아가 큰 소리로 물었다.

찬장 문이 냅다 열리면서 하늘색 단추들이 데굴데굴 굴러 나왔다.

"고마워. '안젤루스(*아침, 점심, 저녁 하루 세 번 드리는 기도) 조개껍데기' 종소리는?"

코델리아가 단추를 주우며 물었다.

달그랑달그랑, 부드러운 소리가 방 안 가득 울렸다. 코델리아가 소리를 따라가 보니, 유리창에 나란히 걸린 바다색 유리구슬 풍경 무리에 '안젤루스 조개껍데기'가 섞여서 달그랑거리고 있었다. 코델리아는 조개껍데기를 조심스럽게 내려서 작업대 위에 놓았다. 코델리아가 작업대에 준비해 놓은 재료들을 꼼꼼히 살폈다.

'가족을 되찾으려면 평화가 최대한으로 깃든 모자를 만들어야 해.'

코델리아가 생각했다.

"나는 무엇에서 평화를 얻지? 내 마음과 머리, 가슴속을 평화롭게 해 주는 것은 무엇이지?"

코델리아가 혼잣말을 중얼거렸다.

코델리아는 눈을 감고 장면들로 가득한 바다에 뛰어들었다. 엄마 초상화가 그려진 매끄러운 조개껍데기, 늘 아빠 주변에서 감돌던 매콤한 연기 냄새, 코에 박힌 주근깨 일곱 개, 손가락 끝에 느껴지는 마법의 기운….

코델리아는 여전히 눈을 감고 무엇을 골라야 할지 고민하고 있었다. 어딘가 흙에서 나는 듯 싸한 냄새가 코델리아 콧구멍 안으로 손가락을 세우고 슬금슬금 들어와 머릿속을 간지럽혔다.

말똥 냄새였다.

코델리아가 눈을 번쩍 떴다. 지치고 화가 잔뜩 난 경감이 입구에 서 있었다. 상당히 수상한 냄새를 풍기는 갈색 물질이 왼쪽 팔꿈치에 말라붙었다. 코델리아는 경감도 자기처럼 밤을 꼴딱 새웠다는 인상을 받았다.

"아, 해트메이커 양! 이렇게 다시 보니 세상에 둘도 없이 반갑군!"

경감이 섬뜩할 만큼 의기양양한 목소리로 느릿느릿 말했다.

경감 입에서 나오는 '반갑군'이라는 말이 더없이 사악하게 들렸다. 구스는 손에 들었던 깃털을 떨어뜨렸다.

"안녕하세요, 스턴로 경감님. 좋아 보이시네요."

코델리아가 뒷걸음치며 예의 바르게 말했다.

"넌 못 달아나. 숨을 생각은 하지도 마라. 널 체포한다."

경감이 버럭 외쳤다.

코델리아는 작업대를 사이에 두고 움직여서 경감과 마주 섰다. 사정없이 꿈틀거리는 리본들이 코델리아 눈꼬리에 들어왔다.

"구스, 검푸른색 리본."

코델리아가 입술 한끝을 움직여서 중얼거렸다.

리본 중에 비단뱀처럼 묵직하게 늘어진 짙푸른 리본이 있었다. 경감이 코델리아 쪽으로 한 발짝 내디뎠다. 코델리아가 뒷걸음질 쳤다. 경감은 코델리아를 향해 몸을 날렸고 코델리아는 작업실을 가로질러 내뺐다.

구스는 준비하고 있었다. 구스가 꿈틀거리는 리본 한쪽 끝을 쭉 뻗어 주자 코델리아가 낚아챘다. 코델리아는 옆으로 벗어나 리본을 팽팽하게 당겼고 경감은 리본을 향해 곧장 돌진했다. 코델리아가 삼촌 손에 들린 바늘처럼 몸을 숙였다가 일으켰다가 요리조리 빠져나가며 리본을 엮었다. 얼마 안 가 경감이 외쳤다.

"읍! 억! 어이쿠! 으어…"

코델리아는 리본으로 경감을 다섯 바퀴나 감아 버렸다. 경감은 두 팔을 몸통 옆에 딱 붙인 자세였다.

스턴로 경감이 몸을 비틀며 용을 썼다. 풀려 나려는 것이 아니라 두 눈을 뜨기 위해서였다. 경감을 감싼 리본은 '졸음 비단'으로 만들어졌다. 모자 장인들이 착용자가 쉽게 잠들게 해주는 수면 모자에 다는 리본이었다.

경감이 무거운 눈꺼풀을 힘겹게 껌뻑이며 하품했다.

"이이제… 흐암. 여기… 여기 있… 하암. 꼬오매애앵… 꼬맹이 해트메에에…"

코델리아가 구스 어깨 옆에서 꿈틀거리는 시퍼런 벨벳 리본을 가리키며 말했다.

"구스, 그것도 경감한테 감아!"

구스가 검푸른 리본을 들고, 이마가 가슴에 닿도록 꺾인 경감을 잽싸게 한 바퀴 돌아서 묶었다. 구스가 일을 마쳤을 무렵에 경감은 깊이 잠들었다. 경감을 휘감은 리본 한쪽 끝이 여전히 벽에 붙은 터라, 일어선 자세로 코를 고는 경감의 몸이 나뭇가지처럼 앞뒤로 가볍게 흔들렸다. 다른 리본 몇 개가 잠든 경감 주변으로 뱀처럼 구불구불 기어와 저절로 나비 매듭을 지었다. 경감은 누구도 원하지 않는 선물 꾸러미처럼 보였다.

구스가 두 눈을 빛내며 코델리아를 돌아보고 속삭였다.

"끝내주게 재밌다!"

코델리아가 활짝 웃었다.

"구스, 손끝에 어린 마법과 길들지 않은 재치를 간직해!"

그 순간 코델리아는 평화 모자에 달고 싶은 것을 깨달았다.

'팔딱팔딱 뛰는 시칠리아 콩'이 코델리아 손안에서 꼬물거렸다. 코델리아는 엄지와 집게손가락으로 콩을 단단히 쥐고 거미줄로 콩알을 꽁꽁 감았다. 단단히 묶었다고 자신한 코델리아가 콩알을 놔주자, 거미줄 끝에 매달린 콩알들이 신나게 튀어댔다.

"그게 뭐야?"

구스가 물었다.

"아빠가 가르쳐준 거야."

코델리아가 답했다.

코델리아는 구스가 고른 깃털 세 개를 거미줄로 신중하게 감아서 모자 위 리본에 고정했다. '팔딱팔딱 뛰는 콩'은 모자 테두리를 따라 앞뒤를 오가며 의기양양하게 통통 튀었다.

"자, 이제 우리한테 필요한 나머지는⋯."

코델리아가 말을 시작했지만, 작업실 문틈으로 흘러 들어오는 세상 둘도 없는 맛있는 냄새에 입을 다물었다. 햇살 냄새였다.

쿡이 벌꿀색 고리를 들고 나타났다. 스테인드글라스에 그려진 성인들 머리 주위에서 빛나던 둥근 황금색 후광처럼 생겼다.

"우와, 언니! 정말 아름다워요."

코델리아가 감탄했다.

"이거 만들면서 '고요한 뱃노래'를 불렀어. 평화를 불러오는 데 도움이 될까 싶어서. 네 고모가 하는 걸 본 적 있거든."

쿡이 환히 웃으며 말했다.

쿡이 모자 위에 벌꿀색 고리를 정성껏 놓았다. 햇살로 짠 것 같은 빛이 모자 꼭대기에서부터 물결치며 반짝였다. 쿡은 자기가 만들어낸 멋진 작품에 마음을 빼앗긴 나머지, 코를 골며 자는 경감은 눈치조차 채지 못했다.

코델리아가 '햇살 설탕' 위에 '온화한 데이지' 사슬을 늘어뜨리고 '정치 노끈'으로 단단히 여미는 사이, 샘이 창문 안으로 훌쩍 넘어 들어왔다.

"코! 모자 끝내준다!"

샘이 감탄했다.

구스가 의심하는 표정으로 노려보는 사이, 샘이 가볍게 바닥으로 내려왔다.

"내가 뭘 구해왔는지 봐! 어스피스 성당 뾰족탑에서 가져왔어."

샘이 말하며 큼지막한 황금색 별 하나를 자랑스럽게 내밀었다.

"굉장해! 그 별은 번갯불을 잡아! 나중엔 돌려놔야겠지만 잠깐 빌려서 평화 모자에 달면 완벽하겠어."

코델리아가 기쁨에 넘쳐 외쳤다.

코델리아는 번쩍이는 별을 모자 맨 꼭대기에 실로 꿰맸다.

"마지막으로 별빛만 모자에 뿌리면 돼."

코델리아가 말하면서 별빛 그릇을 들고 모자 위에 골고루 뿌렸다. 어렴풋한 빛이 일렁이며 방 안 가득 퍼졌다.

"그건 뭘 하는데?"

샘이 소곤소곤 물었다.

코델리아가 그릇 안을 들여다보며 답했다.

"갈 길을 잃었을 때 희망을 줘. 심한 외로움도 덜어 주고."

샘은 허기져 보였다. 배가 고픈 것이 아니었다.

코델리아가 은은히 빛나는 별빛을 한 움큼 떠서 샘을 향해 후 불었다. 바늘구멍으로 비치는 빛처럼 가느다랬지만 북극성만큼 밝은 빛이 소용돌이치며 순식간에 샘을 뒤덮었다. 별빛은 샘의 두 어깨와 두 귀, 코끝, 온몸에 내려앉았다.

"봤지?"

꿈을 꾸듯 반짝이는 샘의 두 눈동자를 보며 코델리아가 미소 지었다.

구스가 재채기를 하더니 샘을 흘겨봤다. 코델리아가 또 한 번 별빛을 한 주먹 떠서 이번에는 구스를 향해 불었다.

"우와!"

자그마한 별빛 부스러기 수천 개가 주위에서 소용돌이치자 구스가 감탄했다.

조그맣게 콜록거리는 쿡의 기침 소리에 코델리아는 쿡에게도 별빛을 불었다.

"세상에 맙소사!"

쿡이 주위를 돌며 춤추는 반짝이는 알갱이를 잡으려고 하면서 외쳤다.

코델리아가 별빛 한 줌을 허공으로 뿌려서 반짝이는 별빛이 나선을 그리며 주변으로 내려오게 했다.

별빛이 그릇에 아직 넉넉하게 남았다. 코델리아가 평화 모자에 대고 그릇을 비우자 대번에 모자가 별빛으로 뒤덮이며 눈부시게 빛났다.

평화 모자를 만든 네 장인이 본인들 작품에 탄복하며 모두 한 발짝 뒤로 물러났다. 한없는 평화로움이 좋은 소식을 가져오는 날개처럼 공기를 가르고 날아와 네 사람을 품었다.

"우리가 해냈다. 우리가 같이 해냈어. 우리가 평화 모자를 만들었어."

코델리아가 중얼거렸다.

CHAPTER 30

거대한 문이 활짝 열리고 해트메이커 가족 마차가 궁전 마당으로 들어섰다. 마차 안에 홀로 있는 코델리아가 모자 상자를 품에 꼭 안았다. 뼛속까지 꽁꽁 얼어붙은 기분이었다.

코델리아가 구겨진 모자 상자 뚜껑을 쓰다듬었다. 상자는 아기였던 코델리아를 바다에서 구했다. 코델리아는 이제 상자가 가족을 구하려는 자기도 도와주기를 기대했다.

빨간색 주름 장식 옷을 입은 하인이 마차 문을 열었다. 코델리아가 마차 문밖으로 목을 빼고 보니 은색과 검은색 제복 차림의 병사 스무 명이 궁전 문밖에 도열해 있었다. 긴박한 순간에 드르륵 다라락 울리는 북처럼 코델리아 심장이 파르르 떨렸다.

코델리아는 상자를 가슴에 꽉 붙이고 마차에서 내렸다. 병사들이 일제히 차렷 자세를 취했다. 누구도 코델리아를 체포할 기세가 아니어서 코델리아는 마음을 놓았다.

코델리아가 마부석에 앉은 존스를 올려다보자 존스가 코델리아를 내려다보며 윙크했다.

"공주님한테 평화 모자를 전달하러 왔습니다."

코델리아가 하인에게 말했다.

하인이 상자를 받으려고 손을 뻗었지만 코델리아가 건네지 않았다.

"모자는 언제나 모자 장인이 운반합니다. 하물며 이 모자는 반드시 공주님에게 직접 드려야 합니다."

코델리아는 최선을 다해 고모처럼 당당하게 말했다.

'모자 장인'이라는 말에 은색과 검은색 제복 차림의 병사 하나가 움찔했지만, 하인이 보초 두 명에게 고갯짓했고 보초들이 황금색 궁전 문을 밀어서 열었다. 코델리아는 '왈츠 나방'을 열 마리도 더 삼킨 듯 배 속이 난리였지만 안으로 들어갔다.

"아가씨, 제가 여기에서 기다리고 있겠습니다!"

존스가 코델리아 뒤에 대고 외쳤다.

궁전은 텅 빈 데다 적막감이 감돌았다. 하인이 어둑한 복도를 따라 코델리아를 서둘러 안내했다. 모자 상자를 구경하려고 기다리는 보석으로 치장한 귀부인들이나 한껏 멋을 낸 귀족들도 없었다. 국왕실로 가는 내내 하녀 한 명만 보았을 뿐인데 그마저도 종종걸음으로 시야에서 사라졌다. 벽마다 걸린 왕실 초상화들이 잔뜩 찌푸린 얼굴로 내려다봤다.

'코델리아 해트메이커, 네가 어떤 사람인지 잊지 마!'

코델리아가 혼잣말을 중얼거렸다.

국왕실로 들어가는 문 앞에는 보초 열 명이 눈빛을 번득이며 서 있었다. 하인이 다가가자 보초들이 양옆으로 갈라섰다. 하인이 문을 열고 허리를 숙여 코델리아를 안으로 들였다.

국왕실은 휑하고 썰렁했다. 널찍한 공간 저 한쪽 끝에 놓인 황금 의자 위, 묵직해 보이는 붉은색 예복에 파묻힌 자그마한 사람이 앉아 있었다.

코델리아가 앞으로 나아갔다. 옥좌에 닿기까지 한참 걸린 느낌이었다.

왕좌에 앉은 조지나 공주는 발이 땅에 닿지 않았고, 얼음처럼 새하얀 목깃만큼이나 얼굴빛이 창백했다. 공주 뒤에는 은색과 검은색 차림의 병사들이 돌 같은 표정으로 정면을 주시하며 벽처럼 서 있었다.

코델리아가 허리를 굽혀 절했다. 몸을 떨 때마다 모자 상자 위에 달린 새틴 리본이 바스락거리지 않기를 바랐다.

"공주님, 평화 모자를 바치러 왔습니다. 모자 장인 가족에게 내리신 명령을 충실히 완수했습니다."

코델리아는 목소리가 짱짱하게 나와서 기뻤다.

"아, 훌륭합니다! 평화 의복이 도착하기를 애태우며 기다렸습니다. 모자가 처음입니다!"

공주가 외쳤다. 창백한 얼굴에 화색이 돌았다.

공주가 묵은 뱀 허물 같은 무거운 예복을 벗어 던지고 두 다리로 벌떡 일어섰다.

눈에서 불을 뿜으며 달려온 공주가 가슴에 품은 모자 상자를 가져가는 통에 코델리아는 깜짝 놀랐지만 애써 감췄다. 공주가 리본을 풀고 뚜껑을 열어 모자를 꺼냈다.

"아! 그야말로 걸작 중의 걸작입니다! 그대 모자 장인들 솜씨는 정말 뛰어나요."

공주가 화려하고 아름다운 모자를 들어 올리며 감탄했다.

공주는 다양한 각도에서 모자를 살피며 경탄했지만 코델리아는 긴장을 늦추지 않고 공주를 지켜봤다. 공주는 매우 흡족해하는 것 같았다. 공주가 모자를 머리 위로 올린 순간, 더는 일 초도 참기 어려웠던 코델리아가 불쑥 외쳤다.

"공주님, 제발 우리 가족을 풀어주세요!"

공주가 모자를 허공에 든 채 움직임을 멈추고 코델리아를 향해 눈살을 찌푸렸다.

"풀어주다니, 어디에서 말입니까?"

"탑에서요! 장인들이 전부 거기에 갇혔잖아요! 체포하라고 명령했으니까요."

코델리아는 '공주님'이라고 부르는 것도 잊었다.

"체포해요?"

코델리아 말을 반복하는 공주는 어딘가 혼란스러운 표정이었다.

"네! 오늘 아침에요. 병사들이 쳐들어와서…."

코델리아는 코가 시큰했지만 울지 않으려고 이를 악물고 눈물을 삼켰다.

쿵 소리가 나면서 넓고 넓은 국왕실 끝에 있는 문이 벌컥 열리더니 목소리가 쩌렁쩌렁 울렸다.

"공주! 그 모자 쓰지 마시오!"

CHAPTER 31

코델리아가 휙 돌아섰다. 휘트루프 공작이 성큼성큼 걸어오고 있었다. 하인이 서둘러 뒤를 따라왔다.

"그 꼬마가 프랑스 암살범입니다!"

휘트루프 공작이 황금 반지들이 번쩍이는 뻘건 손가락으로 코델리아를 가리켰다.

"난 프랑스 암살범 아니에요! 난 모자 장인이에요!"

코델리아가 식식대며 말했다.

휘트루프 공작이 보초를 향해 손뼉을 쳤다. 눈 깜짝할 사이에 한 보초가 대열에서 튀어나와 장갑 낀 두 손으로 코델리아 어깨를 움켜잡았다.

"공주님, 진짜예요. 전 공주님을 해치지 않아요!"

코델리아가 울부짖었다.

"공주님, 저 모자는 위험합니다. 내 정보통에 따르면 모자 안에 '죽음의 돌'을 숨겨놨다고 합니다. 모자 테두리가 공주님 이마에 닿기만 해도 공주님은 그 자리에서 죽습니다."

휘트루프 공작이 버럭버럭 외쳤다.

탁 소리를 내며 평화 모자가 바닥에 떨어졌다.

"'죽음의 돌'이라고요? 아니에요! 저건 공주님이 주문한 평화 모자예요!"

코델리아가 강철 같은 보초 손아귀에서 꿈틀거리며 악을 썼다.

공주가 공포에 사로잡혀서 뒷걸음질 치며 모자에서 멀어졌다.

"공주님, 장인들이 이미 다른 평화 의복을 전달했습니다. 사실 지금 이 순간, 진짜 평화 모자를 두 번째로 좋은 왕실 마차에 싣는 중입니다. 내일 공주님이 참석할 평화 회담에 늦지 않도록 바닷가까지 운반해서 왕실 선박에 안전하게 보관할 예정입니다. 진짜 평화 신발, 평화 시계, 평화 망토와 장갑도 모두 함께 말입니다."

휘트루프 공작이 막힘없이 말했다.

공주를 향해 믿음직하게 웃어 보이는 공작과 달리 코델리아는 혼란스러워서 얼굴이 일그러졌다.

"치명적인 이 가짜 모자를 쓰기 전에 공주님을 때맞춰 막아서 천만다행입니다."

휘트루프 공작이 평화 모자를 발로 꽉꽉 쑤시며 말했다.

그때였다. 휘트루프 공작 부츠에서 번쩍이는 버클에 코델리아 눈길이 확 꽂혔다.

그와 동시에 코델리아가 깨달았다.

길드 홀에서 봤던 버클은 MM이 아니었다.

WW였다.

코델리아 시선에서 거꾸로 보인 것이었다!

"당신! 당신이었군!"

코델리아가 숨을 멈추고 고개를 들었다. 희번덕거리는 휘트루프 공작의 두 눈을 똑바로 노려보며 외쳤다.

머리는 뜨겁고 두 손은 차가웠다. 가슴 속에서 심장이 맹렬하게 망치질했다. 보초가 등 뒤로 두 팔을 비트는 바람에 코델리아가 몸부림을 쳤다.

"코델리아, 도대체 왜 그랬죠?"

공주가 물었다.

휘트루프 공작 두 눈이 분노로 붉으락푸르락하는 코델리아 얼굴을 훑었다.

"공주님, 저 아이가 프랑스 암살범입니다. 내가 반복해서 경고한 말을 명심하십시오. 공주는 늘 치명적인 위험 속에 있습니다."

"코델리아가 암살범일 리 없습니다. 극장에서 총이 발사되었을 때 바로 내 옆에 있었어요. 코델리아는 총을 쏠 수 없었습니다."

공주가 말했다.

"당연히 안 쐈…."

코델리아가 입을 열었다.

"난 수년에 걸쳐 이런 문제를 다뤄왔습니다. 공주는 아는 게 많지 않아요."

휘트루프 공작이 코델리아 말을 자르고 끼어들었다.

공주가 눈을 깜빡였다.

"암살범을 탑으로 끌고 가라."

휘트루프 공작이 명령했다.

"안 돼! 난 암살범이 아니야. 난 모자 장인이야!"

코델리아가 바락바락 악을 썼다.

코델리아는 넓디넓은 방을 가로질러 가차 없이 끌려갔다. 수심에 가득한 공주 얼굴이 점점 작아지다가 거대한 어둠 속 창백한 한 점 얼룩으로 남았다. 코델리아는 뒤로 끌려가다가 발이 꼬여서 매끄러운 바닥 위로 주르륵 미끄러졌다. 보초들의 무지막지한 힘을 당해낼 수 없었다. 코델리아가 거의 문에 닿은 순간이었다.

"멈춰라!"

공주가 외쳤다.

보초들은 명령에 따랐고 코델리아는 비틀거리며 일어섰다. 문을 향해 서둘러 다가오는 조지나 공주 뒤로, 짜증이 났는지 입을 동굴처럼 딱 벌린 휘트루프 공작이 성큼성큼 따라붙었다.

"저 모자에 '죽음의 돌'을 숨겼습니까?"

공주가 코델리아에게 물었다.

"물론 아니죠! 원하시면 제가 직접 모자를 써서 '죽음의 돌'이 없다는 것을 증명해 보일게요."

코델리아가 답했다.

공주가 손가락을 딱딱 맞부딪치자 한 보초가 매우 조심스럽게 평화 모자 테두리를 잡고 모자 상자 안에 재빨리 넣어서 공주와 코델리아에게 갖고 왔다.

"조지나 공주, 시간 낭비입니다!"

공주 어깨 뒤에 선 휘트루프 공작이 화를 내며 호주머니에서 유리 시계를 꺼냈다. 째깍거리는 시계 소리가 귀에 거슬렸다. 코델리아는 즉시 시계를 알아봤다. 시계를 장식한 파란색 정교한 나비를 기억하고 있었다.

코델리아는 소름이 끼쳤다. 시계 안에서 아름다운 나비가 날개를 움찔거렸다. 살아 있는 나비였다.

"당장 출발해야 합니다! 프로버트, 가서 왕실 마차를 대기시키라고 해라. 공주님, 새벽까지 해안에 가려면 한 시간 안에 떠나야 합니다."

"아이를 놔라."

공주가 명령했다.

보초가 팔을 놓자 코델리아 안에서 희망이 솟구쳐올랐다.

"뭐? 안 된다! 아이를 잡아!"

휘트루프가 호통쳤다.

코델리아는 팔을 뻗는 보초에게서 달아나 공주의 폭 넓은 드레스 뒤로 피했다.

"공주님, 아무래도 뭔가 수상한 일이 벌어지고 있는 것 같아요!"

코델리아가 숨을 몰아쉬며 말했다.

"해트메이커 양, 내 생각도 그렇습니다."

공주가 답했다.

"이런 어이없는 일이!"

휘트루프 공작이 벼락 치듯 외치며 공주 팔을 잡으려고 했다.

공주가 휘트루프 공작을 피해서 다시 손가락을 맞부딪쳤다. 코델리아를 뒤쫓아 공주 드레스 주위를 돌던 보초가 대번에 멈춰서서 차렷 자세를 취했다. 공주가 엄숙하게 코델리아를 돌아보는 가운데 휘트루프 공작이 무겁게 내쉬는 숨소리가 적막을 깨트렸다.

"해트메이커 양, 가족한테 무슨 일이 있었죠?"

"오늘 아침에 병사들이 들이닥쳤습니다."

코델리아가 나직이 말하며 휘트루프 공작이 신은 부츠 위, 뾰족한 W 자 두 개를 힐끔거렸다. 공작이 참을성 없이 바닥을 딱딱 쳐대자 두 글자가 번쩍였다.

"제 생각엔 휘트루프 공작이…."

"이 사기꾼이 무슨 말을 하는 게냐!"

공작이 끼어들었다.

공주가 공작 얼굴을 똑바로 쳐다보고 말했다.

"휘트루프, 코델리아는 왕실 병사가 모자 장인 가족을 체포했다고 합니다. 그게 이상하단 말이죠. 왕실 병사에게 그런 명령을 내릴 사람은 나와 공작뿐이니까요."

휘트루프 공작이 손으로 가슴을 퍽퍽 쳤다. 놀라서인지 분해서인지 코델리아로서는 알 길이 없었다.

"이전에도 말했듯이 첩자들은 공주를 혼란스럽게 한다면 무슨 말이라도 하는 놈들입니다. 이 꼬마가 하는 사악한 거짓말 따위를 믿는 실수를 범하지 마세요."

공작이 거세게 몰아붙였다.

"보초, 공작님을 밖으로 모…."

공주가 차분하게 지시를 내리기 시작했다.

먹이를 공격하는 뱀처럼 휘트루프 공작이 번개같이 재킷에서 손을 꺼냈다. 그저 손목을 한번 까딱했을 뿐인데 어느새 공주 머리에서 작은 왕관이 반짝이고 있었다.

"앗!"

차가운 얼음물을 한 바가지 뒤집어쓴 듯 공주가 숨을 들이마셨다.

코델리아는 겁에 질려 공주를 뚫어지게 살폈다. 유리 촉수를 비비 꼬아 만든 왕관이 창백한 공주 이마를 단단히 죄고 있었다. 아름다워야 마땅하건만, 왕관 생김새는 추하고 기괴했다.

코델리아는 아무거나, 뭐라도 해야 한다는 것을 알았지만 공주 이마를 두른 꽈배기 형태의 유리 왕관만 노려보면서 그대로 몸이 굳어버렸다.

두려움에 휩싸인 공주의 두 눈이 (도망쳐) 깊고 깊은 물 속으로 가라앉는 것만 같아서, (도망쳐) 코델리아 머릿속은 (도망쳐) 온통 절망으로 가득했다.

"코델리아, 도망쳐요!"

공주가 마지막 남은 힘을 쥐어짜서 속삭였다.

휘트루프 공작이 몸을 날린 순간, 넋을 놓았던 코델리아가 공주 말에 번쩍 정신을 차렸다. 코델리아는 보초 손에서 모자 상자를 낚아채서 용수철처럼 튀어 쏜살같이 문으로 내달렸다.

"꼬마를 잡아!"

휘트루프 공작이 포효했다.

CHAPTER 32

코델리아 뒤에서 보초 십여 명이 요란하게 행동에 나섰다. 코델리아가 손잡이를 비틀어 열어젖히며 문 사이로 미끄러지고 보니, 문 반대편을 지키고 섰던 병사들이 문 앞을 에워싸고 있었다.

무거운 제복 탓에 병사들은 날쌔게 움직이지 못했다. 코델리아로서는 다행이었다. 코델리아는 아무에게도 잡히지 않고 나무처럼 시커먼 병사들 다리 사이로 빠져나갔다.

외치는 소리가 터져 나왔다. 사냥이 시작되었다! 평화 모자가 안전하게 담긴 상자를 품에 안은 코델리아가 철갑으로 무장한 보초 손을 아슬아슬하게 피해서 복도를 따라 질주했다. 다리가 이미 불에 타는 것 같았지만 박차를 가했다. 코델리아는 안간힘을 써서 정문으로 가는 길을 기억해 내며 모퉁이를 돌았다. 왼쪽, 오른쪽, 오른쪽, 그리고 다시 왼쪽. 불쑥 모습을 나타낸 귀족 청년과 어슬렁거리는 주방 시녀 사이를 절묘하게 빠져나갔다.

두 사람이 지르는 새된 비명을 뒤로하고 코델리아는 두 갈래 턱수염을 기른 찌푸린 인상의 왕 초상화와 눈동자가 한쪽으로 몰린 여왕 초상화, 장난치는 목양신(*목축을 돌보는 반인반수 신) 금색 조각상을 번개처럼 지났다. 코델리아 귀에서 맥박이 거세게 펄떡였다. 폭풍처럼 뒤에 바짝 따라붙은 병사들 소리였을지도 몰랐다. 어두운 복도를 따라 질주하던 코델리아가 두 팔 가득 빨랫감을 들고 오는 하녀 세 명을 아슬아슬하게 피했다. 하녀들이 놀라서 두 팔을 내두르자 눈처럼 하얀 천이 주변으로 날렸다.

"맙소사, 모자 장인이야!"

가장 어린 하녀가 외쳤다.

코델리아는 쏟아지는 두툼한 이불보를 헤치고 정문으로 돌진했다. 심장이 세 번 고동치면 자유였다. 배 속이 뒤집혔다. 복도 왼쪽에서 보초들이 파도처럼 밀어닥쳤다. 코델리아가 황급히 돌아보니 열 명도 넘는 병사들이 뒤에 떼지어 있었다.

포위된 코델리아가 뒷걸음질 쳤다.

가장 어린 빨래 하녀가 앞으로 튀어나왔다. 코델리아가 하녀 얼굴을 얼른 살폈다. 모자 장인들이 궁전을 찾을 때마다 반갑게 손을 흔들던 하녀였다.

"해트메이커 양, 내가 나가게 해줄게요!"

하녀가 침대보를 코델리아 머리에 뒤집어씌우면서 속삭였다.

온 세상이 하얗게 변하기 전, 코델리아가 마지막으로 본 것은 코델리아를 향해 쇠 장갑 낀 손을 뻗으며 씩 웃는 한 병사였다.

"이쪽이에요."

하녀가 코델리아 귀에 대고 재빨리 속삭였다.

코넬리아는 벽으로 쑤셔 넣어지는 기분이었다. 그런데 다음 순간 벽이 없어졌다.

끼익, 쿵!

코넬리아는 등을 바닥에 대고 누워 있었다. 하녀가 코넬리아를 비밀 문으로 밀어 넣은 것이었다. 코넬리아 머리 위, 어슴푸레 빛나는 정사각형 틀 너머로 침대보만 덜렁 손에 든 채 놀라서 눈이 휘둥그레진 보초가 보였다.

"가요!"

하녀가 외쳤다.

코넬리아는 그대로 누운 채 모자 상자를 부여잡고 어둠 속으로 최대한 속력을 내서 뒤쪽으로 갔다.

코넬리아가 비탈에 주르륵 미끄러지며 우지끈, 돌에 머리를 부딪혔다. 거대한 밤하늘을 그린 별 지도처럼 눈앞에서 불꽃이 번쩍번쩍 터졌다. 코넬리아는 반들반들한 통로 벽을 손가락으로 더듬어 가며 힘겹게 무릎으로 일어나 앉았다. 왼쪽, 오른쪽이 차가운 돌벽이었다. 막다른 골목이었다!

"안 돼!"

절망한 코넬리아가 주먹으로 벽을 때리며 신음했다.

문득 손바닥 아래에서 차가운 기운이 느껴졌다. 어둠 속을 더듬거리니 벽에서 튀어나온 쇠 손잡이가 만져졌다. 코넬리아가 손잡이를 당겼다. 꿈쩍도 안 했다.

코넬리아가 두 손으로 손잡이를 잡아당기며 외쳤다.

"제발 좀!"

일순 손잡이가 꺾이는가 싶더니 훅 내려갔다. 거대한 돌 판이 벽 안으로 쭉 들어가면서 한 줄기 가느다란 빛이 새어 들어왔다. 돌벽에 손마디가 긁혔지만 코델리아는 계속 밀어붙였다. 손잡이가 한 번 더 휙 내려갔다. 틈이 넓어지면서 신선한 공기가 불어 들어왔고 궁전 마당이 나타났다.

코델리아 뒤편 어둠 속 어딘가, 갑옷 부딪치는 쇳소리에 귀가 먹먹해질 만큼 보초들이 포위망을 좁히고 있었다.

돌판 사이를 비집고 나오느라 귀가 까지긴 했어도 머리통이 밖으로 나왔다! 코델리아는 궁전 벽에 생긴 틈으로 두 어깨를 비틀어서 물고기처럼 미끄러져 나온 뒤 모자 상자도 밖으로 잡아당겨 꺼냈다.

코델리아가 궁전 마당을 가로질러 내달리며 뱃사람처럼 휘파람으로 존스와 마차를 불렀다.

궁전 문 바깥에 병사 스무 명이 진을 치고 있었다. 코델리아 휘파람 소리에 병사들이 일제히 목을 돌리며 갑옷 입은 몸을 덜그럭덜그럭 움직이기 시작했지만 존스가 빨랐다. 고삐를 잡아당기고 박차를 가해 말을 몰았다.

"문으로 가요!"

코델리아가 방향을 꺾으며, 뒤쪽에서 궁전 마당을 가로질러 원을 그리며 따라오는 마차를 향해 외쳤다.

소녀가 달음박질쳤다. 마차가 천둥소리를 내며 질주했다. 병사들이 전속력으로 마차를 뒤쫓았다.

"막아!"

보초 하나가 크게 외쳤다.

초소에서 어린 초병 두 명이 튀어나와 문을 밀어 닫으려고 했다.

마차가 우레 같은 소리를 내며 자갈밭을 가로질러 코델리아를 향해 달려왔다. 두 황금 문짝 사이가 점점 좁아졌다.

"코델리아 아가씨!"

존스가 소리쳤다.

코델리아는 땅에서 떨어지는 두 발을, 허공을 박차는 두 다리를 느꼈다. 존스가 코델리아 옷깃을 낚아채서 마부석 옆에 내던지다시피 앉혔다. 코델리아는 손마디가 하얘지도록 단단히 붙잡았다. 모자 상자가 옆으로 굴러떨어지기 직전에 존스가 상자를 잡았다. 황금 문짝 두 개가 거의 닫혔다.

"아가씨, 모자 잘 잡아요!"

나무에 쇠 긁히는 소리가 요란했지만 존스는 이랴이랴 말들을 앞으로 몰아붙였고 마차는 두 문짝이 만나기 직전에 아슬아슬하게 빠져나왔다.

다음 순간, 코델리아와 존스는 런던 거리를 달리고 있었다. 뒤에서 사납게 외치는 소리가 희미하게 옅어졌다.

CHAPTER 33

존스가 모자 장인 저택 문 앞에서 마차 속도를 줄였을 때도 코델리아
는 심장이 여전히 두방망이질 치고 있었다.

집에 있던 구스와 샘, 쿡이 요란하게 질문을 퍼부으며 코델리아를 안
으로 들였다.

"일이 잘못됐어?"

"아직 평화 모자 갖고 있지?"

"코델리아, 드레스는 왜 또 이 꼴이야?"

코델리아가 손을 들어 올리자 그제야 모두 입을 다물었다.

"이곳에 쳐들어올 거야. 병사들이 날 체포하러 와. 언제 들이닥칠지 몰
라."

모두 숨을 멈췄다가 동시에 외쳐댔다.

"절대 널 못 잡아가게 할 거야!"

"당장 도망쳐!"

"왜 돌아왔어?"

코델리아가 여전히 숨이 턱에 차서 고개를 저으며 말했다.

"모두 잡히지 않도록 숨어야 해."

거리에서 고성이 들리더니 존스가 외쳤다.

"아가씨! 놈들이 왔어요!"

코델리아가 구스, 샘, 쿡을 돌아봤다.

"공주님이 위험해. 뭔가에 조종당하고 있어. 나를 잡으러 왔어. 누군가 휘트루프 공작을 막아야 해."

구스와 쿡은 혼란스러운 표정으로 고개를 젓기만 했다. 코델리아는 처음부터 끝까지 설명할 시간이, 무엇을 해야 하는지 다 말할 시간이 없었다! 절망에 빠진 코델리아가 샘을 돌아봤다.

"샘! 어떻게 해야 하지?"

코델리아가 울부짖었다.

대답 대신, 샘이 모자를 벗었다.

잠시 아무도 입을 열지 않았다. 숨조차 쉬지 않았다. 샘 머리카락이 쏟아지듯 어깨 위로 툭 떨어지더니 등 뒤로 구불구불 흘러내렸다. 선명한 밤나무 색이었다.

구스 입이 딱 벌어졌다.

샘 라이트핑거가 여자였다!

"코, 외투 벗어. 모자도. 얼른!"

샘이 속삭였다.

코델리아는 어질어질 현기증이 났다. 모자와 외투, 장갑, 드레스를 벗었다. 거울에 비친 기이한 그림자 같은 샘도 누더기를 벗었다. 때 묻은 넝

마 옷이 바닥에 쌓였다.

샘이 풍차 돌리듯 팔다리를 휘두르고 나니 어느새 코델리아 옷을 다 입고 있었다.

바깥 거리에서 병사들 발소리가 우다다다 들렸다.

샘이 코델리아에게 손을 뻗어 머리카락에 꽂힌 고모 모자 핀을 뽑더니 바람 새는 소리로 속삭였다.

"숨어!"

코델리아와 쿡이 나무 계산대 뒤로 몸을 날렸다.

샘은 모자 핀을 소매 안으로 밀어 넣어 숨겼다.

코델리아가 구스를 잡아당겨 옆에 앉혔다.

문이 부서질 듯 열렸다.

샘이 깊게 숨을 들이마셨다.

병사들이 샘을 덮쳤다.

샘이 비명을 지르고 몸부림치며 병사 무리에게 끌려가는 내내, 코델리아는 손톱이 손바닥에 박히도록 힘껏 주먹을 쥐고 버텼다. 구스와 쿡은 들키지 않도록 몸을 최대한 둥글게 말고 코델리아에게 바짝 붙었다. 다시 문이 부서질 듯 닫혔고 용감한 친구는 탑으로 끌려갔다.

일 분쯤 흘렀다. 남은 병사 없이 모두 물러갔다고 확신한 코델리아가 고개를 들고 자리에서 일어나 창가로 갔다. 인도 위에 대자로 뻗은 존스가 머리통을 문지르며 신음했다. 해트메이커 가족 마차가 옆으로 쓰러졌다. 바퀴가 부서졌고 말들이 풀려났다. 마구간에서 당나귀가 구슬프게 히잉히잉 울었다.

구스가 느릿느릿 몸을 펴면서 얼굴에서 눈물을 닦아냈다.

"걔 진짜 용감하다."

구스가 무겁게 말했다.

"응. 정말 용감해."

코델리아가 이를 악물고 말했다.

"이젠 어쩌지?"

구스가 요란하게 코를 들이마시더니 물었다.

코델리아가 신중하게 모자 상자 뚜껑을 열고 안을 들여다봤다. 그토록 험하게 왕궁에서 탈출하고 집까지 왔건만, 평화 모자는 깃털 하나 삐뚤 어지지 않고 온전한 모습으로 얌전히 들어 있었다.

"좋았어. 아무래도 우리가 전쟁을 막아야 할 것 같아."

코델리아 목소리는 그 어느 때보다 결연했다.

"코델리아, 그렇게 웅장하고 야심 찬 계획이라면 일단 옷 먼저 입는 건 어떨까?"

쿡이 제안했다.

그제야 코델리아는 자기가 속옷만 입었다는 사실이 기억났다. 구스가 얼굴을 붉히며 괜히 천장 그림을 자세히 살피기 시작했다.

코델리아가 드레스 위에 아빠 재킷을 걸쳐 입고 단추를 채웠다. 옷이 하도 커서 소매를 몇 번이나 접어 올리고서야 손이 나왔다. 그래도 아빠

옷을 입으니 용감해지면서 뭐라도 할 수 있는 기분이 들었다.

갑자기 오층 아래에서 쾅, 쾅, 쾅, 문 두드리는 소리가 났다.

구스가 화들짝 놀라 눈이 접시만 해지면서 코델리아 품으로 뛰어들었다. 문 두드리는 소리에 부트메이커와 해트메이커 두 아이가 얼어붙었다.

"누군지 나가볼게."

아래층에서 쿡이 외쳤다.

코델리아는 두려움에 잠시 숨을 죽였다. 병사들이 엉뚱한 아이를 잡아갔다고 알아낸 줄 알았다. 코델리아가 귀를 곤두세우자 희미한 한숨 소리에 이어 놀랍게도 곧 웃음소리가 들렸다.

"아, 이런, 코델리아. 내려와! 우리 불쌍한 비둘기가 난리를 부리네."

쿡이 노래하듯 코델리아를 불렀다.

코델리아와 구스가 얼떨떨해져서 아래층으로 내려갔다. 코델리아는 아빠 재킷을 잘 입었다는 생각이 들었다. 용감한 아빠 품에 안겨서 담대해진 기분이었다. 코델리아는 칼을 잡듯 부지깽이를 집어 들었고 구스는 다소 위태롭게 촛대를 움켜쥐었다.

두 뺨이 분홍색으로 물든 쿡이 서둘러 두 아이를 문으로 이끌었다. 코델리아가 밖을 내다봤다.

"휴고 님?"

배우가 문 앞 계단에 주저앉아 두 주먹으로 바닥을 퍽퍽 내리치며 통곡하고 있었다.

"네, 접니다! 맞아요, 저예요!"

휴고가 길게 울었다.

코델리아가 문을 활짝 열자 휴고가 가게 안으로 무너지다시피 들어왔다.

"아, 거룩한 모자 장인 저택 복도다!"

휴고가 바닥에 뺨을 붙이고 양탄자를 사랑스럽게 쓰다듬으며 나지막이 읊조렸다.

"휴고 님, 어쩐 일입니까?"

코델리아가 부지깽이를 내려놓으며 큰 소리로 물었다.

"어린 모자 장인님!"

휴고가 외치며 바닥에 엎드린 채 기어와 코델리아 신발 끝에 입맞춤을 퍼부었다.

"오, 모자의 정령이여! 아, 위대한 모자 제작자여! 바라옵고 간청하건대, 아낌없이 베푸는 그 두 손으로 부디 이 하찮은 머리 위에 다른 모자를 또 씌워주소서!"

"뭐라고요?"

구스는 그야말로 완전히 혼란에 빠졌다.

쿡은 손부채질을 했고 코델리아는 눈알을 굴렸다.

"제가 셰익스피어의 가장 위대한 사랑 이야기에서 로미오를 맡았습니다. 그런데 아무래도 그대의 그 섬세하고 아름다운 두 손으로 만든 모자 없이는…."

휴고 경이 앓는 소리로 흐느끼며 두 무릎으로 꿇어앉더니 코델리아 손을 잡고 뜨겁게 입을 맞추었다.

"모자 없이는 햄릿을 공연했을 때처럼 크고 우렁차게 연기할 수 없을 것 같습니다!"

코델리아가 손을 잡아빼서 드레스에 문질러 닦은 뒤 인상을 잔뜩 쓰며 창문 밖을 내다봤다. 오후 햇빛에 하늘이 물들고 있었다.

"공주님, 한 시간 안에 떠나야 합니다."

휘트루프 공작이 말했다.

왕실 마차는 이미 해안을 향해서 출발했을 터였다. 코델리아는 무슨 수를 쓰든지 공주한테 가야 했다!

코델리아가 휴고를 돌아봤다. 모자를 만들 자격도 없고 어차피 분장을 도울 시간도 없다고 말하려는 참이었다.

그런데 그 순간, 더 좋은 생각이 떠올랐다.

"휴고 님, 제가 완벽한 모자를 찾아드리면 아주 중대한 부탁을 들어주시겠어요?"

코델리아가 물었다

CHAPTER 34

런던탑 가장 깊은 지하 감옥, 묵직한 나무 문이 끼익 소리를 내며 열렸다. 안에 있는 아리아드네 고모와 티베리우스 삼촌, 페트로넬라 대고모가 기대에 찬 눈길로 복도에서 일렁이는 횃불을 올려다봤다. 그러나 간수가 코델리아를 안으로 내동댕이치는 바람에 심장이 내려앉았다.

문이 쾅 소리를 내며 닫혔고 열쇠가 쇳소리를 내며 자물쇠를 채웠다.

코델리아가 고개를 드는 순간, 해트메이커 가족이 깨달았다. 코델리아가 아니었다!

"삼촌, 안녕하세요! 고모, 대고모, 안녕하세요!"

코델리아가 아닌 낯선 여자아이가 경쾌하게 인사했다.

완전히 혼란에 빠진 해트메이커 가족이 코델리아 아닌 코델리아를 빤히 쳐다봤다. 코델리아 아닌 낯선 여자아이가 문에 달린 창살을 곁눈질했다. 창살 사이 어둠 속에서 간수 그림자가 어른거렸다.

"아, 코델리아!"

티베리우스 삼촌이 크게 외쳤다.

달이 떴을 무렵, 검은색으로 차려입은 강도 셋이
런던에서 남쪽으로 내려가는 길을 따라 말을 타고 질주하고 있었다.

"코델리아, 너… 너 아주 좋아 보이는구나."

아리아드네 고모가 나직하게 말했다.

페트로넬라 대고모는 독수리처럼 예리한 눈빛으로 낯선 여자아이를 살폈다. 여자아이가 문밖에서 기웃거리는 간수 그림자를 다시 한번 눈짓하더니 해트메이커 가족에게 저녁이랍시고 제공된 볼품없는 마른 빵 부스러기와 물로 눈길을 돌렸다.

"저거 드실 거예요?"

여자아이가 물었다.

아리아드네 고모가 고개를 저었다.

처음 보는 여자아이가 부스러기를 단 두 입 만에 먹어 치웠다.

"좀 자두는 게 좋아요."

여자아이가 감옥 한구석에 자리를 잡고 말을 건네더니 눈을 찡긋하며 말을 보탰다.

"내일은 바빠질 테니까요."

아리아드네 고모와 티베리우스 삼촌은 놀란 눈빛을 주고받았지만, 낯선 여자아이를 다시 돌아보았을 때 아이는 이미 잠들어 가볍게 코까지 골고 있었다.

페트로넬라 대고모가 빙긋 미소 지었다.

달이 떴을 무렵, 검은색으로 차려입은 강도 셋이 런던에서 남쪽으로

내려가는 길을 따라 말을 타고 질주하고 있었다.

세 사람은 날쌘 검은색 말을 탔다. 한밤중처럼 새카만 실크 스카프로 얼굴을 가린 이들은 석탄처럼 까만 망토를 걸쳤고 삼각모를 썼다. 셋 중 한 사람은 고집을 부려서 맵시 좋은 검은색 타조 깃털로 모자를 장식하 기까지 했다.

"신비로운 분위기에 침착함을 더해주죠."

남자가 한 설명이었다.

이 셋을 자세히 들여다보면 성인 강도 셋이 아니라는 사실을 알아채고 도 남았다. 남자 강도 하나에 여자아이 강도 하나, 남자아이 강도 하나였 다. 게다가 말 한 마리는, 엄밀히 말해서, 당나귀였다.

같은 날 밤, 프랑스 해안에서 '르 판타스티크(Le Bateau Fantastique)' 호가 거센 바람을 타고 출항했다. 뱃머리가 파도에 흔들리자 왕실 선박 선실에 앉은 프랑스 국왕은 희미하게 뱃멀미를 느꼈다. 내일 조지나 공 주가 무슨 말을 한들 과연 공주에 관한 생각이 바뀔까, 왕은 회의적이었 다. 어쨌건 도저히 묵과할 수 없는 무례한 편지를 공주가 그토록 많이 보 낸 터였다.

왕실 마차가 덜컹거리며 한밤을 달리건만, 꼿꼿하게 앉은 공주는 미동

도 없었다. 공주는 눈조차 깜빡이지 않았다. 이마 위에서 번쩍이는 유리관이 공주 얼굴에 기이한 빛을 드리웠다. 공주 맞은편에 앉은 휘트루프 공작이 유리 회중시계를 확인했다. 머릿속으로 숫자를 맞춰 본 공작이 입꼬리를 올리며 웃었다.

"꼼짝 말고 다 내놔!"

남자 어른 강도가 달빛 아래에서 눈을 번득이고 권총을 겨누며 위협적으로 말했다.

"꼼짝, 꼼짝 말고, 다 내놔?"

남자아이 강도는 어딘가 겁먹은 목소리로 따라 했다.

"아니, 아니. 그게 아니야! 꼼짝 말고! 배 속에서부터 목소리를 끌어올려야 해! 꼼, 짝, 말, 고! 자, 어디 해 봐."

"꼼짝 말… 꼼짝 말고 다, 내놔?"

남자아이 강도가 다시 시도했다.

"다 내놔!"

어른 강도가 왕립 극장에서 공연하듯 힘차게 외쳤다.

"다 내놔!"

남자아이 강도가 외쳤다.

"좋았어! 자, 이제 넌 끝났고."

어른 강도가 여자아이 강도를 향해서 권총을 흔들었다.

"나한테 그거 겨누지 말아요!"

여자아이 강도가 꺅 비명을 질렀다.

"미안합니다. 이건 그냥 소품이에요."

어른 강도가 말했다.

여자아이 강도가 어른 강도를 향해서 권총을 겨누며 사납게 외쳤다.

"꼼짝 말고 다 내놔!"

"끝내주는군요! 우린 위대한 공연을 펼칠 준비가 되었습니다! 자, 타죠!"

세 사람은 말에 박차를 가해서 언덕 꼭대기에 올랐다. 저 아래로 구불구불 내려다보이는 은색 길에서 금박을 입힌 마차가 번쩍거리며 덜컹덜컹 달리고 있었다.

"시종이 둘뿐이군."

어른 강도가 중얼거렸다.

"어렵지 않겠어요."

어른 강도가 안장에 앉아 동지들을 돌아보며 말했다.

"좋아요. 계획은 이렇습니다. 마차를 멈추고⋯."

여자아이 강도가 재빨리 말을 시작했지만 어른 강도가 끼어들었다.

"연설은 내가 하지요."

"그래요. 일단 공주를 빼내서 평화 모자를 전달한 뒤 우리가 마차를 호위해서 왕실 선박이 있는 곳까지 갑니다."

여자아이 강도가 동의한 뒤 말을 덧붙였다.

"공주님이 괜찮으시면 가는 길에 제가 연설을 조금 더 하겠습니다."

어른 강도가 또 말했다.

두 어린이 강도가 뭐라고 답하기도 전에 어른 강도가 먼저 극적으로 "이랴!" 외치며 말을 달려 언덕을 내려갔다. 두 어린이 강도가 뒤를 따랐다.

세 강도가 은색 길로 내려서자 마차가 때맞춰 휘어진 길을 돌아 일행 쪽으로 굴러왔다. 마차를 모는 마부 눈썰미가 좋았다면, 남자 강도가 허공을 향해 총을 발사하는 동시에 폭죽 몇 개를 땅바닥으로 던지는 모습을 보았을 것이었다. 총이 발사되고 언덕 사이로 총성이 울려 퍼지고 나서야 마부가 어른 강도의 번들거리는 이빨과 모자에서 휘날리는 신비한 타조 깃털, 강도가 타고 있는 말 눈 흰자를 발견했다.

"꼼짝 말고 다 내놔!"

어른 강도가 외쳤다.

"꼼짝 말고 다 내놔!"

"꼼짝 말고 다, 다 내놔?"

첫 번째 강도보다 작은 데다 덜 위협적으로 보이는 다른 두 강도가 권총을 휘두르며 첫 번째 강도를 따라 외쳤다.

마부가 급히 고삐를 잡아당겨 먼지 구름을 일으키며 마차를 멈췄다. 순백색 말을 탄 승마 시종 둘은 뒤에 처졌다. 키가 제일 큰 강도가 승마 시종들에게 총을 겨누었다.

"어이, 말에서 내려!"

강도가 지시했다.

두 시종이 덜덜 떨며 말에서 미끄러져 내려와 땅에 떨어졌다. 강도가

윤기 흐르는 흰색 말 옆구리를 탁탁 치자 두 마리 말이 길을 따라 달려가
버렸다.

"너도 내려!"

강도가 마부에게 버럭 외쳤다.

마부가 자리에서 엉금엉금 기어 내려와 동료 옆에 가서 고개를 숙이고
붙어 앉았다.

"총으로 겨누고 있어. 누가 손가락 하나라도 까딱하면 쏴 버려."

어른 강도가 남자아이 강도에게 으르렁거렸다.

남자아이 강도가 권총으로 궁정 사람들을 겨눴다. 셋 중 아무나 고개
를 들었다면(누구 하나 그럴 엄두를 내지 않아서 다행이었다) 총이 부들부들 흔
들리는 데다 나무에 은색을 칠한 가짜라는 것을 알아봤을 터였다.

어른 강도가 민첩하게 말에서 뛰어내렸다.

"좋아, 샐리."

어른 강도가 말하는 특정 대상이 없는 것으로 보아 십중팔구 말에게
하는 말이었다.

어른 강도는 마차 옆으로 돌아가 문을 따닥, 딱, 딱, 두드렸다.

"공주님, 강도지만 신사로서 이것 하나는 맹세합니다. 공주님에게는
그 어떤 해도 끼치지 않겠습니다."

어른 강도가 선언했다.

마차 안에서는 아무 소리도 나지 않았다. 커튼조차 펄럭이지 않았다.

"오, 공주여, 두려워하지 마세요. 활짝 핀 한 떨기 장미나 팔딱팔딱 뛰
는 새끼 양을 건드리지 않듯, 그대의 고귀한 왕실 머리카락 한 올도 건드

리지 않겠습니다."

어른 강도가 말을 잇는 사이, 여자아이 강도가 말에서 내려 마차로 다가가 안을 살폈다.

마찬 안에는 여전히 정적만 흘렀다. 어른 강도는 초조해졌다. 말을 끝낸 뒤 이렇게 반응이 없는 상황은 익숙하지 않았다.

어른 강도가 정중한 어조를 덜어내고 조금 더 시끄럽게 덧붙였다.

"사람을 이토록 오래 기다리게 하는 것은 예의가 아닙니다."

여자아이 강도가 무언가 이상한 점을 감지하고 마차 문을 열었다. 욕지기가 치솟았다.

"제기랄!"

마차 밖으로 흘러나온 역겨운 냄새에 어른 강도가 욕을 내뱉었다.

전날 밤 길드 홀에서 맡았던 바로 그 지독한 냄새였다.

눈물이 가득 고인 세 강도 눈에, 홀로 마차 안에 앉은 여자가 보였다. 은색 바늘을 허공으로 치켜든 여자는 온갖 불결하고 추한 짐승 가죽으로 뒤덮여 있었다. 절단된 발톱과 누런 송곳니, 기름으로 엉겨 붙은 검은 깃털, 악취를 풍기는 동물 내장이 한데 뒤엉켜 있었다. 여자는 살아서 꿈틀거리는 지네를 부패한 시체처럼 시커먼 모자 테두리에 꿰매는 중이었다.

여자를 본 여자아이 강도 입이 떡 벌어졌다.

"당신은 공주가 아니잖아!"

어른 강도가 실망해서 외쳤다.

사실이었다. 마차 안 여자는 공주가 아니었다. 공주가 아니라….

"스테어보텀 선생님!"

여자아이 강도와 어른 강도 사이로 머리를 들이밀고 이제 막 마차 안을 들여다본 남자아이 강도가 숨을 들이마셨다.

"도대체 선생님이 여기 왜 있어요?"

"루카스 부트메이커, 나야말로 같은 질문을 하고 싶구나."

스테어보텀 선생이 입술을 일그러뜨리며 협박하듯 으르렁거렸다. 선생의 두 눈썹이 위협적으로 올라가 있었다.

남자아이 강도(구스)가 꿀꺽 침을 삼켰다.

"보아하니 해트메이커랑 부트메이커가 아직도 친구네? 결국 손수건이 효과가 없었군."

스테어보텀 선생이 이를 갈았다.

여자아이 강도(코델리아)가 헉 소리를 냈다.

"당신이었군요! 부트메이커 집이 도둑맞고 나서 당신이 내 손수건을 구스 공부방에 흘렸어!"

코델리아가 바락바락 외쳤다.

진실을 깨달은 코델리아 머릿속이 '소용돌이 꼬투리'처럼 팽글팽글 돌았다. 아찔할 만큼 분노가 치솟았다.

"왜, 왜⋯. 왜 그랬어요?"

구스가 더듬더듬 물었다.

"오래 청혼하지 않는 연인 때문에 선생님이 슬퍼하길래 손수건을 빌려드렸는데⋯."

코델리아가 웅얼거렸다.

모든 것이 섬뜩한 쪽으로 맞아떨어지기 시작했다.

"그 사람은 선생님 연인이 아니었군요. 하이드 파크에서 같이 배를 타던 남자. 그렇죠? 휘트루프 공작이었어! 둘이 함께 일하는군요!"

"수업 시간에도 머리가 그만큼만 돌아갔으면 좋았을 텐데."

스테어보텀 선생이 혀를 찼다.

"지난밤 길드 홀에 있던 것도 선생님이었어요! 여기 있는 이것들은 선생님이 길드 홀 '유해 캐비닛'을 열고 훔친 거고요!"

겁에 질린 코델리아가 숨을 몰아쉬며 캐비닛 안에 있던 역겹고 끔찍한 내용물을 노려보는 동안, 가정 교사가 날카롭게 깔깔대며 오래도록 웃었다. 뾰족하고 새카만 성게 가시와 초록색 독 두꺼비 껍질 아래에서 코델리아 눈에 띈 것은….

"옷이다! 옷을 만들고 있었어!"

스테어보텀 선생의 지팡이가 번개처럼 허공을 갈랐다.

지팡이가 코앞을 스치자 어른 강도가 새된 소리로 비명을 질렀다.

"이런 맙소사"

"이랴!"

마차가 요란하게 덜컹 튀더니 발을 뭉개버릴 기세로 바퀴가 구르는 바람에 강도 셋이 일제히 뒤로 펄쩍 뛰며 물러났다.

"저런 고약한 놈들!"

덜컹거리며 멀어지는 마차를 향해 남자 강도가 저주를 퍼부었다. 마차 앞자리에 대롱대롱 매달린 마부와 승마 시종 둘이 채찍을 휘둘러 미친 듯이 말을 몰았다.

"구스! 네가 마부를 감시하기로 했잖아!"

코델리아가 외쳤다.

"미안해. 마차에 누가 있는지 보고 싶었어."

구스가 실크 스카프를 잡아 풀면서 떨리는 목소리로 말했다.

"두 사람 모두에게 말했잖습니까! 공연 도중에 극중 인물한테서 벗어나면 안 돼요!"

휴고 경이 타조 깃털 모자를 땅바닥에 패대기치며 외쳤다.

코델리아 머리가 태엽 시계보다 더 빠르게 돌아갔다. 두 번째로 좋은 왕실 마차가 뿌옇게 먼지구름을 일으키며 휘어진 길을 돌아 사라졌는데도 여전히 악취가 공기에 남았다.

"저 사람들은 이 일을 아주 오랫동안 계획한 것이 틀림없어!"

코델리아가 중얼거렸다.

"계획이라니, 정확히 무슨 계획?"

구스가 물었다.

"오셀로(*셰익스피어의 4대 비극 중 하나의 이름이자 극 중 주인공 이름)의 이름으로 부탁인데 무슨 일이 어떻게 돌아가는 건지 제발 누가 얘기 좀 해주세요!"

휴고 경이 꽥꽥거렸다.

코델리아가 평화 모자를 확인했다. 모자는 코델리아가 아빠 재킷 안에 품고 있던 상자 안에 고이 있었다. 재킷 품이 워낙 넉넉했던 터라 코델리아 모습이 이상해지기는 했어도, 코델리아가 모자 상자를 안고 입어도 남았다. 코델리아가 휴고를 돌아봤다.

"저 여자는 적을 위해 일하고 있어요. 평화 회담 때 공주가 입을 옷을 짓고 있었는데 재료가 다 유해 캐비닛에 들었던 거예요. 공주 마음이 증오심으로 가득 차겠죠."

코델리아가 설명했다.

"아, 악녀로군! 사악한 파괴자!"

휴고 경이 소리높여 외쳤다.

"저 여자는 평화 회담을 망칠 작정이에요. 뭐랄까, 일종의 '분노 의복'을 만들고 있었거든요. 저 옷을 입은 조지나 공주는 프랑스와 전쟁을 선포할 거예요!"

코델리아가 상황을 풀어갔다.

한동안 코델리아 눈에는 전함이 넘쳐나고 포탄이 날아다니고 성난 파도가 넘실대는 바다밖에 안 보였다. 끔찍했다. 그 속에서 아빠가 살아남을 가능성은 없었다. 휘몰아치는 파도 아래로 영원히 사라질 것이었다.

코델리아!

아빠가 외쳐 부르는 소리가 머릿속에서 울려 퍼졌다. 연이어 강타를 날리는 난폭한 바다에서 아빠는 코델리아를 향해 필사적으로 두 팔을 뻗고 있었다.

"안 돼!"

코델리아가 비명을 질렀다.

구스와 휴고가 코델리아를 쳐다봤다.

두 사람을 마주 보던 코델리아가 두려움에 휩싸인 구스 눈을 보고 깨달았다. 전쟁이 터지면 코델리아만 영원히 아빠를 잃는 데에 그치지 않을 것이었다. 코델리아 같은 아이 수천 명이 아빠를 잃을 것이었다.

"그런 일이 벌어지게 놔둘 수 없어. 막아야 해."

코델리아가 말했다.

"어떻게?"

"공주님한테 평화 모자를 전달해야 해! 공주님이 모자를 쓰면 전쟁을 선포하지 못할 거야! 그 방법밖에 없어."

휴고 경이 모자를 집어 들더니 말에 휙 올라탔다. 코델리아와 구스도 기어오르다시피 말에 올라타서 "이랴!" 하고 외쳤다. 세 사람은 두 번째로 좋은 왕실 마차와 사악한 가정 교사를 뒤쫓아 길을 따라 질주했다.

CHAPTER 35

코델리아 일행이 해안에 도착했을 즈음, 동쪽 수평선 너머에서 햇빛이 쏟아지며 하늘이 온통 '고요한 비둘기' 날개 같은 분홍빛으로 물들었다.

일행은 바닷가에 도착하기 전에 길에서 벗어나기로 했다. 왕실 병사들이 근처에 매복했을 경우를 대비해서였다. 일행은 준마(*빠르게 잘 달리는 좋은 말)를 타고 초록색 언덕을 올랐다. 강한 바람에 휘어지고 성장이 멈춘 가시나무에 준마(코델리아가 눈알을 굴렸다. 휴고 경이 굳이 이 단어로 말을 부르자고 고집했다.)를 묶어 놓은 뒤, 바닥에 배를 깔고 기어서 바람이 휘몰아치는 절벽 끝에 다다라 주위를 둘러봤다.

일행이 서 있는 눈 덮인 절벽에서 한참 떨어진 저 아래, 부두에 닻을 내리고 바다에 떠 있는 웅장한 배가 보였다.

"왕실 범선이다!"

구스가 경탄했다.

"저기 봐!"

코델리아가 무언가를 가리켰다.

해안가에 마차가 두 대 서 있었다. 왕실에서 가장 좋은 마차와 두 번째로 좋은 마차였다. 손톱만 하게 보이는 붉은색 제복 차림의 형상들이 두 번째로 좋은 왕실 마차와 얕은 바다에 둥둥 떠 있는 노 젓는 배 사이를 분주히 오가고 있었다. 작은 배에 타고 있는 스테어보텀 선생이 모두를 지휘하고 있었다.

"분노 의복을 나르는 거야. 공주님은 벌써 배에 탔겠지."

코델리아가 짐작했다.

병사들이 든 무기가 온 해안에서 번쩍거렸다.

"이쯤에서 의상을 갈아입어야겠습니다. 대단원에 접어들었어요!"

휴고 경이 열정적으로 말했다.

휴고 경이 머리에 썼던 두건을 목에 두르더니 바람에 부푼 셔츠를 바지 밖으로 빼냈다.

"이 인물에는 안대와 나무 의족이 정말 필요한데…."

휴고가 한숨 지었다.

"휴고 님, 시간 없어요. 저기 봐요!"

코델리아가 외쳤다.

스테어보텀 선생이 탄 노 젓는 배가 분노 의복을 싣고 부두에서 벗어나 왕실 범선까지 벌써 절반이나 나아갔다. 재킷 안에 부피 큰 모자 상자를 품고 있는 코델리아가 혼자 두건을 목에 두르기는 쉽지 않았지만, 구스 도움을 받아서 어찌어찌해냈다.

"배로 가야 해요!"

코델리아와 구스, 휴고 경이 절벽 옆길로 기어 내려와서 해안가로 숨어들었다.

빈 배를 저어서 돌아온 병사들이 자갈 위로 드르륵 소리를 내며 노 젓는 배를 얕은 바닷가로 끌어올렸다. 병사들은 다른 보초들과 함께 왕실 마차로 돌아가면서도 발견 즉시 체포하라는 명령이 떨어진 세 범법자가 접근할까 봐 길에서 눈을 떼지 않았다.

병사들은 우거진 관목 뒤에서 몰래 빠져나오는 세 형체를 미처 보지 못했다. 해안에서 부서지는 파도로 돌진해 간 세 사람이 노 젓는 배를 타고 더 깊은 바다로 나아가는 광경도 못 보았다.

노를 내린 배가 왕실 범선을 향해 바닷가에서 멀어질 무렵, 한 병사가 주변을 살피다가 목소리를 높였다. 거대한 범선에서 닻이 요란한 쇳소리를 내며 해저에서 끌어올려지던 중이라 범선에 탄 사람들은 병사들이 외치는 소리도, 달아나는 작은 배를 향해 해안가에서 발포하는 총성도 듣지 못했다.

"휴고 님, 앉아요!"

작은 배 뒤로 쏟아져 날아온 총알이 화덕에 떨어진 기름 덩어리처럼 쉭쉭 소리를 내며 바다에 꽂혔지만, 총알이 사정거리에 미치지 못하는 터라 병사들은 무기를 재장전할 필요도 없었다.

"오늘 아침에는 배가 바람을 잘 탈 겁니다!"

물살을 가르는 뱃머리에 한쪽 발을 올린 휴고 경이 먼바다를 향해 꾸준히 나아가는 왕실 범선을 바라보며 말했다.

"이 속도로, 가서는, 절, 대, 따라잡지, 못, 해, 요."

구스가 노를 젓느라 숨이 턱에 닿아서 말했다.

"뭐 다른, 방법이라도, 있어?"

코델리아가 노질하는 사이사이에 헉헉대며 물었다.

일행은 말없이 한참 노를 저었다. 해안가에서 고래고래 소리치는 병사들이 장난감만큼 작아졌다. 왕실 범선은 흰 치마 같은 돛들을 활짝 펼치고 탁 트인 바다를 향해 거침없이 나아갔다.

"어떻게 따라잡죠?"

코델리아가 절망스럽게 신음했다.

휴고 경이 배 바닥에서 캔버스 돛을 집어 들어 몸에 휘감더니 돛대에 기댔다. 수평선을 배경으로 불가사의하고 극적인 장면을 연출하려는 의도가 뚜렷했다. 그 순간, 높이 인 파도가 작은 배 옆을 때렸다.

"으악! 바다의 신이여!"

휴고 경이 구스 위로 넘어지면서 소리쳤다.

구스가 돛천에 뒤덮이면서 노를 놓쳤다. 파도에 휩쓸린 노가 노걸이에서 빠지기 전에 코델리아가 아슬아슬하게 잡아냈다. 코델리아가 간신히 노를 잡아당기는데 웃고 있는 구스가 보여서 깜짝 놀랐다.

"알아냈어! 하이드 파크에 내 돛단배를 띄웠을 때랑 똑같아!"

구스가 벙글거리며 말했다.

구스는 휴고 경이 두른 돛천을 뺏어서 짧은 돛대에 묶었다. 불과 몇 분 만에 작은 배가 날쌔게 바다를 가르며 나아갔다. 자비로운 바람이 돛을 채워주는 동안, 노는 배 바닥에 두었다. 한쪽 손으로 조종 장치를 잡은 구스 두 눈이 반짝였다.

일행이 왕실 범선을 따라잡고 있었다!

"저 위에서 누군가 뒤를 돌아보고 우리를 발견하지 않기나 기원하자고. 우리 배에 건 해적 깃발이 위장으로 충분할지 모르겠어."

코델리아가 말했다.

다시 뱃머리에 선 휴고 경은 새로 단 돛을 꽤 흡족해했다. 눈 위로 손을 올려서 한창 떠오르는 햇빛을 가리고, 뭔가 고귀한 일을 갈망하는 표정을 지으며 뜨거운 눈빛으로 수평선을 내다보았다.

"무엇보다 공주님을 찾아서 진짜 평화 모자를 전달하는 게 가장 급해."

코델리아가 말했다.

구스가 고개를 끄덕이며 물었다.

"그다음에는?"

"그다음에는…. 스테어보텀 선생님한테서 분노 의복을 빼앗아 바다에 버리는 건 어때?"

코델리아가 제안했다.

"좋았어. 계획 멋지다."

구스가 맞장구쳤다.

CHAPTER 36

해가 중천에 떴을 무렵, 르 판타스티크호와 영국 왕실 범선이 서로 소리가 들릴 만큼 가까워졌다.

거대한 영국 선박 뒤에서 작은 배 한 척이 눈에 띄지 않고 미끄러져 나왔다. 두 선원이 부지런히 움직여 돛을 내린 뒤, 거대한 배 옆으로 늘어뜨려 놓은 줄사다리에 작은 배를 묶었다. 세 번째 선원은 그저 지켜보면서 해적처럼 으르렁거리고나 있었다.

"못난 놈들, 힘을 더 쓰란 말이다!"

코델리아가 위를 살폈다. 갑판에서 고함과 휘파람 소리가 나더니 이내 거대한 닻이 첨벙 바다에 빠졌다.

"이젠 위로 올라가야겠어. 프랑스 배보다 근사하게 보이려고 다들 정신없으니 그 틈을 타서 숨으면 돼."

코델리아가 구스에게 속삭였다.

"좋은 생각이야."

구스가 말했다.

휴고 경이 투덜거렸다.

"젠장! 영웅이 임무를 완수하기 직전이란 말이다! 태양이 정점에 다다르면 싸움이 시작된다!"

휴고 경이 칼집에서 칼을 빼내더니 허공을 베었다.

"나의 좋은 동지여, 자네는 어떤가? 프랑스를 쓸어버리자!"

"휴고 님, 안 돼요. 우린 프랑스를 쓸어버리려고 여기 온 게 아니에요. 공주님을 도우러 왔잖아요! 휘트루프 공작도 막아야 하고요!"

코델리아가 바람 새는 소리로 말했다.

"스테어보텀 선생님도."

구스가 덧붙였다.

휴고 경이 다소 멍하게 싱긋 웃더니 사다리 위로 사라졌다.

"그래도 칼 하나는 잘 다루니까."

구스가 코델리아와 함께 서둘러 휴고 뒤를 따르며 중얼거렸다. 올라가 보니 휴고 경이 연극 같은 동작으로 나무통 뒤에 쭈그리고 앉으며 숨고 있었다.

범선 위는 분주했다. 주홍색 옷을 입은 하인들이 이리저리 뛰어다니며 꽃을 진열하고 영국 국기를 펼치고 실제 모습보다 훨씬 멋지게 그려진 조지 왕(대단히 이성적으로 보이는 데다 고귀함까지 갖췄다)의 초상화를 걸었다. 벨벳으로 덮인 옥좌 두 개가 갑판을 가로질러 마주 보게 놓였다. 한 옥좌가 다른 옥좌보다 훨씬 크고 아름다웠다.

바다를 가로질러 맞은편에서는 파란색과 금색 옷을 차려입은 프랑스 신하 십여 명이 프랑스 배 갑판에서 아래를 내려다보고 있었다. 유독 길고 구불거리는 가발을 쓴 신하가 외쳤다.

"우리 국왕 폐하가 영국 음식을 먹으리라고 기대하지 않기를 바라오!"

코델리아와 구스가 숨은 자리에서 고개를 빼꼼 내밀고 밖을 봤다.

"저 사람들이 프랑스 장인들인가 봐. 루이 왕한테는 향수 장인이랑 가발 장인도 있다고 들었어."

구스가 세상 화려한 옷을 입고 갑판을 따라 늘어선 사람들 모습에 숨을 몰아쉬며 말했다.

코델리아는 영국 배를 살피고 있었다.

"왕족들이 쓰는 선실은 배 뒤쪽에 있을 거야. 갑판 아래로 내려가야겠어."

코델리아가 속삭이며 선미루 아래에 달린 문을 가리키자 구스가 고개를 끄덕였다.

"좋아, 흩어진다!"

휴고 경이 외치더니 무릎을 움켜잡았다가 튀어 나갔다.

한 하인이 잼을 넣은 타트(*과일을 올리고 위에 반죽을 덮지 않고 구운 파이)가 올려진 쟁반을 떨어뜨리며 비명을 질렀다.

사람들 고개가 휙휙 돌아갔고 모두가 얼어붙었다. 코델리아와 구스는 행여나 누구한테 들킬세라 최대한 몸을 낮추고 움직임을 멈췄다.

"두려워 마시오! 난 대단히 고귀한 임무를 띠고 왔…."

휴고 경이 사방에서 쳐다보는 하인들을 향해 외쳤다.

"누가 이런 식으로 밀항을 하는가!"

한 목소리가 쩌렁쩌렁 울렸다.

어떤 남자가 선미루에 나타났다. 금 단추가 달린 선명한 푸른색 외투를 입고 흰 가발과 검은색 삼각모를 썼다. 인상이 대단히 강렬했다.

"난 밀항자가 아니다!"

휴고 경이 외쳤다.

"난 왕실 범선 선장이다. 난 밀항자를 알아본다."

남자가 외쳤다.

"난 휴고 거시포스 경이다. 거의 다 부서진 배를 모는 건방진 놈이 밀항자라고 부를 만한 사람이 아니다!"

휴고가 칼을 휘둘러 은빛 호를 그리며 외쳤다.

선장이 선미루에서 내려와 휴고를 향해 성큼성큼 다가갔다. 휴고가 칼을 어찌나 빠르게 휘두르는지 허공에서 은색 번개가 치는 것 같았다.

"극장에서 휴고 경이 보여줬던 칼싸움 기억나? 쉽게 이겼잖아."

구스가 자신 있게 속삭였다.

선장이 두 발로 굳건하게 서서 칼집에서 칼을 빼 들었다. 단 한 번 가차 없이 휘두른 선장의 칼 놀림이, 휴고 경의 검술이 그리던 은빛 호를 깨끗하게 갈랐다.

챙!

"어이쿠!"

그 후로 휴고 경은 침착하게 주변 공기를 찌르고 베는 선장의 칼날을 피하느라 필사적으로 몸을 납작 수그리기 바빴다.

"맙소사. 아무래도 휴고 경은 상대방이 목검을 가진 가짜 칼싸움에서만 잘하는 것 같아."

코델리아 말에 구스가 강아지처럼 깽깽대는 휴고 경을 보며 침울하게 고개를 끄덕였다.

갑판 위 하인이며 신하, 선원들까지 모두 제자리에 못 박힌 듯 서서 칼싸움을 구경했다. 프랑스 배에 타고 있는 프랑스인들조차 선장이 능숙한 칼 놀림으로 휴고 경 겉옷에서 단추를 모두 날려버리자 와, 와, 함성을 질렀다.

"가자! 지금이 기회야!"

코델리아가 식식대며 말했다.

코델리아와 구스가 나무통 뒤에서 나와 번개처럼 갑판을 가로질렀다. 두 아이가 무사히 갑판 문을 통과하는 순간, 뒤에서 프랑스 신하가 길고 요란하게 불어 젖히는 휘파람 소리가 들렸다. 지탱해주던 단추가 모조리 떨어져 버린 휴고 경 바지가 다리 위로 주르륵 미끄러져서 바닥에 툭 떨어졌다.

CHAPTER 37

주위는 고요했지만 사방이 가볍게 흔들렸다.

"어디로 가야 하지?"

어둠 속에서 구스 목소리가 났다.

'손끝에 어린 마법과 길들지 않은 재치를 간직해!'

코델리아가 눈을 감고 콧구멍을 벌름거렸다.

분노 의복은 '불 닭'의 썩은 알과 불타버린 꿈이 뒤섞인 고약한 악취를 풍겼다.

"저쪽이야."

코델리아가 방향을 가리키며 말했다.

"어느 쪽? 어두워서 안 보여."

구스 목소리가 다시 났다.

코델리아가 어둠 속을 더듬어 구스 손을 찾아냈다. 코델리아는 배를 관통해서 풍기는 악취를 따라 구스 손을 꽉 잡고 양옆으로 흔들리는 복도를 걸었다.

왁 터져 나오는 함성에 두 아이가 굳어버렸다. 코델리아가 구스를 잡아당겨서 나무 벽으로 밀어붙이기가 무섭게 사람들이 소리를 지르며 떼지어 우다다다 지나갔다.

"침입자가 승선했다!"

"밀항자다!"

"배우다!"

군중이 갑판으로 우르르 몰려갈 때까지 코델리아와 구스는 쿵쾅거리는 심장을 부여잡고 어둠 속에서 석상처럼 기다렸다. 마음이 놓인 코델리아가 무심코 숨을 쉬다가 코에 주름이 잡히도록 찡그렸다.

"우엑!"

이전보다 강렬한 악취였다. 코델리아가 구스를 잡고 다음 모퉁이를 돌자 순식간에 악취가 심해졌다.

"피유! 끔찍하다!"

구스가 숨을 푸푸 내쉬었다.

코델리아가 가볍게 밀었을 뿐인데 문 하나가 활짝 열렸다. 밝은 햇살이 어둠 속으로 쏟아져 들어오자 반짝이는 창문과 눈부신 파도가 보였다. 입구에는 금색 문장이 걸려 있었다.

왕실 선실이다!

조용했다.

"다 갑판 위로 올라갔나 봐."

코델리아가 속삭였다.

코델리아와 구스가 선실 안으로 살금살금 들어갔다. 저기, 기둥 침대 위에 놓인 것은 분명히 ….

"분노 의복이다!"

구스가 뒤로 펄쩍 뛰었다. 기괴하게 생긴 분노 의복에서 증오가 파도처럼 밀려 나오고 있었다.

주홍색 '흡혈 오징어' 껍질을 갈가리 찢어서 지은 망토에 '뱀장어 잡초'를 늘어뜨렸고, 독이 잔뜩 오른 성게 가시로 징을 박았다. 게다가 가늘게 뜬 코델리아 눈에 들어온 것은….

"저거 혹시 아이들 이빨이야?"

구스가 한 손으로 입을 턱 막았다.

물기가 흥건한 두꺼비 껍질로 만든 장갑은 손마디마다 따개비가 혹처럼 붙은 데다 열 손가락 끝에는 무언가 꿰매져 있었다.

"'오르쿠스 여우' 발톱이다!"

코델리아는 믿기지 않았다.

끝이 뾰족한 신발코에서는 녹슨 못이 튀어나왔고, 부패한 동물 내장을 꼬아 만든 신발 끈에는 뭔가 다른 것이 엮여 있었다.

"'노여움 리본'이야!"

구스가 숨을 들이마셨다.

털이 북슬북슬한 갈색 시계를 들여다보던 코델리아는, 시계가 죽은 타란툴라로 만들어졌다는 것을 깨닫고 충격을 받아서 부르르 몸을 떨었다. 뻣뻣한 털로 뒤덮이고 손가락만큼 두툼한 거미 다리를 밑으로 말아 넣었다.

구스가 코델리아 손을 꽉 잡았다.

모자는 높고 시커먼 굴뚝 같았다. 금이 가고 불꽃이 튀는 철사를 뒤틀어서 웅웅 우는 '다툼 번개'를 감아놓았다. 불결하기 짝이 없는 깃털 세 개가 축 늘어졌고, 한 가닥 주황색 콧수염이 언월도처럼 정수리를 감고 있었다. 코델리아가 아는 한 저렇게 생긴 건 한 가지뿐이었다.

"엄니 호랑이' 콧수염이야!"

무엇보다 역겨운 것은 모자 테두리를 따라 꿈틀꿈틀 몸을 비틀어대는 살아 있는 지네 천 마리였다. 악의가 살아 있는 모자였다.

두 아이는 두려움에 휩싸여 모자를 노려봤다. 이처럼 끔찍한 비밀을 간직하느라 안간힘을 쓰는 듯 선체에서 끼이익 소리가 났다.

"모자에 '하피(*여자 얼굴과 몸에 새의 날개와 발톱이 달린 추악하고 탐욕스러운 괴물) 깃털'들을 달아놨어!"

코델리아가 탄식했다.

"다툼 번개'도!"

"구스, 이 의복은 정말 위험해. 뭐 하나만 입어도 최악이야."

뒤에서 뭔가 쥐어짜는 소리가 어렴풋이 났다. 코델리아와 구스가 홱 뒤를 돌아봤다. 대리석상처럼 창백한 얼굴로 서 있는 것은 바로….

"조지나 공주님!"

공주가 진짜 석상처럼 꼼짝도 하지 않았던 터라 두 아이는 몰래 선실로 들어오면서도 알아채지 못했다. 번쩍이는 유리 왕관을 이마에 쓴 공주는 이상하리만큼 눈이 뿌옜다.

코델리아가 유리 관을 벗기려고 손을 뻗는데 문 손잡이가 돌아갔다.

"구스, 숨어!"

코델리아는 무늬가 새겨진 나무 병풍 뒤로 몸을 날렸고, 구스는 기둥이 네 개인 침대 위에 늘어진 벨벳 커튼으로 몸을 휘감았다. 휘트루프 공작이 방으로 들어서는 순간 구스가 커튼으로 발까지 덮었다.

　코델리아가 병풍 구멍에 눈을 대고 내다보니 공작이 공주를 보며 역겹게 웃고 있었다.

　"그 우스꽝스러운 배우 놈을 체포했다. 더러운 쥐들과 함께 배 밑바닥에 가두었지."

　공작이 말했다.

　"델릴라는 밀항자 꼬마가 두 놈 더 있을 거라고 의심하지. 해트메이커와 부트메이커. 놈들을 잡으면 물이 새는 배에 태워서 바다로 내보낼 예정이다. 우리가 말하는 이 순간, 내 명령에 따라 작은 배 한 척에 구멍이 뚫리고 있을 것이다."

　휘트루프 공작이 말을 잇는데도 공주는 움직이지 않았다.

　부들부들 떨리는 침대 커튼이 코델리아 눈에 들어왔다.

　"자, 공주. 드디어 대포를 주문할 시간이 왔다! 공주 부친도 이 위임서에 서명하기를 거부했고 그대도 거부했지. 하지만 지금은 서명할 테고 그러면 내 무쇠 불꽃 대포 공장은 지금까지 인류가 경험하지 못한 속도로 무기를 대량 생산하기 시작할 것이다!"

　휘트루프 공작이 눈을 번득이며 두루마리를 하나 꺼내서 책상 위에 펼치고, 공주 한쪽 손을 잡아서 깃펜을 잉크병에 담가 적셨다. 공주는 손가락을 움켜쥔 공작 손이 움직이는 대로 종이 위에 서명할 수밖에 없었다. 휘트루프 공작은 서명이 끝나자마자 서류를 낚아채고 조끼에서 유리 회중시계를 꺼냈다.

"젠장, 또 멈췄군."

공작이 투덜거리며 잠잠한 시계를 탁탁 쳤다.

공작이 시계 나사를 신중하게 풀어서 뚜껑을 열었다. 아름다운 파란색 나비가 들었던 뚜껑 안에는 이제 검은 재로 변한 부스러기만 남았을 뿐이었다. 휘트루프 공작은 혀를 차며 재를 바닥에 쏟아버리고 호주머니에서 작은 나무 상자를 꺼내서 열었다. 상자 안에서는 보석처럼 빛나는 나비 몇 마리가 햇살 아래에서 날개를 움찔거리고 있었다. 루비처럼 새빨간 나비가 허공으로 날아올랐지만 휘트루프 공작이 종이처럼 얇은 날개를 잡았다.

"너로 하자."

공작이 손가락 사이에서 파닥이는 나비를 보며 말했다.

공작이 나비를 시계 안에 넣고 뚜껑을 탁 닫아서 유리 안에 가두었다. 감옥 안에서 나비가 날개를 유리에 부딪히며 퍼덕거렸다. 코델리아는 나비 목소리를 들을 수 있었다면 틀림없이 비명을 지르고 있으리라 확신했다.

시계가 다시 째깍째깍 가기 시작했다. 코델리아는 구역질이 났다.

문이 벌컥 열리면서 스테어보텀 선생이 미끄러지듯 들어왔다.

"아, 시계처럼 정확한 델릴라! 공주가 평화 회담 복장을 갖춰 입을 시간이다."

휘트루프 공작이 지시했다.

코델리아는 저토록 잔인하게 뒤틀린 가정 교사 입술을 어떻게 그동안 눈치채지 못했는지 이해가 안 갔다. 공주를 향해 웃으며 분노 의복을 집어 드는 가정 교사는 대수학 문제 백 개보다 못돼 보였다. 코델리아는 스테어보텀 선생이 고무 같은 망토를 공주 어깨에 걸치고 타란툴라 시계를 공주 손목에 핀으로 고정하는 모습을 보며 조용히 전율했다. 선생은 딱딱하게 뭉친 장갑을 공주의 창백한 두 손에 끼우더니, 공주의 자그마한 두 발에서 은 구두를 잡아당겨 벗기고 새 신발을 신긴 뒤 미끈미끈한 끈으로 여러 번 매듭 지어 묶었다.

코델리아는 선생이 공주에게 분노 모자를 씌우지 않았다는 것을 눈치챘다. 유리 관이 냉혹한 힘으로 여전히 공주를 통제하고 있었다. 사람이 물속에 잠기도록 누르는 막강한 팔 같았다.

스테어보텀 선생이 작품을 감상하듯 뒤로 물러섰다. 공주는 구역질이 올라올 만큼 역겨운 모습이었다.

휘트루프 공작이 미소 지었다.

"아주 잘 해냈군. 평화 회담이 제대로 돌아가겠어."

"공주는 전쟁을 선포할 테고 장인들은 모조리 언덕에서 교수형을 당하겠죠. 목이 부러지는 꼴을 보면 얼마나 즐거울까요!"

스테어보텀 선생이 기쁜 듯이 색색대며 휘트루프 공작에게 말했다.

코델리아가 할 수 있는 일은 두려움에 소리 지르지 않도록 이를 악무는 것이 전부였다.

바로 그때, 벨벳 커튼이 움직였다.

"꼼짝 말고 다 내놔!"

구스가 분노에 차서 커튼을 걷어 젖히며 최대한 사납게 외쳤다.

휘트루프 공작은 잠깐 공포에 사로잡힌 기색이었다. 복수심에 불타는 부드러운 살림살이에 공격당한다고 생각한 것 같았다. 그런데 커튼에서 빠져나오느라 씨름하는 사이, 분노로 벌게진 구스의 둥글둥글한 얼굴이 먼저 드러났다. 커튼과 벌인 싸움에서 구스가 졌다. 찢어진 벨벳 커튼에 둘둘 말린 채 쿵 소리를 내며 바닥에 쓰러졌다.

"저건 부트메이커 꼬마네?"

스테어보텀 선생이 비웃었다.

"그렇다면 해트메이커 꼬마도 근처에 있겠군! 코델리아, 어디 숨었지?"

선생이 커튼 나머지 부분을 지팡이로 퍽퍽 쳤다.

"보초!"

휘트루프 공작이 외치자 보초 셋이 갑옷을 덜그럭거리며 선실로 들어왔다.

"이 꼬마를 체포해!"

휘트루프 공작이 구스를 발로 쿡쿡 찌르며 명령했다.

"어딘가에 여자애도 숨었다. 평화 회담을 망칠 작정이야! 찾아! 당장!"

스테어보텀 선생이 날카롭게 외쳤다.

코델리아 눈에 병풍으로 다가오는 한 보초가 보였다. 코델리아가 발각되기 직전….

"당신!"

구스가 스테어보텀 선생을 비난하듯 손가락질하며 악을 썼다.

"당신이야말로 얼빠진 얼굴에 코도 못생겼으면서 여기저기 다니며 엉덩이로 방귀나 뿡뿡 뀌는 악마다!"

모욕이라고 하기엔 하도 황당한 말의 연속이어서 선실 안 모두가 고개를 돌리고 구스를 쳐다봤다. 코델리아는 기회를 놓치지 않고, 누구도 들여다볼 생각조차 못 할 곳으로 몸을 날려 숨었다.

방을 샅샅이 뒤지며 수색이 시작되자 코델리아 주변에서 일대 소동이 일었다. 코델리아가 숨었던 병풍이 쓰러지고 구스가 커튼에 말린 꼴로 끌려가는 소리가 들렸다.

안은 덥고 답답했다. 묵직한 분노 의복이 코델리아를 사방에서 조이는 것 같아서 숨이 안 쉬어졌다. 그래도 공주 치마 속에 숨은 코델리아는 안전했다.

코델리아는 뻣뻣한 둥근 테 몇 개가 천을 받친 치마 속에 쭈그리고 있었다. 기름에 전 신발 끈에 손가락이 스쳤을 뿐인데 분노가 진동하며 온몸을 관통했다. 재킷 안에 든 모자 상자 느낌이, 상자 안에서 평화 모자가 참을성 있게 기다린다는 생각이 코델리아를 조금이나마 진정시켜 주었다.

"휘트루프 공작님, 아이는 이 방에 없는 것이 확실합니다!"

한 보초가 보고했다. 코델리아 손 바로 앞에 보초 발이 있었다.

"배를 통째로 뒤져라! 아이를 찾아!"

보초가 척척 줄지어 나갔다. 코델리아 발밑에서 선체 바닥이 진동했다.

"공주, 따라오라. 시작할 시간이다!"

휘트루프 공작이 명령했다.

CHAPTER 38

왕족이 품격을 갖춘 모습으로 느리고 위엄 있게 걸어야 해서 다행이었다. 아무리 치마폭이 넉넉해도 그 속에 쭈그리고 앉아서 오리걸음으로 걷는 일은 꽤 어려웠다. 코델리아는 치마 앞으로 손가락이 삐죽 나가거나 뒤로 발뒤꿈치가 툭 튀어 나가지 않게 조심해야 했다. 공주 치마 속에서 게처럼 걸어 선체를 관통하자니 다리가 불타는 것 같았다. 그 와중에 공주 신발에서 튀어나온 녹슨 못과 분노 망토에 달린 깔쭉깔쭉한 까마귀 깃털도 피해야 했다. 몸 어디라도 스칠 때마다 맹렬하게 분노가 일었다.

공주가 갑판을 향해 계단을 오르기 시작했다. 코델리아는 공주가 계단을 오를 때마다 시간 맞춰서 팔짝 뛰어야 했다. 절반쯤 올랐을 무렵, 모자 상자가 안에서 덜컥 튀는 바람에 박자를 놓쳐서 하마터면 뒤로 처질 뻔했다. 심장이 쿵쾅거렸지만 발이 밖으로 드러나기 직전에 치마 안으로 간신히 기어들어 갔다.

공주 일행이 갑판에 다다랐다. 코델리아는 아직 공주 치마 속에 숨어 있었다. 열 개도 넘는 트럼펫이 귀를 긁는 쇳소리를 내며 공주 일행을 맞앉고 누군가 힘차게 외치며 공주가 도착했음을 알렸다.

"고귀하고 존엄한 왕실 대리인 조지나 공주님이십니다!"

공주가 걸음을 멈췄다. 공주를 기다리던 무리가 숨을 들이마시며 탄식하는 소리가 들렸다. 코델리아는 불쾌하기 짝이 없는 공주 옷차림과 악취에 사람들이 과연 어떤 표정을 지었을지 상상이 안 갔다. 바람을 타고 뒤숭숭한 웅얼거림이 일었다.

공주가 다시 움직이기 시작해서 코델리아도 앞으로 기었다. 갑자기 두 손이 부드러운 양탄자를 파고드는가 싶더니 옆을 가린 치마가 들렸다. 코델리아는 옥좌 밑바닥에 몸을 찰싹 붙이고 어서 공주가 앉기를 기다렸다.

코델리아가 공주 속치마 가장자리를 살짝 들고 까마귀 깃털 사이로 밖을 엿봤다. 휘트루프 공작 부츠에서 번쩍거리는 W 글자 두 개가 코앞에 보여서 깜짝 놀랐다.

문득 공주가 몸을 떨었다. 오래도록 물속에 가라앉았다가 숨 쉬러 올라온 듯 가냘프게 헉 소리를 냈다. 휘트루프 공작이 공주 머리에서 유리관을 벗긴 것이 틀림없었다.

"자, 공주, 잊지 마라. 루이 왕은 공주에게 매우 무례한 편지를 여러 차례 썼으며 공주를 암살하려고 했다."

휘트루프 공작이 낮은 목소리로 말했다.

분노 모자가 머리에 씌워지자 공주가 경련을 일으켰다. 두 다리를 덜덜 떨며 몸을 흔들었다. 분노에 차서 날뛰지 않으려고 기를 쓰는 것 같았다. 분노가 공주 몸을 관통하기 시작했다. 코델리아는 옥좌에 몸을 바짝 붙이고 버텼다. 팔다리가 꼬인 코델리아는 움찔움찔 튀어대는 공주 다리 옆에서 격렬하게 흔들렸다.

프랑스 선박에서 두껍고 튼튼한 건널판자가 영국 배 갑판 위로 쿵 떨어지는 광경이 까마귀 깃털 사이로 보였다.

'La Grande Pomme! La Patate Chaude! Le Roi de France – Louis! (커다란 사과! 뜨거운 감자! 프랑스의 국왕, 루이 폐하십니다!)"

한 프랑스 신하가 목이 터지게 외쳤다. 황금색 긴 예복 차림에 머리가 길고 콧수염이 꼬불거리는 남자가 건널판자 너머로 영국 배를 향해 천천히 걷기 시작했다.

루이 왕이 화려한 몸짓으로 공주에게 절했다. 두 손과 팔꿈치, 머리카락마저 우아하게 곡선을 그렸다. 루이 왕은 영국 측이 준비한 옥좌가 다소 덜 인상적이어서 불쾌했는지, 자리에 앉기 전 한쪽 눈썹을 휙 올렸다.

목에 황금 목줄을 차고 종종걸음 치는 하얀색 푸들을 시작으로, 비단 옷을 차려입은 프랑스 측 신하들 행렬이 루이 왕 뒤로 길게 이어졌다. 푸들과 프랑스 장인들, 십여 명이 넘는 신하들이 신랄한 눈빛으로 국왕의 맞상대인 영국 공주를 뜯어보며 자기 나라 왕 주변으로 줄지어 섰다.

영국 신하들은 코를 킁킁대며 안달했다. 어떤 신하는 한낮 태양이 정면에서 보일 만큼 코를 허공으로 치켜들었다.

시간이 얼마 없었다. 곧 평화 회담이 시작될 것이었다.

'맙소사, 뭘 어떻게 해야 하지?'

코델리아가 절박하게 생각했다. 분노 의복을 입은 공주는 평화를 위해 절대 노력하지 않을 것이었다. 장인들은 그 책임을 지고 반역죄로 처형

당할 터였다. 전쟁이 터질 테고 그러면 아빠는 바다에 먹힐 것이었다. 아빠를 영원히 잃을 판이었다.

'안 돼.'

공기가 통하지 않는 공주 치마 안에서 몸을 비틀다 보니 코델리아 코 앞에 분노 신발이 보였다.

'이것부터 벗겨봐야겠다.'

코델리아가 생각하며 미끈미끈한 끈을 잡아당겼다. 손가락이 '노여움 리본'에 닿자 물집이 잡혔다. 공주가 발을 구르는 바람에 손가락이 분노 신발에 밟혀 뭉개졌다.

"아야!"

코델리아가 비명을 질렀다.

다행히 그 순간에 갑판에서 징이 울렸고 코델리아의 목소리는 징 징 울리는 잔향음에 먹혔다.

"평화 회담을 시작합시다."

징 소리 여운이 잦아들자 휘트루프 공작이 진지하게 말했다.

'코델리아 해트메이커, 정신 똑바로 차려.'

코델리아가 결연하게 혼잣말하며 다시 공주 발을 잡고 분노 신발 한쪽을 벗기려고 애를 썼다.

"공주님."

프랑스 왕이 입을 열었다. 목소리에 초콜릿 크림을 바른 듯 깊고 부드러운 음색이었다.

"역겨운 존재군. 그토록 모욕적인 편지를 보내놓고 감히 나를 부르다니!"

공주가 내뱉듯이 말했다.

충격으로 정적이 흘렀다.

"이런, 나의 공주님. 공주님이야말로 무례한 편지를 썼습니다."

왕이 초콜릿처럼 부드러운 목소리로 다시 말했다. 자기 뜻을 이루는
데 익숙한 사람의 목소리였다.

"난 그대의 공주가 아니다. 난 나만의 공주다. 그대는 무례하고 부정직
한 악당에 불과하다."

공주가 이를 갈았다.

분노 신발이 갑자기 펄떡였다. 신발 끈이 코델리아 손목을 친친 감으
며, 풀려고 드는 손가락에 저항했다. 피부가 '노여움 리본'에 지글지글 구
워졌지만, 코델리아는 이를 악물고 신발 끈을 잡아 뜯었다.

"악당이요?"

프랑스 왕이 공주 말을 따라 했다.

"정직하지 않은 악당이 공주에게 파인애플이 가득 든 바구니를 보냈
을까요?"

코델리아가 첫 번째 분노 신발을 잡아당겨 벗긴 뒤 화상 입은 손을 호
호 불었다.

"파인애플?"

공주가 발끈했다.

코델리아가 다시 이를 악물고 두 번째 신발 끈을 풀기 시작했다.

"그건 호의의 표시였습니다! 파인애플은 재미있는 과일이에요!"

"난 파인애플이라고는 받아본 적 없다!"

공주가 씩씩댔다.

"가장 믿음직한 하인을 통해 파인애플을 보냈습니다! 그런데 그 하인은 돌아오지 않았죠! 납치범 같으니라고!"

드디어 프랑스 왕이 폭발했다.

"그대처럼 콧물이나 줄줄 흘리는 악당이 평화 회담에 기어 나온 이유는 하나뿐이다. 내가 거느린 무시무시한 무장 병사들과 새로 장만한 대포 수천 대가 두려웠던 게지. 그래서 여기까지 기어와 미안한 척 연기를 하는 거다."

공주는 뱀처럼 쉭쉭 소리를 냈다.

"난 절대 기지 않는다!"

루이 왕이 호통쳤다.

코델리아는 두 번째 분노 신발을 단단히 받쳐 들고 벗기려는 참이었다.

공주가 펄쩍 뛰듯 일어나더니 갑판을 가로질러 뛰쳐나가 버렸다. 붉은색 두툼한 양탄자 위에 홀로 남은 코델리아 얼굴이 바닷바람에 차갑게 식었다.

아무도 코델리아를 눈치채지 못했다. 격노한 공주 모습에 죄다 혼이 나갔다. 격분한 공주 얼굴이 일그러졌다. 이글거리는 분노의 후광이 공주를 둘러싸고 딱딱 소리를 냈다. 분노 망토에 축 늘어져 있던 '흡혈 오징어' 촉수가 악으로 소용돌이치며 꿈틀꿈틀 뒤틀렸다. 휘어진 분노 모자에 달린 검은색 철사에서 불꽃이 튀어 사방으로 날렸다.

망토에 달린 촉수 하나가 뱀처럼 구불구불 허공을 가르고 뻗어나가더니 루이 왕 두 어깨를 휘감았다.

"너 따위에게 말하는 것은 두렵지 않다! 네가 나를 두려워해야 한다! 난 너를 바퀴벌레처럼 뭉개버릴 수 있다!"

공주가 포효했다.

"안 돼요!"

코델리아는 누군가 외치는 소리를 들었다. 알고 보니 자기 목소리였다.

"공주님, 멈춰요!"

분노 망토는 멈추지 않았다. 촉수가 루이 왕 목을 둘둘 감으며 타고 올라가자 왕 얼굴이 벌게졌다. 촉수가 어마어마한 힘으로 봉제 인형 들 듯 왕을 들어 올리자 왕의 두 발이 땅에서 떨어졌다. 갑판 위 사람 모두가 두려움에 사로잡혔다.

"Au secours!(도와줘요!)"

"누가 좀 도와줘요!"

코델리아가 갑판을 겅중겅중 가로질러 공주를 향해 몸을 날렸다. 공주 등에 올라탄 코델리아 밑에서 고무 같은 망토가 푸드덕거렸고 성게 가시가 피부를 찔러댔다.

"공주님!"

코델리아가 숨을 몰아쉬며 공주 목을 단단히 죄고 있는 분노 망토의 유리 죔쇠를 손으로 잡아 뜯었다. 죔쇠는 꿈쩍도 하지 않았다.

"이건 공주님이 아니에요! 멈추세요! 제발 멈춰요!"

"저 여자애 잡아!"

손 하나가 불쑥 튀어나오더니 코델리아 머리채를 잡고 공주에게서 뜯어내려 했다. 코델리아가 냅다 발길질을 날리자 휘트루프 공작이 물러나며 저주를 퍼붓는 소리가 들렸다.

다른 무언가가 코델리아 허리를 감고 들었다. 사람 팔보다 힘센 어떤 것이 코델리아를 공주에게서 뜯어냈다. 분노 망토 촉수에 휘감긴 코델리아가 몸부림치며 허공으로 발길질을 날렸다. 다른 촉수에 목이 감긴 루이 왕 얼굴이 두려울 만큼 보라색으로 변했다.

코델리아가 신하 무리를 향해 필사적으로 외쳤다.

"아무나 좀 도와주세요!"

"다들 물러나라! 아무도 움직이지 마! 상황이 악화될 수 있다!"

휘트루프 공작이 외쳤다. 눈이 잔혹한 빛으로 번들거렸다.

촉수에 단단히 감긴 코델리아가 허공에서 버둥거렸다. 촉수가 코델리아 폐에서 공기를 쥐어짜 내고 있었다.

공주 두 눈은 악의로 검었다. 이글거리는 두 눈을 코델리아에게서 루이 왕으로 돌렸다. 어떻게 해서인지 분노 시계에 달린 타란툴라가 되살아나서, 공포에 사로잡힌 국왕 얼굴을 향해 촉수를 따라 움찔움찔 튀면서 나아갔다.

"공주님!"

코델리아가 절박하게 쌕쌕 숨을 몰아쉬었다. 공기와 희망이 떨어져 갔다. 촉수가 조일수록 가슴을 파고드는 아빠 재킷 단추가 느껴졌다.

금 단추들…. 빛나는 희망처럼 금 단추가 반짝였다.

코델리아가 마지막 남은 힘을 쥐어짜서 발을 걷어찼다. 공주 목을 두른 유리 죔쇠에 발이 닿은 것 같았다. 쩍, 죔쇠가 터졌다.

쿵.

쿵.

코델리아와 왕이 갑판 위로 내동댕이쳐졌다. 두 사람은 공기가 모자라서 숨을 헐떡였다.

공주 어깨에서 흘러내린 망토가 코델리아 옆에 떨어지며 한데 뭉쳤다. 산더미처럼 쌓인 촉수에서 구역질 나는 냄새가 훅 끼쳤다. 그 옆으로 시계도 떨어졌다. 코델리아가 주먹으로 시계를 인정사정없이 내리치자 시곗바늘과 거미 다리가 성냥처럼 산산이 조각났다.

코델리아가 옆으로 굴렀다. 왕이 비틀거리며 두 다리로 일어서자 공주가 으르렁거렸다.

"이건 정말 말도 안 돼!"

왕이 꺽꺽거렸다.

"멍청이! 조용히 하라!"

손마디가 울퉁불퉁한 분노 장갑 한 짝이 왕 얼굴을 냅다 후려갈겼다. 왕이 갑판 위에 대자로 뻗었다.

"나를 암살하려고 시도한 것에 대한 벌이다!"

조지나 공주가 짐승처럼 울부짖었다.

왕이 코를 싸잡고 신음했다.

"À l'assaut!(공격하라!)"

어느 프랑스인이 외쳤다.

프랑스 장인 한 명이 공주에게 달려들었지만 영국 하인이 달라붙어서 바닥에 쓰러뜨렸다.

"다들 뛰어들어라!"

영국 하인이 외쳤다.

화를 참지 못하고 순식간에 사방에서 떼로 달려든 사람들이 서로 맞붙어서 몸싸움을 벌였다.

프랑스 귀족 무리가 영국인 공작을 두드려 팼다. 영국 시녀 패거리가 한 프랑스 장인을 공격했다. 영국 선장이 삭구에서 미끄러지며 프랑스 귀부인들 한복판으로 떨어지자, 주먹세례가 맹렬하게 쏟아지며 눈 깜짝할 사이에 선장을 집어삼켰다.

"신발 한 짝, 시계, 망토, 성공!"

숨이 턱에 닿은 코델리아가 몸을 비틀어 가며 프랑스인 다리 사이로 피해서 공주에게 다가갔다.

"이젠 장갑 두 짝, 나머지 신발 한 짝, 모자 차례다!"

공주가 프랑스 왕에게 다가갔다. 분노 장갑이 국왕 머리 위로 내리꽂혔다.

"넌 무뢰한이다! 비열한 놈!"

공주가 왕을 두드려 패며 외쳤다.

코델리아는 시간을 정확히 쟀다. 공주가 왕을 때리려고 손 한쪽을 뒤로 뺀 순간에 맞춰서 코델리아가 장갑 한 짝을 낚아챘고, 이내 다른 쪽 장갑도 손에 넣었다. 코델리아는 장갑 두 짝을 모두 배 밖으로 던져버렸다.

공주가 맨손을 멍하니 내려다봤다.

"장갑은 사라졌습니다!"

코델리아가 헉헉대며 말했다.

공주가 코델리아를 돌아본 순간, 코델리아는 한데 뒤섞인 두려움과 분노를 공주 눈빛에서 읽었다. 아직 분노 신발을 신은 한 쪽 발이 날아왔다. 코델리아는 제때 발길질을 피해서 뒤로 펄쩍 뛰며 공주 발에서 있는 힘껏 신발을 잡아 뺐다.

왱왱거리는 벌 떼를 털어내듯이 공주가 머리를 세차게 흔들었다.

분노 신발이 허공을 가르며 공주 발에서 벗겨졌다.

"너!"

공주가 늑대처럼 길게 울며 두 팔을 뻗고 코델리아를 향해 달려왔다. 절망해서인지 분노해서인지 코델리아는 알지 못했다. 코델리아가 뒷걸음질 치다가 발이 걸려서 갑판에 대차게 넘어졌다. 대번에 공주가 코델리아 앞에 우뚝 섰다.

코델리아는 신발 한 짝을 여전히 손에 쥐고 있었다. 코델리아가 공주 머리통을 겨누고 신발을 날렸다.

신발은 목표물에 명중했다. 흉측한 분노 모자가 벗겨졌다. 모자 테두리에서 꾸물거리던 수천 마리 지네가 우수수 떨어졌고 갑판에 떨어진 모자는 불꽃을 튀기며 터졌다.

코델리아가 자리에서 벌떡 일어섰다.

주변에서 벌어지는 대소란에 완전히 당황한 조지나 공주가 숨을 헐떡이며 배 한복판에서 움직임을 멈췄다.

"해트메이커 양? 내, 내가 무슨 짓을 했죠?"

공주가 웅얼거렸다.

"어… 저, 저기 그게……."

코델리아가 옥좌 뒤에 한껏 움츠리고 있는 프랑스 국왕을 힐끔거렸다.

"폐, 폐하?"

공주가 더듬더듬 말하며 팔을 내려서 프랑스 왕을 조심스럽게 흔들었다.

프랑스 왕이 애처롭게 끙끙거렸다.

"루이?"

공주가 부드럽게 불렀다.

루이 왕이 손가락 사이로 조심스럽게 눈을 떴다.

조지나 공주가 걱정스러운 눈빛으로 루이 왕을 내려다보며 말했다.

"폐하, 나는 프랑스와 영국이 대화를 통해 평화 조약에 합의하기를 진심으로 바라고 있습니다."

공주는 프랑스 왕이 잡고 일어나라고 손을 뻗었다. 왕은 공주가 내민 손을 무시하고 비틀거리며 일어섰다.

두 사람 주변에서 프랑스, 영국 신하와 하인들이 아직도 무자비하게 싸우고 있었다.

"하! 평화 회담을 하자면서 나를 여기 이곳, 바다 한복판, 배로 초대해 놓고! 하하!"

프랑스 국왕이 사납게 말을 뱉었다.

조지나 공주가 불안하게 고개를 끄덕였다.

"그대는 내가 보낸 파인애플을 조롱했어요! 게다가 나를 이렇게 악랄하게 공격해놓고!"

국왕이 분노로 눈빛을 번뜩이며 고래고래 소리쳤다. 국왕 가발은 삐뚜름해졌고 황금색 예복은 찢겼으며 세심하게 꼬불꼬불 말아놓은 콧수염은 늙은 쥐 수염처럼 축 늘어졌다.

"평화를 원한다면서요! 이건 평화가 아닙니다!"

코델리아가 아빠 재킷 안에 모자 상자를 꺼내어 급하게 뚜껑을 열었다. 상자 안, 살짝 찌그러졌지만 평화 모자가 온전히 들어 있었다.

"내 이곳에서 선언하노니, 영국이야말로 가장 폭력적이고 극악무도한 나라…."

코델리아가 평화 모자를 높이 쳐들고 허공으로 훌쩍 날아올라서 루이왕 머리에 모자를 푹 눌러 씌웠다.

"공주, 그대는 오늘 참으로 아름다운 옷을 입었군요."

루이 왕이 말을 맺었다.

평화 모자가 왕 머리에서 은은하게 빛났다. 원래 위치에서 살짝 틀어졌지만 금색 별이 햇빛을 받아 눈부시게 빛났다. 둥그런 '햇살 설탕' 고리가 은은하게 일렁이고 산들바람에 깃털들이 춤을 추었다. '팔딱팔딱 뛰는 콩'이 모자 테두리를 따라 신나게 팔딱팔딱 튀었다. 분노의 기색이 모두 사라진 루이 왕이 공주를 보며 환히 미소 지었다.

"통했다!"

코델리아가 중얼거렸다.

조지나 공주 드레스에서 조금씩 연기가 피어올랐다. '다툼 번개'에서 튄 불꽃으로 옷이 타고 주변에서 격투가 벌어지는데도 공주는 위엄을 지키며 꼿꼿이 서 있었다.

"국왕 폐하, 공식적으로 평화에 합의하시겠습니까?"

공주가 물으며 다시 한번 신중하게 왕을 향해 손을 뻗었다.

코델리아가 숨을 죽였다. 루이 왕이 공주 손을 잡아서 입맞춤 세례를 퍼부었다.

"음…. 이건 우리 사이에 평화가 왔다는 의미인가요?"

공주가 손을 잡아빼며 물었다.

"Mais, oui!(그렇습니다!)"

왕이 햇빛처럼 찬란하게 미소 지으며 맞장구쳤다.

"물론입니다, 사랑스러운 나의 공주님. 평화는 우리 것입니다!"

코델리아가 안도의 한숨을 쉬었다.

그 순간, 포성이 울렸다.

쾅!

CHAPTER 39

모든 싸움을 일제히 멈추게 할 만큼 큰 소리였다. 한창 치고받던 영국인, 프랑스인들이 얼어붙었다.

영국 공작이 나무통 안으로 기어들어 갔다. 선장을 공격하던 프랑스 백작 부인이 움직임을 멈췄다. 영국 하인들 무리가 프랑스인 적수를 떨어뜨렸다.

"난 내 전쟁을 치르겠다!"

휘트루프 공작이 외쳤다. 공작은 선미루 위, 연기가 피어오르는 대포 옆에 서 있었다.

"Non! (안 돼!)"

한 프랑스 신하가 르 판타스티크호를 가리키며 외쳤다.

프랑스 배가 구멍이 뻥 뚫린 채 연기를 날리고 있었다. 이에 대답하듯, 순식간에 배 측면에서 포문이 줄줄이 열리더니 대포 백 문이 모습을 드러냈다. 무쇠 아가리 백 개는 불을 뿜을 준비를 끝냈다.

범선에 탄 사람이 일제히 비명을 질렀다.

"우리 배는 우리를 공격하지 못한다! 우리 국왕이 이 배에 탔단 말이다"

프랑스 신하가 휘트루프 공작에게 외쳤다.

휘트루프 공작이 위험한 개를 다루듯이 포신을 잡고 돌려서 프랑스 국왕을 정면으로 겨누었다.

"이 배에 타고 있을 시간도 얼마 남지 않았다!"

공작이 천둥처럼 소리치며 시커먼 포신에 화약을 쑤셔 넣더니, 앞에 있는 영국 하인을 향해 기다란 꽂을대(*총포에 화약을 재는 기다란 쇠꼬챙이)를 마구 휘둘렀다.

"비켜라!"

무리가 뒤로 우르르 물러나자 루이 왕 홀로 눈만 껌뻑이며 갑판 중앙에 남았다.

"폐하!"

조지나 공주가 대포 앞에서 왕을 끌어내리려고 애쓰며 말했다. 그러자 왕이 꿈을 꾸듯 공주 머리를 쓰다듬기 시작했다.

"루이!"

공주가 다시 외쳤다.

코넬리아는 두려움에 휩싸인 무리를 헤치고 나아가 삭구를 기어오르기 시작했다.

휘트루프 공작이 포탄을 잡아 대포 안에 쑤셔 넣었다.

"제발 움직여요!"

조지나 공주가 왕에게 애원했다.

코델리아는 신중하게 밧줄을 골랐다.

휘트루프 공작이 성냥을 그었다.

코델리아가 목표를 겨눴다.

루이 왕이 꿈쩍도 하지 않자 조지나 공주가 앞으로 나서서 대포와 왕 사이 정중앙에 자리를 잡고 섰다.

코델리아가 두 발에 의지해서 몸을 뒤로 밀었다.

휘트루프 공작이 불붙은 성냥을 도화선에 갖다 댄 순간….

코델리아가 붕 날았다.

밧줄 끝에 매달린 코델리아가 멋지게 호를 그리며 허공을 가르자 주변에서 바람이 휘몰아쳤다.

코델리아가 퍽 소리를 내며 득의양양하던 공작과 충돌했다.

공작이 비틀비틀 뒷걸음질 치다가 나무 난간에 걸려 넘어지더니 배 옆으로 사라져버렸다.

코델리아는 남은 힘을 모두 쥐어짜서 대포를 움직였다. 도화선이 치지직 소리를 내며 무쇠 몸체 안으로 타들어 갔다. 대포가 수레 끄는 말처럼 풀쩍 튀었다. 코델리아가 뒤로 나자빠졌다. 무쇠 아가리가 불을 뿜어내며 포탄을 토해내더니 연기가 피어올랐다. 수 초 뒤, 포탄이 바다에 빠지는 소리가 들렸다.

"아슬아슬했어."

코델리아가 쉰 목소리로 말했다.

무리가 천둥처럼 우르르 발소리를 내며 난간으로 몰려가 아래를 내려다봤다. 휘트루프 공작이 바다에서 버둥거리고 있었다.

"오, 브라보!"

프랑스 남작이 환호하고는 영국 공작이 나무통 속에서 빠져나오도록 도와줬다.

이내 왕실 범선 곳곳에서 프랑스, 영국 신하들이 수줍은 듯 서로에게서 먼지를 털어주고 소심하게 머뭇거리며 영어와 프랑스어로 사과를 주고받았다. 영국 선원이 팔로 목을 조르고 있던 프랑스 장인을 풀어주고 옷을 바로잡아 주었다. 귀족과 신하들이 악수하고, 한데 뒤엉켜 있던 하녀들과 선원들이 얼굴을 붉히고 미소 지으며 서로를 풀어주었다.

"바다에서 휘트루프 공작을 건져 올려라."

공주가 명령했다.

올가미 밧줄이 배 옆으로 던져졌고 휘트루프 공작이 바닷물과 분노를 뚝뚝 흘리며 밖으로 끌어올려졌다. 공작을 조지나 공주 발치에 무릎 꿇려 앉히자마자 병사들이 달려와 주변을 빈틈없이 에워싸고 번쩍이는 칼과 창으로 공작을 겨누었다.

"휘트루프 공작, 그대는 악한 사람이다. 그대가 패했다. 영국과 프랑스 사이는 평화롭다."

공주가 선언했다.

공작이 꿈틀거리는 물고기를 가발에서 잡아빼더니 공주에게 집어 던졌다.

"난 악하지 않아. 난 유능한 사업가다! 전쟁은 두려움을 만들어내고 두려움은 돈이 된다. 아주 간단한 공식이란 말이다."

공작이 으르렁대며 두 다리로 벌떡 일어났다. 공작 주위 갑판에 바닷물이 잔뜩 고였다. 고급 옷이 흠뻑 젖었고 가발이 얼굴 한쪽에 회반죽처럼 철떡 붙었다.

"망할 놈의 국왕, 네 부친은 이 공식을 끝까지 거부했지. 그래서 내가 왕을 치워버렸어. 그런데 이번에는 저 멍청한 프랑스 놈이 계속 네게 연애편지를 써대더군!"

휘트루프 공작이 노여움으로 가득 차서 루이 왕에게 삿대질을 날렸다.

"그래서 내가 다 태워버렸다. 그리고 전쟁 얘기를 유발하려고 새로 위조해서 썼지."

휘트루프 공작이 사납게 눈알을 굴렸다.

"네 놈이 편지를 태웠다고?"

루이 왕이 소리쳤다.

"연애편지라고?"

공주가 눈알을 굴리며 중얼거렸다.

루이 왕이 얼굴을 붉히며 눈을 깜빡였다.

"나의 무쇠 불꽃 공장은 가동 준비를 끝냈단 말이다! 공장은 내게 막대한 금을 벌어줬을 거다!"

휘트루프 공작이 울부짖었다.

코델리아를 발견한 공작 눈에 불이 번쩍 들어오더니 공격하기 직전 뱀처럼 움직임을 딱 멈췄다.

"그래도 금을 벌 방법은 아직 있지. 전쟁은 가장 간단한 방법일 뿐, 금을 손에 넣을 웅장하고 끔찍한 길은 얼마든지 더 있다."

휘트루프 공작이 잔에 따라지는 독약처럼 나직하게 바람 새는 소리로 말하는가 싶더니, 주변을 에워싼 번쩍이는 미늘창(*끝이 나뭇가지처럼 두세 가닥으로 갈라진 창) 사이로 코델리아를 향해 몸을 날렸다. 코델리아는 몸을 비틀어 공작을 피했고 눈 깜짝할 사이에 병사 다섯이 공작을 잡았다. 공작 코가 코델리아 코와 맞닿기 직전이었다. 공작이 내쉬는 시큼한 숨결이 코델리아 얼굴에 닿았다.

"해트메이커 꼬마, 난 내 금을 손에 넣을 것이다. 금은 곧 힘이다. 네 아빠가 나를 막지 못했듯이 너도 나를 막지 못해."

휘트루프가 속삭였다.

"뭐라고? 내 아빠라니, 그게 무슨 소리지?"

코델리아가 숨을 멈췄다.

"저 악당을 쥐들이 들끓는 배 밑바닥에 가둬라!"

공주가 위풍당당하게 명령을 내렸다.

병사들이 갑판을 가로질러 휘트루프를 질질 끌고 갔다.

"나를 가두려면 저 여자도 가둬라!"

휘트루프가 악을 쓰며 군중 속 한 프랑스 하녀를 가리켰다.

모두의 시선이 커다란 부채로 얼굴을 가리고 있는 하녀에게 가서 꽂혔다.

"Moi? (저요?)"

여자가 모르는 척 시침을 떼며 물었다.

프랑스 왕실 푸들이 펄쩍 뛰어 하녀 손에서 부채를 떨어뜨렸다. 그렇게 드러난 하녀는….

"스테어보텀 선생님?"

코델리아가 경악하며 공주를 돌아봤다.

"공주님, 저 여자가 휘트루프 공작을 도왔습니다!"

"저 악마를 도왔다고? 아니다!"

스테어보텀이 내뱉듯이 말하더니 지팡이를 휘두르며 보란 듯이 앞으로 나왔다.

"해트메이커 양, 난 언제나 나 자신만을 도왔다."

스테어보텀이 한 병사에게 거칠게 지팡이를 휘둘러 한쪽으로 밀어버렸다. 뒤로 쓰러진 병사는 피를 흘리고 있었다.

번쩍이는 지팡이 끝이 코델리아 코앞에서 가볍게 떨렸다. 코델리아는 그제야 지팡이의 실체를 깨달았다.

안에 칼이 든 지팡이였다.

CHAPTER 40

지팡이 칼 저쪽 끝, 가정 교사의 가느다란 두 눈이 순수한 증오심으로 가득했다.

"전쟁이든 평화든 내 알 바 아니다. 돈도 권력도 관심 없어. 난 복수만을 바란다."

가정 교사가 날카롭게 내뱉었다.

"복수? 무슨 복수?"

코델리아가 되물었다.

"삼십 년 전, 우리 가족이 길드 홀에서 추방되었다. 아버지는 처형당했고 나와 어머니, 오빠는 구빈원으로 보내졌지. 우리는 모욕당한 채 버려져서 죽게 방치되었다. 난 고작 아홉 살이었단 말이다."

씩씩거리는 스테어보텀 선생 말에 코델리아 얼굴이 일그러졌다. 삼촌이 들려줬던 비슷한 이야기가 기억났다.

"그런데 난 죽지 않았지. 엄마와 오빠 손을 잡은 채 두 사람 목숨이 열에 타버리는 모습을 지켜봐야 했지만 난 살아남았다!"

선생이 포악하게 말을 이었다.

코델리아는 악의와 슬픔으로 번들거리는 가정 교사의 얼굴을 살폈다.

"난 마지막으로 살아남은 지팡이 장인이다! 난 복수를 원한다!"

스테어보텀이 길게 소리쳤다.

가정 교사가 코델리아에게 달려들었다. 코델리아는 몸을 숙였고 지팡이 칼은 돛대에 박혔다.

스테어보텀 선생이 미처 칼을 빼기 전에 강력한 손들이 선생을 움켜잡고 뒤로 잡아끌었다.

"안 돼! 안 된다!"

스테어보텀이 절규했다.

아직 돛대에 박힌 채 부르르 떠는 지팡이 칼을 보던 코델리아가, 보초들 손아귀에서 몸부림치는 가정 교사에게로 눈길을 돌렸다. 미친 듯이 고동치는 심장 속에서 어렴풋이 연민이 일었다.

'아홉 살에 혼자 죽게 버려졌어.'

"마지막으로 남은 지팡이 장인? 그게 사실인가?"

공주가 반복해서 물었다.

"우리 삼촌이 지팡이 장인들은 다 죽었다고 했는데…."

코델리아가 떨리는 목소리로 속삭였다.

스테어보텀 선생이 보초에게서 풀려나려고 몸부림쳤다.

"물론 제 잘난 맛에 사는 장인들은 지팡이 장인이 다 죽었다고 생각했지. 우리가 어떻게 되었는지 누구 하나 알아보려고 하지 않았어! 난 가족도, 친구도 없이 홀로 남겨졌다. 아무도 돌봐주지 않았어! 난 어린애였는데…."

스테어보텀 선생은 목소리가 심하게 갈라지는 바람에 분노를 제대로 전달하지 못했다.

"난 기다렸다. 계획을 세웠지. 모자 장인 집에서 일자리를 잡은 뒤 곧 신발 장인 집에서도 구했다. 등잔 밑이 어두운 법, 난 지긋지긋한 아이들을 삼 년이나 가르치며 공격 시기가 무르익기를 기다렸다. 소환 시계를 감아서 장인들을 길드 홀로 불러들인 건 나였지. 장인들은 아주 오랜 시간 서로를 증오했기에 한 군데에 모아놓으면 반드시 싸움이 터지리라는 것을 알았거든. 그 상태로 평화 의복을 성공적으로 제작하기는 불가능할 터. 휘트루프 공작이 경감을 시켜서 극장에서 암살 장면을 꾸며냈…."

"멍청이! 저들에게 다 얘기할 작정이냐!"

휘트루프 공작이 비난했다.

"감히 나를 멍청이라고 부르지 마라!"

스테어보텀 선생이 이를 갈았다.

"저 반역자들을 끌고 가라."

조지나 공주가 보초들에게 명령했다.

"잠깐만요!"

코델리아가 외쳤다. 몸은 떨렸지만 진실을 알아야 했다.

"휘트루프 공작, 우리 아빠에 대해서 무엇을 알고 있지? 우리 아빠도 당신을 막지 못했다는 말이 무슨 뜻이었지?"

코델리아가 물었다.

휘트루프 공작이 비웃는지 입꼬리가 뒤틀렸다.

"대답하라. 왕실 명령이다."

비열하게 눈을 빛내며 힐끔거리는 공작을 조지나 공주가 엄중하게 내려다보며 명령했다.

병사가 미늘창으로 휘트루프 공작 옆구리를 쿡 찌르자 공작이 움찔하더니 못마땅하게 웅얼거렸다.

"해트메이커 집안 배가 돌아오기로 한 날, 난 해안으로 나가서 리버마우스 등댓불을 껐다. 그러고는 절벽에서 등불을 들고 밤이 오기를 기다렸지. 수평선을 가르던 유쾌한 보닛은 내가 든 등불이 등대 불빛인 줄 알고 항로에서 벗어나 암초를 들이받았다."

휘트루프 공작이 코델리아를 정면으로 보며 씩 웃자, 섬뜩한 미소로 공작 얼굴이 둘로 쪼개졌다.

"배가 암초를 들이받으며 파괴의 협주곡이 울려 퍼졌지. 타륜을 잡고 섰던 선장을 바다가 한입에 삼키는 광경을 지켜봤다. 선장은 삭구에 온몸이 엉켜 가라앉았지. 난 해트메이커 선장이 익사하는 장면을 목격했다."

공작 두 눈을 들여다보던 코델리아는 공작 말이 진실임을 깨닫고 온몸이 마비되었다.

"오랜 적수가 죽는 꼴을 보는 것은 대단히 기뻤지. 케임브리지에 같이 다니던 시절부터 난 놈을 증오했으니까. 배가 파도 아래로 가라앉는 것을 확인한 뒤, 네 가족에게 끔찍한 소식을 전하려고 당장 모자 장인 저택으로 달려갔다. 배는 침몰했고 프로스페로 선장은 실종되었다! 아, 이런 비극이라니!"

이어지는 공작 말에 코델리아는 절망감으로 아찔했다. 하지만 마지막 희망 한 조각을 움켜잡았다.

"하지만, 잭이…. 심부름꾼 소년은 뭔가 알고 있었는데…."

휘트루프 공작이 이를 악물었다. 공주가 고갯짓하자 보초가 미늘창으로 공작을 다시 찔렀다.

"그래, 심부름꾼 소년이 살아남았다. 소식을 듣자마자 급히 와핑 부두로 가서 놈에게 약을 먹였지. 놈이 침몰 사고에 대한 진실을 떠벌리게 놔둘 수 없었거든."

휘트루프 공작이 냉소적으로 말했다.

"그런데 코델리아 네가 여기저기를 쑤시고 다녔어. 그래서 난 당장 놈을 궤짝에 넣고 못질해서 자메이카로 가는 배에 실어버렸다! 늙은 뱃사람은 뇌물을 써서 거짓말하게 시켰고!"

스테어보텀 선생이 깔깔댔다.

"둘 다 끌고 가라!"

공주가 경멸감을 숨기지 않고 명령한 뒤 돌아서서 두 팔로 코델리아 어깨를 감쌌다.

코델리아는 충격으로 넋을 놓았다. 바다 밑바닥으로 하염없이 가라앉는 시체처럼 진실이 서서히 스며들었다.

악한들이 배 밑으로 내려가는 해치(*사람이나 화물이 출입하도록 선박에 설치한 문이나 창문)로 질질 끌려갔다.

"안 돼! 안 된다! 난 어둠이 두려워, 어둠이 두렵다고!"

갑자기 스테어보텀 선생이 낑낑대며 흐느꼈다.

억센 병사들은 울부짖는 스테어보텀 선생을 들은 척도 하지 않았다. 스테어보텀 선생과 휘트루프 공작이 해치 너머로 사라졌다.

구스와 휴고 경이 풀려났다. 코델리아는 자기를 향해 달려오는 구스를 멍하게 지켜보았다.

"해냈구나!"

구스가 두 팔로 코델리아를 곰처럼 힘껏 안으며 외쳤다.

배 밑바닥에서 몸을 떨며 나온 휴고 경은 어딘가 홀린 사람 눈빛이었다.

"교수형 집행인의 심장처럼 어둡고 어두운 곳이었다. 우린 희망 한 점 없이 몇 날 밤이나 견뎌야 했다."

휴고 경이 떨리는 목소리로 읊조렸다.

구스가 웃음을 터뜨렸다.

"휴고 님, 우린 저 안에 한 시간도 안 있었어요!"

코델리아도 미소 지었지만, 사실은 물속에 가라앉는 기분이었다.

"코델리아, 네가 전쟁을 막았어!"

구스가 새삼 놀라운 듯 말했다.

코델리아가 공주와 왕을 봤다. 프랑스 국왕이 꿈꾸는 표정으로 공주 두 어깨를 품은 채 공주 옷소매를 만지작거리고 있었다. 국왕 머리에는 여전히 평화 모자가 씌워져 있었다.

"우리가 같은 생각이라고 믿어도 괜찮을 것 같군요. 우리는 적이 아니라 연인이라고 말이에요. 공주님, 어차피 난 그대에게 마음을 뺏겼어요. 전쟁이 났다면 십중팔구 졌을 거예요."

왕이 나긋나긋한 목소리로 말했다.

코델리아 주변 모두가 환호했다. 어깨에서 프랑스 왕의 팔을 치우는 공주만 예외였다.

"평화 협정 일부랍시고 결혼까지 해야 하는 건 아니겠지. 생각하기도 싫어."

코델리아는 공주가 혼자 중얼거리는 소리를 들었다.

코델리아가 광활한 바다로 고개를 돌리고 바람을 마주했다. 저 멀리로 수평선이 뚜렷하게 보였다. 하늘만큼 드넓은 바다에서 아빠를 찾을 수 있다고 믿다니. 어리석었다.

그 순간, 코델리아 가슴 깊숙한 곳에서 무언가 요동쳤다.

거친 바닷바람이 얼굴을 스치고 허공을 맴도는 갈매기들이 날카롭게 울었다. 코델리아는 급박한 일을 기억해 냈다.

"구스! 우리 가족을 구출해야 해!"

CHAPTER 41

런던탑에서는 탈출이 이미 한창 진행 중이었다. 샘 라이트핑거가 비참한 해트메이커 가족을 한 사람씩 살폈다. 티베리우스 삼촌, 아리아드네 고모, 페트로넬라 대고모도 샘을 마주 보았다. 이들은 어둑한 지하 감옥 안에서 서로를 탐색하며 아침 시간 대부분을 보냈다. 가끔 샘이 문에서 어른거리는 간수 그림자를 힐끔거렸다.

유독 긴 침묵의 시간이 흘렀다.

"점심시간이에요."

샘이 경쾌하게 말했다.

"그걸 어떻게 알지?"

아리아드네 고모가 물었다.

"간수가 사라졌잖아요."

샘이 두 다리로 펄쩍 뛰어 일어나며 활짝 웃었다.

"아우우우우우! 아우우우우우우우!"

음침한 터널 안에서 끔찍하게 구슬픈 울음소리가 메아리쳤다. 샘이 창살 틈으로 내다봤다. 맞은편 감방에서 머리가 엉망으로 헝클어진 남자가 섬뜩한 미소를 띠고 개처럼 길게 울며 위아래로 펄쩍펄쩍 뛰고 있었다.

"저 미친 사람은 누구죠?"

샘이 물었다.

"저분은, 영국 국왕이시다."

아리아드네 고모가 맥없이 말했다.

샘이 왕을 향해 손을 흔들자, 팔걸이의자에 앉은 페트로넬라 대고모가 마른 웃음을 클클 웃었다.

"폐하, 안녕하세요?"

왕이 길게 소리치는 것을 멈추고 눈을 깜빡이며 샘을 보았다. 왕은 이내 가르릉 가르릉거리며 고양이처럼 손을 핥아 귀를 닦았다.

"좋아요. 그럼 이제 여기서 나가볼까요?"

샘이 본격적으로 일을 시작하려는 듯 선언했다.

티베리우스 삼촌이 입을 열고 우리가 지금 갇힌 곳은 런던탑에서도 가장 깊고 어두운 터널 끝에 있는 지하 감옥이며 습한 천장에서 뚝뚝 떨어지는 물은 템스강 물인데, 이는 지하 감옥이 그만큼 깊다는 것을 보여준다고 설명했다. 티베리우스 삼촌이 이게 얼마나 절망적인 상황인지 미처 밝히지 못했는데 샘 라이트핑거가 옷소매에서 금빛 모자 핀을 불쑥 꺼내어 열쇠 구멍에 넣고 빙빙 돌리기 시작했다.

"그건 내 모자 핀이니?"

아리아드네 고모가 더듬더듬 물었다.

샘이 어깨 너머로 돌아보며 씩 웃었다.

"작아도 쓸 만하죠?"

철컥!

"아주 영특하구나!"

페트로넬라 대고모가 외쳤다.

"넌 누구지?"

아리아드네 고모가 나지막이 물었다.

"세상에나 맙소사, 말도 안 돼!"

지하 감옥 문이 활짝 열리자 티베리우스 삼촌이 감탄했다.

샘이 손가락 하나를 입술에 댄 채 문밖으로 고개를 내밀고 어슬렁거리는 간수가 없는지 확인하더니, 왕이 갇힌 감옥으로 재빨리 튀어가서 모자 핀으로 다시 열쇠 구멍을 쑤시기 시작했다.

철컥!

왕이 풀려났다. 왕이 두 팔을 퍼덕이며 깍깍 울었다.

"폐하, 나오세요."

샘이 쿡쿡 웃으며 말했다.

왕은 확실히 우스꽝스러운 모습이었다. 감옥에서 잽싸게 나오는 왕은 머리가 온통 헝클어지고 주홍색 재킷과 여자용 속 반바지를 입은 데다 보라색 뱀 가죽 신발을 신었다.

샘이 미끄러지듯 옆 감방으로 가서 안을 들여다봤다. 세 사람이 돌바닥에 맥없이 늘어져 있었다.

"저기요? 구스 가족이겠죠?"

샘 목소리에 모두가 고개를 들었다.

과연, 안에 있는 사람은 부트메이커 부부와 구스의 형인 이그네이셔스였다.

"우리 막내 루카스가 어디 있는지 아니?"

부트메이커 부인이 목소리를 덜덜 떨며 물었다.

"아마 우리를 전쟁에서 구하고 있을 거예요."

샘이 열쇠 구멍에 모자 핀을 넣고 빙빙 돌리며 답했다.

철컥!

부트메이커 가족이 경탄했다. 샘이 감옥 문을 열자 부트메이커 가족이 옆걸음으로 가만가만 터널을 지나 왕과 해트메이커 가족에게 합류했다. 모자 장인과 신발 장인이 서로를 미심쩍게 힐끔거렸다.

샘이 계속해서 민첩하고 효과적으로 손을 놀려서 장갑 장인과 시계 장인, 망토 장인 가족들까지 축축한 감옥에서 모두 꺼내주었다.

마지막 감방에는 프랑스 하인 한 명과 썩은 파인애플이 가득 든 바구니뿐이었다. 샘이 모자 핀으로 능숙하게 자물쇠를 따는 동안 장인들은 다 같이 숨을 죽이고 샘을 지켜보았다. 서로 수다나 떠는 것보다 그편이 훨씬 쉬웠다.

철컥!

마지막 자물쇠가 열렸다.

"자, 가죠."

놀라서 말문을 잃은 아리아드네 고모에게 샘이 모자 핀을 건네며 경쾌하게 말했다.

탑을 지키는 간수가 터널 끝에 나타났다.

"왜 이렇게 시끄⋯. 얼씨구?"

장인들과 샘, 파인애플을 휘두르는 프랑스인에 왕까지 한곳에서 발견한 간수 입이 땅에 닿도록 벌어졌다.

"저놈 잡죠!"

샘이 외치며 파인애플을 하나 집어서 간수를 향해 날렸다. 샘은 조준을 잘했다. 한 번에 간수를 맞춰서 기절시켜 버렸다.

십 초 뒤, 파인애플로 중무장한 샘과 왕, 장인들과 프랑스 하인이 지하 감옥에서 뛰쳐나와 간수 대기실로 쳐들어갔다. 막 점심(구운 닭 냄새가 아주 먹음직스러웠다)을 먹으려던 간수들이 일행을 발견하고 도망쳤다.

갇혔던 죄수들이 넓은 마당을 가로질러 까마귀 떼를 흩어가며 간수들을 뒤쫓아 건물 안쪽 벽에 서 있는 거대한 문으로 향했다. 거의 자유였다! 출구가 보였다. 태곳적 탑 아래 아치문만 통과하면 되었는데⋯. 하늘이 무너지는 소리가 나면서 일행 코앞으로 거대한 쇠살문이 우르르 떨어졌다. 허공에서 까마귀들이 찢어지는 소리로 깍깍 울었다.

"안 돼!"

샘이 소리쳤다.

쇠살문 맞은편에서 간수들이 실실 비웃고 있었다.

"우리 갇혔어!"

티베리우스 삼촌이 페트로넬라 대고모를 의자째로 날라 일행 뒤에 붙으면서 헉헉대며 말했다.

"나를 내보내라! 내가 국왕이다!"

왕이 위엄 있게 외쳤다.

"무슨 헛소리야? 넌 국왕이 아니다. 동전에 새겨진 늙은이랑 안 닮았어."

한 간수가 조롱했다.

왕이 어깨를 으쓱하더니 하늘에서 내려다보는 까마귀를 향해 깍깍 울었다.

"갇혔어!"

장갑 장인이 울부짖었다.

샘이 인상을 썼다. 까마귀 한 마리가 샘을 향해 경중경중 뛰어왔다.

"부정적으로 생각하면 그럴 수도 있겠지만, 갇힌 쪽은 저들일 수도 있어요."

샘이 간수들을 향해 눈을 가느다랗게 뜨면서 말했다.

샘에게 다가온 까마귀가 고개를 들었다.

샘이 파인애플을 자갈 위로 집어 던지자, 파인애플이 깨지면서 선명한 노란색 조각이 수십 개 생겼다. 샘은 한 조각을 까마귀에게 던져주었다. 까마귀가 냉큼 받아먹더니 더 내놓으라는 듯 깍깍 울었다.

"좋아. 자, 여깄다!"

샘이 빙긋 웃으며, 야유하는 간수들 한복판을 노리고 또 한 조각을 쇠창살 사이로 던졌다.

잠시 뒤, 칼날처럼 날카로운 부리가 달린 검은색 깃털 새가 간수들을 향해 포탄처럼 하늘에서 내리꽂혔다. 다른 까마귀가 등골이 오싹하도록 무시무시한 쇳소리를 내며 또 내리꽂혔다.

가차 없이 주변 공기를 찢어발기는 사나운 새 떼에 간수들이 비명을 지르며 숨을 곳을 찾아 몸을 날렸다. 다른 장인들도 용기백배해서 샘을 따라 파인애플 조각을 쇠창살 사이로 던져댔다. 까마귀들은 춤추는 간수들 주변으로 떨어지는 음식을 기꺼이 낚아챘다.

파인애플이 떨어지자 장인들이 간수 대기실 점심상을 덮쳤다. (샘은 닭을 몇 점 집어 먹었다.) 간수들은 자기들 음식이 날아오는 것이 반갑지 않았다. 구운 닭은 물론 다른 음식까지 동나자 장인들은 수감자용 마른 빵을 찾아내서 공격을 계속했다. 까마귀들은 식성이 까다롭지 않았다.

"국왕 명령이다! 폭동을 멈춰라!"

한 간수가 외쳤다.

"우리를 내보내 주면 그치겠다!"

샘이 간수를 향해 빵 한 덩이를 던지며 외쳤다.

"절대 안 된다!"

간수가 외친 순간, 간수 모자를 탄 빵으로 착각한 까마귀가 날아와 모자를 채 갔다.

수 시간 뒤, 왕실 범선이 템스강을 거슬러 올라왔다. 어두운 지하 감옥에 갇힌 죄수를 풀어주려고 했는데, 탑 간수들이 음식과 까마귀의 폭격을 막느라 정신이 없었다. 까마귀에게 쪼여서 너덜너덜해진 제복이 까마귀 똥으로 뒤덮였다. 간수들은 고통의 시간이 끝났다는 것을 깨닫고 더없이 기뻐했다.

CHAPTER 42

쇠살문이 올라가고 죄수들이 쏟아져 나왔다. 샘이 일행을 이끌었다. 한쪽에는 모자 장인들이, 다른 쪽에는 사자 흉내를 내는 왕이 서서 샘을 따랐다.

코델리아, 구스, 휴고 경이 공주는 물론 신하들과 함께 서서 일행을 맞이할 준비를 했다. 샘이 코델리아에게 뜨겁게 손을 흔들었다. 코델리아도 마주 손을 흔들었다. 코델리아는 샘이 꼬질꼬질한 장인 무리를 이끌고 있어서 몹시 놀랐다.

"장인 여러분! 여러분은 부당하게 감옥에 갇혔어요. 진심으로 사죄드립니다. 석방을 지시했으니 부디 용서를 바랍니다."

공주가 외치더니 한 다리를 뒤로 빼며 허리를 깊이 숙이는 바람에 모두가 깜짝 놀랐다. 장인들이 손뼉 치며 환호했다. 모두가 들뜬 가운데 왕이 바닥에 떨어진 파인애플 꼭지를 발견했다. 왕은 파인애플을 주워서 머리에 쓰고 기쁜 듯이 춤추며 주변을 돌았다.

부친의 모습을 본 공주 얼굴에서 웃음기가 걷혔다.

"이제 보니 내 아버지를 요양차 해안가로 보내드렸다는 휘트루프 말도 거짓이었군요. 장인 여러분은 할 바를 다했지만, 내 사랑하는 아버지는 아무래도 어리석음이라는 저주에서 영원히 벗어나지 못하려나 봅니다."

공주 눈이 눈물로 그렁그렁했다.

왕이 뾰족뾰족한 왕관을 떨어뜨리더니 두 손을 파닥이고 꽥꽥 소리치며 한쪽 발씩 번갈아 깡충깡충 뛰기 시작했다. 공주가 고개를 저었다. 휴고 경이 과장된 몸짓으로 큼지막한 실크 손수건을 펼쳐서 눈물을 닦도록 공주에게 건넸다.

코델리아는 잠자코 왕을 자세하게 살폈다.

왕은 해트메이커 가족이 집중 모자를 전달하려고 왕궁에 갔을 때 입었던 기이한 옷을 아직도 입고 있었다. 잔뜩 부푼 여성용 레이스 속바지에 단추를 채우지 않은 주홍색 재킷, 버클로 단단히 죄어 놓은 멍든 것처럼 진한 보라색 신발.

코델리아는 신발을 보며 얼굴을 찌푸렸다.

왕은 필사적으로 신발을 벗으려고 했지만 휘트루프 공작이 못 벗게 했다.

'신발을 왜 못 벗게 했지?'

코델리아는 의아했다.

알아낼 길은 하나뿐이었다.

코델리아가 팔딱팔딱 뛰는 왕에게로 다가가 무릎을 꿇었다. 위아래로 뛰던 왕이 멈췄다. 코델리아가 신발 버클을 풀기 시작하자 왕이 초조한 말처럼 발로 바닥을 다다닥 두드리며 겁이 난 듯 몸을 움찔거렸다.

한쪽 신발이 벗겨졌고 이내 다른 쪽 신발도 벗겨졌다.

차가운 자갈 위에 양말 바람으로 선 왕이 안도한 듯 길게 숨을 내쉬었다.

"드디어! 소름 끼치는 신발을 벗었구나! 이제는 뇌가 제대로 돌아가겠어!"

왕이 하나같이 입을 딱 벌리고 있는 사람들을 둘러보았다.

"아버지?"

공주가 왕을 불렀다. 두 눈을 믿을 수가 없었다.

"아, 사랑하는 조지나! 너를 보니 얼마나 기쁜지 모르겠다! 지하 감옥에 제법 오래 갇혀 있었지. 약속받았던 해안가로 여행 간 게 아니었어. 하!"

왕이 미소 지었다.

"'혼돈의 뱀' 가죽이야! 저 신발은 '혼돈의 뱀' 가죽으로 지었군. 저 신발이 왕의 기이한 행동을 유발했다고 내 장담하지."

신발 장인이 보라색 신발 한 짝을 집어 들고 탄식했다.

"그랬고말고! 천하의 악당 휘트루프 공작이 선물이랍시고 주었다. 공작은 내가 반짝이는 신발을 좋아한다는 걸 알았지. 신발을 신고 얼마 지나지도 않았는데 내가 캥거루라는 생각이 들었다."

왕이 버럭버럭 소리를 질렀다.

"신발 장인들은 '혼돈의 뱀' 가죽을 절대 쓰지 않습니다. 너무 사악한 재료예요! 공작은 도대체 저걸 어디서 구했을까요?"

부트메이커 부인이 흥분했다.

구스 형이 목이 졸린 듯 이상한 소리를 냈다. 모두의 시선이 일제히 쏠렸다.

"그, 그때가 틀림없어요! 며며며 몇 달 전에 적도에 갔다 돌아오면서 내, 내가 저 뱀 가죽을 갖고 와, 왔어요."

이그네이셔스가 더듬더듬 말했다.

모두가 충격받은 눈치였다. 부트메이커 부인도 지금만큼은 말이 없었다.

"이그네이셔스, 설명해라."

부트메이커 씨가 목멘 소리로 말했다.

"아… 아, 네. 그게, 저…."

계속 말을 더듬는 이그네이셔스는 장인들과 제대로 눈을 마주치지 못했다.

"그러니까 내가 기억하기로는, 저기…. 적도에서 구한 재료를 배에서 다 내렸는데, 그게, 어쩌다 보니 부두랑 우리 집 뒷문 사이에서…. 아무래도 '혼돈의 뱀' 가죽이, 그러니까, 그게 사라졌더라고요. '위험'이라고 표시한 궤짝에 넣어놨는데, 전 그냥…. 오던 길에 마차에서 떨어진 줄 알았어요. 왔던 길로 돌아가면서 찾아봤는데 아무 데도 없더라고요. 하, 맙소사…."

코델리아는 신발 장인 가족이 저지른 실수에 미소 짓고 있는 삼촌을 눈치챘다. 아리아드네 고모마저 움찔거리며 올라가는 입꼬리를 주체 못하고 가볍게 웃는 것 같았다.

부트메이커 부인이 이그네이셔스한테 호되게 퍼붓기 전에 구스가 먼저 소리를 높였다.

"틀림없이 스테어보텀 선생님이 훔쳤을 거야!"

해트메이커와 부트메이커 가족은 익숙한 이름이 이토록 이상한 상황에 튀어나와서 당황하는 표정이었다.

조지나 공주가 간수에게 명령했다.

"스테어보텀 선생을 이리로 데려오세요. 우리가 직접 물어보죠."

"무법자 휘트루프 공작도 누가 좀 체포하라!"

국왕이 명했다.

"아버지, 공작도 이미 체포했어요. 간수, 공작도 데려와라!"

조지나 공주가 자랑스럽게 말했다.

휘트루프 공작과 스테어보텀 선생이 끌려와 왕 앞에 무릎을 꿇었다. 둘 다 배 밑에 고인 더러운 물에 흠뻑 젖었다.

"그대가 뱀 가죽을 훔쳐서 이 신발을 만들었는가?"

공주가 가정 교사에게 물었다.

스테어보텀 선생이 뱃멀미로 여전히 얼굴이 파랗게 질렸으면서도 비열하게 웃었다.

"그래. 저 멍청한 부트메이커 녀석이 등을 돌린 사이 짐수레에서 훔쳤다."

스테어보텀이 뱀처럼 쉭쉭대며, 열심히 엄마 눈길을 피하고 있는 이그네이셔스를 가리켰다.

"길드 홀에 있는 예전 신발 장인 작업실에서 그 가죽으로 신발을 만들었다. 첫 신발치고 꽤 잘 만들었지.”

“신발을 벗은 걸 보니 뛸 만큼 뛰었나 보군.”

휘트루프 공작이 왕에게 으르렁댔다.

“해트메이커 양이 도와주었다. 너의 악행에서 내 발을 아니, 나를 통째로 자유롭게 해준 해트메이커 양에게 큰 빚을 졌지.”

왕이 반역자를 노려보며 우렁우렁한 목소리로 말한 뒤 가정 교사에게로 시선을 돌렸다.

“이 사람은 누구인가?”

국왕이 물었다.

“아버지, 정말 중요한 질문이에요.”

조지나 공주가 말하며 스테어보텀을 돌아보고 말을 이었다.

“스테어보텀이라고 불러야 하는가? 아니면, 네 진짜 이름을 알리고 싶은가? 델리라 케인메이커?”

어른들이 일제히 헉 소리를 냈다.

“케인메이커라고 불러라.”

스테어보텀이 장인들을 한 명씩 독살스럽게 노려보며 거칠게 내뱉었다.

“당신들은 어린애에 불과했던 나를 죽어가게 방치한 사실을 잊을 자격이 없어!”

간수가 스테어보텀을 끌고 갔다. 악에 받쳐 울부짖는 스테어보텀의 외침이 런던탑 돌벽에서 메아리쳤다.

“여기 이 악한은 해안가로 여행을 보낼 만합니다. 저자가 아버지에게 했듯이요."

조지나 공주가 선언했다.

"휘트루프 공작을 쫓아내라!"

왕이 명령했다.

악인이었던 공작이 모두가 지켜보는 가운데 탑 안으로 끌려 들어가 시야에서 사라졌다.

정적이 뒤따랐다. 코델리아는 넋을 놓은 장인들 얼굴을 응시했다.

"어쨌든, 이젠 활력을 되찾아 봅시다! 악인들은 패했고 우리는 승리했습니다. 이런 건 연극 공연으로 축하해야 마땅합니다!"

휴고 경이 나서서 외쳤다.

코델리아와 구스가 놀라서 서로를 마주 봤다.

"연극을 더 한다고요? 이제 우린 안전하잖아요!"

구스가 숨을 들이마셨다.

CHAPTER 43

몇 밤 뒤, 하나같이 말쑥하게 차려입고 근사한 모자까지 갖춰 쓴 해트메이커 가족이 집 복도에 모여들었다. 요리사 쿡과 마부 존스 역시 제일 좋은 옷을 입고 현관문에서 기다렸다.

밖에서 들려오는 음악 소리에 코델리아가 창문 밖을 내다봤다.

"왕실 마차가 도착했어요!"

코델리아가 외쳤다.

"샘, 가자! 늦겠어!"

아리아드네 고모가 계단 위를 향해 외쳤다.

멀끔하게 정장을 빼입고 반짝반짝 광이 나는 새 신발을 신은 샘 라이트핑거가 쿵쾅거리며 계단을 내려왔다.

"죄송해요! 이놈의 단추를 다 채우는 데 한참 걸렸어요!"

머리를 머리통에 바짝 붙여서 땋고 밤색 새 양복을 입은 샘은 코델리아 눈에 정말 멋져 보였다. 쿡이 못마땅한 눈초리로 샘이 입은 바지를 노려봤다.

"도대체 예쁜 드레스를 왜 안 입으려는지 모르겠네. 그것도 오늘처럼 중요한 날에."

쿡이 투덜댔다.

"언제 건물을 기어올라야 할지 모르거든요. 어디든 드레스를 입고 오르는 건 보통 골치 아픈 일이 아니라고요."

샘이 새 조끼를 바로잡으며 다 생각이 있다는 투로 말했다.

"내 생각도 같아."

코델리아는 길드 홀에서 탈출하던 밤에 펄럭이던 치마가 얼마나 걸리적거렸는지 떠올리며 열심히 고개를 끄덕였다. 티베리우스 삼촌이 밖으로 내몰자 코델리아가 샘 손을 힘껏 잡았다.

"휴고 님이 직접 공연하는 연극을 본다니 믿기지 않아. 그것도 왕궁에서! 휴고 님이 나를 사랑하시는 거야. 몸 둘 바를 모르겠네."

쿡이 들떠서 꺅꺅 소리쳤다.

해트메이커 가족이 차례로 마차 안에 오른 뒤, 왕궁 하인 네 명이 페트로넬라 대고모와 휠체어를 들어서 실었다. 서로 무릎이 맞닿았지만 다행히 일행이 한꺼번에 다 탈 만큼 마차 안이 넓었다. 마차는 덜그럭거리며 어둠 속을 달렸다.

그런데 왕실 마차가 일행을 태우고 가는 곳은 왕궁이 아니었다.

잠시 뒤 마차가 본드가에서 멈췄다. 하인이 문을 열고 모두 밖으로 내리게 했다. 해트메이커 가족이 서 있는 곳은 어둡고 어딘가 낯익은 골목 입구였다. 어둠에 박아놓은 황금 징처럼 등불이 구불구불한 길을 따라 일렁였다.

"국왕 폐하가 부디 함께하자고 청하셨지만 마차가 더 들어가지 못합니다. 등불을 따라가시면 됩니다."

하인이 담담하게 말했다.

미소 짓던 아리아드네 고모와 티베리우스 삼촌 얼굴이 다소 딱딱하게 굳었다. 두 사람은 등불이 어디로 이끄는지 알았다.

"길드 홀이에요!"

코델리아가 속삭였다.

코델리아는 사슬처럼 이어지는 등불을 따라 어두운 골목을 걷기 시작했다. 질질 끄는 삼촌 발소리와 머뭇머뭇 내딛는 고모 발소리가 들렸다. 코델리아는 두 사람이 길드 홀로 돌아가기란 쉽지 않겠다고 짐작했다. 오래전 두 사람에게 길드 홀은 우정을 쌓던 행복한 장소였다. 오늘날 그토록 비참하게 버려진 길드 홀과 껄끄러워진 우정을 마주하기란 어려울 터였다.

누구도 길드 홀이 이렇게 변할 것이라고 예상하지 못했다.

길드 홀이 불빛으로 살아나 있었다. 실내를 밝힌 수많은 촛불로 창문 하나하나가 반짝였다. 얼마 전에 코델리아가 매달렸던 정문 위 석상도 깨끗하게 닦였다. 모자에 떨어졌던 새 똥을 문질러 없앴고 목에는 화환을 걸어 두었다. 휘장이 걸린 거대한 참나무 문도 일행을 환영하듯 활짝 열려 있었다.

길드 홀은 외로워 보이지도, 버려진 것 같지도 않았다.

실내 모든 것이 반짝였다. 바닥은 윤이 났고 벽에 걸린 황동 촛대에서 촛불이 깜빡였다. 벽난로에서는 장작이 타닥타닥 유쾌하게 타올랐고, 창문에 새로 단 벨벳 커튼이 바람에 펄럭였다.

왕실 하인이 일행에게 절한 뒤 아치형 복도를 따라 일행을 안내했다.

대강당도 완전히 바뀌었다. 음악이 흐르고 불빛이 일렁였다. 기다란 꽃 사슬이 벽을 장식했다. 반구형 천장 안에 풀어 놓은 '감미로운 반딧불이' 수백 마리가 움직이는 별처럼 사람들 머리 위로 날아다녔다.

"어서 오세요!"

조지나 공주가 보석처럼 반짝이는 눈빛으로 해트메이커 일행을 반기며 두 팔을 활짝 펼쳤다. 딸 옆에 선 조지 왕이 왕실 부녀를 향해 절하는 일행에게 기품 있게 고개를 숙였다.

"맙소사!"

코델리아는 뒤에서 나지막이 감탄하는 쿡 목소리를 들었다.

"길드 홀에 다시 오신 것을 환영합니다. 지난 며칠 동안 여러분을 위해 준비했어요."

조지나 공주가 미소 지었다.

레이스 천으로 덮은 긴 탁자에는 케이크가 잔뜩 올려졌다. 그 옆에는 파인애플이 산더미처럼 쌓여 있었다.

"우정의 표시라면서 루이 왕이 파인애플을 보냈어요."

공주가 코델리아에게 말했다.

궁정 음악가들이 높은 곳에 설치한 무대에서 악기를 연주하고, 하인들이 땡그랑 쨍그랑 소리 나는 유리잔을 은 쟁반에 올려서 날랐다.

다양한 나이의 장인들로 길드 홀이 북적였다. 시계 장인 가족 세 명은 무리 가장자리에서 사람들을 하나씩 관찰하고 있었다. 망토 장인 가족은 짐짓 바쁜 척 한데 몰려다녔다. 장갑 장인 일행은 한 군데 모여서 떠들썩하게 이야기를 나누고 있었다.

코델리아가 가족과 옹기종기 서 있는 구스를 발견했다. 런던탑에서 헤어진 뒤 첫 만남이었다. 몸에 딱 붙는 양복을 입은 구스는 넥타이에 목이 졸리는 듯 보였다. 부트메이커 부인이 구스 손을 단단히 잡고 있었다. 샘이 부는 휘파람 소리에 구스가 고개를 돌렸다가 코델리아와 샘을 발견하고는 얼굴이 밝아졌다. 코델리아가 손을 흔들었지만 구스 엄마가 코델리아를 보고 구스를 홱 잡아당겨서 구스 아빠 뒤로 감춰 버렸다.

"구스한테 다른 방법으로 말 걸면 돼. 가자. 한번 둘러보자고."

샘이 코델리아 귀에 대고 속삭였다.

케이크가 놓인 탁자로 직행하는 샘을 뒤따라가던 코델리아가 작업실 문 위에 걸린 지팡이 장인 문장을 발견했다.

코델리아는 교차하며 내리꽂는 번갯불 형상에 몸이 부르르 떨렸지만, 솟구치는 공포 저 아래에서는 연민이 어린 새처럼 파닥거렸다.

델릴라 케인메이커는 아홉 살이라는 나이에 가족도 친구도 없이 홀로 남겨졌다.

코델리아가 지팡이 장인 작업실 문으로 걸어갔다. 유일하게 아무 장식도 없는 문이었다. 누구도 꽃이나 휘장을 달아주지 않아서 휑하게 버려졌다.

코델리아가 문 손잡이를 향해 손을 뻗었다.

"아가씨, 안 됩니다. 못 들어가요. 위험합니다."

하인이 나타나서 앞을 막았다.

대강당도 완전히 바뀌었다.

코델리아가 손을 거두며 물었다.

"여기 위험할 게 뭐 있죠?"

"가만히 놔두는 것이 최선입니다."

하인이 문 앞에 두 발을 심다시피 굳건하게 서면서 말했다.

"장인 여러분!"

진행자로 보이는 사람이 황동 심벌즈를 챙 울리며 외쳤다.

"착석해 주십시오. 여러분께 새로운 연극을 자랑스럽게 선보입니다. 이 시대 최고의 배우 휴고 거시포스 경이 위대한 영웅 역을 맡아서 오늘의 구원자로 출연합니다! 음모와 속임수가 판을 치는 대담한 이야기! 흐느끼는 아가씨들과 비열한 뱃사람 이야기! 셰익스피어 이후 누구도 기대하지 않았던 용기와 영웅적 행위…."

"시작하라!"

왕이 외쳤다.

삼 초 만에 등불이 꺼지고 연극이 시작되었다. 휴고 경이 무대 위로 뛰어오르자 장인들이 어둠 속에서 부산을 떨며 자리에 앉았다.

연극은 과장해서 벌이는 칼싸움 그 이상도 이하도 아니었다. 억센 뱃사람이 으르렁거리며 불쾌한 말을 내뱉고 오분이 흐르더니, 공주 분장을 한 소년이 통곡하면서 휴고 경이 두 사람을 옆으로 치워버리며 영웅처럼 무대 한복판으로 뛰어들었다. 휴고 경은 추하게 생긴 선장과 체격이 건장한 보초 열두 명을 동시에 상대하며 용맹하게 결투를 벌였다.

코델리아는 적들을 차례대로 무대에 눕혀 버리는 휴고를 지켜보면서, 저 배우한테는 무대 공포증을 없애주는 모자가 더는 필요하지 않다는 사실을 깨달았다. 혼자서도 놀라운 연기를 펼치고 있었다.

코델리아는 자리에서 몰래몰래 관객을 살폈다. 휴고 경이 적을 때려눕히자 장갑 장인 집안 쌍둥이 두 쌍이 격렬하게 기뻐하는 표정을 지었다. 쌍둥이들 자리에서 세 줄 앞에 구스가 있었다. 구스는 눈앞 광경이 믿기지 않는다는 표정이어서 코델리아는 콧소리를 내며 웃었다.

구스가 코델리아를 보며 눈을 깜빡였다. 코델리아도 '배에서 휴고 경이 이렇게 싸웠다고? 내 기억과 다른데?'라는 의미로 눈썹을 휙 올렸다.

구스가 대답하듯 웃었다.

"덤벼라! 내 칼을 받아라! 이것도 막아보시지!"

휴고 경이 외치며 선장 역할을 맡은 배우 복장에서 단추를 베어냈다. 선장 바지가 흘러내리며 주름 장식이 풍성한 속옷이 드러났다. 관객석에서 와 웃음이 터지고 박수가 쏟아지자 휴고 경이 몇 번이나 허리를 굽혀 인사했다.

코델리아 옆자리가 비었다. 샘 라이트핑거가 어느새 자리를 몰래 떴다.

'샘이 어디 있는지 알 것 같아.'

코델리아가 생각하며 자리에서 빠져나갔다.

아니나 다를까, 코델리아가 긴 탁자를 덮은 레이스 천을 들치자 그 아래에 샘이 있었다. 샘은 양손에 케이크를 하나씩 들고 있었다.

"나도 들어가도 돼?"

코델리아가 물었다.

"들어와, 들어와!"

샘이 케이크가 하나 가득한 입으로 활짝 웃으며 답했다.

코델리아는 잼 타르트를 하나 챙겨서 탁자 아래로 꼬물꼬물 들어갔다. 잠시 뒤, 탁자보가 휙 들리더니 구스가 안을 들여다봤다.

"여! 내가 들어갈 자리도 있어?"

구스가 속삭였다.

"네 자리는 항상 있어."

코델리아가 마주 속삭이며 구스 자리를 마련했다.

구스가 샘에게 수줍게 미소 지으며 옆으로 끼어 앉았다.

세 아이는 휴고 경 연극을 관람하는 사람들이 웃으며 박수 보내는 소리를 듣고, 케이크와 비스킷을 우물거리면서 행복하게 삼십 분을 보냈다.

"해트메이커 집에 사니까 좋아?"

구스가 샘에게 물었다.

"진짜 끝내줘! 쿡 언니가 내가 먹고 싶은 음식을 다 만들어 줬어. 지금까지 목욕은 한 번밖에 안 했고."

샘이 크림 빵을 입에 욱여넣으며 말했다.

구스가 쿡쿡 웃더니 아쉬운 듯 말했다.

"나도 코델리아 집에 다시 놀러 가고 싶다. 엄마는 아직도 화가 단단히 나서 부트메이커 집안사람이랑 해트메이커 사람들이 친구 될 일은 절대 없다고 했어."

구스가 잠깐 긴장했다가 탁자보에 달린 술 아래로 밖을 내다봤다.

"지금은 괜찮아. 엄마는 연극 보고 계셔."

구스가 소심하게 코델리아와 샘을 돌아보며 한숨지었다.

코델리아는 웃음을 참았다.

"근데 샘, 넌 왜 아직 남자 옷을 입었어? 아니, 처음부터 남자 옷은 왜 입었어?"

구스는 코델리아가 웃는 소리를 못 들은 척 물었다.

샘이 얼굴을 찡그리며 눈을 가느다랗게 뜨고 구스를 보더니 탁자 다리 양옆을 힐끔힐끔 살폈다. 코델리아는 샘이 만에 하나 일이 잘못되면 도망갈 길을 봐두는 거라고 짐작했다.

"구스, 사실은 말이야, 난 도둑이었어. 지금은 아니지만. 금요일 다음에는 금처럼 순수해졌다고. 코델리아, 맞지?"

샘이 코델리아를 보며 한쪽 눈을 찡긋했다.

"길거리에서 살기에는 남자아이가 편해. 아주 편하지는 않아도 그나마 조금. 남자아이들한테도 나쁜 일이 생기지만 여자아이들한테는 훨씬 안 좋은 일이 생기거든. 그래서 변장했어."

구스가 이해했다는 듯 고개를 끄덕였다.

"그리고 내가 경감이랑 말싸움 벌인 적이 있어. 그 뒤로는 경감이 눈을 뒤집고 여자아이를 찾는 탓에 남자아이가 되기로 했지. 이 말은 해야겠는데, 남자 옷이 여자 옷보다 진짜 편해."

샘이 빙긋 웃었다.

"맞아. 나도 한번 입어봐야겠어."

코델리아가 리본을 잡아당기며 투덜거렸다.

샘이 쿡쿡 웃었다.

"쿡 언니가 또 욱하겠다. 꼭 봐야겠어!"

"그래도 이젠 경감 걱정은 안 해도 되잖아."

코델리아가 말했다.

"왜?"

구스가 물었다.

"뉴게이트 감옥 간수들이 우리 집 작업실에서 경감을 체포했어. 극장에서 암살 극을 꾸민 죄로. 경감은 그때까지도 리본에 둘둘 말려 있었대."

구스는 그 장면을 상상하며 웃었다.

"코델리아 해트메이커! 루카스 부트메이커! 샘 라이트핑거!"

어떤 목소리가 아이들 이름을 불렀다.

세 아이가 앉은 자리에서 펄떡 뛰다가 탁자에 머리를 부딪쳤다.

"어이쿠, 우리 큰일 났나 봐."

구스가 말했다.

샘이 몰래 빠져나가려고 했지만 코델리아가 발목을 잡았다.

"샘, 가자. 무슨 비난을 받건 같이 부딪혀 보자고."

아이들은 얼굴에서 빵 부스러기를 털어내며 탁자 아래에서 기어나갔다. 샘은 이게 마지막일지도 모른다는 생각에 케이크를 한 조각 더 챙겼다.

공주가 무대에 서 있었다. 코델리아, 구스, 샘, 쿡이 함께 만든 평화 모자를 쓴 공주는 눈이 부시게 멋지고 근사했다. 평화 모자가 그토록 많은 일을 겪었는데도 뾰족한 금빛 별은 반짝이고 '햇살 설탕' 후광도 여전히 일렁였다. 깃털은 하늘하늘 흔들렸고 콩들도 팔딱팔딱 튀었다. 탁자 아래에서 나오는 아이들을 보며 공주가 미소 지었다.

"거기 있군요! 코델리아, 루카스, 샘! 어서 이리로 와요!"

공주가 환히 웃었다.

관객들 시선을 한 몸에 받자 온몸이 뜨겁고 간지러워서 세 아이는 발을 끌며 무대에 올랐다.

"여러분에게 진심으로 감사드립니다. 여러분이 만든 이 모자가 전쟁을 막았어요. 여러분이 보여준 대단한 용기를 기념해서 오늘 밤 여러분 모두에게 '황금 심장' 훈장을 수여합니다."

공주가 심장 모양 황금 메달을 세 사람 가슴에 차례대로 달았다. 샘은 진짜 금인지 확인하려고 대뜸 메달을 이로 물었다. 메달은 진짜 금이었다. 관객이 환호를 보내자 구스는 얼굴이 '불 닭'만큼 붉어졌고 코델리아는 열두 개쯤 되는 '팔딱팔딱 뛰는 시칠리아 콩'이 갈비뼈 안에서 춤을 추는 기분이 들었다.

코델리아가 깊이 숨을 들이마셨다. 하고 싶은 말이 있었다. 무슨 말을 어떻게 해야 할지 몰랐지만 무엇을 느끼는지는 알았다. 코델리아는 그 느낌에 목소리를 실어주고 싶었다.

"장인 여러분!"

코델리아가 연설을 시작했다.

관객석에 적막이 깔렸다. 런던 시내 모든 장인이 코델리아를 올려다봤다. 코델리아가 침을 삼켰다. 이제 모두가 집중했으니 연설을 계속해야 했다.

"그게…. 우린 몇 세기에 걸쳐 물건을 만들어 왔습니다. 하지만 늘 우리 이름에서 앞부분에만 집중했어요. 클로크, 글로브, 워치, 부트…. 그리고 해트…."

코델리아는 말끝을 흐리며 굳게 닫힌 케인메이커 작업실 문을 힐끔거렸다. 가족을 잃은 슬픔과 고통을 몇 년이나 불태웠을 아홉 살 여자아이를 오래도록 생각했다.

"어…. 그러니까 제 말은, 내가 하고 싶은 말은 이겁니다. 우린 모두 장인이에요. 우리 이름 절반은 똑같습니다. 다시는 그 사실을 잊지 맙시다."

코델리아가 말을 맺었다.

길지도, 잘 다듬어지지도 않은 연설이었다. 그럴 필요가 없었다. 코델리아는 느낌을 정확히 표현했다.

드문드문 작게 박수 소리가 났다. 아리아드네 고모와 티베리우스 삼촌, 페트로넬라 대고모, 쿡, 존스만큼은 장인 무리 한복판에서 손이 부서지도록 길게 박수를 보냈다. 코델리아는 가족을 향해 미소 지으며 이젠 사람들이 제발 그만 쳐다보기를 바랐다.

'혼돈의 뱀' 신발에서 풀려난 이후 어떤 신발도 거부해 온 왕이 맨발로 벌떡 일어나 외쳤다.

"자, 이제 우리 모두 춤을 춥시다!"

코델리아와 샘, 구스가 다리를 후들거리며 무대에서 내려오는 동안 의자가 모두 치워졌다. 구스는 부모님한테 끌려갔지만 티베리우스 삼촌이 허리를 낮춰서 코델리아 귀에 속삭였다.

"우리 꼬맹이 해트메이커, 아빠가 아주 자랑스러워하셨을 거다."

그러더니 초록색 손수건을 얼굴 앞에 펼쳐 들고 거리낌 없이 흐느꼈다.

코델리아가 주변에 모인 무리를 둘러봤다. 장인들은 모두 탑에서 풀려났고 왕과 공주는 사악한 공작 손아귀에서 벗어났다. 코델리아는 끔찍한 전쟁을 막았다. 아빠는 코델리아를 말도 못 하게 자랑스러워했을 것이었다. 코델리아는 이런 사실에 매우 기뻐해야 마땅했다. 하지만 아빠를 잃은 코델리아 배 속에는 슬픔이라는 돌덩이만 들었을 뿐이었다.

"코델리아."

아리아드네 고모가 심각한 눈빛으로 코델리아를 내려다봤다.

'아, 안 돼. 고모는 또 허락 없이 모자를 만들었다고 나를 혼낼 생각이야. 사람들 앞에서!'

코델리아가 생각했다.

"코델리아, 내가 분명히 일렀다. 모자를 만들기에 넌 아직 어리다고 몹시 화가 나서 말했어. 그런데 내가 틀렸구나. 미안해."

고모가 나지막이 말했다.

문득 코델리아는 자기야말로 고모에게 사과해야 한다고 깨달았다. 코델리아가 와다다 쏟아냈다.

"아니에요. 고모, 제가 틀렸어요. 휴고 경에게 모자를 만들어 주면 안 되는 거였어요. 죄송해요!"

고모가 한 손가락을 입술에 갖다 댔다.

"코델리아, 넌 이제 진정한 모자 장인이다."

고모가 호주머니에 손을 넣더니 벨벳으로 감싼 작은 꾸러미를 꺼냈다.

꾸러미를 받은 코델리아가 손에 닿는 부드러운 감촉을 느끼며 놀란 눈으로 고모를 올려다봤다.

"혹시 이거…?"

"열어 보렴."

아리아드네 고모가 웃었다.

벨벳 꾸러미 안에는 황금으로 만든 아름다운 모자 핀이 들었다. 핀 한쪽 끝에 박힌 블루베리만 한 옥이 반짝였다.

"네가 아주 오랫동안 이걸 원했다는 걸 안단다."

아리아드네 고모가 말했다.

"네! 언제부터인지 기억도 안 나요."

코델리아가 큰 소리로 대답했다.

"그게 뭐야? 되게 귀해 보이는데?"

샘이 코델리아 뒤에서 어깨 너머로 코를 들이밀며 물었다.

"샘, 이거 진짜 귀한 거야. 우리 고모 모자 핀처럼 아주 특별한 마법이 깃들었거든. 나를 제대로 된 모자 장인으로 만들어 줄 거야."

코델리아가 모자에 핀을 꽂으면서 환히 웃었다.

"이런, 코델리아. 사랑스러운 아이 같으니라고. 모자 핀에는 어떤 특별한 마법도 들어 있지 않아! 내 모자 핀에도 없어."

고모가 웃으며 말했지만 코델리아가 우겼다.

"전 느꼈어요. 고모 모자 핀을 머리에 꽂았을 때 특별한 마법을 느꼈다고요. 뭐랄까…. 온갖 다양한 생각과 기운과 흥분 같은 것들이 온몸을 관통해서 노래하는 기분이었어요."

아리아드네 고모가 고개를 저으며 웃었다.

"코델리아, 모자 핀은 평범하단다. 그 모든 생각과 기운과 흥분은 너한 테서 나온 거야."

코델리아가 뜻밖의 사실을 미처 소화하기도 전에 왕실 음악가들이 경쾌한 곡조로 폴카를 연주하기 시작했고, 모두가 지켜보는 가운데 왕이 춤을 추기 시작했다.

단 몇 발자국 만에 국왕이 샘을 빙빙 돌려서 춤에 끌어들였다. 휴고 경의 피루엣(*한 발을 축으로 팽이처럼 도는 발레 동작)에 깊은 인상을 받은 조지나 공주가 순순히 휴고 경을 따라 춤추는 무리 안으로 들어갔다. 다른 장인들은 모두 뒤로 물러섰다. 신발 장인들은 의심스러운 눈길로 모자 장인들을 힐끔거렸고, 시계 장인들은 장갑 장인에게서 눈길을 떼지 않았다. 망토 장인들은 모두에게 인상을 쓰고 있었다.

그 순간, 누군가 무리를 헤치고 코델리아에게 다가와 손을 잡았다. 비틀거리며 군중 사이로 끌려가던 코델리아는 깜짝 놀랐다. 구스였다! 구스가 코델리아를 실내 한복판으로 단호하게 이끌었다.

구스는 많은 사람 앞에서 코델리아를 향해 돌아서서 절했다.

코델리아가 환히 웃으며 마주 절했다. 다음 순간, 해트메이커 집안 아이와 부트메이커 집안 아이가 손을 맞잡고 특이한 발놀림으로 춤추기 시작했다. 두 아이의 전 가정 교사가 품위 있는 동작을 가르치는 데 실패했음이 자명했다. 두 아이는 춤을 춘다기보다 신나게 뛰어놀고 있었다. 흥겹게 춤추며 옆을 지나는 코델리아와 구스를 보며 샘이 와, 와 소리쳤다.

"왜 아무도 우리랑 함께 춤추지 않지?"

구스가 헉헉대며 물었다.

"아주아주 오랫동안 적으로 지낸 사람들이 다짜고짜 함께 춤추기 시작하는 건 아무래도 어려운가 봐."

코델리아가 구스를 뱅글뱅글 돌리며 짐짓 진지하게 말했다.

팔 아래에서 구스를 꽈배기처럼 돌리는 코델리아 눈에, 두 사람을 노려보는 부트메이커 부인이 들어왔다.

"네 엄마 눈빛에 불도 얼어붙겠다!"

코델리아는 몸서리가 났다.

구스가 얼핏 엄마를 봤다가 발이 걸리면서 휘적휘적 멈췄다. 부트메이커 부인이 배를 가라앉히려는 빙산처럼 차디찬 눈길로 구스를 내려다봤다.

"루카스 부트메이커, 당장 이리 와."

부트메이커 부인이 사납게 말했다.

불과 몇 분 전만 해도 신나게 폴카를 추던 구스가 이젠 꽁꽁 얼어붙은 발만 내려다보고 있었다.

부트메이커 부인 입이 비틀어지며 버럭 소리쳤다.

"루카스! 당장 오라니까!"

음악가들이 입을 떡 벌리며 바이올린을 켜던 활을 허공에서 멈췄다. 구스는 여전히 얼어붙은 채 반짝반짝 윤을 낸 신발을 내려다봤다. 위험한 정적이 흘렀다.

코델리아가 눈을 깜빡이며 구스에서 부트메이커 부인에게로 시선을 돌렸다. 두 사람 사이에서 공기가 지글지글 끓는 것 같았다.

그 순간, 소심하게 반항하듯 구스가 약하게나마 발을 탁탁 구르기 시작했다. 이내 구스가 턱을 올리고 음악가들에게 한 손을 흔들었다. 음악가들이 얼른 악기를 다시 들고 빠른 곡을 연주하기 시작했다.

구스가 다시 온몸으로 춤추기 시작했다.

구스는 방향을 홱 틀어서 코델리아 손을 잡고 세차게 빙빙 돌렸다. 음악이 고조되면서 춤이 더욱더 빨라졌고 구스 얼굴을 제외한 주변 모든 것이 흐릿해졌다.

"너 진짜 난처해진 거 아니야?"

코델리아가 숨이 턱에 닿도록 춤추며 물었다.

"춤이나 춰!"

구스가 얼굴을 찡그린 채 음악에 맞춰 위아래로 팔딱팔딱 뛰고 손뼉을 쳤다. 살짝 겁먹은 눈빛에 이마는 땀으로 번들거리는 구스가 활짝 웃었다.

"코델리아 해트메이커, 네 친구여서 자랑스럽다."

CHAPTER 44

몇 시간 뒤, 코델리아는 금 단추가 달린 아빠 재킷으로 몸을 감싸고 어둠 속에서 눈을 크게 뜬 채 침대에 누워 있었다. 밤이 이렇게 거대하게 느껴지기는 처음이었다. 그 안에서 이렇게 하찮아진 느낌을 받는 것도 처음이었다.

흥분에 휩싸여 지난 며칠을 보낸 뒤, 마침내 코델리아가 혼자였다. 코델리아는 한 가지 단순한 사실을 결국 받아들여야 했다.

"아빠, 아빠는 떠났군요. 아빠는 집으로 돌아오지 않아요. 우리가 다른 사람은 다 구했는데…. 아빠만 못 구했어요."

코델리아가 나지막이 중얼거렸다.

한 층 아래, 한때 프로스페로 선장 방이었던 곳에서 샘 라이트핑거가 베개에 얼굴을 묻고 가볍게 코를 골았다. 샘은 침대 아래에서 이틀 밤을 보냈다. 그리고 오늘 밤, 코델리아는 샘에게 침대에 올라가서 자라고 간신히 설득했다. 이제 샘은 단잠이 들었다.

하지만 코델리아는 잠이 오지 않았다.

코델리아가 재킷을 한쪽에 조심스럽게 놓고 창가로 가서 내리닫이창을 올리고 밖을 내다봤다. 런던이 곤히 잠들었다. 둥근 달이 하늘에 걸렸고 시내 안 지붕과 뾰족탑이 은빛으로 물들었다.

"별자리를 읽는 법만 알면 별이 너를 어디로든 데려간단다."

아빠 목소리가 들렸다.

"별은 위대한 모험을 떠나게도 하고 집으로 이끌어주기도 해."

코델리아는 하늘에서 폴라리스, 북극성을 찾았다.

'나침반을 북극성에 맞춰야 해.'

심장이 몇 번이나 고동쳤는데도 코델리아는 떼지어 반짝이는 별 무리에서 북극성을 찾지 못했다.

다음 순간, 코델리아가 북극성을 발견했다. 북극성이 친근하게 윙크했다. 코델리아가 눈을 가늘게 떴다. 하늘에 뭔가 다른 것이 있었다. 그래서 별이 깜빡이며 윙크하는 것처럼 보였다.

그 '뭔가 다른 것'이 코델리아를 향해 곧장 다가오며 점점 가까워졌다. 굴뚝을 스치며 지붕 높이로 낮아졌다.

코델리아가 하늘을 향해서 아빠 망원경을 급히 들어 올렸다.

새였다. 환한 달빛이 날개를 비추었다. 새가 반짝이는 온실로 훅 내려온 순간, 코델리아가 알아봤다.

"애거사!"

반점이 콕콕 찍힌 전령 비둘기가 곧게 뻗은 코델리아 손바닥에 가볍게 내려앉았다.

"다시는 안 돌아오는 줄 알았어!"

코델리아가 속삭였다.

새 심장이 코델리아 심장만큼 빠르게 뛰고 있었다. 애거사가 손 위에서 고개를 까닥이며 구구구 움직이자 달그락달그락 이상한 소리가 났다. 코델리아가 새를 조심스럽게 들어서 쪽지 병을 살폈다.

쪽지는 들어 있지 않았다.

훨씬 중요한 것, 엄마 초상화가 그려진 조개껍데기가 들었다.

아빠가 새로 여행을 떠나기 전에 코델리아에게 입을 맞추려고 허리를 굽혔을 때, 아빠 목에 둘러져 있던 것을 마지막으로 봤다.

그런데 지금은 코델리아 두 손에 들었다.

'코델리아 해트메이커, 네가 어떤 사람인지 잊지 마!'

코델리아가 사슬을 목에 두르자 조개껍데기가 곧장 심장 위에 놓였다. 살에 닿는 조개껍데기가 용기를 주었다.

"애거사, 이게 무슨 뜻인지 알아? 아빠는 어떻게든 살아 있어."

코델리아가 가능성으로 가득한 넓은 밤하늘을 올려다보며 속삭였다.

애거사가 용기를 불어넣듯 구구 울었다. 날개를 퍼덕여 코델리아 침대 옆 탁자에 앉더니, 구슬 같은 두 눈을 깜빡이며 탁자에 놓인 종이를 쳐다 봤다. 프로스페로 선장 망원경에 숨겨졌던 종이였다.

"아무것도 안 적혔어. 바닷물에 잉크가 씻겼나 봐."

코델리아가 한숨 쉬며 말했다.

애거사가 다시 구구 울었다.

'잉크!'

번개를 맞은 느낌이었다. 예전에 아빠가 했던 말이 번쩍 기억났다.

"특별한 잉크들이란다. 이 잉크는 눈에 보이지 않지만 촛불 열기를 쬐면 글자가 드러나지. 별빛 아래에서만 보이는 잉크, 화요일에만 나타나는 잉크도 있어. 모두 비밀 전달하기에 아주 유용하단다."

코델리아가 종이를 낚아채서 촛불에 가까이 가져갔다. 종이는 텅 빈 그대로였다.

"애거사, 오늘이 무슨 요일이지? 화요일이다!"

코델리아가 얼른 종이를 내려다봤다. 여전히 아무것도 없었다.

"그렇다면 남은 방법은 하나뿐이야!"

코델리아가 방에서 뛰어나갔다. 애거사도 흥분한 듯 날개를 펄럭이며 코델리아 머리 주변을 맴돌았다. 코델리아는 불안하게 흔들리는 사다리를 날다시피 타고 올라가 애거사와 함께 지붕 위로 뛰쳐나갔다.

온 세상에 별빛이 쏟아지고 있었다.

코델리아는 쿵쿵 고동치는 가슴을 안고 텅 빈 종이를 펼쳐서 은은하게 빛나는 별을 향해 들어 올렸다. 애거사가 코델리아 어깨에 내려앉았다.

코델리아 눈앞에서 반짝이는 은빛 선들이 텅 빈 종이 위에 드러나기 시작했다.

"별빛으로만 읽을 수 있는 잉크였어!"

코델리아가 속삭였다.

코델리아는 한눈에 은색 선을 알아보았다.

코델리아 해트메이커가 든 것은 지도였다.

~ 끝 ~

모자 재료 설명집

다음은 모자 장인 견습생을 위해 가장 강력하고 유용한 재료를 간략하고 쓸모 있게 정리한 목록이다.

갈색 학자 거미

유독 은자처럼 지내는 거미이다. 책 기둥이나 악보 사이에서 살아가는 모습이 자주 발견된다. 이 거미가 자아낸 거미줄은 착용자가 흔들림 없이 임무에 집중하도록 도와준다.

감미로운 반딧불이

북미 대륙 남쪽 습지에 서식하는 작은 반딧불이로 꼬리가 환하게 빛난다. 천성이 다정한 이 곤충은 희망 가득한 빛을 품고 그늘진 곳으로 날아들어 어두운 장소를 밝히기를 좋아한다.

건방진 까마귀

까악까악거리는 독특한 울음소리 때문에 자주 오해받는 새다. 해롭고 성가신 존재로 여기는 사람들도 있지만 나이팅게일에 견줄 만큼 뛰어난 음색을 지녔다고 생각하는 사람들도 있다. '건방진 까마귀'의 화려한 깃털은 착용하는 사람에게 자신감을 주는데, 영혼이 못된 사람들은 이를 자만심이 강하다고 받아들인다.

고요한 비둘기

주홍색인 '비명 비둘기'와 친척 관계다. '고요한 비둘기'는 이름에 걸맞게 매우 조용한 새다. 연분홍빛 깃털은 어지러운 마음을 차분하게 가라앉힌다.

공작새

꽁지깃은 균형감을 북돋기도 하지만 눈길을 끌 만큼 화려하다. 적정하게 사용하면 예리한 안목을 키워주지만, 모자 장식으로 과하게 쓰면 위험할 만큼 자신감이 커지고 병적으로 자기중심적이 된다.

극락 독수리

장엄한 이 새의 깃털은 평범한 검은색으로 보이지만 밝은 햇살을 쪼이면 눈에 보이는 색은 물론 눈에 보이지 않는 색까지 다 들어간 무지개색을 드러낸다. '극락 독수리'에서 빠진 깃털은 광장한 축복으로 여겨진다. 이 깃털을 착용하는 사람은 자기 자신을 용감하게 이해해서 있는 그대로 온전히 받아들인다.

노래하는 사파이어

굴안에 생기는 진주처럼 나이팅게일 알 안에서 자라는 푸른색 귀한 돌이

다. 새가 부화한 알에서 돌을 수거하며, 목소리에 자신감을 싣는 데 사용한다. 지나치게 오래 착용하면 '노래하는 사파이어'가 착용자 머릿속에 시끄럽고 음조도 맞지 않는 휘파람 소리를 내서 착용자가 자기 목소리를 들으려면 소리를 질러야 할지도 모르는데, 이는 주변 사람들에게 폐가 될 수도 있다.

다정한 꽃망울

옅디옅은 크림색에서 미나리아재비처럼 선명한 노란색까지 색깔이 다채로운 꽃이다. 매우 향기롭고 꽃가루가 반짝인다. 고대 켈트에는 이 꽃가루가 이마에 떨어진 사람은 축복받는다는 옛말이 있다. 이 꽃을 착용하면 인류애가 강해져서 사람을 기꺼워한다.

달맞이꽃

보름달이 떴을 때만 꽃이 피는 인도네시아산 관목이다. 벨벳처럼 부드러운 촉감의 이 꽃은 자주색에서 남색까지 색이 다양하다. 평화로운 단잠으로 이끄는 만큼 수면 모자를 만드는 데 유용하다. 모자 리본에 꽃잎을 한 장만 끼워도 마음을 달래는 백일몽을 꿀 수 있다.

달빛

반투명하고 섬세한 달빛은 달의 모양과 빛살 종류에 따라 다양한 음조를 만든다. 보름달에서 낭랑히 울려 퍼지는 빛살은 풍족함과 충만감에 쓰인다. 점점 차오르는 상현달의 희망찬 빛살은 낙천적인 마음을 북돋는 반면, 작아지는 하현달의 빛살은 공허함을 울리기도 하지만 참을성을 기르기도 한다. 모든 달빛은 낮에 보기 힘들다.

달 선인장

자그마하고 완벽하게 둥근 이 선인장에서는 보름달에 있는 분화구처럼 생긴 노란색 꽃이 핀다. 재미있게도 이 꽃은 햇빛이 아주 잘 드는 곳에서만 핀다.

도가머리 새
아프리카 사하라 사막 이남에 서식하고 키가 1미터에 달하는 밝은 주홍색 새다. 위협을 당하거나 짝에게 구애할 때면 볏에서 1미터짜리 깃털이 순식간에 돋아나서 키가 두 배로 커진다. 바라던 바를 이루면 이 깃털이 빠지는데, 이 깃털을 모자에 사용하면 대단히 인상적인 효과를 거둘 수 있다. 지나치게 오래 착용하면 착용자에게 호전성이나 참아 주기 어려운 교만한 마음을 불어넣는다.

로즈메리
향기로운 상록수 관목이다. 기억력을 향상시키고 뇌력을 강화하는 데 좋다. 모자에 달면 활기를 북돋고 기억력과 집중력을 활성화한다.

말쟁이 백합
눈부시게 하얀 나팔 모양 꽃으로 수술은 금빛이며 현기증이 일만큼 향기롭다. 착용자가 진심을 말하도록 용기를 북돋는 이 꽃은 가장 내밀한 생각에 목소리를 실어준다. 제대로 사용하면 부끄러움을 많이 타는 사람이 자신감을 갖고 자기를 표현하도록 도와준다. 원래 말이 많은 사람이 이 꽃을 착용하면 수문 열리듯 말문이 터져서 피곤할 만큼 실없는 소리를 떠들고 남을 헐뜯는 상황이 발생한다.

명랑한 새
깃털이 분홍색이고 꽁지깃에 노란 줄무늬가 있는 작은 새이다. 울음소리

가 까르륵거리는 아기 웃음소리와 닮았다. 지나치게 엄숙한 옷차림에 활력과 유쾌함을 보탠다.

미치광이 벌

꽃을 찾아서라면 수 킬로미터도 날아가는 유쾌한 꿀벌이다. 향기로운 즙이 가득한 새로운 꽃을 발견하면, 황홀경에 빠질 만큼 극단적으로 빠르게 원을 그리며 날아가 동료에게 새 꽃을 알린다. 이때 벌은, 같은 벌집에 서식하는 벌만 감지할 수 있는 고주파 음을 낸다. 장인은 소리굽쇠로 고주파 음을 잡은 뒤 소리굽쇠를 짧고 강하게 쳐서 모자로 옮기는데, 착용자에게 온몸을 전율하게 하는 열의를 불어넣는다. 이 벌에게서 얻는 꿀은 감각을 예리하게 한다고 믿어지며, 고대 올림퍼스인들이 원반을 던질 때 이 꿀을 섭취했다.

바다 유리 물방울

잘 사용한 모래시계 모래로 불을 피워서 그 깨끗한 불길로 만든 유리다. 착용자가 질문에 명확하게 대답하고 뚜렷한 목적의식으로 미래를 생각하도록 돕는다.

베수비어스 화산 석

이탈리아에 있는 베수비어스 화산 분화구에서 캐낸 돌이다. 햇빛이나 고열에 노출하면 용암이 배어 나온다. 금속을 벼리거나 유리를 녹이는 기술자와 연금술사에게 유용하다.

별빛

유리로 걸러서 은그릇에 모은 별빛은 길을 잃은 영혼에게 희망을 주고 방향을 제시한다. 모자에 뿌리면 영혼 회복을 약속하는 기발한 모험 생각으

로 착용자 마음을 채워준다.

보름달 새

몸통을 덮은 깃털은 검은색이고 양 날개는 진줏빛 흰색인 기품 있는 새이
다. 날 때 두 날개를 펼치면 보름달처럼 둥근 형태가 된다. 날갯깃을 하나
만 꽂아도 우아해지고 정신이 또렷해진다.

불꽃 쇠돌

이 밝은 금색 광물은 쇠의 한 종류이며 흔히 '바보들의 금'이라고 불린다.
착용자 안에 내재한 어리석은 기질을 부풀리기도 하지만, '천사 유약'처럼
달래고 진정시키는 효과가 있는 다른 물질과 사용하면 이런 기질을 완화
할 수 있다. 이런 식으로 '불꽃 쇠돌'을 조화롭게 사용하면 다양하고 기발
한 생각이 연이어 떠오르고 확신과 통찰력이 생긴다.

백일몽 실

꿈 가닥을 꼬아 만든 실이다. 비단이나 면, 생각 꼬리, 양모나 구리로도 만
든다. 수면 모자 자수용으로 최상급 실이다. 낮에 쓰는 모자에 사용하면
자칫 백일몽에 빠지거나 졸음이 밀려들 수 있다.

사랑 딱정벌레

윤기 흐르는 분홍색 날개가 달렸고 붙임성이 좋은 딱정벌레다. 일 년에 한
번 날개 갈이를 한다. '불가리아 장미' 꽃잎 사이에서 발견되는데, 한 송이
꽃에서 두 마리가 항상 같이 산다. 딱정벌레에게 물리면 가벼운 호의에서
강렬한 흠모에 이르는 다양한 감정이 유발되지만, 알레르기 반응이 일어
나면 메스껍고 어지러우며 극단적 집착 증상을 보인다. 딱정벌레가 흘린
날개를 모자에 달면 상냥하고 호의적이 된다.

성 아이기스 덩굴

레반트(*그리스, 시리아, 이집트 등 동부 지중해 연안 지역)가 원산지인 덩굴이다. 황금색 노란 꽃은 시각적 아름다움을 보장하고 열매로 주스를 만들어 마시면 은근한 자신감을 심어 준다. 열매로 술을 담가 과음하면 과장해서 헛소리를 늘어놓을 수도 있다.

소용돌이 꼬투리

원래 높이 자라는 '소용돌이 덩굴'은 키가 아주 큰 나무 꼭대기까지 불과 며칠 만에 닿는다. 덩굴이 자랄 만큼 자라면, 이 식물은 온 힘을 쏟아 소용돌이 모양의 꼬투리들을 맺는다. 덩굴에서 터져 나온 꼬투리들은 날카로운 휘파람 소리를 내면서 나선형으로 허공을 가른다. 장인들은 춤출 때 쓰는 모자를 '소용돌이 꼬투리'로 장식한다. 스코틀랜드에서 '팽이 보닛'이라고 불리는 모자를 만들 때 특히 인기가 높다.

수다쟁이 단추

선명한 황금색이지만 사실은 놋쇠 단추이다. '찬연한 초원'에서 자라는 월계수 나뭇잎으로 피운 불을 끊임없이 풀무질해서 단련해야 한다. 이 단추는 착용자의 자신감을 높이는 데 유용하다. 자존감이 낮아서 괴로워하는 사람만 써야 하는데, 그러지 않으면 불쾌하게 여겨질 만한 자기 만족감과 자만심을 촉발한다.

시베리아 얼음 거미

러시아 북쪽 빙원에 사는 거미다. 뽑아내자마자 얼어버리는 거미줄은 뜨거워진 머리를 식히는 데 유용하다. 지나치게 사용하면 기분 나쁘게 얼얼한 느낌이 목덜미를 타고 내려간다.

아테네 부엉이

올림퍼스산 기슭, 플라톤 숲에만 서식한다. 대단히 지혜로운 이 새는 극도로 먼 거리를 날아서라도 사람을 피한다. 부엉이를 찾아낼 만큼 노련하고 섬세한 사람이라면 깃털까지 손에 넣을 수 있는데, 그러기 위해서는 지혜를 시험하려고 고안된 수수께끼를 풀어야 한다. 총명함과 집중력, 묵상 등 여러 철학자적 자질에 사용된다.

안젤루스 조개껍데기

패라곤해 맑은 물에서 발견되는 소용돌이 모양 조개다. 이 조개를 퍼트리는 요정들이 조개가 살던 바다의 노래를 조개 안에 메아리로 남긴다. 모자 테두리에 '안젤루스 조개껍데기'를 달면 영혼을 위로하고 희망을 주는 영롱한 소리를 낸다.

온화한 데이지

도로가 갈라진 곳이나 햇빛에 바짝 마른 벽 틈에서 주로 자라는 연노란색 꽃이다. 장소를 가리지 않고 꽃을 피우는 편이다. 밝은 면을 보는 긍정적인 마음과 낙천적인 태도를 북돋는다.

올리브

성서 시대부터 평화와 회복, 부활의 상징으로 쓰였다. 봉사심과 우정을 촉진할 때 올리브 가지를 착용한다.

용기의 증기

새벽에 포효하는 사자의 숨결을 모아 만든 연보라색 수증기다. 모자에 기운과 용기를 불어넣을 때 쓴다. 소리와 수증기가 사라진 뒤에도 포효가 우

렁차게 메아리쳐서 심장을 굳세게 해준다.

왈츠 나방
이름에 걸맞게 삼박자에 맞춰 춤추듯이 우아하게 날개를 펄럭이는 자주색 나방이다. 연금술사들이 피우는 불빛에 유독 매료되며, 나방의 날갯짓은 장인의 작품에 박자를 불어넣고 모자에 깃든 힘을 증폭한다. 착용자가 삼박자에 맞춰서 깡충깡충 뛰기도 한다.

우레 비
천둥소리가 흔들어놓은 빗방울이다. 우레 비를 감당할 만큼 강력한 단지나 그릇에 담은 뒤 빗물로 염료를 우려내거나 리본을 물들인다. 효과 좋은 강화 용액이기도 하다. 착용자가 바람직한 방식으로 감정을 표현하게 도와주는데, 억눌린 분노나 슬픔을 터트리는 데 특히 좋다. 번갯불 정수도 잡아서 함께 쓰면 가장 강력하다.

웃음 버섯
버섯 중에서도 가장 생기가 넘치는 버섯이다. 작고 연한 회색에 선명한 보라색 주름이 잡혔다. 평범한 곳에 숨어 있다가 갑자기 톡 튀어나와 동료 버섯을 놀라게 하기를 즐긴다. 모자에 달면 쉽게 부끄럼을 타는 사람도 자기 안에 깃든 장난기 가득한 영혼에 깜짝 놀란다.

은 유리
베네치아산(産) 거울 먼지를 섞어서 녹인 유리다. 은 유리를 착용하고 거울에 비춰 보면, 착용자의 가장 멋진 면을 강조해줘서 근사해진다. 모자를 벗는 즉시 효과가 사라지기에 지나치게 자주 사용하면 연인이 실망할 수도 있다.

자비심 단추

'우애 뜨기' 바느질법으로 단 단추를 가리키는 일반 용어이다. '친교 매듭'으로 장식한 '자비심 단추'야말로 인류애를 증진하는 데 가장 강력한 힘을 발휘한다.

재잘거리는 리본

오페라 가수의 무대 의상에서 떼어낸 비단이나 공단 리본이다. 장인이 사용하기 전에 각기 다른 가수 몇몇이 착용했던 리본이 이상적이다. 리본이 가수 목소리의 힘찬 진동을 충분히 흡수할 만한 시간이 보장되기 때문이다. 소프라노 가수의 리본이 가장 강력하지만 적절히 아껴 써야 한다. '재잘거리는 리본'은 착용자가 두려움 없이 깊은 감정을 표현하게 돕는다. 지나치게 사용하면 신파조로 흐느끼기에 결국 피곤하게 된다.

정치 노끈

세련된 토론 기술을 삼이나 비단에 섞어서 짠 끈이다. 착용자가 굳건한 태도를 보여야 할 때는 삼을, 섬세하게 설득해야 할 때는 비단을 사용한다.

졸음 비단

앵초처럼 섬세하게 생긴 종 모양 꽃을 이용해서 짠다. 꽃은 짙푸른 색이며 그늘 많은 산림지대에서 무리 지어 핀다. 직공이 특별한 베틀에서 연한 꽃잎을 이용해 작업할 때 조용히 자장가를 부르면 비단처럼 부드러운 천이 만들어진다. 이 천으로 리본을 만들어 단 수면 모자를 머리에 쓰면 기분 좋은 졸음이 몰려든다. 수면 모자를 만들 때 리본을 10㎝ 이상 쓰지 않도록 주의해야 한다. 자칫 영원한 잠을 부를지도 모른다.

진실 수정

민물이 흐르는 지하 동굴에서 형성되는 투명한 수정이다. 귀중한 이 돌을 사용하면 모든 것이 명료해지고 진실이 드러나서 사용자가 직감을 발휘하는 데 도움이 된다. 모자에 달면 착용자가 본능을 따르도록 도와준다.

천사 유약

옅은 파란색 유약으로 진정 효과가 있다. 주로 액체형 금속과 함께 사용하지만 '열정 나무'와도 어울린다. '천사 유약'은 인내심과 평정심을 증진한다. 어떤 금속과 나무는 나쁜 행동을 유발해서 착용자가 괴로워하기도 하는데, 이 '천사 유약'은 그런 걱정 없이 착용자가 금속과 나무의 혜택을 온전히 누리도록 해준다.

침착한 양

원산지는 스노도니아 경사면이다. 태어났을 때는 진한 파란색이지만 성장하면서 색이 옅어지는데, 나이가 가장 많은 양은 오리알처럼 은은한 녹청색을 띤다. 이 양의 털은 침착하게 생각하고 깊이 반추하도록 돕는다.

토성 선인장

성마른 기질이다. 가시로 뒤덮인 고리가 둘러진 가운데를 제외하면 아주 부드럽다. 모자 핀으로 이 선인장 가시를 쓰면 특히 대중 앞에서 연설할 때 자신감을 얻을 수 있다.

티모르 고사리

아마존강 유역에서 자라고 언제나 초록색을 유지하는 양치식물로 부끄러움이 많다. 더 큰 양치식물 이파리 아래에서 자주 발견된다. 잎사귀를 달면 대화가 부드럽게 이어진다. 민감한 착용자는 속삭여야 할 필요성을 느

낄 수도 있다.

팔딱팔딱 뛰는 시칠리아 콩

지중해에 있는 시칠리아섬에서 나는 콩으로, 긴 꼬투리에 들었으며 반점이 찍혔다. 활기 넘치게 팔딱팔딱 뛰는 것으로 유명하다. 이 콩을 착용하면 마음속에 기쁨과 생기가 넘친다. 야생으로 자라는 콩 군락이 시칠리아섬에 몇 군데 있다. 다 익으면 톡 소리를 내며 꼬투리에서 튀어나온다. 일단 주변 환경에 익숙해지면 잡히지 않는 것으로 악명 높다.

평화 산 수정

히말라야 '평화 산' 빙하에서 천 년을 굴러 반들반들하게 깎인 투명한 돌이다. 언제나 차가운 촉감이며 대부분 물방울 형태이다. 달아오른 성질을 즉시 진정시키고 지친 영혼을 달랜다.

평화 진주조개

'평온한 만(灣)' 얕은 해안가에서 발견된다. 컵처럼 생긴 껍데기 안쪽에 진줏빛 광택이 돈다. 착용자가 침묵을 유지하게 해준다.

평화 종려나무

팔레스타인에 서식하는 키 크고 멋지게 생긴 야자수다. 연두색 이파리를 엮어 밀짚모자 같은 모자를 짜거나 잎사귀 낱장을 활용해서 장식용으로 쓴다. 평정심과 우애를 촉진한다.

현자 리본

한 명 이상의 철학자나 교수, 학자의 머리카락을 짜서 만든 리본을 지칭하는 일반 용어다. 같은 리본을 만드는 데 한 사람 이상의 머리카락을 쓴

다면, 개개인의 시각이 조화를 이루는지 확인하는 편이 좋다. 그러지 않으면 리본이 혼란을 초래해서 의견에 일관성을 잃는다. 숙련된 장인은 수염도 사용하지만 머리카락을 사용하기를 권장한다. 두말하면 잔소리겠지만, 장인들은 머리카락을 뽑기 전에 기부자들에게 허락 먼저 받기를 강력하게 추천한다.

화합 이끼

에메랄드 같은 초록색 이끼로 아든숲에서 발견된다. 가느다란 가닥이 뭉친 형태인데 대단히 빨리 자라며 가닥이 뻗어나가면서 서로 얽혀 매듭을 짓는다. 이 이끼가 한 가닥이라도 들어간 모자를 쓰면 사교술에 능해진다.

흰 보통 비둘기

온순한 이 새의 우윳빛 하얀 깃털은 마음에 평화를 불러일으키고 사려 깊은 연민을 고취한다.

해로운 재료

독자에게 '불 닭'을 사육하는 방법이나 '오르쿠스 여우'를 찾을 수 있는 숲을 알려서 유익할 것이 없다.

'엄니 호랑이'의 서식지와 '흡혈 오징어'가 자주 출몰하는 바다 이름도 드러내면 안 될 것이다.

'뱀장어 잡초' 경작에 조언할 것도 없다.

'노여움 리본' 제작 기술을 공개할 의도도 없고 '다툼 번개'를 어떻게, 왜 모으는지 누설할 생각도 없다.

'하피 깃털'을 수집하는 윤리학 따위를 다루는 그 어떤 단어도 기록해서는 안 된다.

'죽음의 돌'에 할 말은 이것뿐이다. 죽음이라는 고통을 피하라.

~ NOLI NOCERE (놀리 노체레) **~**

옮긴이 김래경

김래경은 영어교육을 전공했습니다. 옮긴 책으로는 ≪닭다리가 달린 집≫ ≪붉은 저택의 비밀≫ ≪포그≫ ≪상어 이빨 소녀≫ ≪북극곰의 기적≫ ≪소년과 새와 관 짜는 노인≫ ≪소녀와 고양이 항해사≫ ≪핀치 오브 매직≫시리즈 등이 있습니다. 현재 좋은 책을 찾아 기획하고 번역하는 전문 번역가로 활동하고 있습니다.

THE HATMAKERS
해트메이커

2023년 11월 18일 1판 1쇄 발행

글 | 탬진 머천트
그림 | 파올라 에스코바르
옮김 | 김래경

발행인 | 지준섭
책임편집 | 구미진

출판등록 | 2018년 10월 25일 제25100-2018-000071호
주소 | 서울시 노원구 마들로5길 25, 102동 105호
전화 | 010-5342-4466 **팩스** | 02-933-4456

ISBN 979-11-90618-10-6 03840